"ON WINGS OF SONG" THOMAS M. DISCH

歌の翼に

トマス・M・ディッシュ

友枝康子 訳

未来の文学
FUTURE/LITERATURE

国書刊行会

目次

装幀　下田法晴＋大西裕二（s.f.d）

チャールズ・ネイヤーに捧ぐ

旅立ちたまえ、汝がキリスト者の魂、この世界を。

歌の翼に

第一部

1

ダニエル・ワインレブが五歳のとき、母親が失踪した。父親と同じように、これは自分に対する侮辱だと受けとったが、そのうちに母親のいない生活のほうがよくなってきた。泣き言が多く、なにかというと支離滅裂なおしゃべりをしたり、夫に対する抑えきれない恨み言をくどくどと並べたてる女で、ダニエルはいつもそのとばっちりを受けていた。十六歳で結婚、失踪したのは二十一のときで、スーツケース二個、音響器具、それと夫の祖母のエイダ・ワインレブから結婚祝いに贈られた銀製食器八客を持って出ていった。

この一件が片づいたあと――その前からごたごたはつづいていたが――ダニエルの父の歯科医師エイブラハム・ワインレブは、ダニエルを連れて、千マイル離れたアイオワ州エイムズヴィルに移り住んだ。そこでは、前任者が死んだために、かわりの歯科医師が必要になったのだ。二人は診療所の二階のアパートメントで暮らした。ダニエルは、ベッドに早変りするソファではなく、自分の部屋が持てるようになった。遊ぶにしても裏庭や通りがあるし、木登りのできる木もあるし、冬のあいだは雪もたっぷりあった。前にいたところにくらべると、子供たちが大事にされているようだし、その数も多かった。朝食のほかはたいてい町の大きなカフェテリアで食事をした。母親の作ってくれた食事よりずっとよかった。なにもかもと言っていいほど、以前よりいい暮らしだった。

それでも、機嫌のわるいとき、退屈なとき、風邪でベッドに入っているときなどには母親を恋しいと思った。友達の母親にあんなに気に入られる自分に、ほんとうの母親がいないなんて、ひどい話だと思う。のけ者にされている感じだった。しかし、それにだっていい面もあった。ほかの子供たちとはちがうということは、すぐれていることにもなりうる。ときには、そう思えることがあった。母親のいないというのも、死別というごく当り前のことではなく、ダニエルがずっと思索しつづけてまだ解けない謎なのだ。謎の息子であること、そういう劇的事件に関わりがあるということには一種の魅力がある。ここにいないミリー・ワインレブは、エイムズヴィルの外の広い世界にダニエルの将来の可能性があるという象徴になった。エイムズヴィルは、六歳そして七歳の彼の眼から見ても、以前住んでいた大都会にくらべていかにも小さかった。

おぼろげながら、彼女が姿を消したわけは見当がついていた。少なくとも、その日父親が祖母に電話で話していた理由はこうだった。彼女は翔ぶことを習いたいのだ。翔ぶのはいけないことだったが、それでもやっている人は大勢いた。もっとも、エイブラハム・ワインレブは翔ばないし、エイムズヴィルの人たちはだれも翔ばない。アイオワでは翔ぶのは法律違反であり、それはこの国が全般的に衰退していることを示す一例だと、人々は懸念していたからだ。

たしかにいけないことだろう。けれども、ダニエルは、母親が大人の指ほどに小さくなって、自分も飛行機でその上を飛んだことのある広々とした雪野原を翔んでいる姿を思い浮かべるのが好きだった。小さな金色の羽をはばたかせて翔んでいる姿（ニューヨークにいたころ、フェアリーはどういう姿をしているものか、テレビで見て知っていた。もちろん、それは画家の想像の産物だったが）、ダニエルに会うためにだけ、はるばるアイオワまで翔んでくる母親の姿。

組み立てセットなどで遊んでいて、ふいになにかに駆られるように、ダニエルは三つの部屋のファンを全部停めてまわり、煙突の煙道を開けることがある。母親が、煙突のてっぺんのすすけた煉瓦の上に腰をかけて、ダニエルが家に入れてくれるのを何時間も待っている、そして、やっと開いた煙道を降りてきて、そのあたりをはばたいている、そんな気がするのだった。彼女は誇らしげにそして憂わしげに、ダニエルの遊んでいるあいだ、じっとその様子を眺めているのではないか。ダニエルに話しかけるすべもなく、また自分がそこにいるのを知らせることもできないからだ。もしかすると、仲間のフェアリーたちを連れてきているかもしれない……フェアリーたちが本棚や吊ってある植木鉢などにちょこんとすわっていたり、蛾のように電球のまわりに群がっているかもしれない。

ひょっとすると、ほんとうにフェアリーたちがそこにいるのかもしれない。ひょっとすると、すべてが単なる想像ではないのかもしれない。なにしろ、フェアリーというのは目に見えないのだから。しかし、もしフェアリーたちがここに来ているとすると、ダニエルはいけないことをやったわけだ。だれもフェアリーを家のなかに入れてはいけないことになっているのだから。ダニエルは、ここには自分ひとりしかいない、今の話は自分の頭のなかの絵空ごとに過ぎない、そう思うことにした。

ダニエル・ワインレブが九歳のとき、母親がふたたび姿を現わした。まず電話を寄こすだけの分別はあった。土曜日だから受付の女の子は休みで、ダニエルが交換台にすわっていた。母親と最初に口をきいたのはダニエルだった。

ダニエルはいつものように電話をとった。「おはようございます。エイムズヴィル医療グループです」

交換手が、ニューヨークからエイブラハム・ワインレブにコレクト・コールの電話だと言った。

「申し訳ありませんが」ダニエルは暗誦するような口調で答えた。「本人はただいま電話口に出られません。診療中なんです。伝言しましょうか？」

交換手は先方と話していたが、相手の声はほとんど聞きとれなかった。スピーカーが切れていて、他人がイヤホンで聴いているレコードの声を耳にしている感じだった。

交換手が、あなたはどなたですかとたずねたとき、電話をかけてきたのは母親にちがいないと、なんとなくそんな気がした。エイブラハム・ワインレブの息子だと答えた。さっきよりは短いやりとりがあってから、交換手はダニエルに電話をとってくれるかと訊いた。

ダニエルは、かまわないと答えた。

「ダニー？　ダニー、あんたなの？」交換手とちがって、ずっと鼻にかかった声がきこえた。だれにもダニーなんて呼ばれたことはないと言いたかったが、それでは素っ気なさすぎる気がして、あいまいに、うん、とだけ言った。

「母さんよ、ダニー」

「うん、母さん、こんにちは」そのあと、先方はなにも言わない。ダニエルから切りださなければならなかった。「元気なの？」

彼女は笑った。低い声になった。「うん、まあまあよ」口をつぐんで、また言った。「お父さんはどこなの、ダニー？　話ができるかしら？」

「歯に詰め物してるところだよ」

「わたしが電話してるのを知っているの？」

「ううん、まだ」

「そう。じゃ、そう伝えてくれない？　ミリーがニューヨークからかけていると言ってよ」

ダニエルはその名前を口に出してみた。「ミリー」

「そう、ミリーよ。正確にはね……なんの略か知ってる？」

ダニエルは考えてみた。「ミリセント？」

「いやね、ちがうわ。ミルドレッド——変かしらね？　お父さんはわたしの話をしないの？」

母親の質問をはぐらかすつもりはなかった。ただ、自分の質問のほうがずっと大事だと思えただけだ。「こっちへ来るの？」

「さあね。エイブがお金を送ってくれるかどうか、それにもよるし。あんたは、わたしに帰ってほしいの？」

どうとも決めかねながらも、うん、そうしてほしい、と言わなければいけない気がした。でも、まだためらっていた。それがはっきりと感じられる以上、気に入りそうな返事をしてもほとんど手遅れだろう。如才なさからそう言ったのだとミリーにもわかるはずだ。

「ダニー、お父さんのところへ行って、わたしから電話だと言ってくれない？」また鼻にかかった声だ。

ダニエルは言われたとおりにした。思ったとおり、入口にダニエルの姿を見た父親はむっとした。ダニエルはしばらくそのまま立っていた。ふとった農婦が左上の犬歯に金冠をかぶせてもらっているところだった。患者の前で大声で電話の主の名を言うのははばかられた。「ニューヨークから電話だよ」とだけ言った。

父親はそれでもにらむような顔でいる。わかったのだろうか？

「女の人から」ダニエルは思わせぶりにつけくわえた。「コレクト・コールでかけてきてる」

「邪魔しちゃいかんのはわかってるだろう、ダニエル。待つように言ってくれ」

ダニエルは交換台にもどった。もう一本別の電話が入っていた。それを手早く「保留」にしてから、母親に告げた。「父さんに話したよ。待ってくれって。治療中だから、途中でやめられないんだ」

「そう。じゃ、待ってる」

彼女はまた笑った。楽しそうな笑い声だった。母さんのは『保留』にしておかなくちゃ」

「電話がもう一つかかってるんだ。母さんのは『保留』にしておかなくちゃ」

彼女はまた笑った。楽しそうな笑い声だった。ちょっとした言葉をかけて、母親の機嫌をとっておいたほうがいい、とダニエルは思った。彼女がエイムズヴィルに来るとなれば。ダニエルは、ゆっくりと、やさしい言葉を言い添えた。「ねえ、ママ、こっちへ来て、いっしょに暮らすことになるといいな」母親になにも言う間を与えず、電話を「保留」にした。


その飛行機はニューヨークからの便だったので、乗客も荷物も州警察の検閲にずいぶん手間どった。これまでに何人か、白いフォーマイカのドアから出てくる女性を見ては、母親かなと思った。彼女がやっと疲れきった様子で姿を見せた。最後の乗客だったし、まちがいようはない。長いあいだダニエルが頭に描いていたような姿ではなかったが、まぎれもなく忘れようとしても忘れることのできない母親だった。

母親はきれいだったが、溌溂とした健康的な美しさというよりも、もろさの感じられる美しさだった。ものうげな大きな茶色の目、まるで飾りつけのように両肩にたらしたもじゃもじゃのポニーテール。着ている物はこざっぱりとしていたが、十月も半ばのアイオワではちょっと薄着だった。背丈は平均的な中学生ほどしかなく、ブラジャーで持ちあげた大きな胸のほかは、宗教の宣伝でテレビに出てくる人たちのようにやせていた。気味のわるいほど爪をのばしていた。話をするたびに指をひらひらさせるので、いやでも目についた。片方の腕には、金属製、プラスチック製、木製のブレスレットをいっぱいつけているので、いつもカチカチ、ジャラジャラと音がしている。ダニエルの目には、彼女の姿は、まだだれも飼っているのを見たことのない、本のなかでしかお目にかかれない外国種の犬のように物珍しく映った。エイムズヴィルの人たち、目を丸くして眺めるだろうな。今だって、空港のレストランの人たちからじろじろじろ見られているもの。

母親はハンバーガーをナイフとフォークを使って食べた。おそらく(ダニエルが思うに)、長い爪が邪魔になってパンがつかめないのだろう。あの爪は実にすごい、大した見物《みもの》だった。食べているあいだも彼女は話をやめない。たいして内容のある話ではなかった。どうやらダニエルや父親に好感を与えようと努めているらしい。さっき通ってきた検閲所ではうんざりさせられたようだ。警察はトランジスター・ラジオとタバコ四カートンを押収した。彼女はアイオワ州の印紙税を払うだけの金を持っていなかった。ダニエルの父親がかわって払い、タバコはもどしてもらえたが、ラジオはだめだった。ここでは禁止されている周波数の電波を受信できるものだからだ。

エイムズヴィルにもどる車のなかで、母親はタバコを吸い、おしゃべりをし、聞いていていらいらするだけで、あまりおかしくもないジョークをつぎつぎと飛ばしていた。目に入るものすべてに、甘ったれた調子で感嘆の声をあげる。まるでそれらすべてがダニエルと父親のおかげであり、アイオワ州全体、畑一面のトウモロコシの切り株、納屋やサイロ、陽光から空気まで彼女には喜ばしいことでもあるかのように。そのあとは、しばらくぼんやりとしている。それまでの言葉が本気でなかったことは歴然としていた。彼女はなにかを恐れているように見えた。

父親もタバコを吸いだした。めったにないことだった。レンタカーの車中は煙がこもって、ダニエルは気分がわるくなった。走行距離計がエイムズヴィルまでの残りの距離を少しずつ確実に減らしていくのを、ダニエルはじっとみつめていた。

翌朝は土曜日で、ダニエルはオットー・ハスラー公園で開かれるアイオワ青年大会に参加するため六時に起きなければならなかった。昼になって家に帰ると、ミリーはエイムズヴィルの主婦らしくなろうと大変身をはかっていた。小柄でさえなければ婦人服のバーンズかマコーレーのショー・ウィンドウから抜けでたように見えた。きれいな白いデイジーの模様をちりばめたグリーンのブラウス、バイオレット色とライム色で、三インチ幅のテープをつけたフリルのある膝丈のスカート、それに合った厚手のタイツ。爪はふつうの長さに切り、髪は三つ編みにして、ダニエルの四年のとき（今は五年）の先生、ミセス・ボーイズモアティアのようにぐるりと頭にまいている。ブレスレットは、昨日つけていたうちの一つだけ。スカートのグリーンに合わせたプラスチック製のものだ。

「どう？」ダニエルにたずねてポーズをとったので、ますます石膏のマネキンのように見えた。

ダニエルはまたすっかり慌ててしまった。公園で柔軟体操をやってきたせいか、膝が震えていた。ショックをかくそうと、疲れたふりをしてソファに倒れこんだ。

「そんなにおかしい？」

「ううん、ただ……」正直に言おうとしたが、思いかえしてやめにした。「きのうのほうがよかった」これも半ば本音だった。

「なかなか心得た紳士だこと！」ミリーは笑った。

「ほんとだよ」

「そんなこと言ってくれるなんて、うれしいこと。でもエイブはね、これまでのわたしじゃだめだって、はっきりわからせてくれたわ。あの人の言うとおりよ。あれじゃだめよね。現実的にならなくちゃ、それで――」ミリーは、両腕をなんとなくかばう形にあげて、また別のショー・ウィンドウの人形のポーズをとってみせた。「――知りたいのは、これでどうかな、ってことなんだけど？」

ダニエルは笑いだした。「いいよ、大丈夫だよ」

「まじめなのよ」そう言い張るが、ダニエルには、とてもまじめとは受けとれない調子だった。当り前のことをやろうとしても、彼女の意思に関わりなく、滑稽に見えてくるらしい。

ダニエルは、彼女がここへもどってきたときの姿は見なかったことにして、あらためてその姿を眺めてみようとした。「今着てる物なんか、とてもすてきだよ。ただ、どうしても……」ダニエルは顔を赤らめた。

「どういうこと？」彼女は描いた眉を寄せた。「……目立つんだ。というのはね……」

「あのね、みんな知りたがるんだ、東部の人だっていうとね。今朝だって友達はもう話を聞いててさ、ぼくに訊くんだ」

「どんなことを？」

「うん、母さんがどんな様子をしているかとか、どんなしゃべり方をするかって。みんな、テレビでしか知らなくて、それをみんなほんとうだと思ってるんだ」

「それで、あんたはどう言ったの？」

「自分の目で見たほうがいいって」

「そう、気にすることはないのよ、ダニー。わたしがごく普通の人間だとわかれば、だれもテレビなんて信じなくなるわよ。わたしも来るまではここがどんなところなのかよく知らなかった。東部にだってテレビはあるわ。ファーム・ベルト（アメリカ中西部の農業地帯）だって、それ相応に向こうじゃ注目されてるのよ」

「ぼくたちは世の中のきまりに合わせて生きてる人間だと言われてるんでしょう？」

「そうね。たしかにそういうことも言ってるわね」

「それで、なぜこっちへ来ようと思ったの？　ぼくたちのことは別にして」

「なぜかって？　すてきな、居心地のいい、安全で裕福な暮らしがほしいのよ。もし、社会に順応することがその代償なら、それを支払うのは当然だし、それはそれでいいの。人間ってね、どこにいようと、なにかにあわせているものよ」

　ミリーは切りそろえた爪を眺めるように両手を前にさしだした。その口調には真剣さがはっきりと感じられた。「ゆうべ、お父さんに言ったのよ、わたしも外で仕事を探して、年季の契約が早く終えられるように手伝いたいって。働くのはわたしにも楽しいの。でもね、お父さんは、だめだ、わたしには似合わないって言うの。これがわたしらしい仕事だって。だから、すてきなチビの主婦になって、世界一大きな鍋つかみでも編むことにするわ。それに、ここいらの奥さんたちがやってることならなんでも。そうすれば、わたしらしくなれるってわけよ！」

　ミリーは体を投げだすように肘かけ椅子に腰をおろして、タバコに火をつけた。ダニエルは思った。エイムズヴィルじゃ、主婦はタバコを吸わないってことを知ってるのかな。ことに人前では。そうか、ぼくといっしょにいても人前ということにはならないんだ。ぼくはミリーの子供だ！

「母さん、訊いていい？」

「いいわよ、どうしても答えなきゃいけないっていうんじゃなければね」

「母さんは翔べるの？」

「だめなのよ」ミリーは息を浅く吸ってから、煙を吐きだした。「だめなの。やってみたけど、うまくコツが飲みこめなかった。どんなに一生懸命やっても覚えられない人間っているのよ」

「でも、母さんは翔びたかったんだね」

「ばかでもなけりゃ、翔びたくないなんて言わないわよ。翔んだことのある人も知ってるわ。そういう人の話も聞いてるわ……」目をくるっと動かして、赤く光る唇をとがらせた。ほんとなんだから！とでも言っているようだった。

「去年、学校の体育館で特別講演があったんだ。役所のえらい人が来て、すべて空想ですって言ってたよ。翔んでいると思っているだけで、夢にすぎないって」

「それは宣伝活動よ。だれも本気にしてないわ。もし本気にしてれば、そんなにフェアリーをこわがるわけないでしょ。どこに行ってもファンがまわってるなんてことはないはずよ」

「それじゃ、本当なんだね」

「そうよ、わたしたち二人がここにこうしているのと同じで現実なの。それで答えになる？」

「うん、そうだね」母親の話のその友人たちが、翔ぶときはどんな気持がすると言っていたのか、それを訊くのはあとにしよう。

「けっこうよ。じゃ、覚えてらっしゃい。この話はけっしてだれにもしちゃだめよ。わたしにも二度とするんじゃないの。翔ぶ話は、どんなことでもだめ。お父さんはセックスについて話してくれたことある？」

ダニエルはうなずいた。

「ファックすることについては？」

「うーんとね……アイオワじゃね……ぜったいに……」

「その話はしない、そうね？」

「うん、子供は大人とその話はしないんだ」

「翔ぶことについても同じよ。その話はしないの。けっしてね。翔ぶなんてとてもわるいことだ、そんなことをする人間は、どんな恐ろしい目にあってもしかたがない、そう言うのはかまわないけど」

「母さんはそう信じてるの？」

「『信じる』って言うのはおよしなさい。わたしが今話しているのは、れっきとしたアンダーゴッドの真実よ。翔ぶのはいけないことです、そう言ってごらん」

「翔ぶのはいけないことです」

ミリーは肘かけ椅子からよいしょと立ちあがると、ダニエルのそばに来て、頰にキスをした。「あんたとわたし」目くばせをしながら言った。「二人は同類よ。うまくやっていきましょ」

2

十一歳になったダニエルは幽霊に夢中になっていた。吸血鬼、オオカミ男、昆虫の変種、異星からのインベーダーにも興味をもった。それと時を同じくして、怪物への興味が一致したことがきっかけでユージーン・ミューラーと大の仲良しになった。ユージーンは、つい二年前までエイムズヴィルの町長をしていた農器具販売業者のロイ・ミューラーの下の息子だ。ミューラー一家は、エイムズヴィルでは格式の高いリンデン・ドライヴにある、いちばん大きな、そして（彼らの話では）いちばん古い家に住んでいる。代々あわせて五人の町長と警察署長がこの家に住んでいて、そのうちの三人までがミューラー家の出だった。ミューラー家の屋根裏部屋には、いろんなガラクタに混じって、古い本ばかりを詰めこんだ箱がたくさんあった。ほとんどは、今とは無縁の過去の名残りで、とても読むにたえない本だった――ダイエット本、成功の秘訣、故大統領の何巻もの回顧録、フランス語や家政学の教科書、リーダーズ・ダイジェストの簡約版。しかし、ユージーン・ミューラーはこんな古臭い本の山の底に埋もれていた、超自然的な物語のペーパーバックがぎっしり詰まった箱を見つけだしていた。夏休みのキャンプ場や、レジスター紙の集配所で語りつがれている物語などとても足元に及ばない、巧みな、そして恐怖にみちた物語だった。

ユージーンは、一冊ずつ下着の下にかくして自分の部屋に持ちだしては、夜遅くろうそくの明りで読むことにしていた。本そのものも幽霊さながらの姿で、指が触れるたびにへりがぼろぼろとくずれそうになる。ユージーンは一度さっと読んで、もし気に入った話であれば、さらに時間をかけて読む。そのあと、まだその内容が記憶に鮮やかなうちに〈レジスター〉の集配所で、新聞を運んでくるトラックを待つあいだ、ほかの配達人たちに話してきかせることにしていた。ときにはサスペンスを盛りあげるために、数日にひきのばして話すこともあった。

ダニエルも、前町長の息子ほど割はよくないが、配達区域を一つ受け持っていた。ダニエルは使徒の一人のように敬意をもって、うっとりとユージーン・ミューラーの話に聴き入っていた。その物語――そして作者とおぼしい人――は、ダニエルの心をかきたてる、欠かせないものの一つになっていた。何か月も前に学校の貧弱な蔵書は読みつくしていた――ぼろぼろになっている、ポーの十三の物語、『フランケンシュタイン』や『世界大戦争』の削除改訂版。あるとき、片道四十マイルをフォート・ダッジまで自転車で出かけて、古い白黒の恐怖映画の二本立てを観にいったことがある。映画は恐ろしかった。とても手の届かぬものとあこがれていたから、長年の渇きが癒されたときのすばらしさは格別だった。ユージーンは、この友人が人を信じやすいことにつけこんで、自分の宝物を見せたのだと告白したことがある。それでもダニエルは彼のことを、ほかの中学二、三年の生徒とは別格のすぐれた人間、もしかすると天才ではないかとさえ思っていた。

ダニエルはミューラー家に泊りがけでよくいくようになった。夕食をユージーンの家族とともによばれた。ユージーンの父親がいっしょのことさえあった。彼らといるときもダニエルは愛想よくしていたが、ほんとうに生き生きとするのはユージーンと二人きりのときだった――屋根裏部屋で本を読んだり、自分たちで素朴な指人形芝居を演じたり、ユージーンの部屋で彼がたくさん持っているおもちゃやゲームに興じることもあった。

ダニエルは彼なりに、母親と同じく不器用な――いや器用といっても同じことだが――立身出世主義者だった。


中学合格の証書をもらう三日前、ダニエルはキワニス・クラブ主催の全州コンテストで「スポーツは善良な市民を作る」と題する論文によって三等賞を獲得した（アイオワ州内の競技会から一つ選び最前列の席でペアで観戦できるというものだった）。ダニエルはその論文を全校集会で朗読した。生徒たちは、校長のミスター・キャメロンが片手をあげて制止するまで拍手をしなければならなかった。そのあとミスター・キャメロンはウェスト・ブランチ出身のハーバート・フーヴァーの演説集をダニエルに手渡した。いつの日かこの国が立ちなおったとき、アイオワの人間からもう一人ホワイトハウスの住人が出てもふしぎではない、と校長は言った。ダニエルは自分のことを指しているのだと思って、胸がきゅっとつまった。

同じその日、ワインレブ一家はチッカソー街の家に引っ越した。そのあたりは（住民の言葉をかりれば）リンデン・ドライヴに劣らぬいい環境だそうだ。こぢんまりとした、羽目板張りの平屋で、寝室が二つある。二番目の寝室はどうしてもオーレリアとセシリアの双子が使うということになり、ダニエルは一段格が下がって地下の部屋をもらった。陰気でじめじめした軽量コンクリート・ブロックの壁だったが、双子の部屋よりも広い上に静かだし、車道まで直接に出入りできる便利さもあった。

この家の以前の持主は、この地下室をイタリア難民の家族に貸して元をとろうとした（そして、どうもうまくいかなかったようだ）。考えてもごらん、この部屋に四人の人間が暮らすなんて！　明り取りの窓が二つ、流し台の蛇口からは冷たい水しか出ないこの部屋に？

ダニエルはその一家のプラスチックの表札をそのままにしておいた――ボソラという名前だった。夜ふけにひとりで部屋にいるとき、ボソラ一家がこの灰色の壁に囲まれて過ごした生活を想像してみることがあった。ダニエルの母は、それでもまだましなほうだったんじゃない、と言うのだった。ほかにどうしようもない悲惨さに目をつぶるとき、彼女はよくこういう言い方をする。近所でもボソラ一家がその後どうなったのか知る人はいなかった。たぶん、まだエイムズヴィルにはいるのだろう。町の周辺のトレイラー置場にはイタリア人が大勢住んでいて、ラルストン＝ピューリナで働いていた。

ダニエルの父もほかの人たちと事情は違うが、やはり難民だった。父の母親はアメリカ人、父親は生粋のイスラエル人である。シリア国境から四マイルほどのキブツ（イスラエルの農業を中心とする共同体）で育ち、テル・アビブの大学で化学を専攻した。二十歳のとき、母方の祖父母から、もしクィーンズに来て自分たちと暮らすなら歯科の学校に通わせてやろうという話があった。これは神様の思し召しだったのだろう、彼がアメリカへ発って二週間後、ロケットが発射され、テル・アビブは壊滅に近い状態になったのである。二十一歳の誕生日にどちらの国の市民となるか、選択を迫られた。その時点では、それは選択と言えるようなものではなかった。彼はアメリカ合衆国国旗及びそれが象徴する共和国に忠誠を誓った。そして、祖父と、祖父がニューヨーク大学に払っている小切手に敬意を表して、名前もシェイザーからワインレブに変えた。歯学部を卒業したあとは、エルムハーストで老ワインレブがやっている診療所に加わり、それが十二年どうにかつづいた。一生のうち、強制されずに自分の意志でやったことといえば、三十九歳のときに十六歳のミリー・ベアーと結婚したことだけだ。ミリーは、埋伏した親知らずの治療にきた患者だった。ミリーがあとになってよく言っていたように、彼女の記憶によれば、その選択さえも結局のところ彼が選んだものではなかった。

父を好きになれない理由をダニエルは自分でもうまく説明できなかった。ロイ・ミューラーのように、重要人物でもなければ裕福でもないからだろうか？　いや、ダニエルのこの感情、というか、情が欠けているのに気づいたのは、そういう点での父親の限界を知る前からだった。結局は、難民だからか？　ことにユダヤ人難民だからか？　いや、どちらかというと、彼は正確にはユダヤ人難民とはいいがたい。ダニエルはまだ若く、苦難に対してもロマンチックな考え方をする年頃だ。その彼から見ると、（想像する）ボソラ一家のほうが、ワインレブ家の人間よりは善良でもっと雄々しい人種に属する。それでは、なぜだろう？

　そのわけは——これがおそらくほんとうの理由、もしくは理由の一端だろう——ダニエルの父親は世の他の父親同様に、息子に期待をかけ、なお始末のわるいことに、自分がこれまでどっぷりと漬かってきた同じ職業につかせたいと望んでいたからだ。ダニエルを歯科医にさせたいと思っているのだ。ダニエルとしては、歯科医になりたくないと主張するだけではすまなかった。なにになりたいのか、それを見つけださなければならなかった。そしてまだ見つからないでいる。もっとも、それだからどうだという段階ではまだなかった。ダニエルは若い。まだ時間はある。しかし、そうは言っても——ダニエルはそのことを考えたくなかった。

　小学四年のときの担任ミセス・ボーイズモアティアの家は、ダニエルの配達区域の最後だった。四十、五十歳そこいらの中年女性で、エイムズヴィルの同年輩の女性の多くがそうであるように、彼女もふとっていた。名前はボーイズモアティアと発音していた。ミスター・ボーイズモアティアのいたころのことは、ダニエルの知るかぎりだれも覚えていなかった。ともかく、ミセスというからにはそういう時代があったにはちがいない。

　ダニエルの記憶では、彼女は啓発的な教師というよりはむしろ慎重な教師で、新しい着想のひらめきを求めるよりも、言葉のつづりや文法、面倒な割り算などをくりかえし教えることで満足していた。生徒に物語を読んできかせることもなかったし、自分自身の体験を語ることもなかった。ただ一つ活気があったのは金曜日の最後の時間で、彼女がクラスの音頭をとって歌を歌うのだった。いつも国歌で始まり、「アイオワの歌」でしめくくった。唱歌集に入っている歌でダニエルの好きなのは「サンタ・ルチア」、「オールド・ブラック・ジョー」、「錨をあげて」の三曲だった。たいていの教師は、金曜の自由時間に音楽を教えるのは避けていた。なにかと論議の的にされるからだ。しかし、ミセス・ボーイズモアティアは、この問題がとりあげられるたびに——PTAの会合や教室内の討論で——きっぱりとこう言うのだった。学童たちが自分たちの国歌も満足に歌えないような国は危機に瀕した国です。これに返す言葉があるだろうか？　だが、神様や国家について彼女がどう言おうと、クラスの子供たちの目から見れば、歌を教えるのは彼女自身が楽しいからだというのは明らかだった。なにを歌っても、彼女の声がいちばん大きく、いちばんきれいだった。いっしょに歌う子供たちは、たとえ自分がうまく歌えようが歌えまいが、歌うのは楽しかった。耳に入ってくるのは自分の声ではなく、ミセス・ボーイズモアティアの声なのだから。

それでもやはり、長年音楽を教えることを主張してきたために、ミセス・ボーイズモアティアは敵を作ってしまっていた。とりわけ、アイオワのこのあたりで勢力があり、言いたいことを大いに言う、自信の固まりのようなアンダーゴッド信者たちに敵が多かった。〈レジスター〉の記事を信用すれば、アンダーゴッド信者たちは事実上アイオワを支配し、国の飛翔反対修正法の否決直後にはいっそう勢力を振るっていた。当時彼らは、世俗的な音楽の演奏は生《なま》であれ録音であれすべてこれを禁止するという法案を州議会で通過させることができた。そしてブルースター知事がこの立法を拒否して三日後、彼のひとり娘が撃たれた。容疑者がアンダーゴッド信者だったかどうかは立証されないままだったが、この事件によって多くのシンパが離れていったことは確かだ。そういう時期はもう過ぎて、いまミセス・ボーイズモアティアが心配することといえば、最悪でも、ときどき窓ガラスを割られるとか、ネコの死骸が玄関先に吊り下げられる程度のことだった。あるときダニエルが彼女の家に新聞を配ろうとして、玄関のドアの真ん中に二インチほどの穴があいているのに気がついた。最初は新聞受けかと思ったが、やがてそれはフェアリー用の入口のつもりだとわかった。自分も仲間だというしるしに、ダニエルは新聞をきっちり筒状に丸めてその穴に突っこんでおいた。翌日学校で、ミセス・ボーイズモアティアは回り道をしてダニエルに礼を言いにきた。その後、穴は修理をせずに逆にもっと広げて金属の板をかぶせ、それを横にずらすと、ちゃんとした〈レジスター〉受けになっていた。

これがダニエルとミセス・ボーイズモアティアとの特別なつきあいのきっかけになった。ひどく寒い夜など、彼女はダニエルの配達を待ちかまえていて自分の居間に招き入れ、コーンスターチで作った温かい飲物などを振舞ってくれた。「非売品《エムパルゴウ》ココア」と言っていた。四方の壁には本や絵が飾ってあり、そのなかに、昔のバプティスト教会とそのとなりのA&Pという店（今はもうない）をていねいに描いた水彩画があった。すぐ目につくところにステレオ・プレイヤーがあり、その上は天井まで棚いっぱいにレコードが並んでいる。厳密に言えば、法律に触れることはなにもないけれども、たいてい、レコードを持っている人たち——たとえばミューラー家——は、人目につかないところに置き、鍵をかけていることが多かった。彼女が何度もおどされているらしいことを考えると、これはずいぶん度胸のいい話だった。

指先も耳もしだいに温まってうずきはじめると、ミセス・ボーイズモアティアは、いろいろとダニエルにたずねた。なぜかダニエルが幽霊話の好きなことを知っていた。そして、母親に頼めば図書館の大人向けの本の部門から借りられるからと、いくつか書名をあげて教えてくれた。ダニエルの好みからすると難しそうだったり高度なものもあったが、少なくとも二冊は彼にぴったりのものだった。もともと話好きの人には珍しく、彼女は自分のことはほとんど話さなかった。

控え目だし、ふとって動作が鈍そうだったけれども、ミセス・ボーイズモアティアはまぎれもなく人間らしい人間だとわかるにつれて、ダニエルはしだいに興味をもちはじめた。もっとも興味の大半は音楽についてだった。音楽について他人と話すものではないとわかっていたが、考えずにはいられなかった。まして、世界中の罪悪を集めたマイクロフィルム・ライブラリーのように、見上げるほどの棚いっぱいにレコードがあるとなれば、なおさらだ。もともと音楽がいけないというわけではないのだ。しかし、火のないところに云々、ということで、ともかく、人が翔ぶ手助けをするのは音楽だった。もちろん、音楽を聴くのではなく演奏することである。飛翔に関わりのあることにはすべてあらがいがたい魅力があった。

それからしばらくたった十一月のある雪の降る日、エムバルゴウ・ココアをご馳走になったあとで、思いきって彼女のレコードを聴かせてもらえるかとたずねた。

「もちろんよ、ダニエル。どのレコードを聴きたいの？」

ダニエルが知っている曲は学校の唱歌集にあるものだけだった。どれも唱歌集にのっている以上、翔ぶときに使うようなたぐいの音楽ではない。

「わかりません」ダニエルは白状した。「先生が好きなのをなにかお願いします」

「そうね、ゆうべ聴いたのがここにあるわ。とてもすばらしかったけど、あんた向きじゃないかも知れない。弦楽四重奏曲よ、モーツァルトの」まるでレコードが生き物であるかのように、とても丁寧にボール紙のジャケットから引きだしてターンテーブルにのせた。

想像もつかない衝撃的な音楽を予想して緊張したのに、スピーカーから流れる音は、冴えない、迫力にとぼしいものだった――ぜいぜいという音、すすり泣くような音、唸るような音、きしむ音がいつ果てるともなく、えんえんと流れてくる。暗闇のなかから一度か二度、メロディがはじまったかと思うと、それを楽しむ間もなく、体の奥底に響くような音にもどって沈んでいった。音は流れていった、ときには早く、ときにはゆっくりと。しかし、その鈍さ、単調さは、むらなく塗られたペンキと同じで終始変らない。それでも、この曲がまるで信じられぬほど神秘的な天の啓示でもあるかのように、ミセス・ボーイズモアティアが首を前後にゆらゆらとさせながら、どこか遠くをみつめるようにほほえんでいるあいだは、ありがとうございました、もうけっこうです、などとは言えない。ダニエルはターンテーブルの上で回っているレコードをじっとみつめながら、最後まで辛抱した。そして彼女に礼を言ってから、雪のなかをとぼとぼと家路についた。裏切られ、幻滅し、そして呆気にとられたような気分だった。

あれだけってことはない。そんなことはありえない。先生はなにかをかくしている。なにか秘密がある。

その冬、新しい年に入っての第一週に全国的な危機がおとずれた。もっとも、〈レジスター〉の記事をそのまま信じれば、この国は常に危機に見舞われてきたというのだが、アイオワがそれに遭遇したことはめったになかった。以前、連邦政府が食肉に二十パーセントの奢侈税を課すために係官を派遣するとおどしてきて、ちょっとした騒ぎになったことがあった。しかし、実際にそういう事態になるまでに最高裁判所の裁決が下り、少なくともアイオワでは、食肉はハム及びソーセージ用以外の用途には「加工されない」、したがって課税の対象にはならないという主張の正当性が認められた。もう一つの危機はダベンポートで暴動が起きたときだ。この事件に関しては、レジスター紙上におびただしい数の写真が載ったこと、それがどれも農場の警備にあたった州警察を撮ったものだったことしかダニエルは覚えていない。この二つの事件を例外として、報道の影響が生活に及ぶことなく、その日その日が過ぎていった。そして、この一月の事件。正体不明のテロリストたちによるアラスカのパイプライン爆破事件である。さまざまな予防手段を講じても、この種の事件はこれまでもちょくちょく起こっていた。大事に至らなかったのは、絶対安全なシステムが組みこまれていて、油の流出を防ぎ、破損個所を補修し、すぐに正常にもどる方法がとられていたからだ。しかし、今回は正確に六百ヤード間隔で爆発が起こり、数マイルにわたってパイプラインが吹き飛ばされた。〈レジスター〉の報道では、爆弾が巨大なパイプ中に石油といっしょに送りこまれでもしなければ起こりえないと言っていた。また同時にこの方法をとるのが不可能なことも図解して示されていた。そのせいで、これはフェアリーの仕業だとされた。さらにイランやパナマ、ほかのさまざまなテロリスト・グループ、女性有権者連盟もその罪をきせられたのである。

この事件がアイオワに与えた影響は、はっきりと出た——燃料がなくなったのだ。急場を乗りきるための優先権をとりつけようと、ほかのファーム・ベルト諸州に向けて、ありとあらゆる手段と法に触れない範囲でのおどしまでが行使された。しかし、そこにも石油はなかった。この国であまり豊かならざる地方に住むという不運を引きあてた人々にとって冬の物資の配給制度がどんなものか、身をもって味わうことになったのである。

つらい経験だった。冬の寒気は、商店や学校、家庭のなかに忍びこんできた。口に運ぶ食物に、入浴する湯のなかに、骨の髄にも頭のなかにも入りこんできた。ワインレブ一家は、ずっと居間と台所にいて、タンクのなかに残っているわずかな燃料からできるだけの暖をとろうと腐心した。夜の八時を過ぎると電気はこなかった。せめて凍てつくような時間を少しでも早くやり過ごそうにも、本を読むこともテレビを見ることもできないわけだ。物音ひとつしない暗い部屋で、ダニエルは、両親とともに身動きもせず、眠ることもできず、セーターの重ね着と毛布で熱の発散を防いだ。退屈は寒さよりも始末がわるかった。九時半が就寝時間だった。ダニエルは二人の妹のあいだにはさまって眠った。二人のおねしょのにおいがした。

ダニエルは時折ユージーンを訪ねた。運がよければ、泊っていったらとすすめられることがあった。ミューラー家は格段に暖かだった。ひとつには、この家には暖炉があって、夕方早くから火が入っていたからだ。不要になった家具の切れっぱしといっしょに、屋根裏部屋の本もたきぎ代りに使われた(ダニエルも手伝って、ユージーンは彼らの恐怖物語をこっそり持ちだすことができた)。ミスター・ミューラーはヤミの燃料も手に入れていた(とダニエルはにらんでいた)。

〈レジスター〉は、この危機のあいだ一時発行を中止していたので、ダニエルもどうにか新聞を配達して尻までこごえる思いはしなくてすんだ。ニュースが途絶えると世間が変って見えた。もっともダニエルは、〈レジスター〉に載るような公的な世界——ストライキとその収拾、討論とその論点、共和党と民主党など——にもともと関心があったわけではない。どんな記事がいちばんおもしろいかと訊かれても返事に困っただろう。それでも、こうしてなにもニュースがなくなってみると、文明がだれも動かすことのできない旧式のシボレーかなにかのように一時停止してしまった気がした。まるで冬は自然ばかりでなく、歴史にまで襲いかかってしまったようだ。

三月に入って、生活がおおかた元通りになりはじめたと思えたころ、ダニエルの父が肺炎で倒れた。これまでも、アイオワの冬はその体にこたえる厳しさだったが、自分で抗ヒスタミン剤を注射してそれをしのいできた。そしてついに、跡形もなくなるまで穴をあけ充塡して持ちこたえた歯のように、彼の健康も衰えてしまった。熱のある体でオフィスに出ていたが、両手の震えがとまらなくて、患者の根管の洗浄を看護婦にまかせなければならなくなった。看護婦は雇い主の反対を無視して、向かいの部屋のキャスキー医師を呼んできた。同僚を診察したキャスキー医師はフォート・ダッジの病院に入院の手続をとった。

この危機のあいだ、病院は暖かく過ごせる場所のひとつだった。ミリーもダニエルも双子の姉妹も、毎日面会時間がはじまってから看護婦に追いだされるまで、エイブラハムのベッドのそばでぬくぬくと過ごしたかもしれない――もし、フォート・ダッジがこれほど遠くでなかったら。ロイ・ミューラーがいなければ、だれも見舞いにいかずに終っただろう。ロイは週に二、三回集配用の小型トラックでフォート・ダッジに出かけていたので、その度にダニエルかミリーを乗せてやった。二人いっしょに乗るゆとりはなかった。

ダニエルと父親のあいだには、これまでいちばんうまくいっているときでさえ、意思の疎通はあまりなかった。エイブラハム・ワインレブは現在五十二歳、生えぎわに白いものが目立ち、顔のしわも深くなって、まるで社会保障をうけて暮らしている人間のようだ。入院してからというもの、しめっぽい口調で生まじめな話をするようになり、ダニエルはこれまで以上に、いっしょにいるのがやりきれない気分だった。雪どけがはじまったころの風が強い土曜日、エイブラハムはベッド脇の金属製のナイト・テーブルから新約聖書を手に取って、ヨハネ伝の最初から読んでくれとダニエルに頼んだ。ダニエルは、読みながら、父親がある種の狂信者になりかかっているのではないかと気がかりになった。その晩ミリーに話をすると、彼女はもっと驚いていた。二人とも、彼が死にかけているのにちがいないと思った。

ワインレブ一家は世間並みに教会に通っていた。エイムズヴィルでは、ある程度以上の収入のある人たちは教会へ行かないなどという分別のないことはしない。しかし、彼らが通うのは、町の教会のなかで一般にもっとも穏健で日和見的だと思われている組合派教会だった。組合派の神は、献金箱に入る硬貨やドル紙幣に記念される神であり、自分のために日曜日ごとになにがしかの金と時間を献じてくれる以外、信者にはなにも求めない神である。監督派教会員になってもっと上流の人たちと知りあいになることもできるが、その場合は冷たい扱いを受ける破目になる。アイオワの本物の上流階級である農場主たちはアンダーゴッド信者だった——ルーテル派、バプティスト派、メソジスト派——。ただしアンダーゴッド信者になりすますことはむりだ。それには、享受できるはずのものをすべて放棄しなければならないからだ——音楽ばかりでなく、テレビも、本もほとんどあきらめなくてはならない上に、アンダーゴッド信者以外の人たちとの話さえ禁じられる。その上、農場主連中は、都市生活者をやはり同じ社会構成員である政治運動家、ブローカー、失業者なども含めて十把ひとからげに扱うので、アンダーゴッド信者になりすまそうとする人にとってもあまり得になることではないのだった。

ミリーとダニエルの心配は杞憂だった。エイブラハムはアンダーゴッド信者にはならなかった。そして、二、三度話がうまくかみあわないことがあってからは、イエスについてなにを話そうとしていたのか、もう口に出そうともしなかった。フォート・ダッジからもどって以前と変ったのは、昔のような自信を失ったらしいこと、夕食時の会話を生き生きとさせていたジョークや日常のささいな話にすっかり興味を失ったことだった。ついこのあいだ死と触れあったことで、いつもの食事がなにもかもくさった味がするかのようになってしまった。

ダニエルはこれまで以上に父を避けるようになった。父親のほうはそれに気づかないようにも、気になどしていないようにもとれる様子だった。

パイプラインが機能を回復し、大統領が全国に向けて危機は脱したと声明を出してからも、〈レジスター〉は復刊されなかった。以前から発行部数は減少の一途をたどり、広告収入もこれまでの最低を記録していた。店頭売り一ドル（予約価格週五・五ドル）という最近の値段をもってしても、これ以上の存続は難しかった。さらに、スター・トリビューン紙が、アイオワの各地で容易に手に入るようになってきていた。論説では飛翔それ自体にはっきりと反対を唱えているにもかかわらず、飛翔装置の広告を掲載し、ニュース記事としては自らフェアリーであることを認める人たちについて、おおよそ楽観的な内容を載せていた。ことに報道機関を通じて告白する人には寛大だった。広告だけでも、このミネアポリス発行の新聞はアイオワで非合法となる資格は十分だった。しかし警察当局は、同紙をひそかに販売している二軒の居酒屋に対して断固とした処置をとろうとはしなかった。それも、エイムズヴィルの保安官事務所と州警察の双方に（〈レジスター〉配達人からの電話による）匿名の告発がくりかえされていたのにもかかわらず。どうもこの新聞の七十五セントという価格には賄賂の分が含まれているようだ。

〈レジスター〉の廃刊はダニエルにとってタイミングが悪かった。ティーンエージャーにはもう小遣は無用という父親の持論（ダニエルは最近その年齢になっていた）にかてて加えて、家には金がなかった。年季契約はどうやら終えていたので郡に負債はなかったが、エイブラハム・ワインレブとしては、かなりの額を月々の住宅の払いに回さなければならない上に、入院費の支払いもあった。それに、仕事の量を減らすように厳しく言われていたので収入はかなり少なくなっていた。

ダニエルは月の大半をこのジレンマにやきもきする一方で、友達とのつきあいや見栄から、七月にサウス・ダコタのブラック・ヒルで行われるアイオワ少年団のキャンプに参加するために貯金していたわずかな金も使い果たしてしまった。そこで思いきって、〈スター・トリビューン〉を販売している居酒屋の一つ、スポーツマンズ・ランデヴーにハイニ・ヤンガーマンと話をつけに出かけた。そして、自分の配達区域を確保したばかりでなく、配達業務全般の管理を（二パーセントのリベートで）任されることになった。一応、公然と販売されていた〈レジスター〉ほどの予約購読者数はなかったが、一部あたりの利潤はかなりいいので、各自が配達区域をもう少し拡大することで、少年たちにはこれまでと同じほどの収入があることになる。その上ダニエルは、例の二パーセントのリベートで、週五十ドル近い収入が得られた。並みの大人がかかりっきりで仕事をして手にするほどの大金だ。友人のユージーン・ミューラーもやはりリンデン・ドライヴ地区の配達をしていたが、警察はなんら邪魔だてをしなかった。ロイ・ミューラーの息子をいじめようなんてやつがいるものか？

景気がいいというなによりのニュースもさることながら、今しも季節は春だった。雨が名残りの雪を流し去る前に、芝生は青みはじめていた。表通りは手押し車や自転車で活気づいている。あっという間に春分を迎え、太陽は七時半まで空にとどまっていた。ミリーは裏庭で庭仕事をするようになり、土気色だった顔にバラ色がさし、そして黒く日焼けしていった。その幸せそうな立居振舞はダニエルのこれまでの記憶にないほどだった。双子たちすら、ダニエルが二人の湯たんぽがわりを務めることもなくなってからは、興味深い、好ましい存在に思えてきた。二人は話ができるようになった。（ダニエルの皮肉な言い方によれば）口のききようがわかってきた。枝先のつぼみはふくらみ、雲は空に飛び交い、コマドリがどこからともなく姿を見せるようになった。まさに春たけなわである。

ある日曜日、ふと思いついたダニエルは、自転車を郡道B号線沿いに走らせて学校友達のジェラルディン・マッカーシーのところへ行ってみることにした。彼は往復十四マイルあるユニティの村に住んでいた。道の両側の畑では、トウモロコシが黒いアイオワの土から芽を出している。ひんやりする空気もダニエルの木綿のシャツを波うたせて、成長の興奮をともにしようとしているかのようだ。

ユニティまでの半ばまで来て、ダニエルはふとペダルを踏む足をとめた。自分が、信じがたいほどの重要人物になったような感じに襲われたのだった。いつもはほとんど考えてもみなかった自分の将来が、頭上の空のように、くっきりとした現実のものとなった。空は飛行機のジェット雲できれいに二つに切り分けられていた。驚愕と言いたいほどの強烈な感覚だった。いつの日か、ダニエルは世間にその名を知られ、尊敬を集める存在になるとはっきりと悟ったのである。しかし、その経過や理由は謎のままだ。

幻影が消え、ダニエルは道路わきの萌えだしたばかりの雑草の上に寝ころがって、地平線に大きく湧きたつ雲を眺めた。自分が、この小さな町のダニエル・ワインレブが、そんなすばらしい未来を秘めているなんて、とてもふしぎな、幸運な、そして到底ありえないことだった。

3

共和党の大統領候補ロバータ・ドネリー将軍が、ミネアポリスで開かれる飛翔反対闘争集会において重大演説を行う予定だと〈スター・トリビューン〉で報じられ、ダニエルとユージーンはそこへ出かけて彼女の話を聞き、できればサインをもらうことに決めた。そうすればミューラー家の屋根裏部屋やワインレブ家の地下室にもぐり込んで冒険のまねごとをするだけではなく、気分を変えて本物の冒険をすることになる。それにそんなまねごとばかりをして過ごすには二人とも大きくなり過ぎていた。ユージーンは十五歳、ダニエルは十四歳だった（見たところはダニエルのほうがずっと毛深いために、年かさに見えたが）。

二人とも両親にその計画を打ち明けるわけにはいかなかった。デモインに出かけると言えば、やんわりとたしなめられても結局は許しがでるだろう。しかし、ミネアポリスとなれば、北京とかラスベガスというのと同じで、思いもよらぬ行き先だ。そこへ行きたいという理由が、アンダーゴッド信者だったらだれしも望む、ドネリー将軍に会うというりっぱな動機からだと言っても通用しない。まともな考え方をするアイオワの人間にとってツインシティーズ（ミネソタ州のセント・ポールとミネアポリス）は、背徳と罪悪のはびこる町、ソドムとゴモラなのだった（またいっぽう、まともな考え方をするミネソタの人間なら、もしあとわずか六パーセントの有権者が反対のほうへ動いていたら、ここで起こったと同じことがアイオワでも起こったに違いないと指摘するだろう）。州境を越えて出かけるのは恐ろしいことだ――だからこそ興味をそそられることでもあった。こんなやり方で怖ろしいことをやらなければならないときも、一生のうちにはあるものだ。だれにも知らせなかったが、ジェリー・ラーセンは別である。二人が留守の二日間、その配達区域の肩代りを承知してくれたのだ。

両親にはキャンプに出かけると話したが、どこへとはうまいこと言わずにすんだ。北の国道十八号線まで自転車を飛ばし、そこで自転車を折りたたんで道路下の雨水排水構にかくしておいた。そのあとは最初からツイていた。アルバート・リーにもどる空の軽トラックをつかまえた。運転台に乗っていてもブタの尿がにおったが、それさえも二人にとっては冒険につきもののにおいで、まったく気にならなかった。二人とも運転手とかなり親しくしゃべっているうちに、計画を変えていっしょに行こうと誘いたくなるほどだったが、そうなればいたずらに事態が面倒なことになるだろう。州境に着くと、ユージーンが父親の名前を税関の役人に告げるだけで通過できた。

暗黙のうちに二人が了解していたのは、アルバート・リー郊外のスターライト・ドライヴ・インで最新の二本立て映画を見ることだった。翔ぶことだけがミネアポリスで手に入る禁断の木の実ではない。ポルノ映画も誘惑の種の一つだ。そして――アイオワの人間からみれば――このほうがずっと切実なものだ（〈スター・トリビューン〉が近隣のファーム・ベルト諸州で販売を禁止されているのも、主に州境のドライヴ・インの広告が載っているせいだった）。ユージーンとダニエルは、どう見ても州境をこっそり越えてスター・ライトに出かけるには早すぎる年齢だ。しかし、ロイ・ミューラーの息子のことでとやかく言いたてる人間はいない。ロイ自身も上の息子のドナルドもこの検問所にはしょっちゅう顔を見せていた。性的な早熟は支配階級の特権の一つだ――厳粛な義務とは言わないまでも。

アルバート・リーからミネアポリスまでは北へまっすぐ八十マイルだ。ヒッチハイクなど面倒なことはやめて、グレイハウンド・バスに乗った。車窓から眺める畑はアイオワとまったく変りない。市の周辺に達しても、うんざりするほどデモインに似ていた——点在するがたがたのスラム街にかわって、もっとこぢんまりとした、しっかりとした都会風の豊かな家並みにはなっていたが。そして、ところどころにある商店街や給油所には、高い柱の上にくるくるとまわる看板が掲げられて、二人を迎えていた。デモイン周辺より交通量がかなり多いようだが、例の集会のせいかもしれない。どこへ行っても——芝生、ショー・ウインドウ、建物の壁などに——第二十八条修正法の制定を促すポスターが貼ってある。このかげに数百万の支持者がいるらしいことからみれば、この修正法が破棄されたなど信じられないけれども、事実、これまで二度破棄の憂き目にあっている。

ミネアポリスの下町は、都会らしさすべてを満喫させてくれる。巨大なビル、豪華な店舗、雑踏、大変な騒音。そして、こうした漠とした現実の彼方に、憶測ではあっても、かなりたしかなフェアリーたちの存在があった。フェアリーは、このガラスと石の峡谷を不意に訪れては去ってゆく。雑踏する通りを軽やかに翔び、大挙してどっしりと構える銀行の建物の正面《ファサード》に刻まれた彫刻にとまったかと思うと、昼下がりの青空にヒバリのように舞いあがる。その姿は、木の葉や商店街を彩る鉢植えの花ではなく、静かに通りを歩く人たちの考え、心や魂を糧に生きている、目に見えない、きらきらとしたイナゴの大群さながらだ。もし、ほんとうにフェアリーたちが翔んでいるとしたら。もし、ほんとうにフェアリーたちがいるとしたら。

集会は八時に開かれるから、あとたっぷり五時間はつぶさなければならない。ユージーンは映画を見ようかと言った。ダニエルに否やはなかったが、それでもどれにしようとは自分から言おうとしなかった。〈スター・トリビューン〉に何か月も掲載されていた広告から、どれにしたらいいかは、二人とも先刻承知だった。映画館が集まっているヘネピン街への道をたずねた。そして、ワールド館の入口の大ひさしに、卓上ランプほどの大きさの電光文字で書かれた黄金の看板こそが、二人が暗黙のうちに了解していたこの遠征のお目当てだった（少なくとも今のところは、ドネリー将軍はおいておこう）。偉大なベティ・ベイリーの最後の伝説的ミュージカル『ゴールド・ディガース84年』だ。

この映画はダニエルにかなりの感銘を与えた。このときも、そのあともだ。たとえ映画そのものではないにしてもワールド館の影響はあっただろう。壮大で重々しく、厳粛な儀式をはじめるときのようにこめかみがキュッとなった。前のほうの席に腰をおろし、荒々しい音楽がどこからともなく流れてきて二人を包みこむのをじっと待った。

そのときは、音楽がすべてだった。自分のなかから吐きだされるとき、ほかの力がすべて恐れをなし、絶滅をねがうような解放感――それは歌だった。ダニエルは、音楽が自分の体のひめやかな奥底で響いている心地がした。役にたたない肉体から魂を切りとって自由にしてくれる天上の外科医のようだ。音楽にすっかり身をゆだねたい、鳴り響く旋律の賛美者になりたいと思った。と同時に、かっこうのいい金色のふち飾りがついた帽子をかぶった座席案内人のところにかけもどって、曲名をたずねたいと思った。そうすれば、そのカセットを買ってずっと持っていることができる。新しい歓びにひたるたびにそれが最後になるなんて！　自分から取り去られることによってのみ存在するなんて！

照明が暗くなって、ステージのカーテンがモーターの動きとともに、ひらひらと揺れながら開いた。映画がはじまった。ベティ・ベイリーを一目見たとたんに、音楽にうっとりして考えていたことなど、どこかへ消えてしまった。ベティはダニエルの母親に生き写しだった――最近の母親ではなく、ダニエルがはじめて見たときの母親だ。指の爪、ブラジャーで上げた胸、馬のたてがみのような髪、くっきりと丸く引いた長い眉、血にひたったばかりのような唇。あの出会いの衝撃、あの気はずかしさもこれまで忘れていた。ぞっとした。となりにユージーンなどがいっしょに観てなければよかったのに。それでも、彼女——ベティ・ベイリー——はたしかに美しい。なによりも奇妙なことに、ごくまっとうな美しさなのだ。

映画のなかのベティは、セントルイスにある警官専用の売春宿の女だ。しかし、彼女は売春婦でいるのがいやで、歌手になることを夢見ていた。そしてその夢のなかでのベティは大歌手だった。観客は、それがスクリーン上を動く影にすぎないことを忘れて、夢のなかの観客といっしょに思わず拍手をしてしまう。だが現実の生活にもどれば、売春宿の赤い大きな浴槽や、荒れ果てた植物園を見知らぬ客（ジャクソン・フロレンタインが演じている）と歩いているときの彼女の声は震えるようなしゃがれ声だった。じっと聞いていると身がすくむようだ。（あとでわかるのだが）警察のおたずね者の性的異常者ジャクソン・フロレンタインにしてからがそうだった。この辺までくると、ジャクソンがもう売春宿で働いていることがわかる。身分証明書など厄介なものがいらない、数少ない働き場所の一つだった。本物の黒人警官のコーラスラインとともに、顔を黒く塗ってコミカルなタップを踏む。これは「ビジネスマンのマーチ」というショーの大事な演目になっていた。映画の終りでは、この二人の恋人は飛翔装置に入って肉体から遊離して、もっと大がかりな演目、バフイン島の氷山まで北へ翔びながらの空中バレエを演ずる。特殊効果があまりにもすばらしくて、踊り手たちはまさにフェアリーではないかと信じたくなる。ことにベティ・ベイリーがいい。それに、『ゴールド・ディガース』を撮って間もなく、ベティ・ベイリー自身が同じことをやったと知らされれば、これは絶対にまちがいないと思うようになるのはたしかだ——ベティは飛翔装置に入って翔び立ち、二度ともどってこなかったのである。その体は、今もロスアンゼルスのさる病院で、胎児のように丸まったままでいる。

彼女のほかの部分がどうなったかは神様だけがご存知だ――太陽にとびこんで燃えてしまったか、土星の環のまわりをまわりつづけているのか。『ゴールド・ディガース』のような映画をふたたび撮るために帰ってこなかったのは残念なことだ。この映画の結末では、飛翔装置のなかに接続された恋人たちの体を見つけた警察が機関銃で撃つという、非常になまなましい、痛ましい映画的情景となっていた。照明がついたとき、涙していない観客はいなかった。

ダニエルはそのまま残って、またはじまった音楽を聴きたかった。ユージーンはトイレに行くと言った。音楽が終ったらロビーで落ちあうことにした。ドネリー集会に行くにはまだ時間がたっぷりあった。

映画で感動したあとの音楽には、もう先刻ほどの感銘はなかった。ミネアポリスにいるあいだ、たとえどんなすばらしい経験でも、二度同じことをくりかえすのはもったいないとダニエルは思った。ユージーンがロビーにいなかったので下に降りて洗面所に行った。そこにも彼の姿はなかった。ただ鍵のかかった個室が一つあった。ダニエルは身をかがめてドアの下からのぞいてみた。目に入ったのは一足ではなく二足の靴だった。ダニエルは呆気にとられたものの、少なからず満足な気分でもあった。また一つ大都会の見物《みもの》を眺めたことで、得をした気分がしたのだ。アイオワではこんなことをする人間はいない。かりにそんなことがあっても、見つかったら刑務所行きだ。まったくそうだな、と思いながらダニエルは急いで洗面所から出ていった。

ユージーンが洗面所にいるあいだにも同じことがあったのかなとダニエルは思った。もしそうなら、どんな気がしたかな。訊いたほうがいいか、どうだろうか。

迷うまでもなかった。ダニエルはロビーで待った。五分、十分、十五分。それでもユージーンの姿はなかった。場内に入って前方の席に降りてゆくと、『ゴールド・ディガース』のクレジット・ラインが出たところだった。ちらちらする薄暗がりのなかで、ダニエルは観客の顔を見渡しながら立っていた。ユージーンはここにもいなかった。

都会によくある恐ろしい犯罪事件——強盗、強姦——が友人の身にふりかかったのか、それとも、気まぐれの虫がおきて、ひとりでどこかに行ってしまったのか、ダニエルには見当がつかなかった。どうしたらいいのだろう？　いずれにせよ、ワールド館でうろうろ待っていてもむだだろう。座席案内人はダニエルの様子にいらいらしているようだ。

ユージーンになにが起こったにしろ、自分とはそこで会えるように努めるはずだと考えて、ダニエルは集会の会場であるミネソタ大学構内のゴーファ競技場に向かって歩きだした。ミシシッピー川にかかる歩行者用の橋の一ブロックほど手前には、学生たちや、それより年かさの一団がいて、相手かまわずパンフレットを配っていた。そのいくつかはロバータ・ドネリーへの一票は、アメリカを破滅に追いこもうとする勢力に反対する一票だと訴え、集会場への道順が書かれている。また、人にはやりたいことはなんでも、それがたとえ自殺という行為であってもやる権利があると書いたものもあれば、それ以外にも奇妙な見出しだけのものがあり、本文がないのでなにに対して賛成なのか反対なのか分からない——『太陽が照らなくてもかまわない』『もうあと五分待ってくれ』など。そういう連中に近づいても、その顔からだけでは、アンダーゴッド信者だかそうでないかの見分けがつかない。見たところでは、どちらの側にも柔和な顔つきの人間もいれば、気むずかしい顔のもいるようだ。

ミシシッピー川がすべてだと人々は言う。空までも呑みこんでしまったかのような広々とした川面、両岸には街が果てしなく広がっている。ダニエルは橋のなかほどで足をとめ、手にした色刷りのパンフレットを一枚ずつ、この高さも広さも測り知れない空間にひらひらと飛ばした。居住用のハウスボートや商《あきな》い舟が川の両岸に係留してある。三、四隻のボートでは、裸の男女が日光で肌を焼いている。

ダニエルはいらだち、不安になった。こんなに広く、こんなにさまざまなものがある都会を完全に理解しようとしてもむりな話だ。ただ眺めては驚嘆し、また眺めては恐ろしくなるのが関の山だ。

今になってダニエルは恐ろしくなった。ユージーンは集会に来ないだろうとわかったからだ。ユージーンは脱走したのだ。出発するときからそのつもりでいたのかもしれないし、その気持を固めさせたのはあの映画だったのかもしれない。なにしろあの映画の寓意（そんなものがあればだが）はこうだった……〝わたしに自由を与えよ――さもなくば！〟。ずっと以前に、ユージーンから、いつかアイオワを出て翔び方を学ぶつもりだと打ち明けられたことがあった。ダニエルはユージーンのその意気をうらやましいと思ったものだが、こんな形で実行に移すほどのばかだとは思わなかった。それにこんな裏切り行為をするなんて！　これが親友にすることだろうか――裏切るなんて！

ちくしょう！

卑劣なくそったれめ！

それでも。それにしても。そんな値打ちがいったいあったのだろうか――この川を一目見るために、そしてあの歌の思い出を残すためにここに来たのか？

答は絶対にノーだ。しかし、自分がすっかりしてやられた事実を認めるのはつらかった。こうなれば、ドネリー将軍に会いに行くなんて、たとえアリバイのためだとしてもむだなことだった。さっさとエイムズヴィルに帰ってあとは幸運を願うほかはない。明日までには、なにか適当な話を考えだして、ミューラー家の人たちに話さなくてはならない。

二日後、ユージーンの母親が立ち寄った際のダニエルの話は簡単明瞭で、それでいてなんの足しにもならなかった。ええ、州立公園でキャンプをしたんです。いいえ、ユージーンが家に帰ってないとしても、どこに行ったのかぼくには見当がつきません。ぼくは一足先にエイムズヴィルにもどりました（とくに説得力のある理由にありませんが）。ユージーンのことでわかっているのはそこまでです。ユージーンの母親は、ダニエルが予想していた質問の半分も訊いてこなかった。そしてそのあとは二度と訪れなかった。二日たって、ユージーンの失踪はだれもが知るところとなった。彼の自転車は、かくしてあった排水構から見つかった。なにが起こったのか、これには二つの見方があった。一つは、ユージーンは卑劣な犯罪行為の犠牲になったのだという意見。もう一つは、彼はここから逃げだしたのだという意見。どちらもごく普通の事件だ。最後にユージーンの姿を見た人間として、だれもがダニエルの意見を訊きたがった。ダニエルは、逃亡であってほしいと答えた。それらしいことを全然ほのめかしもしないで、こんな大変なことをしたのは信じられないけれども、暴力事件があったと考えるのは恐ろしいと。ダニエルのこの推測は、正直なものであったと言える。

だれも疑いをさしはさまないようだった。ただミリーはそうではないらしく、ときどきダニエルに奇妙な表情を見せて、しだいに非難めいて返事のしにくい質問をつぎつぎと浴びせては彼を悩ませた。もしユージーンが逃亡したとすれば、いったいどこに行ったの？　ダニエルはだんだん自分が友人を殺してその死体をかくしでもしたような気分に追いこまれた。告解ができるなんて、カトリック信者にはずいぶん便利なことだとわかるような気がした。

こうした気分は残しながら、事態は間もなく平常にもどった。ジェリー・ラーセンはユージーンの配達区域をそのまま引き継ぐことになり、ダニエルは野球に熱中するようになった。父親や家から離れるのにいい口実だった。

七月に竜巻が発生して、町から一マイルはずれたトレーラー置場を大破した。その夜、嵐の治まったあとで、郡の保安官がダニエルの逮捕状を持ってワインレブ家の玄関に現われた。ミリーはヒステリーをおこしてロイ・ミューラーに電話をかけようとしたが、つながらなかった。保安官は無表情にこれはダニエル以外の人間には関わりのないことだと言った。ダニエルは、猥褻かつ扇動的文書の販売及び所持の罪によって逮捕された。これはレベルDの重罪だ。微罪の場合には少年裁判所行きだが、重罪の場合、ダニエルは法的には成人扱いを受ける。

警察署に連行されて、指紋の採取、写真撮影のあとで、独房に入れられた。これまでのダニエルの生活はすべてこの瞬間に向けて進められてきたかのように、手続全体はまったく自然で日常的なものに思えた。たしかに重大な瞬間で、むしろ高校の卒業式のように厳粛な瞬間といってもいい。しかし、少しも意外な感じはなかった。

母親と同じようにダニエルも、この逮捕の裏にロイ・ミューラーがいるのはまちがいないと思った。同時に現行犯として捕えられ、うまく逃がれる方法はないのもわかっていた。逃がれられないことをやったのだから。むろん、そういう人間は購読者を別にしてもほかに十人はくだらない。ハイニ・ヤンガーマンはどうしているのか――彼への賄賂はむだになったのだろうか？　ダニエルがつかまって、なぜヤンガーマンがつかまらないのか？

一週間後の裁判で、その理由がわかった。ワインレブ家の弁護士が証人席のダニエルに尋問して、〈スター・トリビューン〉の仕入れ先はどこか、配達人はほかにだれがいるのかと、ほかの人間の名前が出てくるようなことを訊くたびに、相手側の弁護士は異議を申し立て、またそれを裁判長のコフリン判事は認めるのである。ことほどさように明白だった。裁判長は、ダニエルに告訴どおり有罪を宣告し、スピリット・レークの矯正施設での八か月の服役を言い渡した。五年の刑を宣告されてもいいところだと、双方の弁護士は控訴をしないことをすすめた。秋になって学期がはじまるころに執行猶予で釈放になるかどうかは、同じ裁判長の決めることだからという理由だった。いずれにしろ、控訴は通らないと知っていたのである。アイオワ州やそのほかのファーム・ベルト諸州は、いわれなく警察州と呼ばれているわけではなかった。

来る日も来る日も独房にすわりながら、だれとも口をきかず、なにも読まずにいるあいだ、ダニエルは頭のなかでロイ・ミューラーと何度も何度も会話を交わしていた。スピリット・レークに移される前の晩遅くやっとロイ・ミューラーが面会に来たときには、考えつくかぎりの怒りや苦痛、恐怖、相互不信をさまざまに味わいつくしていた。現実の二人の対決は、その裁判――ダニエルが実際に経験し、克服しなければならない裁判のようなものだった。

ミューラーは、錠のおりた独房の外にいた。腹が出て、でっぷりとした、意地のわるいことをしているときにも愛想のいい、いかにも金持らしい風采の男だ。自分の子供たちに対しては、自分をいかめしいが寛容なソロモンになぞらえていた。しかし、当の子供たちは（ダニエルはユージーンから聞いて知っていたが）甘やかされっ子の役割を演じながらも、彼を恐れて暮らしていたのである。

「さて、ダニエル、とんだことになったな?」

ダニエルはうなずいた。

「こんな具合で追いやられるのは気の毒としか言えない。だが、きみのためにはいいかもしれんな。どうだ、根性をきたえなおしてくるんだな、え?」

二人の目が合った。ミューラーの目は喜びに輝いているが、彼はそれを情け深そうに見せようとしている。

「行く前に話したいことがあるんじゃないかと思ってね。こんなことになってから、きみのお母さんは日に一度はわしのところへ電話をかけてきてるよ。あの気の毒なご婦人のために、せめてわしにできることは、ここへ来てきみと話をすることだと思ったんでね」

ダニエルは、もう覚悟を決めています、〈スター・トリビューン〉を売ったのはいけないことで、とても後悔していますと言った。

「きみが素直な気持でつらさに耐えているのはうれしいよ、ダニエル。しかしな、話しあいたいと思ったのは、そんなことではないんだ。息子がどこにいるのか知りたいのだよ。それを教えてくれるのはきみなのだ。そうだな、ダニエル？」

「正直なところ、ミューラーさん、ユージーンがどこにいるのか、ぼくは知らないんです。知っていれば話しますよ。信じてください」

「直感とか推測とかでも？」

「ひょっとするとですね――」ダニエルは咳ばらいした。恐怖で喉がからからになり、ひりついていた。「ミネアポリスに行ったかもしれません」

「なぜミネアポリスなのかね？」

「ぼくたちは……ミネアポリスについてよく読んでました。〈スター・トリビューン〉を配達してたときですが」

ミューラーはこの言及――自分の息子がダニエルとともにいわゆる犯罪に加担していたこと、そしてそのことを自分も以前から知っていたこと――を無視した。そして白い歯を見せながら、ほてい腹をゆすって言った。

「それで、一度は行ってみたいような楽しい場所のように思えた、そういうのかね？」

「はい。でも……エイムズヴィルをすっかり離れてしまうというような話ではありませんでした。ただ見たかっただけです」

「それで、実際に行ってみてきみはどう思ったのかね。期待どおりだったかな?」

「出かけたとはいっても――」

どうしたって避けられないことなら、いたずらに引きのばすためにだけ言い争うのはむだのようだ。ミューラーは疑っているだけではないとわかった――ミューラーは知っているのだ。

「たしかに、ぼくたちはそこへ行きました、ミューラーさん。でも、信じてください。ユージーンがぼくといっしょにもどるつもりじゃなかったなんて、ぼくは夢にも思ってませんでした。ぼくたちはロバータ・ドネリーに会いにいったのです。ゴーファ競技場で演説があったからです。彼女に会ったあとは、まっすぐこっちに帰ってくる予定でした。二人ともです」

「あそこへ出かけたのは認めるのだね。これで少しは前進したわけだ。だがな、その話を聞くまでもなかったんだよ、ダニエル。きみたちが出かけた晩、ロイド・ワグナーから聞いて知ってたよ。まずかったな、あいつはきみたちを越境させはしたものの、後悔したんだ。ともかく、それは別の話だがね。スター・ライトの映画がはねても、きみたちが帰る気配がないので、ロイドはまちがったことをしたと気づいて、わしに電話をしてきたのさ。それから先はわけはなかった。アルバート・リーの警察にバス停と運転手を調べさせたよ。それでわかったろう、なあきみ。わしがほしいのは、その後の情報だ――」いかにも腹を割った話という態度で、ミューラーは目を大きく見開きながら、ささやいた。「――ミネアポリスに行ってからのな」

「ほんとうです、ミューラーさん。知っていることはなにもかもしゃべりました。ぼくたちはいっしょに映画を見にいったんです。映画が終ってから、ユージーンはトイレに行くと言いました。それっきり彼を見てません」

「どんな映画かね？」

「『ゴールド・ディガース84年』です。ワールド館でした。入場料は四ドルです」

「あいつが姿を消した。それだけかね？　きみは探さなかったのか？」

「ずっと待ってました。しばらくして、例の集会に出かけました。そこに行けばユージーンに会えると思いました。ほかになにができます？　ミネアポリスはとても広いし。それに……」

「それに？」

「ええと、ユージーンはぼくから逃げてるんじゃないかと考えたのです。たぶん、意識的にぼくから姿をかくしていたのです。でもあのときもそう思ったのですが、今でもわからないのは、こちらにもどってくる気もないのに、なぜぼくを巻き添えにしなけりゃいけなかったかということです。なんといってもぼくは彼の親友なんですよ」

「筋のとおらない話だというんだね？」

「そうです。ぼくが考えているのは――なにしろ考える時間はたっぷりありましたから――向こうにいるあいだにユージーンはそういう気になった、おそらく映画を見ながらその気になったのだということです。あの映画なら、そういうことも考えられます」

「きみの考えで、一つだけまちがいがあるよ、ダニエル」

「ミューラーさん、知ってることは話しました。なにもかもです」

「なぜきみの話を信じないか、それにはちゃんとした理由がある」

ダニエルは足の爪先を見下ろした。ミスター・ミューラーと交わした想像上の会話では、こんなひどい結果にはなっていなかった。正直に話したのに、少しも自分のためにならなかった。これ以上話すことはなくなった。

「そのわけを聞きたくないかね？」

「どういうことです？」

「息子はね、失踪する前にわしの机から八百四十五ドル盗んでいるのだ。それでも、もののはずみでその気になったと言えるかね？」

「ちがいます」ダニエルは激しく首を振った。「ユージーンはそんなことをしません。しませんよ」

「そうかな。あいつはやったんだよ。金はなくなった。ユージーンがまったく同時に逃亡する決心をしたのは偶然のこととは思えないね」

ダニエルにはミスター・ミューラーのような考え方はとてもできない。ダニエルがその話を信じないのは、友人としての誠実さがまだ多少残っているからだ。友人ならばその友を犯罪の巻き添えにならないものだ。はっきりそう言ってからやる場合以外は。

「ほかに思い当ることでもあるかな、ダニエル。息子を見つけるのにどこを探したらいいか、警察に話すようなことが？」

「いいえ、ミューラーさん。ほんとうに」

「もしなにか思いついたら、スピリット・レークのシール所長にそう言ってくれればいい。むろんわかってることとは思うが、ユージーンを見つけるのに役立ってくれれば、仮釈放を検討するときに有利に働くだろう。コフリン判事はこの辺の事情を承知だが、きみが第一級強盗罪で告発されなかったのは、わしがくりかえし主張したからだ」

「ミューラーさん、信じてください。もしまだ知ってることがあれば、お話ししてますよ」

ミューラーは悠揚迫らず、満足げな敵意をこめてダニエルを見やってから、背を向けて立ち去ろうとした。

「ほんとうなんです！」ダニエルはなおも言った。

ミューラーはもう一度ふりかえった。微笑を浮かべて立っているその様子から、ミューラーはダニエルの言葉を信じているのがわかった――ただ、ミューラーにはどうでもよかったのだ。ミスター・ミューラーは欲しかったものを手に入れたのだった。新しい犠牲者、新しい息子を。

4

スピリット・レークの収容所内で過ごすはじめての夜、戸外の踏み荒された、まばらな芝生の上で眠ったダニエルは悪夢にうなされた。その夢は、音楽、いや音楽と呼ぶにはあまり整っていない音ではじまった。耳慣れない音色の、長い旋律、人の声でもなければバイオリンの音でもない。一つ一つが思いも及ばぬほど長くつづき、ないまぜになって、広がりのある、入り組んだ構成になっていく。はじめは教会のなかにいるのだと思ったが、それにしてはなにもなく、がらんとしている。

橋だ。ミシシッピー川にかかる屋根のある橋。ダニエルは流れゆく川の上、宙空にかかる橋の上に立っていた。暗闇は果てしなく広がり、ゆらめくボートの明りが、はるか遠く、手のとどかぬ星のように点在している。すると、どうしたことか、恐ろしいことにこの風景が九十度回転し、流れる川が一面の壁になり、なおも上に旋回しようとしていた。川は広く、とてつもない高さにそそり立ち、宙に浮き、いまにも崩れかかってきそうだ。いや、川の流れもその崩壊も一つのきわめてゆるやかな推移だった。ダニエルは橋の内側の窓を伝って逃げだした。時折、長い板ガラスが彼の重みで冬の初氷のように砕けた。のろのろと動く姿のない神に追われている気がした。その神は——そこからしっかりダニエルを逃がしてやってから——その巨体の下に容赦なく彼を押しつぶし、ペシャンコにしてしまうにちがいない。旋律ごとに音楽が高まりをみせると、やがて、どんな工場の警笛よりも大きく鋭い警笛となった。スピーカーからの起床の合図だった。

胃はまだ痛かったが、むりやりP－W錠剤を飲まされてからの数時間ほどの、あの痛さほどではなかった。あのとき、あれだけ水を飲んだのに、錠剤は胃ではなくて喉にひっかかってしまうのではないかと心配した。それぐらい大きかった。時間差をおいて順に効いてくる酵素の最初のセットは、胃壁に腫瘍をつくり、つぎのセット（いま効いているぶんだ）が腫瘍を治して、錠剤を先にできた傷のいたんだ組織のなかに包み込んでしまう。すっかり終るまで一日とはかからないが、そうは言っても、錠剤が傷ついた組織中に埋めこまれるあいだ、ダニエルやほかの七人の新入りは、自分たちの現状を十分に理解しようとする以外になにもすることがなかった。

ダニエルは自分がいちばん若いのではないかと思っていたが、召集されて、作業班として送りだされる囚人たちのなかには、同じ年頃の人間がかなりの割合でいることがわかった。その多くはたとえ自分より若くはないにしても、ずっとやせこけていた。それを見て得た教訓は、この連中がスピリット・レークで生き残れるものならば、自分も生き残れるはずだという、基本的に希望のもてるものだった。

いっしょに入所したほかの囚人たちは、年こそダニエルと変りはなくとも、前に服役の経験があるらしかった。朝、みんなが召集されて所内が自分たちだけになったとき、七人のうちの五人がまとまったのはその話だった。しばらくのあいだ、ダニエルは脇にひかえて様子を眺めていたが、彼らの落ちついた、くつろいだ気分がわかってきた。その多くが、すでに悲惨そのものだと承知している五年以上の判決を受けているのに、まるで一族再会の雰囲気なのだ。狂気である。

それにひきくらべ、子供を虐待した罪で送られてきたハムボルト郡の養鶏業者は、どんなに自分がみじめだか知ってほしいと、ぐちを並べたてているのが、かえって正常な当り前の人間のように思えた。ダニエルはこの男と話してみようとした。というより、その男の話に耳をかしてやって、気持を落ちつかせようとした。しかし、この男の話はすぐに堂々めぐりをして、同じ言葉で同じことを何度もくりかえすのだった——自分のしたことをどんなに後悔しているか、その子が自分を挑発したのだから、その子のほうがいけないのはわかっているが、自分には娘を傷つけようという気はなかったこと、保険では、ヒヨコの補償はしてくれるが、仕事全体や時間までは面倒を見てくれないこと、子供たちには両親か、それに代る後見役が必要なこと等々。そしてふたたび、自分のしたことをどんなに後悔しているか、その話にもどる。(ダニエルはあとで知ったが) この男は、自分の娘をめんどりの死骸で気を失うほど叩き、あやうく死なせるところだったのだ。

この男から逃がれて、ダニエルは構内を歩きまわりながら、おぞましい事実に一つずつ直面していった——開け放しの便所の臭気も、宿舎内の臭気も大差はなかった。体の弱った何人かの囚人が床に横たわって、眠ったり、汚れたベニア板のすき間から射し込む日光をじっとみつめていたりする。そのうちの一人が水をくれと言った。ダニエルは外に出て蛇口をひねったものの、コップが見当らなかったので、マクドナルドの紙コップに汲んだ。古くて、形もくずれているので、持っていくまで水がちゃんと入っているかどうか覚束なかった。

スピリット・レークでいちばん変っているのは、鉄格子も、有刺鉄線も、そのほかの刑務所らしい実情を示すものがなにもないことだ。看守さえいない。囚人たちが自分たちで刑務所を民主的に運営している。ということは、堀の外のもっと大規模な民主主義組織と同じように、ここを管理するわずかの自警団をのぞくほとんどの人間が、欺かれ、金を強要され、カモにされているということになる。ダニエルもすぐにこの教訓を学んだわけではなかった。何日も経過し、乏しい夕食がつづいたあとでようやく事態がのみこめた――実力者とおぼしい人間になんらかの用立てをしないかぎり、仮釈放で学校にもどれる予定の九月まで生きのびるのはむりだろう、と。文字どおり餓死も考えられることだった。事実、宿舎の囚人たちにそういうことが起こっていた。働かなければ、刑務所は食物も与えない。そして、金がなければ、あるいは金のある人間が知りあいにいなければ、そういう事態になるのだ。

はじめての朝にダニエルが知った忘れがたい事実は、自分の内臓に埋めこまれたP－W錠剤が正真正銘の死に至る棘だということだった。

正午ごろ、術後の囚人のあいだで騒ぎが持ちあがった。さっきダニエルが話をした養鶏業者に向かって、全員がどなっていた。彼はハイウェイに通ずる砂利道をまっしぐらに走っていた。百ヤードほど走って、刑務所の入口であることを示す自然石の石柱あたりまで行ったとき、警笛が鳴りだした。さらに二、三ヤード進んだところで、男は体を折り曲げるようにかがみこんだ。二番目の限界点を通過したため、P－W安全警備システムによる無線装置が腹に埋めた錠剤中のプラスチック爆薬を爆発させたのだった。

まもなく刑務所長の小型トラックが警笛を鳴らし明りを点滅させながら、ハイウェイの向こうから姿を現わした。

「いいかね」黒人の囚人がアナウンサーのような思慮深げな当りのいい口調で言った。「おれにはね、あのトラックが一マイル向こうからやってくるのが見えたんだ、一マイル先だよ。最初に逃げるのはいつもあんな具合なんだ」

「くだらない」足のわるい女が言った。「せいぜいそんな程度なのよ、くだらない」

「いや、どうかな」黒人が言った。「だれだって良心の呵責をうけるんだ。ただ、やるときは思いつきだけじゃなくて、もっと考えてからやるもんだけどな」

「大勢いるんですか……つまり……?」質問を受け流すばかりだったダニエルがはじめて口をきいた。

「脱走かい? このくらいの刑務所だと週にひとりくらいだろうな。夏は少ないし、冬には多くなるから、これは平均だがね」

ほかの連中が同意した。なかにはちがうと言うのもいた。まもなく言いあいをはじめた。そのあいだに養鶏業者の遺体は軽トラックの後部に積みこまれていた。運転台にもどる前に、守衛は見物の囚人たちに手を振った。トラックはUターンをすると、きいきい音をたてながら、さっきやってきた緑の地平線へともどっていった。


もともと、P-W安全警備システム(開発者である医師のポール及びウィリアムズ両博士を記念してその頭文字をとった)は即死を目的とせず、より控え目に性格の矯正を狙っていた。当初の錠剤では、引き金がひかれると、一時的な激しい吐き気と結腸のけいれんを生じさせるだけの毒素が放出された。この型式のP-WシステムはT動工学のモデルTと呼ばれていた。販売されていた十年間、世界中のほとんどの刑務所がこのシステムの採用に切りかえた。その動機はもともと経済的なものだったが、結果としては、従来より人間味のある刑務所環境と、これまでのような厳密な監視と予防手段がいらなくなるという簡便さが得られたのである。ポール及びウィリアムズ両博士が、一九九一年にノーベル平和賞を授与されたのもこのためだった。

そのうちに、アメリカ合衆国を例外として、このシステムの採用は徐々に、潜在的に意見を異にする人々、いわゆる「人質人口」を対象とするまでに拡大された——スペインにおけるバスク人、ロシアにおけるユダヤ人、イギリスにおけるアイルランド人などである。そしてこうした国では、爆薬が毒素にとって代りはじめた。くじによる選択殺人システムや大量報復システムが開発され、集中通信組織が暗号による信号を発信して、錠剤を移植された個人あるいは集団、もしくはその集団の一部、ひいては全人口さえも死に至らしめることができるようになった。これまでに行われた最大の殺戮は、ガザ地区に住むパレスチナ人の大量処分だった。しかも、これは人間の意思決定にもとづく結果ではなく、コンピューターの誤作動がもたらしたものだった。普通はP-Wシステムが存在するだけで十分に目的を達し、実際の使用は特別な場合に限られていた。

　スピリット・レーク矯正施設では、半径五十マイルの範囲（このシステムの集中通信タワーの有効範囲）にある農場や工場には、他の監視装置はつけずにこのブラックボックスだけで作業班を送りだすことができる。それによって、囚人は個人あるいはグループとして指示、管理され、その必要が生ずれば抹殺されるのである。その結果、他に類を見ない効率のよい労働力として、アイオワ州にその行政費用をはるかに上回る財源をもたらしていた。しかし、この制度は犯罪の減少にも功を奏していたために、この地方の農場や工場の需要に応えるだけの囚人労働力をまかなえず、手数のかかる（いくぶん経費は低くてすむが）東部沿岸の破綻した都市で募集した移住労働者に頼らなければならなかった。

　法律に触れていざこざを起こした都市の移住労働者は、これまでのところスピリット・レークでかなりの割合を占めていた。ダニエルはこれまでの生活では、これほどさまざまな興味深い人々を知らなかった。また印象的なのはひとりダニエルだけではなかった。囚人たちはみな自分たちの集団としての誇りをもっているように見える。亡命貴族のように、そしてその日暮らしの頑迷なトロル（北欧民話のいたずら好きの怪物）や小人よりもましな尊敬すべき存在のように思っている。だからといって、各人がお互いに（あるいはダニエルに対して）親切だというわけではない。けっしてそんな態度はとらない。彼らが世間全般に対して抱いている、憤りの気持や、ほとんど文字どおり虐殺の対象になっているという気持は根強く、とうてい心のうちに封じこめておけるものではなかった。もっとも穏和な連中でさえ、ときには、ハンバーガー一つを争って、あるいは笑われたから、あるいは手当りしだいに顔に一発食らったからといった理由で、理屈の上では仲間であるはずの相手を裏切ることもあった。しかし、いやな瞬間というのは爆竹のようなもので——爆発して、においは二、三時間残るが、それもやがて消えてしまう——そのいっぽう、いい瞬間は日光のようなものである。ごくごく当り前のことで、存在さえ気づきはしない。

ちょうど夏だったので助かった。夏の労働時間は長かったものの、戸外での仕事は気分がよかった。たいていは、物わかりのいい、心づかいをしてくれる農場での仕事だ（工場のほうはずっとひどいと聞かされていたが、ここは十月末まで再開されない）。ときどき余分に食事が出たし、十分に食べるということが生活の中心になっていると（スピリット・レークでの給食は、わざと十分でなくしてある）、これはありがたい配慮だった。

仕事の合い間には、信じられぬほどのすばらしい時間、木の葉のさやぎのように純粋な、無為の時間もあった。朝礼が終ってトラックへ押しこまれるまでの時間、トラックが迎えに来るのを待つ時間。突然の嵐でその日予定されていた梱包作業が中止されたときなど、遅くなってふたたび明るくなってくるのを、しだいに小降りになる雨の静けさのなか待つことができる。

こういうときには、意識はあれこれととりとめのない考えごと以上のなにかに及ぶ。自分が生身の一人の人間として生きているのを、まるで手袋をはめた神様の手が背骨にからみ、締めつけているかのように痛いほどに知るのである。生きている、人間として。彼、ダニエル・ワインレブは人間だ！　これまで考えてみたこともないことだった。

刑務所の構内には、面会用の場所が用意されている。松が植わり、ピクニック・テーブルとブランコが並んでいる。面会は日曜にかぎられていた上、面会に来てもらえる囚人は少ないので、所内全体の雑草地やむきだしの地面にくらべると、ここは不自然なほどこぎれいな場所に見えた。しかし外の世界からやってくる面会人には、近隣の町のどこでも見かける公園のようにこの上なく殺風景に映ったことだろう。

松並木にさえぎられてまだその姿の見えないうちから、妹たちのかん高い声を聞いて、ダニエルは足をとめて気を落ちつかせた。大丈夫だ、落ちついている、けっして涙など流しそうにない。近づくと、枝のあいだからみんなの姿が見えた。オーレリアはブランコに乗り、セシリアがそれを押していた。ダニエルは物語のなかに出てくる幽霊になって生きていた過去のなかを徘徊しているような気分だった。双子の向こうでは、父親がレンタカーの前の席でパイプをくゆらせている。ミリーの姿はどこにもない。来ないだろうとは思っていたものの、やはりがっかりした。

やっと木々の後ろから姿を見せたダニエルはけなげにもそんな様子は微塵もみせなかった。双子を抱きしめたり、キスを浴びせたりで、父親がブランコに近づいてきたときには、両腕ともふさがっていた。

「元気かね、ダニエル?」エイブラハムがたずねた。

「元気だよ」ダニエルは念を押すように言った。「ほんとに元気だよ」そう言って微笑した——このちっぽけな公園のようにもっともらしい笑顔だ。

双子を芝生の上に降ろすと、父親と握手をした。

「母さんも来るつもりでいたんだがね、間際になって、そんな元気もないって言ってね。お前の気持にもさわるのじゃないかと、二人ともそう思ったんだよ。そんな母さんのさ……様子を見たらな……」

「そうだね」ダニエルはうなずいた。

「母さんにもよくないだろうしね。だが、どうだい、この場所は――」パイプで松の木を示しながら言った。「かなり、うん、思ったよりいいじゃないか」

ダニエルはうなずいた。

「腹は空いてないのか？　弁当を持ってきたぞ」

「ぼく？　いつも腹ぺこだよ」ほんとうに人に知られるのもいやなほど空腹だった。

弁当をテーブルの上に広げているあいだに、また面会人を乗せた車が着いた。その人たちから見られていると思うと、ずっと気楽になった。ローストチキンがあった。ほとんどダニエルが食べてしまった。ボールの中身は、ベーコンが一ポンドも入っていようかと思うほどのポテト・サラダ。ミルクが一人に一クオートしかなくてすまないと父親は言った。持ってきたビールはハイウェイの検問所で押収されてしまっていた。

ダニエルが食べているあいだに、父親は釈放に向けてどういうことが行われているかをいろいろと説明した。ダニエルがここに送りこまれたことに憤慨している人は大勢いるらしいが、釈放運動に適切な人はだれもいない。マクリーン町長宛に嘆願書を送ったものの、本件はすっかり自分の手を離れたと返送されてきた。父親が嘆願書に署名した人の名前をタイプしたリストを見せてくれた。ダニエルの配達区域の客の名前が多く、あとは父親の患者だった。それにしても驚いたのはダニエルの知らない名前が多かったことだ。彼は人々の行動目標になっていたのである。

なによりもこたえたのは食物だった。スピリット・レークでの加工食品にすっかり慣らされてしまっていたダニエルは、本物の食物とこんなに違いがあるのを忘れていたのである。父親はチキンとポテト・サラダのあとでキャロット・ケーキの包みをとりだした。この面会で、ダニエルが泣きだしそうになったのはこのときだった。

食物がなくなると、ダニエルは、父親とのあいだにいつもの気まずさが漂っているのに気づいた。ざらざらのテーブルの上を眺めながら、なにを言おうかと思案に暮れた。思いついたことがあっても、なかなか会話はうまく運ばなかった。スペイン語でしゃべっている別のテーブルの騒ぎも、まるでこちらの沈黙をとがめているように響く。

ここに来るまでに車に酔ってしまっていたセシリアが昼食をもどすという騒ぎがあって、気まずさからちょっと救われた。服の汚れをスポンジで拭ってきれいにしてやってから、ダニエルは妹たちとかくれんぼ遊びをした。かくれ場所は一つどころではなく、全世界がかくれ場所だと彼らは思った。オーレリアはかくれ場所を探しに二度も境界点を示す石柱の先まで行った。ダニエルはそのつど腹にナイフを突きさされる感じがした。理屈からいえば、そんなことで錠剤に信号がくるわけはないのだが、そう言われても移植されたことのある者は信じない。

やがてみんなが帰る時間になった。それとなく話す機会がなかったので、ダニエルはマクドナルドの話を単刀直入に切りださざるをえなかった。双子がシートベルトをつけられるのを待ってから、二人だけで話したいと父親に言った。

「ここの食事のことなんだけど」二人きりになったところでダニエルは話し出した。

ダニエルの懸念どおり、ここの給食が故意に、生きていくための最小限の量よりもなお少なくされていると聞くと父親は激怒した。嘆願書を出そうと言いだした。

ダニエルはそんなことで中途半端に片づけられてはたまらないと、しつこく言い張った。「文句を言ったってむだなんだよ、パパ。みんなこれまでやってみてなんの効き目もなかったんだ。ここはそういう方針になってるんだもの。できるのは、追加金というのを払うことだけなんだ。そうすればマクドナルドから余分に食物がくるんだよ。今のところは大したことはないよ、外に仕事に行けばそこの農場でなにか余分にかき集めてくれるから。ただね、これから冬になると、ひどいことになるって、そう言ってるんだ」

「むろん、できることはなんでもやるよ、ダニエル。でもおそらく冬までにはおまえは家に帰ってこられるだろう。学校がはじまりしだい、執行猶予措置ということだろうから」

「そうだね。でもそれまでに、できるだけのことはやってよ。追加金は週三十五ドルなんだ。ビッグ・マックとフレンチ・フライだけにしては高いけど、どうしようもないだろう？　なんでも連中が思いどおりにしてるんだから」

「なあ、ダニエル、金の問題じゃないよ——連中がここでやってることなんだ。ゆすりじゃないか！信じられんよ——」

「お願いだ、パパ——なにをやってもいいけど、苦情を言うのだけはやめてよ」

「おまえがここを出るまではやらんよ。それで、だれに払えばいいんだね？」

「デイ・フランコ巡査部長だよ。帰りに検問所で停められたときに話してよ。金の送り先を教えてくれるから。そのお金、いずれぼくが返すよ、約束する」

　父親は背広の胸のポケットから手帳をとりだしてその名前を書きとめた。手が震えていた。「デイ・フランコだね」とくりかえした。「思い出したよ。おまえのために持ってきた本を置いていけと言ったやつだと思う。おまえの知り合いのミセス・ボーイズモアティアが、おまえのことを聞きに何度かうちに来たよ。こないだは、おまえに届けてくれって贈り物を持って見えたんだ。本だよ。そのうちに届くだろう、危険思想じゃないってわかればな」

「どうかな。本はあまり届かないよ、聖書とかそれに似たようなものだけなんだ。でも、ともかく、かわりにお礼を言っておいてね」

別れの挨拶もとどこおりなくすんで、レンタカーは手の届かぬ明るい外の世界へと走り去った。ダニエルは面会所に残り、六時の点呼に召集する警笛が鳴るまでブランコをゆっくりとこいでいた。ポテト・サラダの入っていたボールを思い浮かべた。あの形、あの色はかつてダニエルの愛していたもののすべてを表わしているようだ。そして、永遠に失われたもののすべてを。


幸いなことに、十四歳という柔軟性のある年頃では、永遠という考えにいつまでも傷ついていることはない。スピリット・レークに来たことによってダニエルが永遠に失ったものがあるのはいうまでもない。それは体制に対する信頼と言ってもよい——以前三位入賞した論文を書かせたあの信頼感——それとも、人生という一定のゲームのなかで、敗者が勝者に打ちのめされているあいだ、そっぽを向いていられる能力と言うのかもしれない。しかしどう名づけようと、ともかくダニエルが失ってしまったなにかなのである。別れの挨拶としてはいささか手荒だった——手を振って別れるのではなく、腹に一蹴り食らったのだから。

ダニエルが健全な精神状態をとりもどすには、おきまりの悪夢の一夜を過ごすまでもなかった。消灯の時間までに、ダニエルは刑務所内の恐ろしさや不幸のさまざまを醒めた目で眺めはじめていた。身近な状況を、それがどうであれ、あるがままに見きわめようというのだった。

仲間のボブ・ランドグレンとチェスを指した。とくにいい勝負とはいかないが、いつもほどわるくはなかった。そのあと、バーバラ・スタイナーやそのほかの年長組の政治談義に首をつっこんだ。この連中の話は、ボブが相手のチェス同様それなりにむずかしかった。ともかくダニエルが口を出せるような話ではなかった。連中の話はダニエルの心の底に抱いていたさまざまな憶測をみじんに砕いた。それにしても小気味のいいほどだ。みんなのなかでいちばん頭がよく、舌鋒するどいバーバラは、自分の話がダニエルにどう響くかよく心得ている。とんでもない異説を矢継ぎ早に唱えては、ダニエルを引きずりまわすのを楽しんでいるように見える。ダニエルはこうした異説に自分が賛成しているかどうかはどうでもよかった。こうして見物している興奮に酔っていた。まるで喧嘩を眺めたり、物語に耳を傾けているような気分だ。それはスポーツだった、そしてダニエルはそのファンだった。

しかし、いちばん大きな（いちばんわかりにくくとも）影響を与えたのは、音楽だった。毎晩、ここでは音楽が演奏された。それまで彼が考えていたような音楽ではなかった。どう名づければいいのか。たとえば、ミセス・ボーイズモアティアのクラスでは、いちばん好きな歌はと訊かれる番がきて、「サンタ・ルチア」とか「オールド・ブラック・ジョー」と言えば、クラス全員がそれを歌い、一定の形式から、すぐそれとわかったものだった。ここのは、旋律はちゃんとあった、それはたしかだ。しかし、いつも調子が変り、どうにか音楽であるというだけの、洗練されない騒音に崩れていく。連中の歌い方も、なぜそうなるのかもダニエルには理解できないものだった。みんなから、いちばんの歌い手と目されている三人の囚人が集まって歌うときには、とくにそうだった。そのときには、ダニエルは最初こそ大いにがんばってみるものの、その音楽は、きまって彼のついていけない方向に去っていってしまう。三つの子供が大人の話についていこうとするようなものだった。言葉ならちがいはあってもいいとは思う。しかし、音楽という言語でそんなちがいがあっていいものだろうか。

数日後、もう届かないものとあきらめたころ、ミセス・ボーイズモアティアが父を通じて贈ってくれた本が届いた。思ったより破損の少ないまま検閲を通ってきて、終りの数ページが切りとられているだけだった。表紙には茨の冠をつけた愛想のいい顔のイエスがハンバーガーをさしだしている。イエスの体からしたたり落ちる血とバーガーから落ちるケチャップが混ざり合って深紅色の水たまりができ、そこに表題が白っぽい緑の小島のように点々と浮きでていた。ジャック・ヴァン・ダイク著『売る物は神である』。ダニエルにはなじみのないショー・ビジネスの著名人や〈ウォール・ストリート・ジャーナル〉からの推薦文がついていた。ヴァン・ダイク師を「不吉な牧師」と呼び、その神学を「永遠の真理における最新の助言。まさに爆弾的宣言」と述べている。彼はニューヨーク市のマーブル共同教会の主任牧師である。

宗教に関する本であり、これまでダニエルが関心を持てるなどと考えたこともない分野ではあったが、この本が届いたのはうれしかった。満員のスピリット・レーク所内では、本であれば、どんな本でも避難場所になる。いちばんてっとり早くひとりになれるのだった。それに、ミセス・ボーイズモアティアの以前の打率はかなりよかったから、『売る物は神である』も、ほんとうに面白いものにちがいない。表紙はかなりけばけばしい。だからといって、ほかになにがある？　薄汚れた聖書が二、三冊に、だれも読まない（読むにたえないからだ）アンダーゴッド信者のパンフレットが一棚。罪、悔い改め、ひとたびキリストを見出せば苦難もいかに喜びに変るか、などと書いてある。十五年、二十年と絶望的なほど刑期の長い囚人だけが手にとって、真剣に考えるふりをしているにすぎない。理屈の上では、神の存在を信じている、あるいは場合によっては信じていないと、当局に納得させることによって仮釈放の見込みがでてくるわけだが、そのこと自体がすでに罰のうちなのである。

一ページ目を読めば、ヴァン・ダイクがアンダーゴッド信者でないのはすぐわかる。といってどういう人物であるのかは、見当がつかない。言っていることのあれこれから、無神論者であるかのように見受けられもする。たとえば、こうだ。本論に入る前の「序文の追記」ではこう述べている。「本書を推す者、非難する者双方から等しく異議を唱えられてきたことがある。わたしが全能の神を語るとき、あたかもわたしの理解しうるかぎりのたぐい稀な、巧みな『理念』に過ぎぬかのように、幾何学の新しい定理のごとく、また創作バレエの台本ででもあるがごとくに語っている、という非難である。その大方については認めざるをえない。それでもわたしは顧慮しない。神もまた顧慮し給わぬはずである。神は人間の運命を気にかけられるであろうが、ご自身が人間の論議の的になることには無関心であられる」また、同じ追記のなかでこうも述べている。「神は自らを幻影と解されるのをまったく厭わない。我々に疑われてこそ、神に対する我々の信頼が神の舌にいっそう風味を添えるものとなるのである。神は王のなかの王であることを忘れてはならない。王とはおしなべて臣下が自ら卑下するのを好むものであり、神も等しくそれを好むことを。疑う者に語るとき、ぜひとも神を疑えとわたしは言うが、しかし、そのために神をあがめることをおろそかにしてはならない」

これが宗教だろうか？　むしろ、その逆、戯作ではなかろうか。しかし、れっきとした監督派教会の会員であるミセス・ボーイズモアティアがこの本を送ってくれたのであり、この刑務所の職制上のだれか、おそらくシール所長が許可したのである。それに、表紙によると、何百万人の読者がヴァン・ダイク師の話をまじめに受けとめたことになっている。

まじめに受けとめるかどうかはさておき、ダニエルはこの本に心を奪われてしまった。トウモロコシの実をもぎながら暮れた、ほこりまみれの一日が終ると、ダニエルは自分をまるでセルツァ炭酸水に浸すような気分で、この本に書かれている逆説とでんぐり返るような頭の体操にふたたび熱中した。二、三節読んだだけで、彼はわくわくして、また考えごとができる。そこまでくると、本をトウモロコシの皮と麦わらで出来たマットレスのねぐらにもどしてやるのだった。

第一章の大半は、けばけばしい表紙と表題の説明で終る。スーパー・キングという調理食品レストランのチェーンをはじめたグループの話である。このチェーン店は利潤のためではなく、すべての人に、本当のいい物――スーパー・キング・ハンバーガーやスーパー・キング・コーラ――を提供するために営業しているのだった。このチェーンの大がかりな宣伝キャンペーンによると、もし十分なだけそれを食べさえすれば、永遠に生きることができ、常に幸福でいられるはずだ。実際にこの宣伝を真に受ける者はいないと思うが、ともかくこのチェーンは大成功をおさめた。国内及び世界各地に広がるその成長発展ぶりを示すために、グラフや売り上げ高まで載っている。もちろん、スーパー・キングの販売する実際の製品はハンバーガーなどではなく、思想なのである――イエスすなわちスーパー・キングの理念だ。すべての製品は理念であり、もっとも心を驚かせる理念は、神であると同時に普通の人間であり、したがってまったくありえない存在であるイエスの理念だ。こうヴァン・ダイクは力説する。ゆえに、イエスは考えうるかぎり最高のお買得品であるから、だれもがその品を買うべきである。そして、これがそもそも、この二千年のあいだに起こったことなのである――キリスト教の台頭はスーパー・キング・チェーンの成功と同じものである。

第二章は、信ずることの難しさについて述べている――宗教のみならず、広告、セックス、自分たちの日常生活への信頼の困難さである。企業がその製品についてまるっきり事実のみを伝えてはいないとわかっていても、ともかく我々はその製品を（実際に有害でないかぎり）買うべきだと、ヴァン・ダイクは主張する。もし買わなければ、国家も経済も破綻するからである。「同じ理由から」とヴァン・ダイクは述べる。「聖書に見られる神についての虚偽は、我々の精神的経済を維持するのに役立つ。例えば、世界は何千万年をかけて出来上がったものではなく、すべてが六日間であわただしく創造されたと信じることができるとすれば、自制心に大いに役立つのである」同章のあとの部分は、神のためのいわば広告文で、一度神を買えば神があなた方に何をしてくれるかについて語っている。たとえば、窮乏、辛苦、寒気に倒れることから守ってくれる等々。

第三章は、「自ら洗脳を行え」と題して、神を信ずるに至るまでに利用できるテクニックを述べている。テクニックのほとんどは演技をもとにしている。ヴァン・ダイクの説明によれば、昔、宗教的性格の人間は芝居や役者に反感を持っていた。芝居や役者を見ていると、その感情も考え方もすべて自由な、勝手に取りかえのきくものと考えるようになるからだ。役者の正体は、気の向くままにかぶったり脱いだりする帽子に過ぎない。役者にとって真実であることはすべての人間にとっても真実である。世界は一つの舞台だ。

「わがピューリタンの先祖が見落としたのは」ヴァン・ダイクは言う。「こうした洞察の福音主義的な適用だ。もしわれわれが望む人間になる方法が、そのふりをすることであるとすれば、善良にして、敬虔な、信心深いキリスト教信者になるには（言ってみれば、ほとんど不可能な難事業だが）、善良で、敬虔で、信心深いふりをすることである。その役どころをよく研究して精いっぱいにその稽古をすることだ。たとえどんなにその根性が気にくわなくとも、隣人を愛しているように見せなければならない。たとえ自殺をするつもりで遺書を書きつづりながらも、苦難にじっと耐えているように見せなければならない。あなた方の〝救世主〟の存在を認めると言わなくてはならない、たとえそんなことはなにも知らなくとも。結局、そう口にすることによって、それが事実になるのである」

ヴァン・ダイクは、その教区民の一人を例に話をつづけている。俳優のジャクソン・フロレンタイン（『ゴールド・ディガース84年』に準主役で出ていたあのジャクソン・フロレンタインだ！）は、子供のころの神々のうちもっとも敬愛する神、イースター・バニーを信ずるふりをしなさいと、ヴァン・ダイク師に言われるまでは、激しい心底からの信仰心をもってイエスを信ずることができなかった。懐疑的なこの俳優は、イースター・バニーのホログラム写真の前で祈り、長い告白文を捧げ、その存在、非存在をめぐるさまざまな謎について黙想にふけった。やがてイースターの朝、百四十四個以上のきれいに色づけしたイースター・エッグが、彼のイースト・ハンプトンの家の敷地から発見された。ヴァン・ダイクの表現による、この「神のかけら」をよみがえらせたあと、つぎの段階に移るのはかんたんで、「子羊」の血で洗い、その柔らかな白い毛で拭ったという。

第四章――「偽善に敬礼」――に進む前に、この本はダニエルのマットレスから消えてしまった。なくなったのに気づいてしばらくのあいだ、ダニエルは気が狂いそうだった。わびしさの波がつぎつぎと彼をさらい、眠らせてくれなかった。どうしてそんなにも大事だったのか？　どんな値打があったというのか？　手もとになにかほかの物があれば、けっして気にとめぬようなばかげた本じゃないか。

しかしこの気持は理屈で納得できるものではなかった。ダニエルはあの本をとりもどしたかった。もう一度読みたい、あの本のばかげた思想からの衝撃をまた味わいたいと切に願った。まるで脳みその一部を盗まれてしまったようだった。

この単なる苦痛や飢餓感以上に辛かったのは、だれにも苦情を訴えられないという欲求不満だった。正義を求めることのできない、そしてだれもそれを期待しない世界では、本の窃盗行為などはとるにたらない不正なのだった。

九月の末、エイムズヴィルの弁護士から手紙が来て、ダニエルには執行猶予も減刑もないと知らされた。別に予想外のことではなかった。仮釈放になるのを信じようと努めてはいたが、本気でそう信じていたわけではなかった。なにも信じてはいなかった。たった二か月でずいぶん皮肉な見方をするようになったと、自分でも驚いた。

そうは言っても、ときには自分がひどくみじめに思えて、ひとりきりになって泣きたいと思うこともあった。それが嵩じると、真っ暗な、どうしようもない憂鬱な気分に打ちひしがれて、それを克服することも、理屈で納得して追い払うこともできなくなる。まるでほんとうの病気にかかったようになる。

口にこそ出さないが、絶対にまいるもんか、こんなことはいっぺんに乗り切れるんだ、そう自分に言い聞かせる。でもこれは空元気だ。もし連中にダニエルを屈服させようという気があればそうするだろうと思った。しかし、そんな厄介なことはおそらくやらないだろう。その力がダニエルに及ぼす影響は無限のものだと、思い知らせるだけで十分なのだった。

三月十四日までは。

ダニエルが思いがけなかったのは、このニュースがほかの囚人たちに与えた影響だった。夏の間じゅうダニエルは、自分が無視され、つきあいを避け、うとんじられていると感じていた。いちばん好意的な囚人でさえ、ダニエルにとってはここに入っているのも夏休みなんだという態度をとっていた。敵意を抱く連中は、あからさまに彼を無視する態度でいた。所内で自分の居場所を確保しようと取っ組みあいになったことがあった。その後はせいぜいあてこすりめいたことを言うにとどまっていた。しかし今度こそは、たしかにダニエルも自分たちと同じ被害者だという事実が（ダニエルには前からわかっていたが）仲間の連中にもはっきりわかってもいいはずだった。ところがそうではなかった。夏は終っていたから、夏休み云々の冗談はもう口にしなくなっていたが、それでもまだダニエルはよそもの扱いのままだ。ほかの仲間の話を横で聞いているのは大目に見ても、そのなかに加わるのは歓迎しないのである。

ただし、ダニエルがひとりぼっちだったわけではなかった。スピリット・レークには、ほかにも大勢の仲間はずれがいたのである——横領罪とか強姦罪で送りこまれた生粋のアイオワ人だ。そして彼らは、あるコミュニティの一員だからというよりも、自分は個人として独自に有罪（あるいは無罪、どちらでもよいが）だと思っている。彼らはまだ、善悪、正邪の別があることも信じていた。いっぽう、囚人たちの全般の趨勢としては、こういう考え方にはがまんがならないようだった。アイオワ・グループのほかにも仲間はずれの大きな囚人グループがある——狂気の連中である。文句なくおかしいのが二十人はいる。アイオワの人間のように、みんなの憤りは買っていないものの、遠ざけられていた。かっとなって我を忘れやすいからというばかりでなく、狂気は感染すると考えられていたせいである。

ダニエルと親しいボブ・ランドグレンは、アイオワの人間であると同時に狂人だった。危険性はほどほどで愛想がいい。ボブは二十三歳、ディクソン郡のアンダーゴッド信者の農民の末息子で、飲酒運転の罪で一年の刑に服しているが、これは表向きのことだった。実は兄を殺そうとしたのだが、当の兄以外の証言がなく、裁判官は有罪を認めなかったのである。その兄は不愉快な、信用のおけない男だった。ボブはダニエルに、ほんとうに兄を殺そうとしたこと、スピリット・レークから出たら、今度こそその仕事を片づけるつもりだという話をした。彼の言葉を信じないわけにはいかなかった。家族の話をするとき、その顔は狂暴な、詩的なまでの憎しみにぎらぎらと輝くのである。それほどの激しい憎しみを知らないダニエルは、ボブの表情を、炉に燃える薪でも見るように、うっとりと眺めるのだった。

ボブは話好きではなかった。二人がいっしょにいるときは、たいてい、ゆっくりとチェスを指した。腕からいってボブが一段上で、腕ずもうと同じくダニエルの勝つチャンスはまったくない。それでも、まったく意想外の鮮やかな一手でなぎ倒されるよりも、のろのろとした持久戦の末に負けるほうがいわば面目がたつような気がする。終ってしばらくのあいだ、勝敗に関係のない奇妙な満足感が残る。盤上で展開される駒の動きのパターンに魅せられてしまうのだ。一枚の紙の上で、鉄粉が形づくる磁力の輪のようなパターンを、さらに複雑にしたような感じだった。そんな幸せな忘我の境地が二人を見舞い、チェス盤上の小宇宙に向かって黙考していると、スピリット・レークから逃げだしていけそうな気がした。盤上の錯綜した空気は、思考の産物のもう一つの世界にすぎなくとも、電子と同じ現実の世界だった。とはいうものの、一度だけでも勝てれば嬉しいだろうな。せめて引き分けでも。

　ダニエルは、バーバラ・スタイナーにもいつも負けていた。しかし、二人の勝負は口争いだけで、厳密なルールがあるわけでもなし、負けてもそれほど不名誉ではない。ただの口喧嘩だった。勝てばほかの人間が目くばせをしたり大笑いをする。負ければ大量失点というだけだ。ただ、退屈な人間ということでもひどい負けになる。バーバラは退屈な人間とはどういう人間か、そうでないのはどういう人間か、明確な意見を持っていた。ジョークを飛ばすだけで、たとえとびきりうまいジョークでも退屈な人間ときめつけられてしまうし、昔の映画の筋をしゃべったり、自動車はどれがいいかなどと議論する人間も同類だった。ダニエルのことは田舎者ではあっても退屈な人間のなかにはいれなかった。ダニエルがエイムズヴィルのさまざまな人物像を語ると、バーバラは満足そうに耳を傾けている。たとえば、去年彼のホームルーム担当教師で、社会科を教えているのに、扇動的だからという理由で五年以上も新聞を読んでいないミセス・ノーバーグの話など。ときにはバーバラはダニエルに何時間も話をさせたが、たいていは二人で交互に逸話を話しあった。彼女の話題はとても豊富だった。どこにでも行ったことがあり、なんでもやり、しかも、それをすっかり覚えているらしい。ウォータールーでの堕胎の罪で三年の刑に服し、あと刑期を半分残している。しかし、自分でもよく言っているように、それも氷山の一角にすぎない。逸話が変るたびに彼女は別の州にいて、別の仕事をしていることになっている。まるっきりとは言わないまでも、かなりでっちあげがあるのじゃないかと、ダニエルはときどき思うことがあった。

バーバラが不器量か、それとも十人並みかについては、人それぞれ意見がちがった。いちばん目につく欠点は、大きな、ぽってりとした唇と、いつもふけだらけの、よれよれの黒髪だった。いい服を着て、美容院に行ってくれれば、おそらく見られるようになるだろうが、そういう助けが借りられない以上、彼女にはどうしようもない。それに妊娠六か月というのもどうにも仕方がない。しかし、いずれも彼女が好きなだけセックスをする邪魔にはならない。スピリット・レークでは、セックスは売り手市場だった。

配偶者が面会に来たときは別として、表向き、囚人たちに性行為はまったく許されていない。しかし、閉回路テレビで見張っている監視員は、強姦に見えないかぎりはたいてい見逃していた。収容所の片隅には、日本家屋のように新聞紙で仕切りをして、どうにかプライバシーを保ってセックスができる場所まであった。たいていの女はビッグ・マック二つかそれ相当のものを要求したが、ひとり黒人で足の不自由な女がいて、彼女は無料《ただ》でフェラチオをしてやっていた。ダニエルは、カップルが紙のついたてのかげに行く姿を眺め、胸のなかに不安な思いを抱きながらその声に耳を傾けていた。彼もそのことを考えないわけではなかったが、実行はひかえた。用心深い理由としては、男女を問わず囚人の多くは、性病が原因のイボのようなものができていて、治療薬もないらしい。それに、（バーバラに話したように）恋をするようになるまで待ちたいというのも理由の一つだ。バーバラは恋愛の問題については、自分が不当に苦しんできたせいもあって、かなり皮肉な考えをもっていた。それでもダニエルは、自分の理想主義的な考えに、彼女もひそかに賛同してくれていると思いたかった。

バーバラはなんにでも皮肉な見方をするというわけではなかった。ときには、原則的な問題になると、ダニエル以上に理想主義的なところもある。いちばん驚いたのは、彼女がだれしもつねに自分にふさわしい報いを受けるものだという最近の考えを披露したときだ。これは、スピリット・レークでは菜食主義者に向かってステーキを賞讃するに等しい。ダニエルも含めてここの人間の多くは、自分が証拠不十分のまますっさと刑務所に送りこまれたのだ、と思っている。抽象的な意味での正義というものを信じているかどうかはさておき、ともかくアイオワ州の法体制に正義がなんらかの関わりがあるとは思っていない。

「つまりね」ダニエルは熱心に主張した。「ぼくがここにいるのは、どういうことなのさ？　正義なんてどこにあるんだよ？」

つい二、三日前、自分がここに入れられたいきさつや理由を彼女にすっかり話したばかりだったが（その間、オフィスの監視員がスイッチを入れて聞いていてくれると思った）、そのときバーバラは、まるでひどいこじつけだ、と理解してくれた。そして、ただ生きるというためだけにでも、なんらかの法律を破らなくてはならないように世の中の仕組はできているし、おえらがたには必要とあれば、その人間をすかさず餌食にする口実ができるのだとの説を述べさえした。

「あんたがここにいるのは、あんたがやったことのせいではないのよ、のろまさん。あんたがそれをやらなかったせいよ。あんたは自分の心の奥の衝動にしたがわなかった。それが大きなまちがいね。そのせいで、あんたはここにいるのよ」

「ナンセンスだ」

「ええ、ナンセンスよ」バーバラは反発するような語調で冷ややかに答えた。「心の純粋さというのは、一つのことをいちずに望むこと。そういう格言を聞いたことないの？」

「早目の一針は九針の手間を省く。これもあてはまるかな？」

「考えてもごらん。例の友達とミネアポリスに行ったわね、そのときは心の赴くままに正しいことをしたのよ。でも、帰ってきたのはまちがいだった」

「だって、ぼくは十四だったんだよ」

「その友達はアイオワに帰らなかった。その子はいくつ？」

「十五」

「どっちにしてもね、ダニエル。年齢なんてなにも関係ないのよ。口実よ。もっとましな口実が使えるようになるまでのね――奥さんとか、子供とか、仕事とかね。探そうとすれば、口実なんていつでもあるのよ」

「それじゃ、きみのは？」

「世間でいちばんありふれたことよ。わたしは欲ばったの。いくらでもお金が手に入ったもんだから。もう立ち去らなきゃいけなくなっても、ずっとその田舎町に残ってた。わたしもその町は好きじゃなかったし、町の人のほうでもわたしが気に入らなかったのだけど」

「そのせいで、つまり、お金を欲しがったために刑務所に入れられたのは正当なことだって、そう思うの？　こないだこう言ったじゃないか、堕胎はどう見ても悪いこととは思わないってさ」

「でも、わたしが心底から罪を犯したと思ったのはそれがはじめてだった。刑務所に送られたのもそれがはじめてよ」

「そうかな？　偶然そうなるってこともあるんじゃないか？　つまり、明日にでも竜巻が起こるとか、雷が落ちるとかすると、それも当然の報いということになるの？」

「ちがうわ。竜巻なんて起こらないってことがそれでわかるのよ。ほかのこともね」

「それはむちゃくちゃだ」

「あなたはいい子ね」そう彼女は言って微笑した。妊娠のせいでひどい歯になっている。追加の食物も手に入れてはいるが、そんなことでは追っつかないようだ。気をつけないと、みんな抜け落ちてしまうだろう。二十七歳というのに。ひどい話だ。

十月の半ばの二週間ほど、仕事のペースが緩慢になった。農場には、スピリット・レークまで出かけて作業班を連れてくるガソリン代に見合うだけの仕事がもうなかったのだ。囚人たちが言っているように刑務所内でごろごろしているのがほんとうに嬉しいのだろうかと、ダニエルにはふしぎだった。仕事のない毎日はなにもない広いサハラ砂漠のようで、その先にはもっとわるいことが待ちかまえているはずだった。

冬のあいだの新しい分担表ができあがり、ダニエルは「実験ステーション78（ES78）」の近くにある「統合食品」システムに割り当てられていた。そこでは、実験どころか、もう二十年間も着実に生産が行われていた。ただ会社の広報部としては、この事業を説明するのにそれ以上魅力的な言い方を思いつかないだけだった。ここでは、シロアリの変種を特別に飼育して、さまざまな合成食肉とチーズ加工品の追加物として使用している。ES78で飼育される何十万匹のこの虫は、大豆同様に経済的な蛋白源だ。迷路のような地下壕のなかで、各都市の衛生部から出されるヘドロのような黒い糊状の、タダ同然の物質だけを餌にして、かなりの大きさまで育つ。このシロアリの生活環《ライフ・サイクル》は単一化され、流れ作業の技術に適合させられている。作業は自動化されて、故障でも起きないかぎり、作業員は実際にそのトンネルのなかに入っていく必要もなかった。ステーションでのダニエルの仕事は、ずらりと並んだ四キロリットルもの大樽の管理だった。そのなかにはシロアリが調理され、各種の薬品と混合されて入っており、この間に虫たちはダーク・グレイの固型からオレンジ・ジュースの色をしたなめらかな練り粉状に変る。どちらの状態でもまだ毒性があり、ここでは蛋白質としてはものになってはいない。とはいえ、この仕事は旨味のある仕事だということになっている。実際に手を下す作業はほとんどない上、ステーション内の温度は華氏八十三度に一定しているからである。一日八時間もある程度の温度と快適な環境が保障されているなんて、今のこの国ではところによってはまさに違法だった。

それでも、ダニエルはなんでもいいからほかの仕事につきたかった。これまで合成食品には危惧の念を覚えたことはないし、この樽のなかのものから、トンネルのなかを想像できるような似通った点はまったくない。それでも、いつもむかつきを抑えきれなかった。ときどき、生きているシロアリが一匹、あるいは小さな群をなして、すりつぶされずに機械を通り抜け、ダニエルの作業場にまで入ってくることがある。そんなとき、現実を悪夢に変えるスイッチが入ったかのような気分に襲われる。ほかの囚人たちは、だれもそれほど気にしないところを見れば、それはおかしなことなのかもしれないが、ダニエルにはとてもたまらなかった。逃がれでてきた虫を追い払って、樽の練り粉のなかに入らないようにしなければならない。この虫は目が見えない上に、その羽もうまく飛べるほどしっかりしていないから、打ち落とすのは簡単だった。だが、虫たちが互いにぶつかったり、はね返ったりする様子を見ているのは、ともかく気味がわるかった。虫にできることはなにもないし、行くところもない。彼らは生殖が不可能であり、ステーションのトンネルの外には食べるものがない。生きている唯一の目的は、ある大きさにまで育って、それから、どろどろにつぶされることだけ――この虫たちは、それを逃がれてきたのだ。ダニエルには、それと同じことが自分の身に起こったように思えた。

冬の訪れとともに、事態は週を追って確実に悪化していった。ステーションで働いていると、ダニエルは本物の日光を見ることがますます少なくなったが、それは一年のうちでいちばん暗い何か月かを学校へ通うのとあまり変らない。いちばんいけないのは寒さだ。収容所内はすきま風がよく入り、十一月半ばに入ると、なかなか眠れなくなった。寒気はそれほどに厳しかった。ダニエルは、ステーションで同じ交代時間に働く二人の年長者とともに寝ていた。ほかの連中は、体にしみついたあの虫の臭気をきらっていたからだ。一人は膀胱の具合がわるくて、ときどき寝ている最中に失禁した。あのパイプライン危機のころ、双子の妹たちにはさまって寝ていたときと同じことが、今度は大人のあいだで起こるのは奇妙な感じだった。

ダニエルは腹具合がおかしくなった。いつも空腹なのに、胃酸の調子が狂ったらしく、たえず吐き気に見舞われる。ほかの連中も同じ状態で、彼らはそれを守衛が半冷凍で収容所に届けてくるビッグ・マックのせいにしていた。ダニエルは、これは心理的なもので、ステーションでの仕事に関連があると思った。理由はともあれ、体の調子がはっきりしない。寒いし、力が入らない、むかむかする。ドアのノブをまわすとか、鼻をかむといったちょっとした動作もうまくいかないのである。股や腋の下ばかりでなく、体じゅう変なにおいがして、自分がいやになってきた。つまり、自分にくっついているこの体がいやだった。ほかの囚人連中もいやだった。だれもが程度の差こそあれ、同じようにガタガタの状態だからだ。収容所もいやだった。ステーションも、構内の凍てついた土も、冬の重みを内に包んで、今にも落ちてきそうな、空に低くたれこめた雲もいやでたまらなかった。

毎晩喧嘩がたえない。ほとんどが室内で起こった。監視員が見張っているはずなのに、めったに仲裁に入ろうとはしない。おそらく、彼らは囚人たちのやることを、スポーツのような気晴らしとして、生きている証拠として楽しんでいるのだろう。

時間が問題だった。作業中の陰鬱な時間、それよりいっそう救いのない収容所内での時間をどう過ごすか。日とか週をどう過ごすかどころではない。ダニエルを押しつぶしているのは、時計であってカレンダーではない。こんな時間はなにを考えていればいいのか？　なにに注意を向けたらいいのか？　バーバラ・スタイナーは、ただ一つの救いのカギは自分の心のなかにあると言った。自由に考えることができるあいだは、それなりの自由があるのだと言う。それを信じることができたとしても、ダニエルには大して役にたたなかっただろう。考えるという以上、考える対象があり、結論がなくてはいけない。彼の考えることは堂々めぐりで、いたずらに同じことをくりかえしている。ダニエルは過去について夢想してみようとした。多くの囚人が、思い出は何日もかけて一つのショーから別のショーへと見て歩く、おきまりのディズニーランドめぐりのようなものだと断言していたからだ。しかし、ダニエルにとってはそうではなかった――彼の思い出は、他人のスナップ写真が入った箱のようなものだ。凍結された瞬間を順ぐりに眺めてみたものの、どれひとつ鮮やかによみがえって生き生きとした過去への道案内などしてはくれなかった。

将来のことを考えてみても同じだった。人の願望あるいは不安に関わるはずの将来には家庭が不可欠である。エイムズヴィルにもどってからの自分を予見してみても、そこにあるのは、望みも恐れも持てない、ただ現在よりは快適な形での刑務所暮らしに過ぎなかった。自分の生活をどう設計するかは、覚えているかぎりの長いあいだ、たえず彼の頭を離れたことはなかったが、といって急な解決を迫られる問題ではなかったのである。むしろ逆だった。「職業」をもう身近なものに考えている学友たちの考えを軽蔑していたものだ。今だって、この言葉や、その背後にある考え方は、ひどく滑稽なものに感じている。ダニエルは、自分が職業と呼べるなにものも望んでいないことを知っていた。これは将来に希望を持たないのと紙一重だ。そして、囚人はスピリット・レークを出たあとの自分の将来について考えることをやめるとき、脱走を図りがちになるのである。ダニエルは脱走したいとは思っていなかったが、といってなににすがってよいのかわからなかった。

　これが、ダニエルが聖書を読みはじめたときの心理状態だった。それは時間つぶしという同じく大事な目的には役立ったものの、それ以上は失望させられた。物語はありきたりの怪談にさえ匹敵するものはめったになく、使われている言葉ときたら、ところどころ詩的な表現はあっても、おおかたは古臭く、あいまいな点が多かった。そんなものがずらずらとつづいてもまったく意味をなさない。聖パウロの書簡は、その点でとくに退屈だった。これなんか、どういうつもりなのだろう――「なんじら犬に心せよ、悪しき労働人《はたらきびと》に心せよ、肉の割礼ある者に心せよ、神の御霊《みたま》によりて礼拝をなし、キリスト・イエスによりて誇り、肉を恃《たの》まぬ我らは真《まこと》の割礼ある者なり。されど我は肉にも恃《たの》むことを得るなり」難解きわまる！　言葉の意味がはっきりしているときでさえ、その考え方はむやみとややこしいことばかりだし、考え方がはっきりしていても、その内容はたいていひどいものだ。ヴァン・ダイク師の考え方のようにひどい。その上、師の持つユーモアの感覚を欠いている。どうして、まじめな人たちが聖書を真剣に受けとめるのだろう？　全体を一種の暗号とでも考えれば話は別だ（これはボブ・ランドグレンの説）。二千年前の言語から現在使われている言語に訳したら、すっかり意味が通じるのではないだろうか。対照的に（これはダニエルの説だが）もし聖パウロが、もうだれも味わうことのなくなった経験について語っているとか、黒を白と信じていたり、なにかの薬に毒されているとか、死とはよりよき生命のはじまりと信じているようなおかしな人たちのことだけを語っているとしたらどうだろうか？　そうだとしても、信者たちが信じていると口にしていることすべてを信じているかどうかは疑わしい。たぶん、こういう人たちはヴァン・ダイク師の助言をきき入れて、自ら洗脳を行ったのだろう。そして、信じていると言っていれば、このたわ言もいつの日か実際に信ずることができるものと望みをかけているに過ぎないのだろう。

しかし、彼は信じなかった。信じているふりをする気もなかった。ほかに読むものがなにもないから聖書を読みつづけている。ほかに考えることがないから、そのことを考えつづけているのだった。

十一月も半ば、初雪の降るころになると、バーバラ・スタイナーは妊娠も月が進み、ひどく沈んだ様子でいた。人々は彼女を避けはじめた。彼女と交渉を持っていた男たちも同様だった。セックスをしなければ、これまでのようにビッグ・マックが手に入らない。胃の悪いダニエルが、ときどき自分のぶんをわけてやったり、そっくりそのまま彼女にやってしまったりしていた。彼女は少しもうれしそうな態度も見せずに、犬のようにがつがつと食べた。

バーバラ抜きでは、みんなの話もはずまなかった。彼らは、丸めた彼女の寝具の上にあぐらをかきながら、風が窓ガラスを叩き、戸をガタガタ鳴らすのを聞いていた。この冬はじめての本格的なブリザードだった。すきま風の吹きこむ壁ぎわに雪が徐々に吹き寄せられて、おかげで密閉された収容所はこれまでよりは暖かく、しのぎやすくなった。

そこはかとない終末感が漂い、氷に閉じこめられた古代の木造船のなかで、食物と燃料を少しずつ使い果たしながら静かに死を待っているような感じだった。トランプ好きは、明りのついているあいだはカードをつづけ、編み物好きは、もう百回も編んではほどいたような毛糸でまたなにかを編んでいる。しかし、だれひとり口をきかない。スピリット・レークで二度冬を過ごしているバーバラは、こういうときもあるのよ、遅くともクリスマスまでには平常にもどるわ、とダニエルに教えてくれた。

ところがその前にきわめて異常なことが起こったのだった。その後のダニエルの生き方を決めた事件である——そしてもっと恐ろしい形ではあったがバーバラの生き方もこれで決まった。一人の男が歌ったことで。

このところ、どういう音楽にしろ、演じられる機会はめっきり少なくなっていた。スピリット・レークで最高の音楽家の一人で、手許にある楽器なら一応どれでもこなせる男は十月に釈放された。そのあとすぐ、殺人罪で十二年の刑を受けていたすばらしいテナーが脱走した。日曜の朝早くに境界線を越え、腹のなかの錠剤を爆発させてしまった。それからというもの、しだいに深まる所内の沈黙を歌で破ろうという元気のある者はいなかった。ただ一人の例外は頭の弱い移住労働者の女だった。フランクリン型ストーヴのパイプを指で叩くのが好きで、鈍い、単調な、少々変になるほど平凡な調子で叩く。そして、うんざりしただれかが、いちばん端っこのその女のマットレスに連れもどすまでやめなかった。

　そして問題の夜、風のない、身を切るように寒い火曜日。重苦しい沈黙のなかから、果てしない雪原の彼方に昇る月のように、あの歌声は聞こえてきたのだった。ほんの一瞬、ほんの一節耳にしただけで、この歌は現実の声ではない、自分の心のうちに湧きでた歌声ではないかとダニエルは思った。あまりにも完璧で、とうてい不可能な域を越え、常には言葉になりえず残っていたことを告白する歌、悪臭漂う収容所内を高価な香料のように流れる絶望の歌声だった。

　歌声はみんなの魂をぐいとつかみ、原子の分解する一瞬のように一吹きで灰と砕き、親しく結びつけて歌そのもの、歌を離れては語ることのできぬものを知った、耐えがたくも美しい思いにひたらせたのだった。高く低く流れる歌のうねりに身を委ねながら、その歌声がはっきりと語ってくれた自らの人間としての感情を唱和させるかのように聴き入っている。聴きながら、みんな我を忘れた。

　そして、歌声がやんだ。

　しばらくは、沈黙のなかに余韻が残り、やがて、それも消えた。ダニエルは息を吐いた。白く見える息は自分のものだった。寒い室内に彼はひとり生きていた。

「なんてすばらしい」バーバラは静かに言った。

カードを切って、配る音が聞こえる。

「おどろいたわ」彼女はまた言った。「体がちぢこまって死ぬかと思わなかった?」ダニエルが戸惑っているのを見て、説明を加えた。「つまりね、もうたまんないほどすごかったってこと」

ダニエルはうなずいた。

バーバラは釘にかけてあったジャケットを取った。「外へ出ましょう。こごえ死にしてもかまやしない——新鮮な空気が吸いたいわ」

寒かったが外に出るのは息抜きになる。二人は自由を思わせる雪のなかを足跡一つないところまで来て、収容所の境界を示す四角い石柱の脇で立ちどまった。雪の上を照らす強い照明がなければ、なにもない原野に立っている感じだったろう。頭上の空に星がとても身近く輝いていて、金属の柱の上のその照明さえ、今夜はそれほど無慈悲には思えなかった。

バーバラも星に思いをはせていた。「あそこへ行く人もいるのよね」

「星へってこと?」

「そう、ともかく惑星へ。でも、星へもたぶんね。あんたはどう、もし行けるとしたら?」

「行けば絶対にもどってこられないんだ。それほど時間がかかるんだろうね。想像もつかないけど」

「わたしにはわかるわ」

彼女はそう言ったまま黙っていた。しばらく二人は口をきかなかった。はるか遠くで木がきしんだ。しかし風はなかった。

「あんた知ってたかしら」バーバラが言った。「あんたが翔ぶとき、音楽はとまらないのよ。歌っていてあるところまでくると、自分が歌ってるんだってことをちょっと忘れるの。そのときに起こるのよ。そして音楽がとまってるなんて全然気がつかない。歌はどこまでもついてくるのよ。どこまでもよ！　嘘みたいでしょう？」

「うん、そのことはぼくも読んだことがある。ミネアポリスの新聞で、どこかのえらい人が言ってたけど、はじめて翔ぶときというのは、盲目の人が手術を受けてからはじめてものを見ることができるような感じなんだって。でも、そのあとショックがおさまって、何度も翔んだあとは、それがごく当然になるって。目が見えなかったことなんかない人みたいだってさ」

「それは読んでないわ」バーバラはむっとしたように言った。「わたしは自分で聴いたの」

「きみが翔んだっていうの？」

「そうよ」

「まさか！」

「一度だけよ。十五のときだった」

「へえ、ほんとにやったの。翔んだことある人にはじめて会った」

「そう、じゃあこれで二人目ね」

「今晩あそこで歌ったやつのこと？　彼、翔べると思うの？」

「すぐわかるじゃない」

「どうかな。今までぼくが聞いた歌とはまるっきりちがってた。なにかあるね……あの歌にはふしぎなとこが。でも、ねえ、バーバラ、きみが翔んだとはね！　どうして今まで言わなかったの？　まるできみが神様と握手したと聞いたみたいだ」

「わたしが言わなかったのは、たった一度しか翔ばなかったからよ。生まれつき音楽に向いてないのよね。才能がないの。あのときはとても若かったし、すごくいい気分だった。それですんなり翔んだのよ」

「どこにいたの？　どこまで行ったの？　聞かせてよ！」

「ニュージャージーのウエスト・オレンジにある従姉の家よ。地下室に接続装置が置いてあったけど、それまで翔んだ人はなかったの。グランド・ピアノを買うのと同じようにあの装置を買ったのね、ステータス・シンボルとして。それでわたしはその装置に入っても、実際になにか起こるなんて思ってなかった。わたしが歌いだしたら、頭のなかでなにかが起こったの。寝入りばなに、自分の体の大きさの感覚がなくなる、あの感じ。そういうの、経験あるかな。でも、わたしは全然気にもとめなかったのよ。ただ、ひたすら歌ってた。そしたら、つぎに気がついたのは、わたしが自分の体の外にいるってことなのよ。最初、耳がぽんと音をたてたのかと思った。それくらい簡単だった」

「なにを歌ったの？」

「それが全然思い出せないの。すんなりと自分の意識との接触がなくなるのよ。自分の歌にしっかり焦点を合わせていさえすれば、どんな歌を歌っても翔べるはずよ、たぶんね。あのころのヒット曲のなにかだったと思うけどね。ほかにあんまり知らなかったから。でも決め手は歌じゃない。歌い方よ。どれほど打ちこめるかね」

「今夜のやつみたいに？」

「そうよ」

「ふうん。それでなにが起こったの？」

「家のなかはわたしひとりだった。従姉はボーイフレンドと出かけていたし、両親も外出中だったわ。いらいらしたし、ちょっとこわかったんだと思うの。しばらくそのまま漂ってた」

「どこを？」

「自分の鼻先から二インチほど上。変な感じだった」

「そうだろうなあ」

「それから、地下室をあっちこっち翔びはじめたんだわ」

「羽根があるんだね？　つまり、ほんものの羽根が？」

「自分では見えなかったけど、ほんものの羽根のような感じだった。背骨の真ん中にすごい力がこもっているみたいで。意志の力、文字どおりのね。自分がなにをやっているか、どこに行こうとしているのか、それに全力を集中している感じ——これが翔ぶことね。目の前の道路だけをじっとみつめながら車を運転しているようなものだったわ」

ダニエルは目を閉じると、完全無欠な自由を味わってみた。

「何時間も地下を翔びまわってた。うっかりドアを閉めてしまっていたし、窓はどこもぴったり、地下室から出られやしない。実際に翔んでみるまでは、フェアリー用の出入口を作ろうなんて考えてもみないものね。でも、いっこうにかまわなかった。わたしはとても小さいから、地下室はまるで大聖堂みたいなものよ。それに大聖堂みたいにきれいだった。ほかのところよりずっと——信じられないくらい」

「ただ翔びまわっただけなの？」

「いろいろ目についたわ。缶詰の棚があったわね。ジャムやトマトの瓶から出る光のことは今でも覚えてるわ。ほんとうは光じゃないのよ。そのなかに残っている生命といったらいいのかな、まだ成熟しきらないうちに閉じこめられてしまったエネルギーよ」

「おなかが空いてたんじゃないの？」

彼女は笑いだした。「たぶんね」

「そのほかには？」ダニエルはせがんだ。空腹なのは、貪欲なのはダニエルのほうだ。

「あるところまでくると、こわくなったわね。わたしの体——装置のなかで横たわっているわたしの肉体のほうよ——は、とても現実とは思えなかった。ちがうわね、申しぶんのない現実、現実すぎると思えたのよ。でも、わたしの体だとは思えなかったわ。動物園に行ったことある？」

ダニエルは首を横に振った。

「それじゃ説明しにくいな」

バーバラはしばらく黙っていた。ダニエルは、妊娠してふくらんだ彼女の体を眺めた。そして、彼女が説明できなかった感じを想像してみた。体操の時間以外は、自分の体をあまり注意して見たことはない。その点では他人の体でも同じだった。

「地下室にフリーザーがあったの。モーターが急に動きはじめるまで気がつかなかったけど。知ってるでしょ、はじめにガタガタっていいだして、そのあと、低く唸るような音がずっとつづくの。それでね、そのときはまるで交響楽の演奏でもはじまったみたいだったわ。目には見えないけど、エンジンの一部がくるくるまわってるのがわかるの。もちろん、近寄らなかった。ロータリー式モーターって、流砂みたいに危険だってことは知ってたもの。でもね、とても……うっとりとする感じなのよ。どうしても引きずりこまれてしまうダンス音楽みたい。そのままの場所で、わたしはくるくるまわりはじめたわ。最初はとてもゆっくりだったんだけど、どうしてもだんだん早くなっていくの。それでもまだ純粋に意志の力だった。早くまわればまわるほど、モーターにぞくぞくするほど心を惹かれていったの。気がつかないうちにフリーザーのそばまで流されていって、モーターの回転と同じ軸でまわっていた。この運動以外なにも考えられなくなっていたのよ。まるで……惑星みたいに！　永久につづけていられたかもしれない、それでもわたしはかまわなかったのに。でも、止まってしまった。

フリーザーが止まって、モーターのスピードが落ちるにつれて、わたしのスピードも落ちたわ。それでもまだ、すてきだった。すっかり止まってしまったときには、そりゃ、ぞっとした。なにが起こったのかって気がついたから。こんなふうにして大勢失踪したのだと聞いてたし。わたしもいなくなってたかもしれない。喜んで消えたでしょうね。今でもそう思う。思い出すときにはね」

「それからどうしたの？」

「装置にもどったわ。わたしの体にね。水晶に触れたような感じがした。触れた瞬間、ビューッと自分の体のなかにもどってた」

「今の話、みんなほんとうのこと？　想像しただけじゃないの？」

「わたしたちがこうして話をしているのと同じで現実なのよ。地面のこの雪のように現実なの」

「そのあとは一度も翔ばなかったの？」

「やってみようという気がないわけじゃなかった、ほんとうよ。声楽のレッスンや、いろんな治療にありったけのお金をはたいたわ。でもね、どんなに努力しても飛翔速度に達しなかった。心のなかになにかそれに協力してくれない部分があって、行かせてくれないのよ。もしかすると、あのエンジンに吸いこまれてしまうのがこわかったのかもしれない。さっき話したように、わたしには歌の才能がないのかもしれない。とにかく、なにをやってもだめだった。結局、あきらめたわ。これがわたしのこれまでの一生よ。わたしに言えるのは、くそくらえ、ってことね」

ダニエルは分別よく彼女の辛辣な言葉に反論しようとしなかった。その話には、どこか高貴で高揚したものが感じられた。バーバラ・スタイナーにくらべると、自分のみじめさなんてとるに足らない気がした。

ともかく、彼にはまだ翔べるかもしれない機会が残されている。

いつか翔ぶんだ！　ああ、翔ぶとも！　今、それがわかった。それは彼の一生の目的だ。やっと見つけたんだ！　翔ぶんだ！　翔ぶ方法を習うんだ！

二人ともどのくらい雪のなかに立っていただろうか。高揚した気分がしだいに遠のくと、寒さが身にしみみた。痛いほど寒い、宿舎に帰ったほうがいい。

「さあ、バーバラ」こごえそうな指で彼女のコートの袖をつかまえて、うながすようにぐいと引いた。「さあ」

「そうね」悲しげに同意したが、少しも動こうとしない。

「宿舎にもどったほうがいいよ」

「そうね」

「寒いから」

「とってもね。もどりましょう」まだつっ立ったままだ。「その前に頼みをきいてくれない？」

「なに？」

「キスをして」

いつもなら、そんな誘いにはどぎまぎしただろう。しかし、彼女の口調にはダニエルを安心させるようななにかがあった。ダニエルは言った。「いいよ」

バーバラはダニエルの目をじっとのぞきこみながら、指を彼のジャケットのえりの下にすべりこませ、それから首のうしろにまわした。二人の顔が触れあうまで彼を引き寄せた。その顔はダニエルと同じように冷たかった。たぶん同じように感覚を失なっていたのだろう。口をあけ、舌を彼の唇に押しつけて、静かに唇を開かせようとした。

ダニエルは目を閉じて、ほんもののキスをしようとした。一度パーティで女の子にキスをしたことがある。ぎこちなかったが、最後はとてもよかったと思った。しかし、バーバラのひどい歯のことがどうしても頭に浮かぶ。それでも、やっと思いきって舌を彼女の口に入れようとしたときには、彼女はもう満足していた。

それでやめてしまったので、ダニエルはうしろめたい気がしたが、バーバラは気にしていないらしい。夢でも見ているようなその表情から、彼女は欲しかったものを手に入れたのだ、ぐらいの察しはついた。もっとも、それがなんだったか、ダニエルは知る由もないが。それでも、うしろめたい思いだった。ともかく戸惑いを感じていた。

「ありがとう」バーバラは言った。「よかったわ」

反射的にダニエルは答えていた。「どういたしまして」おかしな返事だが、あながち場違いな言葉ではなかった。

歌を歌って自分をあれほど感動させたあの男のことを、ダニエルはほとんど知らなかった。実の名前さえも。収容所内ではガスという名前で知られていた。お古の作業衣の背中に、前の持主の囚人が書いていた名前だ。背の高い、ひょろっとした、赤ら顔の、あらくれた表情をした四十代の男で、二週間前にここへやってきたときには、左の目にひどい切り傷があったのが、今はしわだらけの真っ赤な跡になって残っている。その怪我のもとになった喧嘩のせいでここに送りこまれたのだと、みんなは推量していた。それは彼のたった九十日という刑期と符合する。おそらくその刑期の宣告を受けたいがために、わざと喧嘩をしたにちがいない。スピリット・レークの冬でも、仕事も家もなく過ごすデモインの冬よりはしのぎやすいからだ。デモインでは、彼もその一人らしいが、浮浪者たちが極寒の時期に、しばしばごっそりと死んでいった。

たぶん、やりにくいやつにちがいない。それでもダニエルはその夜一睡もせずに、これからのその男とのつきあいについてかなり細かく予行演習をしていた。明日はまず嘆願者として、そして最後には友人になるために彼に近づくのだ。もっとも、友人になる可能性については想像するのが大変だった。ガスがすばらしい歌い手であることは別にして、彼のどういう点を好きになれるのかわからなかったからだ。どういう男にせよ、いいところがあるはずだ——彼の歌がその証拠の一つだ。見かけはあのとおりだけれども、もともとはいいやつであると信じながら、ダニエルは（空想のなかで）この年長の男（はじめはまったく好意的な態度は見せず、悪態をつく）に近づいて、ある素朴な提案をする——ガスがダニエルに歌を教えること。押し問答をし雑言をとばした揚句、授業料として、マクドナルドから届く自分の追加ディナーをゆずることをダニエルは承知する。最初は疑わしそうにしていたガスも、この寛大な、自己犠牲的な条件を喜ぶ。レッスンがはじまり（この部分の想像がかなり大ざっぱなのは、音楽のレッスンでは、音階練習のほかになにをやるのか、ダニエルには見当がつかなかったせいだ）、ダニエルの釈放の前夜、卒業式のようなもので終止符が打たれる。長いあいだの断食でやつれたダニエルは、霊感に目を輝かせ、今夜ガスが歌ったような、身にしみる、ほんものの歌を歌って、仲間の囚人たちに別れをつげる。たぶん（実際には）これは無理な注文だろう。そんな水準まで習得するには、もっと時間が必要だろう。しかし、空想してみて、肝心な点については実行可能と思えた。朝になったら、それとも作業が終ってから、ダニエルはその計画を実行に移すつもりだった。

ダニエルの生活——彼自身が選んだ生活——がいまはじまろうとしていた！　自分の願いが当然叶うものと予想しながら、もう一度その願いを小鳥の群を放つように、さやさやと鳴る眠りの原に向けて舞いあがらせた。

翌朝、いつもの五時半の起床時間の数分前に警笛が鳴った。みんなが毛布から出ようともがいているうちに、そのかん高い音はやんだ。だれかが脱走したのだと全員が気づいていた。そして番号をかけるという簡単な点呼をやってみて、それがバーバラ・スタイナーだとわかった。彼女の番号、22番には沈黙だけが答えた。

部屋の向こう端にいる男が、バーバラの死をいたむように言った。「やれやれ、彼女、最後の堕胎をやったか」

ほとんどの囚人たちは、まだ残された何分かの暖かさを求めてまたマットレスにもぐった。しかし、ダニエルを含めた三人が着がえて外に出た。刑務所長の軽トラックが来てバーバラの死体を運び去るのを一目見ようとした。バーバラは、昨夜二人で話しあった地点でちょうど境界線を越えていた。

その日はずっとステーションのじめじめした夏まがいの温床のなかで、ダニエルは大樽の管理をしながら、バーバラの自殺による悲しみをなだめようとした。心底悲しく、ほかのことを考えて忘れようにも、気をまぎらせようとしてもどうにもならない絶望感があった。ただ、彼が育んだばかりの野心が、人として当然の悲しみの底に引きずりこもうとするあらゆる力よりも強力な浮力をもって、一対の翼形をした浮き袋のように、彼を陽の当る水面に支えていた。実のところ、ときどき涙がこぼれそうになったが、苦しみよりもむしろほっとする思いもあったのである。バーバラも死ぬことを考えたときには、苦しみより安らぎの気持があったのではないだろうか。あのキスはそういうことだったと考えられないだろうか？　いわば別れの挨拶、ダニエルだけではなく、望みを持つ者すべてに向けられた挨拶だと。

むろん、死を考えることと、死という事実とはまったく別のものだ。死という事実にはわるいことばかりがあるわけではない、という考えはダニエルにはとても承服できない。来世でもあると信じていないかぎり。自分自身の体から発する火花によって肉体の死を越えうると考えていないかぎり。ところで、フェアリーが肉の結節を抜けだすことができるのならば、霊魂にもできるはずだ、というのは、ずいぶん前に話しあったときのダニエルの父親の意見だった。

しかし、この古くさいキリスト教的な考えによる霊魂の問題を信ずるには、ひとつ大きなつまずきの石がある。つまり、人が視覚、聴覚、触覚によってお互いの存在に気づくのとまったく同じようにして、フェアリーたちもお互いの存在を知るのだが、霊魂を見たというフェアリーは今のところまったくいないのである。（ダニエルは本で読んだことがあるが）フェアリーたちはしばしば死にかけている人間の枕元に集まって、その人の霊魂の解放の瞬間を信じて待つことがあるという。しかし、目撃するのはいつも死だけだ――解放ではなく、消滅、退去、終りだ。もし霊魂が存在するとすれば、それはフェアリーと同じような知覚できる物質でできてはいないのである。そして、何世紀にもわたって作られてきた霊魂についての諸説は、おそらく、祈りの最中に漂ったことのある聖者とかインドのヨガ修行者のように、装置の助けを借りずに飛翔する方法を見つけた、稀なそして幸運な人たちの経験にもとづくものなのだろう。翔ぶ経験をもった人たちはこう考え、そして、彼らの率直な言葉が、アンダーゴッド信者たちのあいだで、飛翔とそれにまつわるすべてのことに嘆きやあからさまな憎しみが向けられる理由の一つとなっている。アンダーゴッド信者たちには来世以外に待ち望むものがないから、霊魂の存在やそのほかの一切を信じざるをえないのだ。あわれで、無知な畜生めら。

それでは、彼はなにを信じるべきだったのか？　なにも信じていなかった。だが、いまはどうだ！　いま、信仰心は彼を見舞い、彼の内で燃えあがった。その明りで、すべてのものが美しく輝き、彼の空想の彼方にある暗黒にはなんの関心もなかった。

ダニエルの信仰は単純だった。すべて信仰とはそういうものだ。彼は翔ぶのだ。歌うことを習い、そして歌うことによって翔ぶのだ。それは可能だ。何百万人もの人がこれまで翔んでいる。その人たちと同じようにダニエルも翔ぶのだ。いつか翔ぶのだ。この考え一つにひたすらすがることが必要なのである。そうしているかぎり、ほかのことは気にならない——ここにある大樽のことも、スピリット・レークの荒涼とした苦難の日々も、バーバラの死も、エイムズヴィルに帰ってからの生活も。世界中のなにものも気にならなかった。抜けだすには何年もかかる暗闇の彼方にぼんやりと映る、しかし確実な瞬間、非物質的な彼の意志の力によって羽根が生えるのを感じとり、そして翔ぶ、その瞬間以外は。

ダニエルが収容所内にもどると、ちょうどバーバラ・スタイナーの身のまわり品が競《せ》りにかけられているところだった。手にとって見られるように品物がずらりと並べられ、囚人たちは、弔問客が遺体に向けるのと同じような気おくれと好奇の目を見せながら、つぎつぎとテーブルの前を通りすぎていった。ダニエルもその列に加わった。(マットレス用の綿布と詰め物以外では)いちばん大きな品物が競りにかけられていて、それが見分けられるほど近づいたとき、思わず憤りの叫び声をあげてテーブルに突進すると、ずっと以前に紛失した『売る物は神である』をとりもどした。

「それを元にもどしなさい、ワインレブ」競りをとりしきっていたミセス・グルーバーが言った。彼女はここの古参ということで料理主任と管理主任を兼ねていた。「あんたもほかの人と同じように、値をつけることができるんだよ」

「この本は競りにかけるものじゃないよ」ダニエルは当然とばかり挑むように言った。「これはぼくのものだ。何週間も前にぼくのマットレスから盗まれたんだけど、だれがやったのか、わからなかったんだ」

「じゃ、もうわかったわけね」ミセス・グルーバーは満足そうに言った。「さっさとテーブルにもどしなさい」

「くそっ、ミセス・グルーバー、この本はもともとぼくのものだよ！」

「これはね、スタイナーのマットレスのなかにほかのガラクタといっしょに入ってたのよ。それで競りにかけられているんじゃないの」

「そこに入ってたとしたら、彼女が盗んだからだ」

「もらった、借りた、盗んだ――どれでもわたしには変りはないね。ともかく、あんたは自分の友達のことをそんなふうに言って恥ずかしくないの。その本を手に入れるために彼女がなにをしたかは、神様だけがご存知なのさ」

笑い声がわいた。人混みのなかからだれかが一声、そしてまただれかが、ミセス・グルーバーの含みのある言葉に的確な合いの手を入れた。どぎまぎしながらも、ダニエルは自分の権利を主張した。

「これはぼくの本なんだ。守衛に訊いてくれよ。ぼくのとこに届く前に、連中が何ページか切りとってるんだ。どこかにその記録があると思うよ。これはぼくのだ」

「そうね、そうかもしれないし、そうじゃないかもしれない。でもバーバラがそれを公明正大な方法で手に入れたのではないと、あんたが証明する方法はない。あんたがそう言ってるだけよ」

この女の背後には大勢がついている。どうしようもなかった。ダニエルは彼女に本を渡した。それがまず競り台にのせられた（あとはそんなに沢山なかった）。だれだか知らないやつが厚かましくもダニエルと競りあってきた。本をとりもどすのに、ビッグ・マック五つまで競りあがった。ほとんど一週間分の夕食だ。

入札が終ってから、彼と競りあったのはガスの声だったと気づいた。

競りのあとは福引があった。一人一人に、朝の点呼のときに呼ばれる番号がある。ダニエルは34番、これが当って賞品にマクドナルドのクーポンを一枚とりかえした。しかし、それは今夜の食事には間に合わない。守衛が夕食を配ってきたが、ダニエルはミセス・グルーバーの作った水っぽいスープ一杯と、合成チーズを塗った白いパン一切れですませなくてはならなかった。

空腹を感じたのは、ここ数週間来はじめてのことだ。いつも夕食のあとは吐き気がしたのに。怒りのせいにちがいない。グルーバー婆さんを、彼女の料理した屑だらけのスープ鍋で溺れさせてやりたいと思った。そして、まだまだこれは怒りの序の口だ。もう一皮ひんむいてやれば、もっとある——本を盗んだバーバラ、本を競りあったガス、彼をここに送りこんだ刑務所の外の世間全体に対する怒りが。考えるだけで気が狂いそうだ。そして考えはじめると止めようがなかった。

はっきりしているのは、いまはガスに近づいて、自分の提案を示す時機ではないということだ。代わりにダニエルはボブ・ランドグレンとチェスを指した。すごくいい勝負だった（もっとも結局勝てはしなかった）。はじめてランドグレンを守勢にまわらせたし、クイーンをとりさえした。

勝負のあいだに時折気がつくと、それまで（ダニエルの知るかぎり）自分にまったく注意を払っていなかったガスが、遠くを見るような目で、しかし、しっかりとダニエルをみつめていた。どういうことなのだろう？　まるでテレパシーかなにかのように、ダニエルは黙っているのに、ガスにはダニエルの考えていることがわかるみたいだった。

翌日、ダニエルとほかのＥＳ78作業班の囚人を収容所に連れ帰るトラックは、路上検問で手間どった。この日の検問は、いつになく念入りだった。守衛を含めた全員が車から降ろされて所持品検査を受けているあいだ、別の検閲員グループがトラックを調べ、こわれたヘッドライトから、ぼろぼろの泥よけまでいじっていた。

収容所でタイム・レコーダーを押したときは一時間の遅れだった。ダニエルはまっさきにガスのところへ行って話を片づけるつもりでいたのだが、今夜も時間がうまくいかない。ガスとランドグレンはもうチェスに夢中だった。ダニエルは誘われてしばらく観戦していた。しかし、二人はゆっくりと指しているので、とくに勝負に関心があるのでもなければ、とてもずっと眺めていられるものではなかった。

ダニエルはまた『売る物は神である』を読むことにした。もうこの本は、四か月前に読みはじめたときの本とはちがっていた。バーバラ・スタイナーは彼よりも先に最後の章まで読み終えていて、欄外に走り書きの跡が残っていた。おかげで最初に一瞥したときに思ったような、機知に富んではいても的はずれな考えをもてあそんでいる、たわいのないトランポリン・ゲームのようなものとばかりは思えなくなった。

危険思想はまた必然的に、いっそう興味ある思想であり、ダニエルも今回は前のようにだらだらと楽しみながら読むことはしなかった。貪るように読んでいった——この本の秘密を発見する前にまた奪いとられるかのように。バーバラがこの本から剽窃した考えを自分の議論に使っていたことに何度も気がついた。たとえば、ただ一つのことを志す心の純潔についての彼女の意見は、ヴァン・ダイクの考え方ですらなく、何世紀も前のだれかほかの人物の考えだということも。

ヴァン・ダイク自身の考えと思われるのは（結局はほかの人の考えと結びつくのだが）、人間はまったく関連のない二つの世界に生きているという説だった。肉体と悪魔とともに住む第一の世界——

欲望の世界、人が自ら支配することができると考えている世界。それと真っ向から対比されるのが神の世界で、これはより大きく、より美しい。しかし、少なくとも限りある人間の視点からみたかぎりでは、いっそう残酷でさえある。ヴァン・ダイクが例に挙げているのはアラスカだった。神の世界では、人は努力することをあきらめ、ただ運に任せるほかはない。そして、たぶん凍え死ぬか、飢え死にするだろう。

いま一つの世界、人間の世界はよりわかりやすく、より生きやすい。しかし、不幸なことにすっかり退廃している。この世界で成功する唯一の道は退廃と手を組むことだ。ヴァン・ダイクはこのことを「カエサルに納める」と表現している。そうなれば、勝つためには手段を選ばぬ競争にただ明け暮れる生活を送りたくないという人間にとっての根本的な問題とは、いかにして神に納めるかである。しかし、それは神の世界に生きようとすることではないとヴァン・ダイクは主張する。それは自殺同然の行為だからである。そして、「聖者が街にやってくる!」という章をすべてこの問題に割いている(この章では、バーバラの引いたアンダーラインはほとんど本文全体に及び、欄外は息もつけぬほどの同意の言葉でいっぱいだ。『まさにそのとおり!』『まったくだ』『同感』)。大風によっていっきょに天国に舞いあがろうとするよりも、むしろ、自らただ一つ生涯の課題とするものを定め、あらゆる困難を排してそれを貫き通すべきだと、ヴァン・ダイクは示唆している(心の純潔など)。生涯の課題は、物質的な利益でさえなければなんでもいい。ヴァン・ダイクは、バスケット編みとか、ダックスフントの飼育とか、『フロス河の水車小屋』のコンピューターだけが解読できる言語への翻訳とか、さまざまな神へ近づく道を見出した名士たちの愚かしい手段や逸話をふんだんに挙げている。

自分の生涯の課題を発見した喜びにひたっていたダニエルは、ここまでは楽にこの本についてこられた。しかし、それから先がいけなかった。これらのすべてが帰結する考え方は、世界は終末に近づいているということだ。神の世界のことではない――この世界はつねに進行をつづけるだろう――人間の世界、カエサルの世界だ。ヴァン・ダイクは、風刺漫画に出てくるひげをはやした予言者のように、西洋文明――彼は「実業家文明」（略して実文）と称している――の終焉を告げている。

ヴァン・ダイクは、この見通しに生きるよりも、その末期に生きるほうがどんなにいいことか！　半分は廃墟と化し、残る半分は潤滑油不足のために停止した不完全なメカニズムを持つこの文明が、われわれの魂とイマジネーションの上に及ぼす力は、全資本家の創意が蒸気の力を思いついた、百年あるいは二百年前にもしわれわれが生きていれば受けたはずの力よりもはるかに小さい。われわれの祖先がけっして見ることのなかった、この思いあがったもくろみの行きつく先をわれわれは今見ている――人類の廃墟、少なくとも「実業家文明」と運命をともにした多くの人類の廃墟である。しかし、廃墟はおおむね正当な、まったくお似合いの廃墟であり、崩壊する仲間にふさわしくそこに住まわねばならぬことを認めようではないか。つまり、能うるかぎりの暮らし方で、まだ装えるかぎりの誇りをもち、そしてもっとも肝心なことは、できるだけ平然と生きることだ」

ダニエルは自分の世界にもうじき終末が来るとは認めようとしなかった。まして、終末が来るべきなど、とんでもないことだ。この本には家庭について書かれている個所はとくになかった。しかし、自身の大きな目的に目覚めたばかりの少年としては、社会が破滅に瀕していくと聞かされるのは辛いことだった。こんな宣告をするヴァン・ダイク師とはいったい何者だろうか？　たった二、三週間カイロ、ボンベイといったところへ教会の三位委員会国内協議会の仕事で出かけたことがあるというだけで、全世界について簡単にこんなことを書く権利があるというのか！　彼が出かけたところでは、彼の言うように事態が悪化しているかもしれないが、世界中くまなく行ってきたわけではなかろう。

たとえば、彼はアイオワに来たことはない（刑務所の検問官がこの本の最後のほうから切りとったページが、ファーム・ベルト諸州について書かれたものでないとすればのことだが。目次に印刷されている失くなった章の見出し「平和のあまねく及ぶところ」からすると、来た可能性はなさそうだった）。アイオワは欠点はあるものの、「実業家文明」の運命の例としてヴァン・ダイクが好んで挙げる、失われた都市ブラジリアのように、氷山に突っこんで今にも沈没しそうな状態にはなっていない。

これは憤激を買う本である。読み終えてよかったとダニエルは思った。もしニューヨークの人たちがこんな考え方をするのならば、アンダーゴッド信者たちが国家警備隊を送りこんでニューヨークを接収してしまいたいと思っているのもおよそ理解できる。しかし、およそであって、すっかり納得できたわけではなかった。

翌日はクリスマス・イヴで、ダニエルが仕事からもどると、一本のみすぼらしい古い木が、シール所長じきじきの監督のもと部屋のなかに立てられているところだった。枝を幹にはめこみ、飾りを吊りさげ、仕上げに金ピカの天使をてっぺんにとりつけると、囚人たちはその木の周囲に集まった（ダニエルはいちばん背の高い男といっしょに最後列に並んだ）。シール所長が写真を撮った。写真は、あとでそれぞれの縁者に送られるのである。

そのあと、全員でキャロルを歌った。最初が「きよしこの夜」、つぎに「ああベツレヘムよ」、「わが父たちの信仰」、最後にもう一度「きよしこの夜」。澱んだ歌声のなかから、三、四人、澄んだ力強い声が聞こえたが、どういうわけかガスの声はなかった。ダニエルは勇気を振りしぼって歌った——人前で歌うのは好きではなかったからだ（人前でなくとも同じだったが）。本気で歌った。ダニエルのすぐ前にいた男が、そんな騒々しい声を出しているやつはだれだというふうに少しふりむいた。右手をそっとP-Wモジュールに置いて折りたたみ椅子に腰かけていたシール所長までも、それに気づいてうなずいたようだ。まるでロッカー・ルームでほかの子たちの目の前で服を脱ぐときと同じ種類の、そして同じ程度の恥ずかしさだった。でもそんな想像をするのがよくない。こっちが歌ってるときには、みんなも歌ってるのだ。

キャロルのあとで、案じてくれている家族や友人が外の世界にいる囚人たちにはプレゼントが配られた。このあと所長は、つぎの宿舎に出かけてこのお祝いの行事をくりかえす。プレゼントはたいてい食べられるもので、ほかの囚人たちにおすそわけをする。ダニエルは母親の作ってくれたフルーツ・ケーキを一きれ、ろくにかまずに飲みこんでから、もう一きれをマットレスの上にとりわけておいた。所内の持たざる者のために負担を少しでも引き受ければ、親切を施す相手を選ぶことができる。つぎの一きれは、当然ボブ・ランドグレン行きだった。ボブの家族ときたら、このあいだの感謝祭の晩餐会で撮ったポラロイド写真を送ってきている。ボブは恨みに満ちた目つきで写真をじっとみつめていた。彼の内なる怒りの埋《うず》み火が強烈な光を放っていた。ありがとうと言うだけで精いっぱいのようだ。

ガスは部屋の隅っこで、大きなブリキ缶に入った砕けたクッキーを配っていた。これはダニエルの予想外のことだった。たぶん、だいぶ治ってきているあの傷痕のせいかもしれないが、ガスは家族にも死に別れ、ダニエルがそうならないかぎり、友達など一人もいないものだと思いこんでいたのだ。片隅のガスのところに近寄って、できるだけはにかみを振り払うようにして、ケーキをさしだした。

ガスは笑顔を見せた。これだけ近づくと、歯科医の仕事にいっぱしの目が利くようになっていたダニエルは、ガスのりっぱな上の門歯がほんとうは継歯であること、それも最高級のものだということがわかった。下の門歯も同様だった。全部で二千ドルはかかっている仕事だ。それも、彼が笑ったときに見えたぶんだけで。

「このあいだの晩にさ」ダニエルは思いきって切りだした。「あんたは歌ったけど……ほんとにすばらしかった」

ガスはケーキを飲みこむようにしながらうなずいた。「そうかい」もう一口ほおばった。「うまいケーキだ」

「母さんが作ったんだ」

ダニエルは、ガスがケーキを食べるのを見ながら、ほかになにを言ったものかわからずにつっ立っていた。ガスは食べながらずっとダニエルにほほえみかけている。その微笑は、ダニエルが彼の歌をほめたこと、うまい物を食べた喜び、それとほかのなにかに向けられたものだった。ダニエルのなかに共通の絆を見つけたらしい。

「どうかね」ガスは砕けたクッキーの入った缶をつきだした。「おれのも食ってみないかね、ダニー・ボーイ」

ダニー・ボーイだって？「ダニー」だけより数倍わるい。「ダニー」だって、ニックネームとしちゃ、ごめんだった。それでも、この呼びかけはガスが――これまでは話をしたこともないのに――ダニエルについて知っていたこと、おそらく興味をもっていたことを示すものだった。

ダニエルは砕けたクッキーを二かけらほどつまんでうなずいた。そして、なにか見当ちがいのことをしたような落ち着かない感じのまま、少なくなったケーキを持ってその場を離れた。

おいしいものもなくなれば、パーティはお開きだ。部屋のなかはしんと静かになった。時折吹きつける風のなかを、となりの宿舎で囚人たちの歌うキャロルが聞こえた。マットレスを体に巻きつけたミセス・グルーバーが、フランクリン型ストーヴの前にすわって言葉にならない歌を口ずさみはじめたが、ほかにクリスマス気分に同調する者もいなくて、彼女は歌うのをやめた。

となりの宿舎のキャロルがやんだ。そしてほどなく軽トラックのエンジンの音がした。この合図を待っていたかのようにガスが立ちあがり、クリスマス・ツリーの置かれたところまで歩み寄った。だれかがハモニカを吹き鳴らし、ガスが低く重々しい声で同じ旋律を口ずさんだ。

部屋の静寂は、重苦しい静寂だったのがなにかに注意を集中するような静寂に変った。数人が前に出て歌い手のまわりに輪を作り、ほかの連中はそのままの場所に残っていた。それでも、だれもがその歌が世界的な大災害を告げるニュース放送であるかのように聴き入っていた。

ガスの歌った歌詞はこうだ。

ああ、ベツレヘムは焼け落ちて
　サンタクロースは死んじまった
　それでも世界はまわってる
　おいらの歌もぐるぐると！

モミの木は葉っぱを落として骨ばかり
　おいらも間もなくそうなるはず
うつぶせのあの御婦人はだれなんだ？
　うす青いシーツの上のあの女

ああ、クリスマス・イヴは寒くてこわい

信ずるものかよ、処女マリア様
見つけなさるか
恋人なんぞ
おまえのような、おいらのような？

（コーラス）
ヨセフをふっとばせ
おいら、たましい売っちまった
つまらぬものに
おかしなものに
女の手管に
ホーホーホー！

だから
さ
やっつけるんだ女をよ
ところかまわずキスしてさ
わけはあとから教えてやるさ
女を夢中にさせちゃって

ポスター貼るんだ
ヤクの味を彼女に教えてやるために

女を突いて、突っこんで
ぶんなぐろう
うまいパイには礼言うよ

女をいじめて、いじめぬき
地面も空も同じってことを
とっくり考えさせるんだ！

しばらくのあいだ、ダニエルにはこれが実際にある歌なのか、それともガスが即興で作ったものかわからなかった。しかし、「ヨセフをぶっとばせ」ではじまる個所にくると、実際にある歌にちがいないと思った。ラジオ放送が厳しく規制されているために、アイオワでは聞いたことのない歌がうんとあるのだ。

全員がこの歌を何度もくりかえして歌った。コーラス部分だけでなく、全体を通して歌った。くりかえすごとに歌声はいっそう大きくなり、荒っぽくなった。内容がすっかりわかったわけではなかったが、この上なくすてきな、にぎやかなクリスマス・キャロルのように思えた。そり、教会の鐘、メープル・シロップなどの、美しいおぼろげな過去からの贈り物。頭の弱い、ストーヴの煙突を叩くのが好きな移住労働者のアネットは、すっかりこの興奮のとりこになって、すてられていたクリスマス・プレゼントの包み紙を身にまとい、即興のストリップ・ショーを演じはじめた。そして、一応この規律責任者であるミセス・グルーバーがとめるまで、踊るのをやめなかった。となりの宿舎からも囚人たちがやってきて、ミセス・グルーバーの抗議にかまわず、自分たちのためにもう一度はじめから歌ってくれと頼んだ。今度はダニエルも、自分なりにみんなの調子に合わせて歌うことができた。みんなが踊りはじめた。やがて踊らない連中も互いに抱きあって体をゆすりはじめた。ボブ・ランドグレンさえ、兄を殺すことなど忘れて歌っている。

お祭りさわぎはつづき、とうとう拡声器が大声で告げた。「いいか、ばかたれども。クリスマスは終りだ。もうやめにするんだ！」そう警告するや、明りが消えた。囚人たちは、暗いなかをはいまわって自分のマットレスの在りかを探し、床に敷いた。しかし、歌はもう目的を達していた。クリスマスの苦い味わいは、みんなの気持からすっかり洗い流されていた。

クリスマスは祝日として全員休みをとることになっていたが、ＥＳ78作業班は例外だった。待ちうけている大樽に向かって暗いトンネルをのたくっているシロアリたちに、クリスマスだから速度を落とせと告げるわけにもいかない。でも、そのほうがいいとダニエルは思った。惨めな生活を送るほうが、寝ころがってそのことを考えているよりはましだ。

その夜、ダニエルが収容所にもどったとき、ガスはちょっぴり温かいだけのストーヴの前で横になっていた。目を閉じていたが、その指はジャケットのジッパーの上をゆっくりと行きつもどりつしている。ダニエルを待っているかのようだった。ともかく、もうこの機会を逃がすわけにはいかない。ダニエルはガスのかたわらにしゃがみこんで、その肩をそっと押した。ガスが目をあけたので、外で話をしたいと告げた。説明はいらなかった。収容所の外に出れば、監視員に話を聞かれる心配はずっと少ないはずだ。いずれにせよ、ガスはそう言われても驚いた様子はなかった。

　宿舎と便所の中間あたりで、ダニエルは電文のような簡潔さで用向きを伝えた。どう言ったらいいかを何日もずっと考えていた。「こないだの晩と昨日の晩、あんたの歌がとても楽しかったと言ったけど、もっと言いたいことがあったんだ。これまで、実際に歌を聞いたことがあまりなかった。あんたの歌みたいなのはね。ほんとうにまいったなあ。それで決めたんだ……」と声を落とした。「歌を習いたい。それこそが一生かけてもぼくのやることだと決心したんだ」

「歌うだけかい？」ガスは見下すような微笑を浮かべると、脚をくみかえて重心をうつした。「それだけか？」

　ダニエルは頼みこむように顔を見上げた。それ以上くわしく説明しようとはしなかった。監視員が聴いているかもしれなかった。彼の言うことをすべて記録にとっているかもしれない。まちがいなく、ガスはよくわかっていた。

「翔びたいんだろ――そうだな？」

　ダニエルはうなずいた。

「そうなんだな？」

「うん」もう黙っている必要のなくなったダニエルは、彼なりの反語的な言いまわしでたずねた。「歌を習うっていう人は、たいていそのためなんじゃないの？」

「仲間のなかには、ただ歌いなれてるからっていうのがいるがね。そうだな、きみの言う意味じゃ、たいていのやつはそうかもしれん。だがな、ここはアイオワだぜ。翔ぶってのは、ここじゃ法律違反なんだよ」

「わかってるよ」

「それでもかまわんというのか？」

「これから一生アイオワに住まなきゃいけないという法律もないよ」

「ごもっともだな」

「それに、歌を歌ってはいけないって法律もない、いくらアイオワだってね。もし、ぼくが歌を習いたいと思えば、それはぼくの勝手さ」

「それももっともだ」

「ぼくに教えてくれないかな？」

「いったいどうしてこんな具合になったんだろうな」

「これからずっと、ぼくのクーポンを全部あげることにする。完全な追加食が手に入るやつだ。週三十五ドルはするよ」

「知ってるさ。おれも持ってるからね」

「それがいらなきゃ、ぼくのクーポンでなにか欲しいものと取っかえればいい。ぼくにはこれしかないけどね、ガス。ほかになにか持っていれば、それをあげるんだけど」

「持ってるじゃないかよ、ダニー・ボーイ。もっとおれの気に入るようなやつをさ」

「あの本かい？　あれもあげたっていいよ。競りあってるのがあんただとわかってれば、ぼくは降りてたよ」

「本じゃない。あれはね、きみをいらいらさせるためにやっただけだ」

「それじゃ、なにが欲しいの？」

「ハンバーガーなんかじゃないよ、ダニー・ボーイ。その尻っぺたならいいよ」

最初、なんのことかわからなかった。ガスはそれ以上説明しようとはせずに、にやにやしているだけだった。口を半ば開け、かぶせた歯のあいだから舌を出したり引っこめたりしている。ようやくガスが欲しいものがわかってくると、ダニエルはとても信じられない気がした。とにかく、信じられなかった！　それでも、ガスの言ってることがわからないふりをしようとした。

ガスは見破っていた。「どうだね、ダニー・ボーイ？」

「本気じゃないよね」

「ためしてみりゃわかるさ」

「でも――」ダニエルの不承知はもうはっきりしていて、それ以上説明の必要はなかった。

ガスは大きく肩をすくめてみせ、また重心をうつした。「それが歌の授業料だよ、坊や。やるか、降りるかはきみしだいさ」

降りると言おうとして、のどがつまるような感じがした。しかし、監視員が記録をとっているかもしれないと思ったので、大声ではっきりと答えた。

ガスはうなずいた。「そのほうがいいだろうよ」

ダニエルの怒りがとうとう噴きだした。「そんなこと、言われなくたってわかってるさ！　なんだい！」

「ああ、どうしてもきみの筆おろしをしてやろうってわけじゃないよ。童貞なんてどうせそのうちにどっかへ消えてしまうしな。むりしてまで歌手になろうなんて考えないほうがいいって言ったまでさ」

「だれが歌手になるのをあきらめたと言った？」

「やってみるのはかまわんさ、むろん。だれもそれをとめることはできん」

「でも、ぼくにはむりだ、そう言うんだね？　負け惜しみみたいに聞こえるな」

「そんなところもあるかな。授業料をつぎこもうとまで決心したことなら、おれも正直な意見を言わにゃいかんだろう。卒直に言えば、きみは歌い手としてはだめだ。今ここでレッスンをはじめて、この世の終りがくるまでやってみたところで、翔ぶことのできる速度はつかないね。きみは頭が固すぎるんだよ。考えすぎる。まったくアイオワ人そのものなんだな。ほんとう言ってさ、きみがこんなことを思いたったなんてひどい話だよ。きみをだめにするだけだもの」

「あんたは腹いせにそんなことを言ってるだけだ。ぼくの歌を聞いたこともないくせに」

「その必要はない。部屋のなかを歩いてるのを見ているだけで十分だ。でもほんとうはきみの歌は聞いてるよ。ゆうべだよ。あれですっかりわかるね。『ジングル・ベル』もうまく歌えないやつが本職になれっこないよ」

「ゆうべは『ジングル・ベル』なんて歌わなかったよ」

「そこがおれのジョークの狙いさ」

「ぼくにはレッスンが必要なんだ。そうでなけりゃ頼んだりしない」

「練習すればある程度はいく。でも、もともと素質がなけりゃね。だれが教えたって犬に算術はやれない。もっと知りたいかい？　第一に、きみは音痴だ。第二、きみのリズム感ときたら地ならし機程度だ。それにもっと大事なものが欠けてる、魂というやつだ」

「ふざけるな」

「それがまず肝心なんだ、うん」

こう言うと、ガスは両のてのひらでダニエルの頬を軽く叩くと、まだいくぶん親しみの感じられる笑顔を挨拶に立ち去っていった。とり残されたダニエルは、思いもよらない孤独を感じ、子供のときにはじめて味わったコーヒーのように黒くて、にがい、これからの経験を思いやっていた。生涯をかけた望み、たった一つの望みはけっして叶えられないだろう。絶対に。この考えは頭蓋骨を両手に預けられたようなものだ。下におろすこともできない。目を離すこともできない。

一か月が過ぎた。一生のうちでいちばん辛い時期、真っ暗闇のなかにいたような時間だった。まるで石炭殻を敷いた路盤上の鉄道線路のように、地平線までつづくかと思われた。目が覚めるたび、床に入るたびに立ちはだかるのは、救いのない将来の見通しだった。その冷たい明りの下では、すべての物や出来事が、ボール紙のように価値のないものに見えてしまう。戦うことも無視することもできなかった。松の幹や枝がその定められた形に生きるのと同じく、それはすでに運命づけられたダニエルの生きる姿だった。

ガスの視線はいつもダニエルを追っているように思えた。ガスの微笑はいつもダニエルを傷つけるように思えた。なによりも苦痛なのは、ガスが歌うときだった。あのクリスマス・イヴ以来、ガスはよく歌うようになった。いつもセックスについての歌で、いつもすばらしかった。ダニエルはそのすばらしさをはね返すことも、それに屈伏することもできなかった。ユリシーズのようにマストにくくりつけられたひもをほどこうとしても、そのひもも彼自身の頑固な意志の絆であり、断ち切ることができない。ただ身をよじり、哀願するだけだ。でも、だれもそれに気がつかない。だれも知らない。

ロザリオの数珠をくりながらお祈りを唱えている老婆のように、ダニエルは頭のなかで同じ言葉をくりかえしていた。「死んだほうがいい。死んだほうがましだ」まともなときには、これは感傷的な自己欺瞞にすぎないとわかっていた。でもある意味で、これは本音だった。死にたいと思っていた。ただ、勇気を振るいおこしてその願いを実行に移すかどうかとなると、また別の話となる。その手段は手近にあった。バーバラ・スタイナーのように、キャンプの境界線を越えればいい。そうすれば、あとのことは無線通信機がやってくれる。一歩踏みだせばよかった。しかしダニエルは意気地がなくて、それができなかった。自分の命のつきる場所を示すはずの石柱のそばで何時間も立ちつくしながら、本音に近い、おろかな嘘をくりかえすのだった。「死んだほうがいい。死にたい。死んだほうがましだ」

一度、ただ一度だけ、石柱を越えたことがある。思ったとおり、警笛が鳴りだした。その音にダニエルは立ちすくんだ。あと二、三ヤード前に出れば、彼の願いは叶う。しかし、足が言うことをきかない。怒りと恥ずかしさにしばられて、彼は茫然と立っていた。そのあいだに、脱走したのはだれなのか見ようと、宿舎から人がぞろぞろ出てきた。やがて彼がすごすごと宿舎にもどるまで、警笛は鳴りつづけた。だれもダニエルに声をかけようとはしなかった。彼を見ようともしなかった。翌朝の点呼のあと、看守がトランキライザーの瓶をダニエルに渡し、最初の一錠を飲みこむのをじっと見ていた。彼の憂鬱は薬などでおさまらなかったが、こんなばかげたことは二度とやらなかった。

二月になって、釈放予定よりひと月早く、ガスは仮釈放になった。スピリット・レークを去る前に、ガスはわざわざダニエルを脇に連れていって、こう言った。気にするな、ほんとうに望んでいるなら、そしてそれなりに努力すれば歌手になれるよ。

「ありがとう」それほど納得のいった様子も見せずダニエルは答えた。

「問題は発声器官よりも、歌っていることに対するきみの感情の込め方だよ」

「ドヤ街の落伍者に犯されたくないってことが感情不足になるのかい？　ぼくにはそれが問題だって言うの、ええ？」

「ちょいと声をかけたからって、そいつをとがめるのはどうかね。ともかくダニー・ボーイ、おれがああ言ったからといって、その夢をあきらめることはない、それを言わずに出ていきたくはなかったんでね」

「そうかい。ぼくはあきらめる気はまったくなかったよ」

「真剣にやれば、たぶんなれるさ。そのうちに」

「ご寛大なことで」

ガスはさらに言葉をついだ。「それで考えてみて、ひとつ忠告を思いついたんだ。歌うにはどうすればいいか、おれの結論だがね」

ガスはそのまま待っていた。恨み言はいくらもあったが、ダニエルは目の前をちらついているお守り札に飛びつかずにはいられなかった。彼は恥を忍んでたずねた。「どういうこと？」

「生活をめちゃめちゃにすることさ。一流の歌手はみんなそうなんだぜ」

ダニエルは苦笑した。「その点では、ぼくは幸先のいいスタートを切ったようだ」

「まったくだ。だから、きみにはまだ望みがあるってわけ」ガスは口をすぼめて、首を脇へかしげた。ダニエルは体を触わられたかのようにガスから身をそらした。ガスはほほえんで、ほとんど消えかかっている目の上の傷痕に指をやった。「生活がめちゃめちゃになったところで、あとは音楽がうまくやってくれる。だがね、忘れるな、生活をだめにすることが先決だぞ」

「覚えとくよ。ほかには？」

「それだけだ」ガスは手をさしだした。「友達だろ？」

「うん、敵同志じゃないな」ダニエルはそれほど皮肉とも思えない微笑を浮かべながらそう言った。

二月末、ダニエルが釈放される予定日の数週間前のことだった。最高裁判所は六対三の決定で、他の州で発行されている新聞その他の印刷物の販売を禁止するためにアイオワ州とその他のファーム・ベルト諸州でとられている手段は、憲法第一条修正違反だという裁定を下した。その三日後、ダニエルはスピリット・レークから釈放された。

刑務所を出る前の晩、ダニエルはミネアポリスにもどっている夢を見た。ミシシッピー川岸の、歩行者用の橋がかかっている地点にダニエルは立っていた。しかし、彼の記憶にあるあの橋の代わりにかかっているのは、太さ三インチの鋼製ケーブルだった——その上を歩くためのケーブルが一本と、つかまるためのケーブルが上に二本。いっしょにいる女が、この人工の蔓《つる》の上を歩いて川を渡れとダニエルに言うのだが、川幅はとても広く、川面ははるか下だ。ちょっとでもしくじれば、確実に死ぬ。すると警官が来て、これで片手をケーブルにつないだらどうだと手錠をさしだした。その安全装置つきならやってみようとダニエルは言った。

川の上を少しずつ進むと、ケーブルははねあがり、そして揺れた。腹のなかが恐ろしさに泡立つのをやっと抑えて、歩きつづけた。ケーブルの上を足をずらせていくのではなく、ちゃんと足をあげて踏みだしさえした。

橋のなかほどで足をとめた。もうこわくはなかった。見おろすと、童話の本にでてくるような青い川面に、ぽつんと一つ、日に輝く雲が映っている。ダニエルは歌った。四年のとき、ミセス・ボーイズモアティアに習った歌だった。

「ぼくはピナフォア号の船長だ」ダニエルは歌った。「ほんとにりっぱな船長だ。とても、とてもすてきで、おまけにどうだい、すてきなクルーも思いのままだ」

両岸では、うっとりとした観客がそれにあわせて歌っていた。かすかに聞こえるこだまのように。そのあとの歌詞は知らなかったので、歌はそこでやめた。空をみつめた。すばらしい。このいまいましい手錠がなければ翔べるにちがいない。ダニエルの歌を受け入れてくれた空は、彼の体も難なく受け入れてくれるだろう。自分が生きていること、名前はダニエル・ワインレブだということがたしかなように、これもたしかなことだと思った。

第二部

5

スイス上空の雲は、ふわふわとしたピンクの脳葉のようにひろがり、そこかしこに大きな花崗岩の棘が雲を突き抜けてそびえていた。彼女はアルプスが好きだった。が、それもアルプスの上空にいるときにかぎる。彼女はフランスも好きだった。すべてがくっきりとして、直線的で、焦茶色とオリーヴ色に近い緑色の絵具の作る荘重な陰影のなかにある。彼女はこの球形の世界が好きだった。コンコルドがさらに上昇するこの瞬間、くるくるまわる光輪のなかにその全容を見渡すことができる。

目の前のコンソール盤で希望する番号を押すと、あっという間もなく、座席のかたわらにある便利な装置から、またピンクレディが出てきた。三杯目だった。どうやらこの高度になると、まだ十七歳だという差別はなくなるらしい。まったくの無法で、楽しいかぎりだった。なにもかも気に入った——ピンクレディも、アーモンドも、矢のように飛び過ぎようとしている眼下のオフ・ブルーの大西洋も。なによりも、やっと帰国できることがうれしかった。灰色の壁、灰色の空、灰色のスモッグを着せられたセント・ウルスラとおさらばできるのがうれしかった。

ボウアディシア・ホワイティングは情熱家だった。束の間でも心底から感激し、世界一小さな雨のひとしずくにも、どしゃ降りのハリケーンにも拍手を送ることができた。といって、彼女はけっして気の散りやすい人間というわけではない。いつまでも変らぬ情熱の対象は持っている。その最たるものが、父親のグランディゾン・ホワイティングだった。もう二年近く会っておらず、カセットでの声のご対面すらなかった。父親は個人的な文通には気難しいところがあって、手書きの手紙しか寄こさないのである。きちんと定期的に手紙はくれたし、彼のやり方にまちがいはなかったが（好みの点で彼の目は絶対に狂わない）、彼女は父親をしきりに恋しがった。その存在の温かさと明るさが恋しかった。まるで太陽から離された惑星のように、尼僧のように恋い慕った。なんという暮らしだろうか、悔い改めの生活とは——というよりも、こんな暮らしなどありえない！　しかし、（週に一度の手紙で父親が書いてよこしたように）なにかの値打ちを知る唯一の方法は、その代価を支払うことだ。そして、（彼女は返事をした。手紙は出さなかったが）払っています、十分に払っています。

シートベルト着用のサインが消えて、ボウアディシアはベルトを外すと、短いタラップを上がってラウンジへ出かけた。バーにはすでに乗客の一人がいた。太めで、赤ら顔の男、いかにも趣味のわるい赤いブレザーを着ている。化繊だ、と彼女は思った——その判断にまちがいはなさそうだ。罪ならば（グランディゾン・ホワイティングがよく言っていたが）許されることがあるだろうが、化繊の服はいけない。ブレザーの男は鼻にかかった声で、バーにいるスチュワードに文句をつけていた。離陸途中で酒を注文したんだが、そのたんびにあのいまいましいダメな機械のやつめ、ちくしょう、とんでもないサインを出しやがって、すみませんが、年がお若すぎます、だってさ、ちくしょう、三十二なんだぞ！　ちくしょうと言うたびに、気をわるくしてないかと、ちらちらとボウアディシアに目をやる。スチュワードの説明を聞いて、ボウアディシアは思わずほほえんだ——コンピューターがお客様のパスポートか座席番号をだれかほかの方のと混同してしまったのでしょう、だって。男は彼女の微笑を勘ちがいした。この手の男によくある、驚くべきうぬぼれだ。男はボウアディシアのところにやってきて、飲物をすすめた。彼女はピンクレディがいいと言った。

四杯目なんて、どうかしてやしない？　と彼女は思った。向こうへ着いてから目立たずにすむかしらね？　面目を失墜して国を離れ、二年後に酔っぱらってご帰還とはね。でも今のところは自分でも大丈夫だと思った。いつもより多少はしっかりしてないかもしれないが。

「あの雲、きれいね？」男が酒を手にもどってきて、二人がとびきりの大空の展望を前に席についたとき、彼女は言った。

男は人をそらさぬ微笑でこれを受け流してから、アメリカ旅行ははじめてかと質問してきた。どうやらセント・ウルスラにいた効き目はあったらしい。彼女は答えた。いいえ、はじめてヨーロッパに出かけて、今帰国するところです。

男がなにを見てきたのかと訊いた。彼女は博物館や教会がほとんどだと答えた。「それで、あなたは？」

「ああ、そういうところへは行くひまがなくて。仕事で出かけたもんだから」

「そう、で、どういうお仕事？」アメリカ人がよくやるこの質問をしながら、チンピラになったような喜びを感じた。

「統合食品システム（CFS）のセールスマン《レプレゼンテイテイブ》さ」

「ほんと？　叔父も下院議員《レプレゼンテイテイブ》なの。CFSじゃないけど。でもいくらか関係はあるのよ」

「そうだろうね、CFSはデモインでいちばん大きな会社だから、別にふしぎはないな」

「デモインにお住まい？」

「CFSが派遣したところが住まいということでね、今もどこかへ派遣されてもどるところさ」まるで暗記でもしているようにしゃべる。いつか自分でそうしてしまったのか、それともCFSのセールスマンは研修中にそうなるのか。彼はふいに言った。「あのね」さも悔んでいるような、そして思慮ぶかくも聞こえる口調だった。「実はオマハにアパートがあるんだ。でも、もう一年もなかをのぞいてない」

ふと、ボウアディシアはこの男をいじめていることに気がとがめた。でも、なぜ？　腹の出た、服の着こなしも知らない男だからか？　哀れっぽい、荒野のようにわびしい声でしゃべるからか？　海を越えての旅の途中で、彼が人間らしい出会いの跡を残そうと望んできたからか？　それでは、彼女はそうではないというのか？

「大丈夫かい？」

「酔ったんじゃないかしら。飛行機に慣れてないから」

雲はもうずっと下になって、フォーマイカ板のテーブルの面のようだった。つやのない白さのなかに、気味のわるい灰色がかった青いうずが一つあった。彼女がグラスを置いた台も貧弱なフォーマイカ板だ。

「でも、わたしは好きなのよ」それでも男がじっとみつめているので、いささかやけっぱちでそう言った。「翔ぶことはね。一生翔んで過ごせそうに思えるわ。今のようにヒューッと翔びまわるの。ヒューッ、ヒューッて」

男は目の前にあるガラスの向こう側の青空に目をやらないようにして腕時計を眺めた。ここでさえ、この二万五千フィートの上空でさえ、翔ぶという行為やその力を讃美するのは不躾なことなのだと、彼女は気がついた。ここはアメリカなんだわ！

「それで、きみはどこに住んでるの？」

「アイオワ。農場よ」

「そうか。農家の娘さんか」男はあきらかに軽蔑した調子で言い、男っぽく尊大な態度で苦笑を見せた。

彼女は穏やかではいられなかった。この男のやることはなにもかも無作法だ――抑揚のない平板な口調、自己満足、間の抜けた感じ。そのみじめな暮らしにまったくお似合いだ。そのみっともないところをありのまま、彼にわからせてやりたいと思った。

「ええ、そうよ。今どき、ちょっと変った娘でいたかったら、農家の娘なんてもってこいじゃないかしら。そうじゃなくって?」

男は自分がやりこめられたのがよくわかったらしい。彼女の言いたい意味がわかったのだ。つまり、彼女は金持で、彼には金がない。このことは性的に優位であることより、ずっと恵まれたことだ、と。

「わたしはボウアディシア」そう告げて、ちょっと手をさしだしたが、彼がそれに応える前に、もうその手は飲物に伸びていた。

「ボウアディシアね」彼は母音の一つ一つをはっきりと発音して言った。

「友達はボーとかボウアとか呼んでるわ」

ある階級の仲間同志では、これで十分だった。しかし、彼はその階級の人間ではないし、今後もその仲間に入れそうにない。しかし、今彼女をみつめている様子からはその望みがちらついている。

「父はボボと呼んでるの」大げさにため息をついた。「一生こんな変った名前で通すのは厄介だけど、父は熱狂的な親英派なの。お祖父さんもそうだったけど。二人ともローズ奨学生だったのよ! でもたぶん兄はそうならないと思う。サージャントという名前よ。妹はアリシア。ブリタニアなんて洗礼名をもらわなかったのは運がよかったんだわ。そうなれば、ニックネームもブリットかタニアのどっちかね。あなた、イギリスはお好き?」

「行ったことはある。でも仕事でだよ」

「仕事でそんな遠くまで行くのね。じゃあ、好ききらいは関係ないわね」

「そうさ。ぼくがいるあいだはほとんど雨だったし。泊ったホテルは寒くてね、ベッドのなかでも服を着てなきゃならなかった。あのころ、あそこは食料配給制だったしな。そもそも、そのためにぼくはあそこへ派遣されたんだが。でもそれを別にすれば、けっこう気にいったよ。人間は親切だったしね。取引関係の連中しか知らないけど」

ボウアディシアは気のない微笑を浮かべながら男を眺め、そろそろ倦きてきたピンクレディをすすった。さっき自分がしゃべったことの的確さと意地のわるさにあきれていて、彼の言うことなどひとことも耳に入っていない。

「こう思うんだ」男は断固とした口調で言った。「人間ってたいていい親切だよ、こっちがそのつもりなら」

「ええ、人間って……そうね。わたしもそう思う。人間ってすばらしいのよ。あなたはすばらしい。わたしはすばらしい。あのスチュワードはすばらしい赤毛だわ。もっとも父の髪のすばらしさには半分も及ばないけど。赤毛についてはわたしに一家言あるの」

「どういうこと？」

「赤毛は精神的卓越性の象徴だと信じてるわ。スインバーンもすごい赤毛だった」

「スインバーンってだれ？」

「ヴィクトリア朝イギリスの最高の詩人よ」

彼はうなずいて言った。「ドリー・パーソンズもそうだ。彼女の髪もかなり赤いな」

「ドリー・パーソンズって？」

「信仰療法者だ。テレビに出てる」

「ああ。そうね、でも、これは一つの仮説にすぎないのよ」

「彼女のやることもとても信じられないときがある。ほんとうにたくさん信者がいるんだ。でも、赤毛のせいだとはだれも言わなかったな。アリゾナに従弟がいてね――あいつも赤毛だ。やつはとてもいやがってた。いつもそのことでからかわれるし、珍しいってじろじろ見られるからね」

男の面白くもない、気のいいおしゃべりがくりだされるのを聞いていると、回転が早くて降りようにも降りられない回転木馬に乗っているような気分になった。飛行機が左へ傾いた。太陽がかなり高く西のほうに見え、日の光はうねる波の上に巨大な信号機のような影を落し、雲はすっかり吹き払われていた。

「失礼します」そう言ってボウアディシアは足早にラウンジを立ち去った。


洗面所では、ぼんやりとした緑色の光が鏡からこぼれているように見え、不気味でもあり、同時にほっとさせられた。どの鏡にも、自分でもいやになるような彼女自身の姿が映っていた。そうでなければ、ほんとうに落ち着ける避難所なのに。

だれにもわかりゃしない、ボウアディシアはそう思ってみた。何週間もかけて、このもう一人のボウアディシアを押さえつけ、おとなしくさせようとつとめてもむだだった。彼女に着せた目の玉のとびでるほど高い有名デザイナーの服も、りっぱな箱からとりだされてしまうと、念入りな仕立てが見るかげもなくなってしまう。食欲がなくなるぎりぎりまでダイエットに励み、クリームだ、ローションだ、まつ毛だ、ルージュだと大さわぎをして、顔という卵形のキャンバスに、ルーベンス、モジリアニ、レーニ、アングルの絵まがいの顔を描いてみた。しかし、粘っこい仮面の下は、これも母親ゆずりのたっぷりとして扱いにくい髪にふちどられた、相も変らず丸々とした、元気すぎる顔だった。彼女自身のものといってはその心だけ、まったくどこからどこまでも母親そっくりの娘だ。頭脳明晰だと言われてそれが慰めになるだろうか？　酔っぱらって、鏡にとり囲まれながら、グランディソン・ホワイティングのような人物に愛されたいと望んでいる女は、そんなことで慰められはしない。彼は、上流階級の第一の義務《つとめ》は自分の衣裳を大事にすることだと言ってはばからない男だった。

グランディソン・ホワイティングは、つねづね自分の子供たちに言い聞かせていた。富こそ善良な性格を作るものだ、と。ただ奇をてらって、衣裳についてのあんな意見を口にしたりはするけれども、このことは本心からそう思っていたのだ。富はまた悪の根源でもあるが、しかし、それとてコインの裏表、論理的な必然性だと認めていた。金は自由と同義語、これほどはっきりしていることはない。金をまったく持たぬ者、あるいはほとんど持たぬ者を、いくらかでも持っている者、あるいはたっぷり持っている者と同じ基準で判断することはできない。持たぬ者は自由ではないからだ。したがって、美徳は上流階級の持つ特権であり、悪もまた同様である。

これは、グランディソン・ホワイティングの考える政治経済体系を知るとっかかりに過ぎなかった。その先のすべての推論や結論に関しては、その深奥までボウアディシアが追究していくことは許されなかった。彼が自分の仮説を開陳しているときでも、大事な点までくると、彼女はもう寝ろと言われるか、紳士たちは席を立ち、男だけの場で、自分たちの着想を楽しみ、葉巻をくゆらせるのが常だったからである。それはいつでも彼女にグランディソンのほんとうの姿が見えたと思ったときだったような気がする――ボウアディシアを少女らしい憧憬にひたらせてくれる、思いやり深い気楽なサンタクロースの父親ではなく、現実のグランディソン・ホワイティングの姿。彼のルネッサンス的エネルギーは、彼女がセント・ウルスラで暗記するよう言いつけられた、あの弱々しいキリスト教擁護論の諸説のどれよりも、神の存在に関する擁護論としては説得力があるように思えた。セント・ウルスラ行き自体、もっとも徹底した形での父親からの追放だった。それが必要だったことは、（精神分析医の助けをかりて）彼女にも理解できたし、自分でもやっと納得がいくようになっていた。それにしても、父親から二年間も追放されていたというのは、まったく苦い経験だった――自分から招いたことがはっきりしているだけに、いっそう辛かった。

ことのはじまりは、彼女の不幸がいつもそうだったように、その熱意に端を発していた。十四歳の誕生日にビデオ・カメラ、最新式の《エディトロニク》をもらった。彼女は三週間でこのカメラの機能プログラムとそのさまざまな組合わせを完全に習得し、映画まで作った。ウォリー（ホワイティング家の敷地はこう呼ばれており、したがって彼女の作った映画もそう名づけられた）における活動と日常生活を撮影したもので、よく出来ていた。と同時に、専門的にみても無害ということで、州の教育放送チャンネルのゴールデン・アワーで放映された。これは彼女が自分の「リアルな映画」と呼ぶだけあって、あまり一般向けの放送には適していないとしても、なかなかの傑作だった。父親もそれを認めて激励した――ほかにどうしようがあったろうか？――そして、ほめそやされ、有頂天になったボウアディシアは、竜巻のような創造への情熱に引きこまれた。

高校の一年が終って三か月のあいだに、彼女は技術専門学校でなら何年もかかるさまざまな機器とプログラミング技術を習得した。父親の助力を得て、通信による卒業証書と統一免許証を取得すると、それまで温めてきた提案をはじめて示した。父親自身の生活をくわしく観察させてもらえないだろうか？「ウォリー」の姉妹篇になるはずだが、長さも内容もそれを上回るものになる、と。

最初、父親は断わった。彼女は懇願した。これは感謝のしるしだし、記念碑、この上ない尊敬の象徴となるだろうと約束した。それでも彼はためらいをみせて、ボウアディシアの才能を信じてはいるものの、個人的な生活の神聖さも大事だと思っていると答えた。巨額の金を投じて自分の家や土地の安全を計ったというのに、その高くついているプライバシーを衆人の目にさらすことをなぜ娘のボボに許さなければならないのか？　彼女は約束した。個人の聖域は侵害されないこと、この映画は、彼にとって、エイゼンシュタインがスターリンのために行ったこと、リーフェンシュタールがヒトラーのために行ったことと同じ役割を果たすだろうと。お父さんを崇拝しているの、世界中の人がわたしといっしょにお父さんの前にひざまずくことを望んでいるのよ。もしチャンスさえあたえてくれれば、それが実現するの、確実に実現するわ。ついに父親は承諾した――ほかにどうしようがあったろうか？ただし、完成した作品を彼が認めなければ、ほかのだれにも見せないという条件をつけさせた。

彼女は直ちに仕事にとりかかった。憧憬の念だけが成せる、あの生き生きとした抵抗しがたいエネルギーと、それに比肩する彼女の技術を駆使して。最初の下見用プリントでは、約束どおり、彼を神聖化して描き、グランディソン・ホワイティングはスクリーン外の実際の姿よりもグランディソンらしくしてあった。その生活では、シナリオ全体を通して、太陽王さながらの重厚さと魅惑的な優雅な動きに終始し、その輝くような赤い髪は、青白いケルト的な顔のまわりを光輪のように飾っていた。衣服すらなにか内的な厳とした気高さを寓話化しているようだった。

グランディソン自身にとって、この映画はたしかに魅力的ではあるものの、同時に気恥ずかしくもあった。崇拝行為であることはあまりにも明白だった。そうはいってもそれなりに使い道はあるかもしれない。ともかく、芸術のために財源がこれほど惜し気もなく、大金持の値打ちを讃美するために使われることはあまりない。もしあったとしても、それには、品物を買い、それに見合うだけの見返りがあったという実感があるのが普通だ。ずらりと並べられた切り花の香りのように、甘いがまったく自然のものとは思えぬ香りがあるはずだ。ボウアディシアの映画は魅力的な芸術作品としてのつやには欠けるが、それでも、その向こう見ずで計算のないことでは、すばらしい仕事ではあるのだろう。

作業は進められた。ボウアディシアは日中の時間を活用するために、短縮した時間割でエイムズヴィル高等学校に通うことを許された。自分の腕にさらに自信がつくと、かなり枠を外して、これまでの壮大な手法からちょっと逸脱して叙情的な描写もためしてみた。父親のまったく気づかぬうちに、雌のスパニエルのダウ・ジョーンズと大ふざけをしている姿を撮った。父親の自然な、楽しそうな食事時の雑談をはじめは何分間か、そしてつぎにはカセット一本分を収録した。そんなときに叔父のチャールズが居合わせていることもあった。チャールズ叔父は、下院財務委員会の委員長である。彼女は父親の仕事にもついていってオマハとダラスにも出かけ、彼がすご腕を発揮しているように見える姿もかなりのフィート数を撮ることができた。

それでも十分ではないとボウアディシアは思っていた。そして（芸術家としても娘としても）ほんとうに父親らしい（と彼女が信じている）父親の姿を求めて、その生活の奥底までもぐり込んでみたいという思いにとりつかれた。カメラを前にして彼の話すことは、友人同士の卒直な話とはちがうはずだ。また、彼の本音ともちがっているはずだ。彼女はむしろこう疑っていた。子供たちといっしょにいるときのグランディソン・ホワイティングは、趣味とか行儀の話とは別のもっと真剣な事柄について自分の意見を述べる場合、至極あいまいなヒントをさりげなく口にするだけだ。むしろ、人はこう考えているかもしれない、でもああ考える人もいるかもしれないということをうまく示すこつを心得ていて、彼自身の考えがそのどちらなのかは、まったくあいまいなままにしておくのである。

撮影が進み、そして行きづまりを感じると、ボウアディシアは父親の言ったことのすべてや彼の微笑にひそむ、このあいまいさに出くわす。崇拝はしていても、考えるほどにわからなくなる。父親が世間やそのなかの自分の立場について、首尾一貫した見解を持っていないというわけでもない。日常の方便だけを考えて、自分の利益になることならなんでもやるというわけでもない。むしろそれはチャールズ叔父（年の離れた弟にありがちなことだが、ボウアディシア同様この叔父もグランディソンを熱愛していた）に言えるかもしれなかった。自分の力で手に入れたのではなく、生まれながらにして権力の座にある多くの人間に。しかし、父親にはこれは当らないはずだ、まちがいなく。

ボウアディシアはいろいろとさぐりを入れはじめた。父親の事務所にひとり残って机の上の新聞を読んだ。引き出しをかきまわした。電話を盗聴して、彼の部下や作業員とのやりとりや、父親についての彼らの話に耳を傾けた。なんら得るところはなかった。彼女はスパイをしはじめた。映画を撮るのに手を入れた設備と権限を利用して、父親の事務所や自宅の居間、喫煙室に隠しマイクをとりつけることができた。グランディソンはそれを知っていた。彼が巨費を投じた安全警備システムは、こんなことよりずっと手に負えない奇襲もびくともしないようにできているのである。しかし、彼はやらせておいた。ただし、そういう部屋では、アイオワ州教会協議会の代表の前では言わないようなことを口にするのはさし控えた。つまりボウアディシアもそういう代表程度のことしか聞かされなかったわけだ。彼らはグランディソンの（そして彼を通じてチャールズ叔父の）支持をとりつけようと依頼に来ていた。税金を直接あるいは間接的にアルゼンチンの安い穀物に使うことを許しているすべての州に対して準備預金を規制する法律制定のためである。グランディソンは雄弁をふるった。しかし結局、代表団は彼のサインを得るにとどまった――小切手のサインではなく、陳情書へのサインである。

ボウアディシアはあともどりできなかった。もう映画自体のためでもなく、どうしてもそれが必要だからという筋の通った理由があるわけでもなかった。ずいぶんためらったあげく、彼女は悪の誘いに屈した。羞恥心や、こんな無作法な行為には手ひどい報いがあるはずだという不吉な予感におののきながらも、危険な行為だからこそ味わえる、狂女マイナスのごとく無謀な喜びを感じながら、いちばんいい来客用寝室のベッドの頭板にマイクをとりつけた。父親の愛人ミセス・リードが近くウォリーを訪ねてくる予定だった。彼女は長年の友人であり、グランディソンが実権を持つアイオワの保険会社の理事の妻だった。こういう場では、父親もなにかを漏らすにちがいない。

　その夜遅くなっても、父親はなかなかミセス・リードの部屋へ行かなかった。ボウアディシアは、イヤホンをじっと耳にあててすわったまま、ミセス・リードが書斎から二階に持ってあがった、古いアイルランドのミュージカル「ツーラ・ルーラ・トゥーランドット」の長ったらしいサウンド・トラックを聴いていなければならなかった。時間はのろのろと過ぎ、音楽もゆっくりと流れた。ようやく父親がノックをして部屋に入り、こう言うのが耳に飛びこんできた。「いいかげんにしないか、ボボ。これじゃほんとうにやりすぎだ」

「あなた？」ミセス・リードの声だ。

「ちょっと待ってくれないか。もうひとこと娘に言いたいことがあるんでね。あいつはね、フランス語を勉強するふりをして、わたしたちの話を盗み聴きしている。お前は躾をしてもらってくる必要がある。スイスでだよ。エイムズヴィルの校長にはおまえが海外に行く予定だともう通知してある。ヴィラールのとても評判のいい教養学校に行くんだ。この二、三か月お前が見せてくれたお行儀などより、ずっといいお作法を覚えてくるんだね。朝六時に出発だ。それでな、いま餞別として言わせてくれ、恥を知りなさいとな、ボボ。良い旅を《ボンボヤージュ》！」

「ごきげんよう、ミス・ホワイティング」ミセス・リードが言った。「スイスにいらっしゃったら、わたしの姪のパトリシアをぜひおたずねなさい。住所はあとで送ります」マイクはそこで切れた。

　デモインから車に乗っている間じゅう、ボウアディシアは気が転倒していて口もきけなかった——

標識によると、今二人はエイムズヴィルからわずか二十二マイルのところまで来ている。礼儀知らずと映ったかもしれないが、カール・ミューラーを侮辱するつもりはなかった。ただ怒っているのである。なまなましい怒りは、いつまでも変らぬ大きなうねりにのって、寄せたり返したりしている。そのあとには、港町の浜辺に残された廃油のように、暗鬱な気分と恐怖にも似た悲しみがとりのこされた。合い間には、狂暴なまでの自己犠牲のイメージに襲われた――今乗っている《サーブ》が高圧線の鉄塔につっこんで焔となって燃えあがるイメージ、露出した血管、散弾銃の炸裂、そのほかの壮烈な殲滅のイメージ。彼女はこうしたイメージに抵抗するよりも、むしろ楽しんだ。こんな途方もないことを考えること自体に、いわば復讐にも似た感じを覚えたのだ。そしてまた突然いやおうなく、あの怒りがよみがえる。それに押しひしがれぬように、目をしっかりと閉じ、両のこぶしをしっかりと握りしめなければならなかった。

それでも、こんな迎えの車なんてくだらない、余計なことだ、ある意味で自分を甘やかしているとわかってはいるのだった。父親が空港への迎えに、カール・ミューラーをよこしたことには、彼女をこらしめる意図はいささかもなかった。つい今朝までは自分で迎えに来るつもりだったのが、仕事でトラブルが起きてシカゴに行かなくてはならなくなったと、父親からのメモには書いてあった。以前にも同じようなトラブルでがっかりさせられたことがあったが、今回ほど激しく、しつこく後をひくようなことはなかった。どうにかして落ちつかなくては。こんな状態でウォリーにもどれば、サージャントやアリシアの目の前で、きっとうっかり本心をさらけだしてしまう。この二人のことを考えただけで、二人の名前が頭に浮かんだだけで、またいらいらしはじめる。二年間家を離れていたというのに、見も知らぬ他人を出迎えによこすなんて。信じられない。許されることではない。

「カール？」

「ミス・ホワイティング？」彼は道路から目を離さない。

「おかしいと思うかもしれないけど、ウォリーじゃなくって、どこかよそへ連れてってくれないかしら。ほんとうにもうすぐだけど、家に近くなるほど、やりきれなくなるのよ」

「お好きなところへ参りますよ、ミス・ホワイティング。ですが、あまり行く場所はないですよ」

「レストランがいいわ。エイムズヴィルから離れた、どこかにない？　あなた夕食はまだでしょう？」

「まだです、ミス・ホワイティング。でも、お宅の方々が待ってらっしゃいますよ」

「父はシカゴよ。兄も妹も、わたしが着いたからといって、自分たちでなにか特別にやってくれそうにない。電話で、デモインに寄ってちょっと買物をすると言えばいいわ——いつもアリシアがやることだけど——それにね、食事でもしなけりゃ、とてもエイムズヴィルまでドライヴをつづける元気はないの。いいかしら？」

「お言いつけどおりにしますよ、ミス・ホワイティング。わたしは軽く食べれば十分です」

ボウアディシアはカールの無骨な横顔を無言でじろじろみつめながら、その無表情さ、落ち着いた確かな運転ぶりに舌を巻いた。こんな単調な道路でそれほど気張って注意を集中する必要もないのに。

立体交差点に近づくと、彼はスピードを落として、なおも彼女のほうを見ずにたずねた。「静かなところがいいですか？　ビューレイにかなりいいヴェトナム料理の店があります。ともかく、そういう評判ですよ」

「そうね、でもほんとうはにぎやかなほうがいいの。それと、ステーキね。中西部産牛肉のレアーの味に飢えているのよ」

するとカールが彼女のほうを向いた。微笑でその片頬にえくぼができていた。それが親しみの微笑なのか、ただ皮肉な笑いなのか、サングラスで目がかくれていてわからない。どちらにしてもとくに素直な目つきじゃないわ、と彼女は思った。

「みんながよく行くところはないの?」ボウアディシアが言った。「町境あたりにはどう? 土曜の夜に行くようなとこ。ちょうど今日は土曜よ」

「身分証明書がいりますよ」

彼女はカード類が入っているビニール袋をとりだしてカールに渡した。社会保険カード、運転免許証、リーダーズ・ダイジェスト予約カード、アイオワ女子防衛連盟登録カード、(プラスチック焼付写真のついている)聖十字架ペンテコステ派伝道教会の十分の一教区税会員であることを示すカード、各種のクレジット・カード。どれも彼女が、アイオワ州メイソン市ウィロー通り五一二番地のビバリー・ホイッティカー、二十二歳であることを証明するものだった。

エルモア・ローラーリンク・ロードハウスは、理想的な中西部風の優雅さと清潔さを兼ねそなえた店だった。熱気のこもった温室風の天井の下では、パイプ格子がハーブや室内植物の植わった吊り鉢や何段もの素焼のプランターでできた空中草原を支えていた。こうした緑草の真下には、カシやマツ材の古めかしいキッチン・テーブルが、とてつもなく広いダンスホールのあちこちにかたまって置かれている(植物同様、値札がついている)。この店はその名の示すとおり、以前はローラースケート・リンクだった。二組のカップルがフロアで踊っていた。チョコレート・ドーナッツ・ポルカにあわせながら、きびきびとはしているが、あまり見ばえのしない腕前のほどを見せている。まだ七時だった。あとの客はみな食事中だ。

料理はすばらしかった。スイスで食べるどんな料理よりもすぐれていることを、ボウアディシアはこと細かに説明した。デザートになにを選ぶかの段になって、ほかの話題を考えねばならなかった。カールはすっかりかしこまったように、すわったままなにもしゃべらないのである。サングラスははずしていても、相変らずその表情は読みとれないが、かなりハンサムで、彫刻のように端正といっていいだろう——広い額に高い鼻、首のつけ根にもりあがった筋肉は、きちんと角刈りにした頭に向かって細くなっていく。くっきりと刻まれた唇、鼻孔、目。その目はぱっちりとしているのに、その心中はさっぱりわからない。笑顔は見せても、機械的で、まるで歯車や滑車のようだ。ガチャン、キーキー、カチッ、つづいて「微笑」と書かれた小さなカードが金属の割れ目から出てくる。ヤグルマギクとペチュニアの小枝越しにカールと向かいあってすわりながら、ボウアディシアは自分でもやってみようとした——唇の両はしをキュッと結び、それから少しずつ吊りあげる。でも彼が気づく以前に、振り子は元にもどり、彼女はやましい思いに駆られた。どんな権利があって、カール・ミューラーが気さくに話してくれることを期待するのか？　彼にとってボウアディシアは、ボスの娘にしかすぎない。それなのに、彼女はその立場を意地わるく利用して、まるでカール自身の生活や感情などないかのように、勝手につきあわせているのだった。その上、彼をとがめだてしたりするなんて！

「ごめんなさい」ボウアディシアは心からの悔恨をこめて言った。

カールは眉を寄せた。「なにがです？」

「あなたをこんな風に引っ張ってきたこと。あなたの時間をとりあげたこと。つまりね——」彼女は頭の両側、頬骨のすぐ上を指で押さえた。いろんな痛みがそこに流れこんできて、ひどい頭痛になりかけていた。「つまりね、わたし、訊かなかったでしょう、今夜ほかに予定があるかどうかって？」

カールは例の機械じかけのような微笑を見せた。「それはかまいません、ミス・ホワイティング。今夜はここエルモアに来る予定ではなかった。でも、それがどうだって言うんです。おっしゃったように料理はすばらしかったですし。ご家族のことを気にしておられるのですか？」

「気にするなんて、その逆よ。わたしはかんかんなのよ、だれにもかれにもね」

「そうじゃないかと思ってました。もちろんぼくの口出しすることじゃありませんが。ただ、事実は申し上げられます。お父様はシカゴにおでかけで、仕方がなかったのです」

「ええ、そうね。商売は商売、気分に流される人じゃないことは前から知ってるわ。父を責めてやしないわ――責めるわけにはいかない。でもサージャントは来られたはずよ。彼、兄なのよ」

「申し上げませんでしたが、ミス・ホワイティング――」

「ビバリーよ」彼女は訂正した。さっき、にせのＩＤの名前で呼ぶようにと言ったのだ。

「申し上げませんでしたけど、ミス・ホワイティング、わたしの出る幕じゃないと思ったものですから。お兄さんが迎えに来られなかったのは、二週間前に飲酒運転で免許停止になったからです。エルモアから帰宅途中でした」

「それでも、あなたといっしょに来られたはずよ。アリシアだってそうだわ」

「いらっしゃれたかもしれません。でも、お二人ともあまりわたしとつきあいたくないのだと思いますよ。わたしになにか恨みでもあるというわけじゃないんですが。ともかく、わたしは作業マネージャーの一人にすぎません。ご家族の友人ではありませんから」そう言うと――それが不作法なことだとは少しも気づかずに――ガラスの水差しから最後に残ったワインを自分のグラスについだ。

「今すぐわたしを連れて帰るなら、それでもかまわないのよ」

「ゆっくりしていらしてください、ミス・ホワイティング」

「ビバリー」

「失礼、ビバリー」

「ビバリー・ホイッティカーってほんとうにいるのよ。スイスでハイキングしていたわ。モンブランの中腹にある旅行者用宿泊所《ホスピス》で出会ったの。すごい雷雨だった。一度でも山で雷雨にあったことがあれば、なぜギリシャ人が一番重要な神様に雷をつかさどらせたか、わかると思うの」

カールは憂鬱そうにうなずいた。

ボウアディシアはおしゃべりをやめたが、二人のあいだに沈黙が長くつづくと、これもまた彼女を落ち着かなくさせた。

別のカップルがダンス・フロアに出ていった。しかし二人が踊りはじめたところで音楽がとまった。沈黙が広がった。

今までの経験から、彼女はこんなときどうすればいいか心得ていた。相手に関心を示すことだ。それこそお互いに興味のあることだからだ。

「それで、ええと、あなたはどんな仕事をしてるの?」

「なんと言われました?」しかし、じっと目を離さないでいるので、彼が質問を理解している——そして気をわるくしている——のが彼女にはわかった。

それでも、彼女は質問をくりかえさずにはいられなかった。「作業マネージャーだと言ったわね。どんな仕事なの?」

「作業員に関連することならなんでも。主に募集や宿舎の手配。送り迎え、給料の支払い、監督もやります」

「まあ」

「やらなきゃならない仕事です」

「むろんよ。農場でいちばん大事な仕事だって、父は言ってるわ」

「一番汚い仕事だというのと同じことですよ。事実そうなんです」

「そんな意味じゃないわ。ほんとうよ、わたしならそんなこと言わない」

「われわれの扱う人間のうち、あるタイプの連中を相手にしてみれば、あなたもきっとそうおっしゃいますよ。もうひと月かそこらで、最高の総勢千二百人ほどになります。千二百人のうち半分は、ケダモノ同然なんです」

「わるいけど、カール、でもそんなこと本気にできないわ」

「ええ、本気になさらなきゃいけない理由はありません、ミス・ホワイティング」カールは微笑した。「ビバリー、そうなんです。ともかくわるくない仕事です。それにわたしの年齢としては、大変責任のある仕事ですからね。苦情を言ってるように見えたらおかしいですよ。苦情じゃありません」

ウエイトレスがデザートはなににするかと訊きに来たので二人は助かった。カールはババリア風クリームを頼んだ。ボウアディシアは、アメリカへ帰ってきてはじめての食事ということでアップルパイを注文した。

別のポルカがまたはじまっていた。ボウアディシアは敗北を認め、椅子を脇に向けて踊っている人たちを眺めた。フロアには、ほんとうに踊りのうまいカップルがいた。体が軽快に動いている。このカップルにくらべると、ほかの踊り手たちはまるで郡の見本市のテントのなかで金を入れてのぞく影絵を思わせる。娘のほうがことにうまい。裾ひだのついた、ゆったりとしたフレアのあるジプシー風のスカートをはき、そのスカートが揺れ、広がり、まわるにつれて、平凡な音楽にものすごいエネルギーが注ぎこまれるようだった。青年も精一杯踊っていたが、はなやかさでは彼女に見劣りがする。手足の動きが唐突すぎで、胴体は、内心のおじけからすっかり解放されきっていない。ブリューゲルが描く農民の体だった。それでも、生き生きとした喜びをその顔に浮かべているし、顔立ちもハンサムで（まったくブリューゲル風ではない）、だれもがつられて楽しくならずにいられない。娘だって、ほかの青年が相手ならこんなにうまくは踊れなかっただろうし、それほど熱中することもなかっただろう（ボウアディシアは確信をもってそう思った）。ポルカがつづいているあいだ、エルモア・ローラーリンク・ロードハウスでは、この二人のおかげで時がとまっていた。

6

エイムズヴィル高等学校の伝説や名物のなかでも、一一三番教室のミセス・ノーバーグは——ボウアディシアが好んで言うように、その言葉の本来の意味どおり——もっともひどいものの一つだった。数年前、彼女は三つ巴の接戦の末にアメリカ精神復興党（ASRP）の公認候補として出馬し、下院議員に選出された。ASRPは、その全盛期にはファーム・ベルト諸州でもいちばん頑迷なアンダーゴッド信者たちの再起の旗印となっていた。しかしアメリカの精神的覚醒という彼らのすばらしいビジョンも色褪せ、ことに党指導者たちが並みの共和党や民主党員と同様に堕落した存在だとはっきりわかると、党員たちは長老党（共和党の別名）に逆戻りするか、ミセス・ノーバーグのように、荒野でひとり政治の不正を声高に非難する一匹狼となっていった。

ミセス・ノーバーグは選挙当時、アメリカ史と社会科の上級を教えていた。ワシントンの政界での任期を終えて復帰してからも、同じ科目を教えている。最近デュービュックの療養所で二年間のいわゆる休暇年を過ごして、その伝説にいっそう花を添えた。ある日、校内食堂で一人の生徒の髪を切ろうとしたため（彼女の意志に反して）デュービュックに連れていかれたのだった。生徒たちはこれを評して《氷山《アイスバーグ》》の二度目の任期と呼んだ。彼女が狂っていると知っていたが、だれもそれほど気にかけている様子はなかった。デュービュック以降、チューインガムをかんでいる子供や、教室でノートを回している生徒がいても、彼女はその異常な逆上ぶりを見せることなく、教師として月並みな武器である成績通知表に反映させるにとどまっていた。毎年卒業予定クラスの平均二十パーセントが社会科を落とし、卒業証書を手にするために補講を受けなければならなかった。彼女に敵とにらまれた者はもちろん落第だし、ほかのだれもが同じ憂き目にあっているように思えた。彼女の落第点Fは降る雨と同じで、正邪の別なく、だれの上にも降りかかるのである。ミセス・ノーバーグはくじできめていると言う者もあった。

　全員がこうむるこの不当な行為を考えただけでもビクビクものだが、ボウアディシアには《氷山》のクラスを恐れる特別な理由があった。ミセス・ノーバーグの議席を奪ったのは、チャールズ叔父だったのだ。ボウアディシアがその懸念を父に伝えたとき、彼はまったく意に介していなかった。人間がつきあわなければいけない相手の大半は変人なんだよ、とグランディソンは断言した。ボウアディシアが公立高校に通う主な理由の一つは、まさにこの不快な真実と折りあいがつけられるようになるためだ。落第する可能性については、彼女が心配することはない——グランディソンはすでに校長に手をまわして、Bよりわるい点をつけられたら手直しをすることになっていた。だからボウアディシアとしては、毎日一一三番教室に通って一時間すわっていさえすればよかった。あとはおとなしくしていようと、言いたいことを卒直に言おうと彼女の好きにすればいい——どうしようとかまわない。ただ、ミセス・ノーバーグから逃げだそうなどとは考えないこと。能なしかもしれないし、狂っているかもしれないが、彼女は高校教員でただひとり生き残っている、きわめつきのアンダーゴッド信者であり、彼女を追いだそうとすれば、郡下で、あるいはひょっとすると州一帯で大変な物議をかもすかもしれないからだ。三年もすれば彼女は退職する。それまではがまんすること。

そう請けあってもらって――よろいを着たも同然だ――すぐにボウアディシアは、クラス公認の小うるさい生徒になった。ミセス・ノーバーグとしても、むしろありがたいようだった。手応えのある意見を持って――そしてそれを表明してくれる――喧嘩相手がいてくれなければ、相手をこっぴどくやっつけようにも、その前に自分から意見を言いださなければならない。論争好きの人間にとっては、けっして満足のいく段取りにはならない。こういう変った考えから、《氷山》がこれまで仮想敵としてきた生徒より、ボウアディシアの発言がずっと影響も説得力もあることは別に気にしていないらしい。強い信念を持つ人の例にもれず、どんな抗弁も彼女の意識にはくだらないこととして受けとめられるのだった。信仰とは、いわば自ら選んだ盲目なのである。

そこで、ボウアディシアがいかなる話題について意見を開陳しようと――累進的な所得税の妥当性から、最近のチャールズ叔父のＡＣＬＵ（アメリカ自由人権協会）に対する扇動的な抗争の不当性に至るまで――そのたびに《氷山》は口紅をつけていない唇に静かに笑みを漂わせ、どんよりとした目をこらし、自分を守る茨のしげみを作るかのように両手の指をしっかりと組む。その様子はあたかもこう言っているようだ――「わたしの職務がいかに苦痛に満ちたものであろうと、最後の血の一滴までやり抜きます」。ボウアディシアが負けと決まると、ミセス・ノーバーグは両手の指を離して、小さくため息をもらし、「とても興味深かったわ」とか「変った意見ね」と、皮肉たっぷりに礼を言うのだった。これで相手が動じないとなると、今度はほかの生徒に、この件についてどう思うかと質問する。最初に名指しをうけるのは、ボウアディシアの同調者であると彼女がにらんだ生徒だった。たいていの生徒は、用心深く、賛成・反対の意見を言わないですむ答え方をしたが、三十二人のうちの八人で構成されたグループがいて、どんなにばかげた考えだろうと、事実に反することがはっきりしていようと、ミセス・ノーバーグのいつもの偏った考えをオウムのようにくりかえしていた。最後に発言を許されるのはこのうちの一人で、ボウアディシアに自分がたった一人の少数派であるとわからせる効果を狙った戦術である。このことはまた、彼女への敵意を拡散させて、例の八人の親衛隊に向けさせる結果をもたらした。ボウアディシアにとって、この連中の名前はいわば恨みのこもった呪文となった。シェリル、ミッチ、ルービン、スローン、サンドラ、スーザン、ジュディ、そしてジョウン。サンドラ・ウルフ以外はみなチアリーダーだった。そして全員頭がよくない。八人のうちの三人――ジョウン・スモール、シェリル、ミッチ・シーヴァソン――は、このあたりではどちらかというと富裕な農家の出だった。シーヴァソン家もスモール家も、ホワイティング家にはとても及ばないが、それでも〝上流階級〟をもって任じていたし、当然、ウォリーでのちょっとした行事には必ず招待されている。仲よくしなければいけない、せめて隣人らしいつきあいをしなければいけない人間のうちの三人と不仲だというのは、ボウアディシアにしても気の滅入ることだが、自分ではどうしようもない。彼らがミセス・ノーバーグにあれほどおべっかを使う必要はまったくないはずだ。彼らの両親はアンダーゴッド信者ではないし、どう見ても彼らはそうではない。ＡＳＲＰほどの狂信は過去の遺物だった。それならなぜあの子たちはあんなことをするのだろうか？　ただおべっかを使っているのではないとすれば。《氷山》本人もどういう人間なのだろう？　なぜああいう人間は他人の個人的な思想をとやかく言うのだろう？　年寄りのアンダーゴッド信者たちが音楽（などなど）を怖がるのも同じだ。連中は自分たちに手の届かないことを他人が経験するのにがまんができないのだ。ねたみだ。恨みとねたみ――そういったくだらないことなのだが、だれも（ボウアディシアさえ）十分に理解しようとしないし、口にも出さない。最近物事はかなり自由になっているとはいえ、それほどには自由ではなかった。

　大方の古手教師の御多分にもれず、ミセス・ノーバーグはきわめつきの会話独占者だった。したがってボウアディシアは毎日理性と正気を弁護することを求められるわけではなかった。《氷山》が議員在任中のとりとめのない思い出話（その二年間すべての採択に加わったことが彼女にはとりわけ誇らしく、この上ない名誉だった）を聞かされるのはまったくの苦行だった。そのうちになんの脈絡もなく話が変って、（たとえば）自分の家の裏庭にいるかわいいリス――シルヴァ・フェイス、トム・ボーイ、ミトン、どれも小さな哲学者の卵だそうだ――についてのかわいこぶったエピソードになる――そしてまた、この気まぐれな話は、ファーム・ベルト地帯が大きらいなＦＤＡに対する誹謗にいつのまにか変っている。これらすべて――回想、気まぐれ話、非難――がみんなも共犯者だという素振りをちらつかせながら語られる。《氷山》の心のなかにあるのは、わが生徒たちが、あの煮え切らないリベラルなミスター・コックスのクラスでなく、この社会科のクラスに割り当てられたのがどんなに幸運だったかわかっているはずだ、という気持だった。

　こんな長広舌を聞かされたり、鈍感でなにものも受けつけない自信たっぷりのその話しぶりに反撥して手ひどくこきおろしながら、ボウアディシアはミセス・ノーバーグが憎らしくなって、授業が終るころにはなすすべもない怒りに震えるばかりだった。文字どおり震えていた。完全に自衛本能が働いて、授業をすっぽかそうとするようになった。しかしバスの運転手は玄関まで彼女を送り届けて帰ってしまうし、どうしようもなかった。トイレに閉じこもって、便器の上であぐらをかきながら、微積分の問題を解いた。クラスに出てもおおっぴらに皮肉な態度をとるようになり、嘲笑されれば嘲笑しかえした。例の独演会がはじまると《氷山》からわざと顔をそむけて、窓の外を眺めているようにした。もっとも、見えるものといっては、空と雲とゆるやかにカーブする三本の電線だけだった。ミセス・ノーバーグはこの挑発に対するお仕置きとして、ボウアディシアを最前列の席に移らせただけだった。その席だと、もしボウアディシアが目をそらそうとすれば、景色と彼女のあいだに割りこめばいいのだった。

ボウアディシアがダニエル・ワインレブに気がついたのは、その最前列の席で彼のとなりにすわったときだった。ダニエルとはわからないまま、クラスでもう二か月もいっしょにいたわけだ。彼の後頭部（前の席に来るまで見えていたのはほとんどそこだけだった）が大きく変っていたからというわけではない。エルモア・ローラーリンク・ロードハウスで彼女がほんの少しのあいだ彼の姿に心をときめかしたときからみると、彼の風采は変化していた――髪は短くして、ひげを落し、陽気さはどこかへ消えて、生気のない、冷ややかなしたたかさがそれに代っていた。出席の返事をするとか、直接自分に向けられた質問にとまどって足をもぞもぞ動かしたりはするが、それ以外は、教室でもまったく口をきかなかった。しゃべっても思ったままを口に出すことはないし、感情もそのまま表情に表われることはなかった。

しかしボウアディシアは、彼の考えることもその気持も、自分とそれほどちがわないと確信をもっていた。同じように激しく《氷山》を憎んでいる。きっとそうだ――それにしてもどうしてあんなにダンスが上手なのだろう？　おそらく、三段論法で考えるとまだなにかが欠けている。ボウアディシアは先験的な確信に甘んじてはいなかった。証拠を集めはじめた――まだ煙の出ている疑わしい銃口を。

彼女の第一の発見は、ダニエルを仔細に観察しているのが自分一人ではなかったことだ。ミセス・ノーバーグも、ダニエルが教室で示す無関心とは不釣合いなほどの好奇心を示していた。ほかの生徒が話をしているときに、彼女の視線がダニエルに移ることがある。そして教室内の制約から自由になってＡＳＲＰの信条のあかしを立てようとする戦闘的な瞬間に、これらの矛先を向けられるのはダニエルだった。おとりになって論争しようとする者がいるとすれば、それはボウアディシアなのに。

しかし、とうとう二度目の六週間期が終りに近づいたころ、ミセス・ノーバーグが挑戦をしかけ、ダニエルは逃げそこなった。最近のニュースにアンダーゴッド信者たちの憤激をかった記事があった。ル・ベルン郊外のノースラップ公社農場の経営者であるバッド・スカリーは自分の責任でアイオワ州では現在禁止されていることをやった――ミネソタで放送されているラジオの電波妨害をしていたのだ。各局は彼を相手どって訴訟を起こし、中止を命じた。彼は良心を楯にとって拒否し、ひとり十字軍の戦いをつづけ、投獄された。アンダーゴッド信者たちは憤慨した。過ぎゆく時間の勢いにあらがおうと努めているミセス・ノーバーグ（たとえば、アメリカ史のクラスでは、ウォーターゲート事件より先へは決して進まなかった）は、すっかりその事件に夢中になった。一週間の授業を丸々ジョン・ブラウンの徹底的な考察にあてた。ソローの市民的反抗（義務の拒否など）についてのエッセイを朗読した。「ジョン・ブラウンの遺体」の讃歌をきかせ、テープレコーダのそばに立って油断なく見守るようにしながら、ときどき音楽にあわせて首を上下にはげしく振る。歌が終ると、目に涙をためながら（これは音楽の力の思わざる証明だった）、ジョン・ブラウンがハーパース・フェリー攻撃のために義勇軍を訓練したアイオワの公園に彼女が訪れた話をした。そして、黒板の指示棒をライフルのように肩ににない、磨きあげられたカエデ材の床を行きつもどりつしながら、義勇兵たちがどういう訓練をうけたかを演じてみせるのである。右向け右、左向け左、気をつけ！　まわれ右、前へ進め。大した見物《みもの》だった。まったく、こういうときに《氷山》のクラスにいることを感謝しないですむには、石のような心の持主でなければいけない。

この間彼女はバッド・スカリーの名を口に出さないようにしていた。もっとも、どこが似ているというつもりなのかだれも気がつかない。ところが、片隅の国旗に敬礼をするや、彼女は客観的な態度をかなぐりすてた。黒板に近づき、おそろしく大きな字でその殉教者の名前を書いた。**バッド・スカリー**。自分の机にもどると腕ぐみして身構え、なんでもかかって来いと言うようにこわい顔をした。

　ボウアディシアが手をあげた。

　ミセス・ノーバーグが指名した。

「こうおっしゃるのでしょうか」ボウアディシアは、なにか含むところがありそうな微笑を浮かべながらたずねた。「バッド・スカリーはジョン・ブラウンのような人物だと？　そして、彼のやったことは正しいことだと？」

「わたしがそんなことを言いましたか？」《氷山》は詰問した。「お訊きしますけどね、ミス・ホワイティング。それはあなたの意見ですか？　バッド・スカリーの事件はジョン・ブラウンの事件とよく似たものだと言うんですか？」

「自分の信念のために投獄されたという意味では、そう言えるかもしれません。でも、ほかの点はどうでしょうか？　いっぽうの人物は奴隷制度をやめさせようとした。もう一人はポピュラー・ミュージックのラジオ放送をとめようとした。新聞で知るかぎりはこういうことです」

「どの新聞かしら？　だいぶ前から新聞を読むのをやめてるので聞きたいの。わたしの経験からすると（ことに国会に出ていたときのだけど）、新聞というのはほんとに当てにならないものよ」

「〈スター・トリビューン〉です」

「〈スター・トリビューン〉ね」《氷山》はこうくりかえすと、意味ありげな表情でダニエルのほうを見た。

「論説によりますと」ボウアディシアは話をつづけた。「法律であるからという理由だけで、だれしもその法律にしたがわなければならない。わたしたちがお互い平和のうちに生きていくための、唯一の道は法律を重んじることだ、とのことです。たとえ、その法律がわたしたちの意にそわないものであってもです」

「一応はまったく妥当なお説のようね。でもジョン・ブラウンが投じた疑問にはまだ答がでてないのよ。どんな不当な法律にもしたがわなければならないの？」どうだと言うように、《氷山》は胸を張った。

ボウアディシアはなおも言い張った。「世論調査によると、たいていの人は旧法は誤りだったと考えています。州外の新聞の購読を禁止したり、州外の放送の聴取を禁止する法律のことです」

「その同じ新聞社連中の世論調査によればってことね」ミセス・ノーバーグは軽蔑したように言った。

「でも、最高裁判所もあれは不当だと考えてます。そうでなければ、あの法律をくつがえさなかったはずです。それでわたしはこう思うんです。憲法の修正条項がないかぎり、法律の適否の最終決定は最高裁がすることになる」

最高裁判所に対するミセス・ノーバーグの見解は周知のことで、生徒たちのあいだでもこの問題は完全に避けて通ろうという暗黙の了解があった。しかし、ボウアディシアは、その境界も分別も越えてしまった。彼女はこの女の精神状態を攪乱させて、デューピュックに送りかえして拘束衣を着せてやりたいと思った。この女にはそれこそがふさわしい報いなのである。

ところが、ことはそれほど簡単には運ばなかった。ミセス・ノーバーグは偏執病者特有の本能で、自分が迫害されそうだとすぐに察知する。ボウアディシアのミサイルもかわして無傷でやりすごした。

「解決のむずかしい問題だということは認めるわ。とてもこみいってるし。みんなの受ける影響もそれぞれの場合によってちがうでしょうからね。わたしたちの受けとめる態度にいろいろ偏りも生ずるわね。ちょうどこのクラスにも、ミス・ホワイティングが言っていた最高裁の決定によって生活にまともに影響を受けた人がいるわね。ダニエル、あんたの意見はどうなの？」

「なにについての意見ですか？」ダニエルはたずねた。

「潜在的に有害で破壊的な資料を公然と入手することを妨げる権利、絶対的な権利がアイオワ州にあるかしら、それとも、それは憲法に保証されている言論の自由を阻害することになるのかしら？」

「そういうことはあまり考えたことがありません」

「そうね、ダニエル、州法違反で刑務所に入ってて……」この話を知らない生徒もいるかと、彼女は一息入れた。もちろん、このごろではダニエルに関する伝説を耳にしていない生徒はいない。これがまさにミセス・ノーバーグらしいやり方で、彼女の容赦のない、念の入った嫌悪感を示すものといってよかった。「そうね、それから釈放になったけど、それは最高裁の――」せせら笑うように眉をあげた。「――裁定があったからよ。あの法律は不当だ、ずっとそうだったって……きっと、この問題にはなにか意見があるはずよ」

「どっちにしても大したちがいはない、ということじゃないですか」

「大したちがいはないですって！　あんな大きな変更があったのに？」

「二週間早く出所しました。それだけです」

「そうかしら、ダニエル。わたしにはあんたの言ってることがわからないけど」

「アイオワ州にいるかぎり、正直な意見を言うのは危険だと今でも思ってるんです。ぼくの知るかぎりでは、正直にしゃべらなくてはいけないという法律はありません。だから正直に話すつもりはありません」

はじめはみんな黙っていた。やがてボウアディシアの拍手につられて、ちらほらと拍手があった。この前例のない挑戦をうけても、ミセス・ノーバーグはダニエルから目を離さなかった。その凝視のかげでいろんな計算が行われているのが見えるようだ――彼のこの無礼は卒直さに免じて勘弁していいものか？　それともその罰を受けさせるべきだろうか？　力ずくでもやるとすれば、これはまさに放校処分に値いする。しかししぶしぶながら、彼女はその危険は冒さないことにした。機会はまたあるだろう。

授業が終って、ボウアディシアは食堂の入口でダニエルを待った。

「すてきだったわよ」カフェテリアで順番を待つ列に彼のあとから加わりながら、ボウアディシアは小声で言った。「まさに冒険映画ね」

「あれはまちがいだった」

「あら、とんでもない！　どこからみてもあなたは正しかった。《氷山》をあしらう唯一の方法は沈黙よ。あの人にくっついている八人のおべっか使い連中にしゃべらせておけばいいのよ」

ダニエルは微笑しただけだった。エルモア・ローラーリンク・ロードハウスで見た、あの気をそそられるような忘れがたい笑顔ではなく、知的で意志の強そうな笑顔だった。ダニエルが返事をしないので、自分も安心して話のできない仲間に入れられたかと、彼女はきまりのわるい思いがした。彼の笑顔はこわばった。

「これじゃ議論したってむだだね――きみはぼくのやったことは正しいと言うし、ぼくはまちがってたと言うんだからね」

「そうよ、あなたは正しかったの」

「たぶんね。でもぼくにとって正しいことが必ずしもきみにとっても正しいとはかぎらない。もしきみが彼女をやっつけるのをやめたら、残るぼくたちはなにを聞いてりゃいいことになる？」

「わたしは安全圏にいるから、なんでも言える余裕があるっていうのね」

「ぼくはそうはいかないんだ。なにもぼくが説明しないでもいいことだったんだ。あれはまちがってた。刑務所に入って最初にわかることはね、看守ってのは、こっちに気に入られていると思いたがっているということだよ。ノーバーグだって同じだよ」

ボウアディシアは彼に抱きつきたかった。どこかのチアリーダーのおばかさんのように飛びあがり、彼に喝采を送りたいと思った。ものすごく高価で彼にあったものを買って贈りたくなった。自分と意見の合う人と出会った喜びはそれほどに大きかったのである。

「学校こそ刑務所よ」彼女は熱心に賛意を述べる。「それがわかっているのは、世界中でわたしひとりだと思ってたんだけど。わたしはスイスでうんざりするような、いわゆる教養学校に通ってたの。家に手紙を書いたわ、父あてに。その学校が刑務所同然だという状況をすっかり説明したの。すると返事はこうだったのよ。『もちろんそうだよ、わたしのボボ――子供はみな犯罪者だという大変立派な理由で、学校は刑務所なんだよ』」

「なるほどね」

二人の順番がきて、ダニエルはコールスローの皿を盆にとってからフィッシュ・スティックを指でさした。

「実際にはね」彼女は話をつづけた。「今のは父の言ったとおりの言葉じゃないの。父は、ティーンエージャーはまだ礼儀作法をわきまえていない、だから危険なのだ、って言ったの。アイオワではたぶんそうじゃないけど、都会ではたしかにね。ここと都会のちがうところは……あっ、スープをとって……ここの人間がどれほどきちんとした道徳律にしたがって生活しているかなの。ともかく父はそう言ってるわ」

ダニエルはスクール・クレジットカードを会計係の女の子に渡した。機械は彼の昼食代をはじきだし、女の子はカードを返してよこした。ダニエルは盆をとりあげた。

「ダニエル？」

彼が立ちどまると、ボウアディシアは、会計係に声の届かないところへ行くまで待って、と目で合図をした。場所を移ってから彼女は訊いた。

「お昼はだれかといっしょなの？」

「いいや」

「それじゃ、いっしょにどうかしら？　こんなこと言っちゃいけないのかもしれないけど。たぶん、考えごとには一人きりのほうがいいんでしょうね」彼女は言葉を切って彼が否定するのを待った。しかし、ダニエルは人を見下した容赦ない笑みを浮かべたまま突っ立っている。彼の端正な顔は、ひどく暗く、とてもエキゾチックで、まるで人種がちがうみたいだ。「でもわたしはね」彼女はつづけた。「わたしはちがうのね、考えるより先にしゃべりたいほうなの」

ダニエルは笑いだして、「ああ、いいことを思いついた」と言った。「ぼくとお昼なんてのは、きみはどう？」

「まあご親切に、ダニエル」彼女は答えた。彼女流に気取ったさりげなさを真似ているのだ。ひょっとすると、気取ったさりげなさ自体が生まれついてのものかもしれない。「それとも、ミスター・ワインレブとお呼びしなくちゃいけないかしら？」

「その中間ってとこかな」

「すごくおかしいのね」彼女はおどけて声を落とした。

「スーザン・マッカーシーはどう言っていいかわからなくなるとこう言うんだ」

「知ってるわ。わたしって物事をよく見てもいるのよ」でも気持は傷ついていた——比較されるなんて、（それも正確に）スーザン・マッカーシーのような人間と。

わりと静かなテーブルに空席がみつかった。ダニエルは食べようとせずに彼女を見ていた。なにか言いかけて口をつぐんだ。ボウアディシアはどきどきした。彼の注意を自分に向けさせたのだ。好きだというには遠いし、興味をもったとまでもいかないけれど、これ以上わるいことにはならない。突然、なにを言ったらいいかわからなくなった。彼女は顔を赤らめた。微笑した。そして、気取ったさりげなさで首を振っていた。

7

憎らしい――文字どおり憎らしい――妹と言い争いをしたあとで、ボウアディシアは、グリーンの防水生地でできた古い学校の制服のケープを身にまとって屋上に登った。風が髪の毛をむち打ち、ケープを思いきり叩いた。あざけりの言葉を思い浮かべてみる。アリシアについてだ。やかまし屋、あばずれ、卑劣漢、スパイ、気どり屋。陰険で、低能で、魂のない、利己的ないやらしい女。いちばん始末のわるいのは、肝心なところに来ると、軽蔑の気持をアリシアにわからせるにはどう言えばいいのか、ボウアディシアがお手上げになってしまうことだ。いっぽうアリシアときたら、自信たっぷりな知ったかぶりで、それがすごく陳腐なことでさえ確かな根拠のあるもののように思わせるのである。

屋上に上がってもまだ十分遠くに来た気がしない。仕方なく西の風車用鉄塔に登って、いちばん下の羽根の蔭で一休みして冷静に驚いた。こんな寒い強い風のなかでも、この金属の羽根を間断ない回転に変換させるだけの熱が残っている。熱なのだろうか？　それとも、ガスの分子の惰性に過ぎないのか？　どちらにしてもなにかちがいがあるのか？　いずれにせよ、科学はすばらしい。

アリシアのことは忘れるのだと自分に言いきかせた。あの子なんて超越しなければ。あの雲を見てごらん、そして、あのまだらな、きらきらとした、重々しい灰色には実際どんな色が含まれているのか分析するのよ。とてもがまんのならないあの子のせせら笑いの横顔がしゃしゃり出てこないように世の中を整理してごらん。そうすればおそらく世間はまあまあ満足のゆくものになるから。広々と開けて明るく見える。この鉄塔が風を扱うように、アリシアのような手に負えない子、わたしもときどき手に負えなくなるけど、そういう人間でもうまく扱いこなす父親のように、明晰な頭脳の持主なら会得できるすばらしい生き方がいっぱいある。

さらに高く登っていった。いちばん上の羽根よりも高い、鉄塔のてっぺんにある帯鋼で組んだ小部屋にたどりついた。床が揺れた。でも、彼女はめまいも感じず、ただ周囲がとても整然とした形で広がっているのが見え、ほっと満足感を覚えるのだった。複雑なウォリーの敷地内も、この高さから見ると、青写真の見取図のように一目瞭然だった。すぐ下の屋上にはホワイティング家の庭があり、休閑中の花壇と五つ目型に植えられた低い木々が見える。その下のテラスまで階段を下りると、広く張りだした各翼の屋上に、この集合住宅の住人たち用のプールや運動場がある。いちばん下には、ガレージや家畜小屋、サイロなどの幅の広い弧形の家並みに防壁のように囲まれて、菜園、鶏小屋、テニスコートがある。ちらほら見える人影は、全員それぞれにブリューゲルの絵に出てくる人物のようだ――子供たちはスケートを楽しみ、女が一人にわとりに餌を播いている。ブルーのジャケット姿の自動車整備工が二人、から回りさせているリムジンのエンジンの上にかがみこんでいる。男が犬を散歩させながら、門衛詰所前の木立のほうに歩いていく。屋上ぐらいの高さからみると、この木立が視界の限界のようだが、さらにここまで上がると、その先のくねくねとつづく灰色の屋根まで見渡せる。その町は昔――といってもボウアディシアが思い出せないほど昔のことではない――ユニティの村だった。当時の住民の多くが現在ウォリーに住んでいる。下見板で囲った家々の多くはそのまま残っているが、一年のうちのほとんどは無人である。これからはじまる新しい生活様式に道をゆずるために、一世紀もの伝統をもつ一つの暮らし方が終りをむかえなければならないと考えると胸が痛む。でも、ほかに道があるだろうか？　不自然なまま、その暮らし方を守りつづけるのか、インスタントのウイリアムズバーグ（州独立以前の古い姿に復元されているヴァージニア州の都市）になって？　もっとも、夏休みのあいだだけやってくる人たちは今も多少ましな家でそういう暮らし方をしている。残る家々は食べ物のためにきれいさっぱり売りはらった――羽目板、鉛管類、半端な木工品――そして、骨組だけが風雨にさらされて、いっそう絵のような状態になっている。この点では競売行きは間違いなしである。こうした有様を見るのは淋しいが、必要なことだ――多少の愛情と想像力を注ぎこまれようと、時勢の変化はとても抗しがたいほど強力なのである。ネオ・ノルマン風の城塞の構え、周囲にある公園や共有地、革新的な社会工学をとりいれたウォリーは、もっとも人間的な、いわば民主的な形での封建制への移行を示すものだった。ユートピアのようなものだ。それが果たしてボウアディシアのような人間にとって、ユートピアとなるのかどうか、彼女には判断がつかない。これほど広い土地や財産の持主であることだけでも問題が多い。それ以上に、借地人とのあいだに道義上の問題があった。借地人は最近の計算では五百人を越えていた。彼らは否定するだろうが――ずっと以前にボウアディシアが作った映画では否定していた――借地人たちの置かれた状況はいやになるほど農奴制に近い。しかし、それを不愉快と感じるのはボウアディシアだけらしい。契約を結び、ここに移住したいと順番を待っている有資格志願者は、欠員見込み数をはるかに上回っているのである。学校では生徒たちまでが、順番のトップに自分たちを上げてもらえるかどうか、彼女に打診に来るのだった。父親に口をきいてもらえたら、今すぐ金を出してもいいと言う子までいた。一度、ばかなサージャントはそんな金をうけとって、こっぴどく叱られたことがある。

　しかし、ダニエル・ワインレブがそういう欲得ずくで彼女に近づこうとしてるなんて、まったくばかげたことだ。そんな非難を口にしたことだけでも、アリシアの想像力の限界が知れるというものだ。ダニエルの野心の大きさを公平に評価するどころじゃない。ダニエルは芸術家、それもできるかぎり偉大な芸術家を志していた。ボウアディシアは、二人の友情が長続きするかどうか、彼はちらっとでも考えたことがあるのかな、と思った。ウォリーに訪ねてきて、ホワイティング家にあるいろいろな楽器をためす機会（これはやっと今日実現する）は別として、この交際がとくに自分の利益になるなどと考えている様子はない。やはり大芸術家になりたいと望んでいる他の人間と話しあう機会（これはすばらしい機会だ）への期待以外は。どうみても、彼になにか計画があるとは思えない。

それにくらべると、ボウアディシアは果てしのない計画に明け暮れているようなものだった。とりかかっている課題に全力を集中している合間にも、計画を練り、下稽古をし、想像をめぐらし、夢想にふけっている。ダニエルと向かいあっているときに考えた彼女の計画は、二人が恋人同志になることだった。どういうふうにしてそうなるのか、詳しいシナリオはまだ出来上がっていない。愛の成就についてそれほど自信があるわけではなかった。彼女の聞き及ぶポルノグラフィがどちらかというと平凡きわまるものだったせいだが、二人が現実に性愛に溺れてしまえば、恍惚とまではいわずとも、とてもすばらしいことだろうなという確信があった。ダニエルは大勢の女性と「親密な」関係にあったといろいろな方面から耳にした（その一人などは、六つ年上で、しかもほかの男と婚約中だった）。もっとも、たしかに深い仲だったかどうかまでは言う者はいなかったが。したがって、セックスに関してはなりゆきに任せておいてよかったし（少なくとも空想のなかでは）、そのへんのドラマを書きあげるのはボウアディシアの自由だ。たとえばふと思いたって、それとも思いきって、妹と喧嘩をしたあとでダニエルといっしょにどこかとんでもなく遠い都会へ駆け落ちする——パリかローマかトロント——そこでスリルのある、優雅な、高潔な、簡素な、そして芸術の最高の具現をめざしたひたむきな生活を送る。しかし、二人が卒業するまではおあずけだ。奔放な夢のなかでも、ボウアディシアは慎重に事を進める。

ユニティから一マイル先で道路は少しのあいだ登り坂になり、そこではじめて灰色の鉄筋コンクリートでできたウォリーの塔を見ることができた。そこから道は下り坂になって、塔はまたなんの変哲もない野原のかげに沈んでしまう。

彼は息をきらしていた。あまりに速くペダルを踏んだので脚が痛かった。でもこれほど近くまできたのに、今さら速度を落とす気持にはなれなかった。風さえも西から吹きつけて、彼のウインドブレーカーの胸を小さな赤い帆のようにふくらませて、彼を前進させようとしてくれているようだ。なんの標識もない別れ道を右へ曲がるとだれもが知っているウォリーへの道だった。シェパードを散歩させている男のかたわらをピューッと通り過ぎて、息をはずませながら門衛詰所についた。

目の前の鉄の門扉がはねあがった。サイレンが鳴りはじめた。録音器からの声は彼に車から降りるよう指示するあいだだけやんでいたが、また鳴りだした。制服の門衛が小型軽機関銃を抱えて詰所から出てきた。これがほかの場所ならあわてたかもしれないが、ウォリーにこれまで来たことのなかったダニエルは、これが予告なしに訪れた客が受ける普通の扱いなのだろうと思った。

ボウアディシアのくれた招待用ディスクをとりだそうと、ジャケットのポケットに手をつっこんだ。すると門衛は両手を頭の上にあげろと叫んだ。

ダニエルは両手をあげた。

「どこへ行くつもりかね、きみ？」

「ミス・ホワイティングを訪ねてきました。彼女の招待なんです。もらったディスクはポケットのなかです」

門衛はダニエルのポケットに手を入れて、ディスクをとりだした。

ダニエルは両手をおろした。叱りつけたものかどうか門衛は迷っているようだ。結局、そのままディスクを持って詰所に入っていった。それから五分間姿を見せなかった。ダニエルは自転車をスタンドに立てかけて詰所まで行ってみた。ガラス越しに門衛が電話で話しているのが見える。門衛は自転車のところまでもどれと身振りで伝えた。

「なにかまずいことでもあるんですか?」ダニエルはガラス越しにどなった。

門衛はドアを開けると、奇妙な笑みを浮かべながら、受話器をダニエルに渡した。「さあ、きみと話したいそうだ」

「もしもし」ダニエルは送話口に向かって言った。

「もしもし」気持のいいなめらかなバリトンが答えた。「問題があるようだな。そちら、ダニエル・ワインレブだね」

「ダニエル・ワインレブです、はい」

「問題というのはだな、ダニエル。われわれの安全警備システムの通報によると、きみは脱獄囚ではないかということになるんだよ。門衛がためらうのもむりのないことだ。こういう状況のときには、彼はきみを通す権限がない」

「ええと、ぼくは脱獄囚じゃありません。それで問題は解決ですね」

「ところが、それじゃ説明にならんのだ。安全警備システムは、並はずれて感度がいい。こいつが、州刑務所で使っているタイプのポール＝ウィリアムズ型錠剤をきみが身につけていると、さっきからずっと知らせているのだからな」

「錠剤はもうありません。その容器だけです」

「そうか。このシステムでも、そんな見事な区別まではつけられんようだな。もちろん、わしの知ったことじゃない。しかし、そいつをとりだしてもらったほうが賢明だとは思わんかね——少なくとも便利だと思うんだがね。そうすれば、この手の混乱は起きなかっただろうからな」

「おっしゃるとおりです——あなたの知ったことじゃありません。さて、すんなり通していただけますか、それとも、その前に手術を受けなきゃいけませんか？」

「かまわんよ。もう一度門衛に代ってくれないか」

ダニエルは受話器を門衛に渡して自転車までもどった。彼が詰所に近づくやいなや、ふたたびサイレンが鳴りだしたが、今度はスイッチが切られた。

門衛が詰所から出てきて言った。「よし、この道をまっすぐ行きなさい。ホワイティング家の入口は鉄のゲートのあるところだ。そこにまた門衛がいるが、彼はきみの来るのを待ってる」

ダニエルはちょっぴり勝ち誇った気分でうなずいた。


風車用鉄塔の一番下から、アリシアはてっぺんにいるボウアディシアにスカーフを振って合図を送った。喧嘩のあとアリシアは乗馬服に着がえていて、これまでより〝つれなきたおやめ《ベル・ダム・サン・メルシ》〟の風情がある。

ボウアディシアは手を振って応えた。降りたくなかったが、アリシアがこれほどしつこいのはわけがあるにちがいない。それになにしろ寒くて、顔も指もこごえそうだったので本当は降りて行きたかった。この風と景色が彼女の気を鎮め、そして元気をとりもどしてくれた。下に降りても、アリシアとはあまり喧嘩腰でなく話せると思った。

「わたしは思ったのよ」アリシアは大声を出すのをためらって、ボウアディシアがすぐ近くに来るのを待ってから話しだした。「あの子を招待したなんてまったくの作り話だって。それがね、彼が来たのよ、自転車で。門を通していいかどうかで、なにかもめたようよ。姉さんに知らせなきゃと思ったの」

ボウアディシアは呆気にとられた。アリシアの態度がいつもと変らず丁寧なので文句のつけようがなかった。「ありがとう」と言わないわけにはいかない。アリシアは微笑した。

「彼にはディスクを渡しといたのに」ボウアディシアはいらいらした。

「彼、うさん臭く思われたんでしょう。わたしにもそう見えたもの」

吹き抜けの階段をつぎの踊り場まで降りると電話がある。ボウアディシアは門衛詰所のダイアルをまわした。父親の指示があったので、もうダニエルはなかに通したと門衛は答えた。

アリシアはエレベーターの近くで待っていた。「まじめな話、ボボ……」

「一時間たらず前に、あんた言わなかった？　わたしの最大の難点は、いつもまじめすぎることだって」

「そうよ、もちろん。でも、まじめな話――このワインレブって子のどこがいいの？　刑務所に入ったから？　あれがすごくすてきだって思うの？」

「そんなのなにも関係ないわよ」

「まあまあの顔だってことは認めるわ――」

ボウアディシアは眉をつりあげた。ダニエルの容貌はだれが見ても、十点満点で五点以上だ。

「――でもね、ともかく彼は下層階級じゃない？」

「お父さんは歯科医よ」

「わたしの聞いたところでは、とくべつに名医じゃないそうよ」

「だれから聞いたの？」

「忘れたわ。上手でも下手でも、どっちにしても歯医者なんて！　それだけでも十分じゃない？　スイスでなにも習ってこなかったの？」

「習ってきたわ。知性や好みや育ちを大事にすることを――ダニエルはどれもすてきよ」

「育ちが！」

「そう、育ちよ。わたしを怒らせないで」

エレベーターがとまった。二階の台所に降りるメイドが一人乗っていた。メイドが降りるまで、二人は口をきかなかった。ボウアディシアは《G》のボタンを押した。

アリシアはため息をついた。「姉さんはとてもばかなことをしてるのよ。それで、しまいには彼をすてる日がくるわ、すごく残酷よ」

「そんなこと言う権利がだれにあるの、アリシア。そんな日が来るなんて」

ボウアディシアは腹立ちまぎれに言ったのだが、その言葉はかなり当っているのではないかと思った。これが自分の本当の生活のはじまりなのだろうか？（これまでの生活を仮の生活と考えて）

「あら、ボボ。本気なの！」

「いけないかしら？」ボウアディシアは少しばかり語気を強めて詰問した。「もしも、わたしたちが恋をしたとしたら」

アリシアはおかしくてたまらぬようにくすくす笑っている。そしてさよならを言うときのくせで首を振り、ホールの反対方向、家畜小屋のほうへ歩き去った。

それは大変な〝もしも〟だ、とボウアディシアも認めないわけにはいかなかった。ダニエルと話をするのは楽しかった。彼をじっとみつめているのも好きだ。いくら見ていてもあきない顔立ちをしていた。でも、恋愛となるとどうだろう？　何世紀も前から、本やオペラや映画にのこされているような意味での恋愛となると？

いちどダニエルの新聞配達区域をいっしょについてまわったとき、二人して薄暗いガレージの廃車のなかで寄りそうようにすわっていたことがある。この十五分間は、彼女の生涯で至福の時間のように思えた。あたたかかった。なんとも名づけようのない解放感があった。他人のガレージの静けさとにおい――カビ、枯葉、古いガソリンの名残り。V8エンジンと幹線高速道路の黄金時代へもどるような夢見心地で、映画によく出てくるような普通のティーンエージャーになって、大人になる話をしていた。美しい牧歌的な瞬間だったことはたしかだ。しかし、それは愛しあっているという証明にはならない。

二人が愛しあっているかどうか、ダニエルは考えたことがあるかしら。いつか愛しあうようになるかどうか、それでもいい。彼にそれをたずねることができるだろうか。もしたずねたら、彼はなんと答えるだろうか。いや、考えてみたこともないなんてすぐ答えるはずはない。ボウアディシアがあれこれと考えているうちに、ダニエルは自転車でアーチ型の家並みの砂利道に来ていた。初雪の雪片が彼のきれいな黒い髪に舞い降りている。その鼻と額と頰骨とあごは、世界中の美術館にあるギルランダイオのいちばん傲慢で美しい絵から抜けだしたようだ。

「ダニエル！」ボウアディシアは大声で叫びながら階段を飛ぶように降りた。それに応えて彼女に向けたダニエルの笑顔から、ひょっとすると二人はもう愛しあっているのかもしれないと思った。しかし、それは訊いてはいけないことだ、知りたがってもいけないのだと彼女は思った。

グランディソン・ホワイティングは、背の高い、手足のほっそりとした、貧相な顔つきのピルグリム風の男で、その姿とはまったく対照的に燃えるような濃いあごひげ、人参のように真っ赤なひげ、海賊なら得意になりそうなひげをたくわえていた。背広は清教徒のように地味だったが、くすんだ色のチョッキには手錠や足枷《かせ》にでも使えそうなほどずっしりと重い金鎖がさがっていた。上着の袖口に光っているのは、いくつものダイヤモンドを使って紋章を入れたカフスボタンだった。ダニエルがこれまで見たこともない、ティファニーのデモイン支店のウィンドウでも見たことのない大きなダイヤモンドだった。まるで自分の金を袖先にちらつかせているようだ。

彼の物腰とアクセントは、不自然に思えるほど独特のものだった。イギリス風でもなければアイオワ風でもなく、両者が混然として、しかも、前者の喉音と後者の鼻にかかった音をそのままにのこしていた。グランディソン・ホワイティングのような人間を好きだと言うのは少々はばかられる。それでも、ダニエルはそれほど彼がきらいではなかった。見なれないものに対する物珍しさがあった。カラー刷り図版に描かれているサギとかトキとかボタンインコといった外国産の鳥が物珍しいのと同じだ。

この珍鳥の棲む巣について、ダニエルは言葉をにごすつもりはない。ウォリーのなにもかもがダニエルには居心地がわるかった。じゅうたんの上を歩いても、椅子に腰をかけても、傷をつけやしないかと気にかかってしかたがない。ダニエルが通されたいくつかの部屋のなかで、五時のお茶に招じ入れられたグランディソン・ホワイティングの応接間は、豪奢とは言えないまでも、たしかに格調高い部屋だった。といっても、ここで上品さの格付けをしようというわけではない。どれも等しく彼の想像を絶するものだったのだ。何時間も前から彼はすべてに心を閉ざし、ただ、これほどの富の持つさまざまな威嚇にはけっして屈しまいと思っていた。いちど富のかけらひとつにでもあこがれを抱いたが最後、きりがないじゃないか？　たとえばスプーン、カップ、砂糖入れ、ゴム糊のように濃くてどろりとしたクリームの入った精朽な細工のクリーム壺。だから、ダニエルはすべてを閉めだしたのだった。砂糖もクリームも入れずに紅茶を飲み、ケーキはどれも断わって、バターを塗らないかさかさのトーストを一片食べた。

彼の気を変えようと説得する者はいなかった。

ひととおり紹介がすみ、あいにくの天気を嘆いたあとで、グランディソン・ホワイティングはダニエルに、ハープシコードのことをどう思うかとたずねた。（四十年前にボストンで新しく組み立てたものとは知らず、正真正銘の骨董品だと思った）ダニエルは慎重に、ピアノとはまるきりちがって、タッチも二段鍵盤にもある程度の慣れが必要でしょうと返事をした。このとき彼はボウアに「奇妙だな」と言った。スタインウェイ・グランドピアノのほうも、彼女には言わなかったが、奇妙であると同時にまったく彼の理解を越えるものだった。完璧な、そして不安を覚えるほどの美しさという点で（この点ではハープにしても同様だが）。

ほどなく妹のアリシア（ナプキンのようにごわごわで真白なドレスを着ていた）が、エイムズヴィルのような田舎でどうやってピアノのレッスンを受けたのかとたずねた。ダニエルは独習だと答えたが、アリシアは真に受けずにしつこく食いさがった。「まったくの独習なの？」ダニエルはうなずいたが、からかうような微笑を浮かべていた。だれにも負けない美貌のせいか、アリシアは十五歳でもう狂信的な面がでていた。ダニエルは妹のほうが面白いかもしれないと思った。顕微鏡写真のように細密な花が描かれた優美な茶碗のように、あるいは、水の流れる様を刻んだ金色の肘かけ椅子の脚のように「もの」としての面白さがある。同じようにもろい優雅さと飾り気のない尊大さを、彼のような粗野で、がさつで、田舎者で貧しい人間の前にさらしている。ダニエルは（いくらかうしろめたさを覚えながら）そそられるなと感じた。それにくらべてボウアはまったく別の人種だ。成長と変身をつづける競馬の競走相手で、彼とは抜きつ抜かれつで走る。この一家の金は同じようにアリシアにもボウアディシアの血にも注ぎこまれているにちがいないが、ボウアディシアの場合その効果があったかどうかは問題が残る。いっぽうアリシアの場合、その金はすべてをおおいかくしているかのようだ。いわば彼女は、金が血と肉に姿を変えた存在だった——もはや問題はなく、事実のみが残されている。だれも興味を示さない様子なのに、アリシアは泰然自若として馬や乗馬の話をつづけた。父親はぼんやりと聞きながら、マニキュアをした指先で見事なあごひげをなでていた。

アリシアはふと黙りこんだ。

だれも自分から話しだそうとしない。

「ミスター・ホワイティング」ダニエルが口をひらいた。「さっきぼくが門衛所から話をしたのはあなたですか」

「残念ながらそうだよ。正直に言ってだな、ダニエル、どうにかわからないですませられればいいがと思ったが。きみにはわしの声とわかったのか？　みんなすぐわかるようだが」

「謝らなくてはいけないと思っただけです」

「謝る？　よしてくれ！　あれはこっちがわるかった。きみはそれをとがめたわけだ。まったく、あのときは電話を切ってから恥じいったよ。それできみをお茶に呼ばなくちゃいかんと思ったんだ。そうだったな、アリシア？　サイレンが鳴りやんだとき、この子はわしといっしょにいたのだ」

「サイレンは一日に何度も鳴るわ」ボウアが言った。「それがいつもまちがいなんだから。父はそれくらいは仕方ないって言ってるけど」

「過剰な警戒だと思うかね？」グランディソン・ホワイティングは婉曲にたずねた。「たしかにそうだ。しかしやりすぎぐらいがいちばんいい、そうは思わないか？　これからきみが訪ねてくるときには、前もって知らせてくれないか。そうすれば、走査機《スキャナー》と言ったかな、そいつを切っておくから。また来てくれることを心から願ってるよ。ボボのためだけにでもな。この子はずっと、その……仲間はずれにされたように思ってたんじゃないかな？——アイオワを出て、もっと広い世間からもどってきたんでね」ボウアの抗議を封じるように彼は手をあげた。「こんなことを言うのはわしらしくないのはわかってるよ。しかしね、親であることの数少ない利点の一つは、子供たちに対して勝手に振舞えることだ」

「お父さんがそうしたがってるのよ」ボウアが言った。「事実、なんでもやりたいことをやってるわ、そうでかまわないという相手にならね」

「そういってくれてありがたいよ、ボボ。これでダニエルに頼むことができるな——ダニエルと呼んでかまわんかね？　わしのことはグランディソンと呼んでくれ」

サージャントがくすっと笑った。

グランディソンは、いいんだというように息子にうなずいてから話をつづけた。「訊きたいのだがな、ダニエル（わしにその権利がないのは承知だが）、なぜあの恐ろしい装置を腹からとりだしておかなかったのかね？　もうそうしてもかまわんのだろう？　わしの知ってるかぎりでは——それにこのことについてはわしも考えなきゃいかんのだ、なにしろ州刑務所制度理事会の一員だから——仮釈放になる囚人とか、もっとひどい……きみよりずっと重い罪を犯した囚人だけのはずだ——」

「どっちでもないのよ」ボウアはいそいで父親に注意した。「犯罪なんかじゃないわ、最高裁の裁定が出てからは」

「ありがとう——まったくそのとおりだ。なぜなんだね、ダニエル、無実になったのに、そんな不便な状態のままに甘んじているとはね。今日のようなきまりのわるい思いをするだろうに？」

「ええ、警報のある場所はわかってきますよ。そこには二度と行かないんです」

「失礼だけど、ええと、ダニエル」おずおずとサージャントが口をはさんだ。「ぼくには話がよくわからないんだ。きみが行くところで警報が鳴るというのはどういうこと？」

「刑務所に入っているとき、腹のなかにP‐W錠剤を埋めこまれたんだよ。錠剤はもうないから、はずみで爆発して吹っ飛ぶことはない。でもその容器がまだ残っている。そいつとか、そのなかの金属が警報を鳴らすんだ」

「でも、なぜ残ってるの？」

「頼めばとりだしてもらえたんだけど、ぼくは手術が苦手でね。埋めたときと同じように簡単にとり出せるなら、文句はないいんだけど」

「大変な手術なの？」アリシアは不愉快そうに鼻にしわを寄せた。

「医者の話では、そうでもないらしい。ただ――」ダニエルは肩をすくめた。「甲の薬は乙の毒ということも……」

アリシアは笑いだした。

ダニエルはしだいに自信を深めてきた。うぬぼれさえ感じていた。こういうなりゆきはよく経験することだった。そしてそのあとは、自分がジャンヌ・ダルクかガリレオのように、宗教裁判の現代版殉教者のように思えてくるのだった。偽善者めいた思いもする。P‐W容器をまだ腹のなかにおいたままにしている理由は、（考えてみればだれでもすぐわかるように）彼がまだ刑務所とつながりがあるあいだは国家警備隊の召集を受けないですむからなのだ。偽善者であること、あるいは偽善者めいた思いでいるのを気にしているわけではなかった。ヴァン・ダイク師の本にも、神の目から見れば、われわれは偽善者であり、嘘つきである、そう書いてあったではないか？　それを否定するのは、さらに自分をいつわることにほかならない。

しかし、心の内の微妙なスイッチがこのささやかな罪の意識に反応したのだろう。自分でも驚いたことに、ダニエルはグランディソン・ホワイティングにスピリット・レークで目撃した腐敗と虐待について語りはじめた。ホワイティングが州刑務所制度理事会の一員であれば、なにかできるかもしれない。ダニエルは、ただ生き長らえるために買わざるをえない食事クーポンのシステムについて、怒りをぶちまけた。しかし話しながらも、まずいやり方だったと気がついていた。しかし、その様子の裏にダニエルがホワイティングはこのすっぱ抜きの事実に熱心に耳を傾けていた。グランディソン・ホワイティングの裏にダニエルが感じとったのは、憤りなどではなく、どう反証すべきかを考えているさまざまな歯車の嚙み合いだった。ダニエルが今告発しようとしている弊害については、ホワイティングは明らかに先刻ご承知なのである。

ダニエルの話が終ると、ボウアはすまないことをしていると心から思うと述べた。《氷山《アイスバーグ》》のクラスであんな長広舌をふるっているのを彼に見られていなければよかった。それよりも驚いたのはサージャントの反応だった。それは公正なことじゃないと言っただけなのだが、彼は父親がこれから表明する意見と真っ向から対立するとわかっていたはずだった。

ずっと気むずかしげに息子を眺めていたグランディソン・ホワイティングは、うわべだけは晴れ晴れとした表情を見せて静かに言った。「正義はつねに公正とはかぎらない」

「失礼するわ」アリシアはカップをわきへやって立ちあがった。「お父さんは真剣な議論をなさりたいようね。それもブリッジのようなお楽しみだけど、わたしはやり方を習ってないから」

「ああ、いいよ。きみたちもそのほうがよければ……」

「だめよ」ボウアが言った。「やっと面白くなってきたばかりなのに」そう言うとダニエルの手をとって握りしめた。「そうじゃない？」

「うん」ダニエルはうなずいた。

サージャントは皿からペストリをまた一つとった。四つ目だ。

「こういうことにしましょうよ、議論を進めるために」ボウアはそう言いながら、ダニエルのカップに紅茶を注ぎ、クリームを入れた。「正義はつねに公正である、と」

グランディソン・ホワイティングは、チョッキに入れてある懐中時計の鎖のすぐ上あたりで両手を組んだ。「正義はつねに正しい、たしかにそうだ。しかし、正義と公正さの関係は、論理に対する常識と同じだ。つまり、正義が公正に先行することがある（実際にときどきそうなる）。公正さというのは、結局のところ、世界は自分の考えの都合のいいように秩序づけられているべきだという、単純な、心情的な確信だ。公正さとは、正義についての甘ったれた見方だ。それとも浮浪者の見方というのかな」

「あら、お父さん、浮浪者の話に脱線しちゃだめよ」ボウアはダニエルのほうを見た。「同じ議論を何度くりかえしたかわからないのよ。いつだって浮浪者の話。父のお気に入りなの」

「浮浪者はな」グランディソンは落ち着いて話をつづけた。「乞食とはまったくちがう。目が見えないとか、手足を失ったとか、知力が低いといった情状酌量すべき点もないのに生き方として零落を選んだ連中だ」

ボウアが反論した。「自分自身に責任がもてないだけの人たちよ。ともかく、世間というのはかなり辛いところだけど、それを目の前にして無力な人たちなの」

「無力だって？　やつらはわれわれにそう信じさせたいのだよ。しかし、元来、すべての人間は自分に責任をもつものだよ。大人は、ということだがね。浮浪者はいつまでも子供のままでいたい、なにもかも他人に寄りかかっていたいというのさ。あの、手に負えない、きみも見てきたろうけど、ああいう下劣なやつのことを考えてごらん。五十五歳じゃなくて、五つのときのその男を想像してみるんだ。どんな変りようがある？　そのまんまだよ。もちろん体は小さいが。でも精神の面からみれば、まったく甘やかされた子供だよ。自分がみじめだとか哀れっぽい泣き言を口にしては、自分の思いどおりに押し通そうと、人の物を巻きあげる。すぐ目の前に満足できるものさえあれば先のことは考えない。それだって、われわれをおどして献上させようとするか、うまくいかなければ、自分の零落の姿のものすごさと謎をちらつかせてわれわれからそれを手放させようとする」

「これでわかったでしょうけどね、ダニエル。わたしたちはまったく仮定の浮浪者のことを話しているのじゃないの。実在の人間よ。ミネアポリスにいた夏のこと、片方の靴をなくし、片目にけがをしてた。この男がね、むちゃなのよ、父に二十五《クォーター》セントくれって頼んだの。父は言ったわ、『溝《ガター》ならそこだよ。どうぞ』って」

「この子の言ったとおりじゃないよ、ダニエル。正しくはこう言ったんだ。『できれば直接さしあげよう』それでポケットにあった小銭を手近のどぶに捨てたんだ」

「なんてことを」ダニエルは思わず口に出した。

「おそらく考え方が厳しすぎてそれをがまんできなかったんだろう。白状すると、夕食のあとのブランデーが適量を少し越えていたがね。しかしこれは不公平な考え方だろうかね？　やつは自分から望んでどぶに落ちたんだ。自分の望みどおりになったんじゃないか。やつがこれ以上堕落するのに手をかせと、どうしてわたしがたのまれなければならない？　もっとましな理由があるだろう」

「お父さんが正しいのかもしれないわ。でもけっして公平とは言えない。あの貧しい男はただ生活に負けたのよ。だからといって、あの人を責めることができる？」

「負けたやつを責めないで、だれを責めたらいいのかね？」グランディソン・ホワイティングは切りかえした。

「勝利者ですかね？」ダニエルは言ってみた。

グランディソンは笑いだした。そのひげにふさわしい豪快な笑いだった。それでもまだ心からという感じはしなかった。その温かさは電動コイルの温かさであり、炎の温かさではなかった。「そいつはいいよ、ダニエル。大いに気に入ったな」

「でも、父はあなたが正しいとまでは言わないでしょ」ボウアが指摘した。「あなたが話してくれたスピリット・レークのあの悲惨な状態についてもなにも言わないでしょう」

「ああ、わしは微妙な立場だからな」

「でもほんとうにお父さん、どうにかしなきゃいけないわ。ダニエルの話だと、不公平どころじゃないわ――法律違反よ」

「実をいうとだね、その適法性については、前にも何度か裁判にかけられているんだ。その結果はいつも、囚人たちは刑務所が支給するものを補うために食料を買う権利を有する、とこういう決定になっている。それが公平とか正しいとかいうことについては、わし自身はこう考えているよ。あのクーポン制は、貴重な社会的機能を果たしているのだと。囚人と、いつかは彼がもどっていかなくてはならない外界とをつなぐもっとも貴重な、そしてかぼそい絆を強めるものなんだよ。家から手紙をもらうよりずっといい。ハンバーガーならだれにでもよくわかるが、文字はだれでも読めるとはかぎらんからな」

ダニエルは心中おだやかではなかった。それがとうとう抑えきれない激しい怒りにまでふくれあがった。「ミスター・ホワイティング、そんなことをおっしゃるのは罪悪です！　残酷です！」

「きみもさっき言ったじゃないか、ダニエル——甲の薬は……」

ダニエルは気持を落ち着かせようとしながら言った。「看守たちは囚人の悲惨な状態をたねに私腹を肥やしている。ほかにも認めなきゃいけないのは、健康的な状況ではないという……」

「刑務所というのはどだい健康的なものじゃないよ、ダニエル」

「それはおいておくとして、絆を〝強め〟たいと思っても、その絆がなにもない囚人はどうするんです？　それに金もない。そういう人間はずいぶんいました。しだいに飢え死にしていくんですよ。そういう連中をぼくは見たんです」

「あそこに入っているのはそのためなんだ、ダニエル——みせしめだよ。連中はみせしめだ。考えちがいをしている人間もいて、社会学者の言ういわゆる人間の連帯がなくとも、一生ひとりで生きていけると思っているやつがいるけれども、そういう人間に対するみせしめだ。こういうみせしめは、社会に適応していくために大いに役立つのだよ。精神障害の治療法といえるかもしれんな」

「まさか本気でおっしゃってるのじゃないでしょうね」

「ああ、本気だよ。公の席ではそれほどはっきり言うつもりはないがね。そう信じてるよ。ボウアに言わせれば、〝ただのはったり〟になるだろうが、そうじゃない。そのやり方が功を奏しているかどうかについては、再犯率でみてみると、たしかに効果があがっている。刑務所が犯罪抑止力の役割をするためには、その環境は刑務所の外より相当不快なものでなければならない。いわゆる人間的な刑務所というやつは犯罪常習者を何百万と増やした。二十年ほど前に、アイオワ州の刑務所を暮らしの快適さを欠く場所に変えてからは、釈放された罪人が再犯で舞いもどってくる数はいちじるしく減少しているよ」

「刑務所にもどってこないのは、釈放後すぐにアイオワを出ていくからですよ」

「けっこうじゃないか。アイオワ州の外での連中の行動については、州理事会の一員としては関心がないね。もし、そいつらが更生したとしたら、それにこしたことはない。そうでないとしても、うまく厄介払いができたことになる」

ダニエルは勢いをくじかれた気分だった。さらに異議を唱えようと思ったが、どうひっくりかえされるかがわかってきた。いつのまにか、自分がひそかにホワイティングに感嘆しているのに気づいた。〝感嘆〟とは言いすぎかもしれないが、でも惹かれているのはたしかだった。

しかし、それ（彼の魅力）は、その考え方（けっして他に類のない斬新なものではない）によるものか、それとも、新聞やテレビで賞讃あるいは非難の的となっているまぎれもないグランディソン・ホワイティングその人を知ったためだろうか？　ほかの男たちよりも手応えのある、生き生きとした、より高貴な物質から出来上がっているような一人の男。気のせいか、その髪の毛ひとつをとってもほかの赤毛よりずっと赤く見え、顔のしわも表情に富み、しゃべる言葉の調子はずっと意味ありげに聞こえた。

このあと、それほど意見の対立のない話題をめぐって話がつづき、ときには笑い声さえ起きた。サージャントも、だいぶはにかみがとれて（ダニエルにではなく父親に対するはにかみだ）、彼の分析医の浮気沙汰について、おどけた、かなりきわどい話までした。ボウアは、ミセス・ノーバーグの教室で格好よかったダニエルのエピソードを実際より大げさに話した。会話に活気がなくなりだしたとき、召使いが入ってきて、ミスター・ホワイティングにミス・マースパンからの至急の電話だと伝えた。

グランディソン・ホワイティングは中座した。

そのすぐあとで、サージャントも出ていった。

「それで」ボウアは聞きたがった。「どう思う?」

「お父さんのことかい?」

「すごい人でしょ?」

「そうだね、すごい人だね」とだけダニエルは答えた。それに、彼女はそれだけで満足のようだった。


雪は午後もずっとこやみなく降っていた。ダニエルは町に出るつぎの車で帰宅するように手配してもらった。門衛詰所で(さっきとは別の、もっと感じのいい門衛が勤務についていた)二十分だけ待てばよかった。さらに具合のいいことに、小型トラックだったので、後部に自転車を載せることができた。


はじめのうちダニエルは、トラックの運転手がどういうわけか悪意のある目で自分をにらみつけているのに戸惑っていた。そのうちに、彼がだれだかわかった。ユージーンの兄のカール・ミューラー、もっと適切な言い方をすればロイ・ミューラーのいちばん上の息子だった。カールがウォリーで働いているのはだれもが知っていた。しかし、ボウア・ホワイティングと友だちになってから、ダニエルはさまざまな空想にふけったが、こういうなりゆきは一度も思い浮かばなかった。

「カール!」ダニエルは手袋を脱いで手をさしだした。

カールは頬を紅潮させ、手袋をはめた両手をハンドルに置いたままだ。

「カール」ダニエルはそれでもまた呼びかけた。「久しぶりだね」

門衛は開いた門のそばに立っていた。門の上ではまだ《待機》の信号がついている。門衛は二人の様子を眺めているように見えたが、トラックのヘッドライトのまぶしさに目がくらんで、このちょっとした諍いは目撃されずにすんだにちがいない。それでも、カールはいらいらしているらしく、不快な顔をしているのがダニエルにもわかった。

信号が《通過》に変った。

「ちくしょう、まるで吹雪じゃないか？」ウォリーの、わりに最近できた小道をセカンド・ギアで走らせているとき、ダニエルが言った。

カールはなにも言わない。

「今年はじめての本格的なブリザードだ」こう話しかけながら、ダニエルは石のように表情を変えないカールの横顔がよく見えるように、すわったまま横に身をよじった。「すごい降りだよ、見てごらん」

カールは黙っている。

「あの人はすごい人だね？」

カールはなにも言わない。ギアをサードに入れかえた。トラックの後部が凍った雪の上で揺れた。

「あのホワイティングというのはすごい人だ。たいした人物だよ」

バランスのとれないゆっくりとしたリズムで、ワイパーがべとついた雪をフロントガラスの両側へ振り払っていた。

「客扱いをやめてからは打ちとけた。なにもかもさらけだすというわけじゃないけどね。きみのほうがよく知ってるだろう。でもほんとうに話好きだ。それと理論もだね？　物理の教科書なんかより、うんと理論がとびだすんだ。そのなかには、ぼくの知ってるやつが聞いたら、たまげてひっくりかえってしまうのも一つや二つはあるね。つまり、あの人はよく言われるような並みの保守主義者じゃない。アイオワが誇るハーバート・フーヴァー以来の古い伝統ある共和党員ではないんだよ」

「なにをくだらないこと言ってんだ、ワインレブ。面白くもなんともないよ、おれにはな。だからもうたわごとはよせ。これから町まで自転車で帰りたいって言うなら話は別だがね」

「ああ、きみがそんなことするとは思わないね、カール。今のような大した管理者の立場を棒にふりたいのかい？　兵役免除をふいにしたいのか？」

「いいか、この徴兵忌避野郎、おれに兵役免除のことを口にするなよ」

「徴兵忌避野郎？」

「よくわかってるだろう」

「なにしろね、カール、ぼくはスピリット・レークで、神様にも国家にも義務は果たしたと思ってるよ。デトロイトまで出かけていって、アイオワの善良な人たちを危険なティーンエージャーからどうしても守りたいなんて思ってないのは認めるよ。でも政府はぼくの居所をおさえてるんだ。もしぼくが必要になれば、手紙を書いて召集すればいい」

「ああ、たぶん連中は自分の仕事をよく知ってるんだよ。おまえのようなくそったれは徴兵しないんだ。きさまはとんでもない人殺し野郎だよ、ワインレブ。わかってるんだろう」

「くたばれ、カール。おまえもおまえのおやじもだ」

　カールは不意にブレーキを踏んだ。トラックの後輪が右側のぬかるみにはまりこんだ。しばらく空回りしていたようだったが、カールはゆっくりと元にもどした。

「ぼくをここに置き去りにしてみろよ」ダニエルはかん高い声で言った。「きさま、明日にでもこの実入りのいい仕事を失うぞ。玄関までぼくを運ばなきゃ、お返しはしてやるからな。できないと思うなら見てるがいいさ。待ってるがいいや」

「きたねえ」カールは静かに答えた。「きたねえ、ユダヤ人のおかま野郎め」そう言いながらもブレーキから足をはずした。

チッカソー街のワインレブ家の前にトラックが停まるまで、それ以上二人は口をきかなかった。

車を降りるときにダニエルが言った。「自転車を降ろすまで車を出さないでくれよ。いいかい？」

カールはダニエルの目を避けながらうなずいた。

「それじゃ、お休み。乗せてもらってありがとう」ダニエルはもう一度手をさしだした。

カールはその手をとって、しっかりと握った。「あばよ、人殺し野郎」

カールの目がダニエルの目とぴたりと合い、たがいに探りあった。カールの表情にはなにか執念ぶかいものがある。ダニエルにはおそらく手のつけようのない、思いこんだらてこでも動かない執念だ。

ダニエルは目をそらせた。


しかし、それは事実ではない。ダニエルは人殺しではない。ただ、彼のことを人殺しだと思っている人たち、そう口にする人たちのいることはダニエルも知っていた。ある意味ではこの考えがダニエルは気に入っていた。それで、それにのって（冗談で）麻薬もやってんだよ、とふざけたりした。カインの烙印（殺人の罪）には、つねに人をうっとりとさせるような魅力が伴うものだ。

その殺人事件というのは、ダニエルの釈放後間もなく起こっていた。彼の友人のボブ・ランドグレンの父親と兄が、協同組合の会合から帰宅途中に連れさられ、溝にころがされて撃ち殺されたのである。死体はどちらも手足を切断されていた。盗まれた車は、同じ日に山の手にある町役場の駐車場で発見された。推測では、二人の殺害はテロリストの仕業ということだった。その冬から春にかけて、実際にはここ何年ものあいだ、同じような殺人事件が各地で発生していたのである。農家、ことにアンダーゴッド信者の農家には敵が多い。これが、ウォリーのような要塞村が急増した大きな理由だった。ただ、スポンサーたちの主張にもかかわらず、それほど効果はあがっていない。おそらくより安全なだけだった。

殺人事件は、ボブ・ランドグレンがスピリット・レークから仮釈放になる予定の三週間前の四月に起こっている。彼がこの二人の被害者を何度もおどしていたことを考えると、その釈放前に事件が発生したのは運がよかった。だが、実際のところ周囲の人は、ボブがだれかをやとってやらせたと推測していた——彼より早く出所した囚人仲間ということだ。

ことにダニエルに疑いの目が向けられたのは、つぎの夏、ボブのところに働きに出かけ、スピリット・レークから来る囚人作業班の監督をやったからだった。すてきな夏だった——緊張をはらみ、楽しいことがうんとある、そしてとても実入りのいい仕事だった。ダニエルは、母屋でボブと残された家族といっしょに暮らした。ボブの母親は、二階の寝室にほとんど閉じこもったきりだが、夜遅くなると発作的にほかの部屋にやってきては家具をこわし、天罰が下ることを神に祈るのだった。とうとうボブは母親をデュービュックの療養所に送りこんだ（ミセス・ノーバーグが入っていたのと同じ療養所だ）。殺された兄の妻と十二歳になるその娘が家のことをとりしきることになった。二人はまるでなにかにとりつかれたかのような熱意で家事にいそしんだ。

毎週末、ボブとダニエルはエルモアやほかの州境の町に車で出かけては、とことん破目をはずした。ダニエルは生まれてはじめて女と寝た。そしてそのあと何度も寝た。前科者（人殺しの容疑もかけられている）でなければぶちのめされていただろうが、たいていの男たちからは敬遠されていた。

ダニエルは大いに楽しんだ（金もうんと手に入れた）が、同時にいったいなにが起こっているのか信じられない思いだった。彼のうちには醒めた部分があって、この連中は狂ってるのだと思っていた——ボブも、ランドグレン家の女たちも、農夫たちも、エルモアで大酒を食らっている売春婦たちも。

正気ならだれもこんな暮らしをしたいとは思わないはずだ。

　それでも、そのつぎの夏に、ボブにもう一度来ないかと頼まれると、ダニエルは出かけていった。金の魅力はあらがいがたい上に、三か月のあいだ高校生ではなく大人になる機会があるというのもうれしかった。高校生活ほど抑圧され、権利を奪われ、憂鬱なものはない。

　ボブはエルモアで知りあった娘と結婚し、兄嫁とその娘は家を出た。今度は週末ばかりではなく、毎晩二人は大酒を飲んだ。家のなかは、姑のミセス・ランドグレンによる聖戦《ジハード》の傷痕からまだ回復せず、二十二歳のボブの新妻ジュリーがその回復に払った努力といえば、寝室の壁紙を張りかえただけだった。彼女は一日のほとんどをテレビの前でぼんやりと過ごしていた。

　あるとき、雨模様の八月の夜、裏のベランダで腰をかけながら、スピリット・レークの古きよき時代を思い浮かべて、ダニエルがふとつぶやいた。「おいぼれのガスのやつ、どうしたかなあ」

「だれだって?」ボブが訊いた。声の調子が奇妙に変っている。ダニエルは顔をあげた。刑務所にいたとき、家族の話になるとボブの顔は紅潮し、ミスター・ハイドが顔をのぞかせたものだった。それ以来絶えてみることのなかったあの表情をダニエルはこの友人の顔に探った。ふたたびあの表情が浮かんでいた。あのときと同じような、鬱屈した殺意のひらめきがあった。

「ガスだよ」ダニエルは慎重に答えた。「覚えてないかな? バーバラ・スタイナーが脱走した晩にあの歌を歌ったやつだよ」

「だれのことかはわかってる。でも、どうして今あいつのことを思いだしたんだ?」

「なんでも思い出すタネはあるさ。空想にふけっていて、音楽のことを考えてたんだと思う——それがあの男のことを思い出したきっかけさ」

　ボブはこの説明で納得できるかどうか思案しているようだった。その表情にだんだんと軽いいらだちが浮かんできた。「やつがどうしたってんだ？」

「別に。ただ、どうしてるのかなと思っただけだよ。また会うこともあるだろうかってね」

「あいつがきみととくに仲がよかったとは思わなかったな」

「仲がよかったわけじゃない。ただ、彼の歌いっぷりが、ひどく印象的だったんだ」

「ああ、やつはりっぱな歌い手だったよ」ボブはまた一本グレイン・ベルトの栓を抜いて、ごくごくと喉に流しこんだ。

二人とも黙りこんで、雨の音に聴き入った。

このやりとりから、ボブの父親と兄を殺したのはガスにちがいないとダニエルは察した。それを知ったからといって、ボブやガスに対する自分の気持にほとんど変りがないことに、われながら驚いていた。彼の唯一の不安はボブの疑念を晴らせるかどうかだった。

「ああいう具合に歌えたらと思う。そうだろう？」ダニエルが言った。

「ああ、ぼくの数えたところによると、きみは平均して一日一回そう言ってるものな。ところで聞きたいんだがな、ダン、きみはいったいどうして歌わないんだよ？　口を開けて、わめきゃいいんだろう」

「歌うさ。そのときになったら」

「ダン、きみはいいやつだよ。だがな、いけないのは、おれと同じでなんでも明日に延ばしちまうことだ。きみのほうがだめだな――ジュリーと変らんね」

ダニエルは苦笑して、グレイン・ベルトをもう一本あけて、グラスをあげた。「明日のために」

「明日のために」ボブがそれに応えた。「そして、その快きときがゆっくりと訪れますように」

ガスのことは二度と話題にのぼらなかった。

ダニエルがウォリーを出たのは六時半だったが、もう真夜中のように思えた。吹雪のなかをのろのろと車を走らせて家に着いたとき、残り物の温めかえしぐらいしか期待していなかった。ところが母親は夕食を遅らせていてくれた。食卓の用意はすんで、みんなは居間で新しい肥料についての公開討論番組を観ていた。だれも、ことに双子は自分からすすんで待っていてくれたわけではない。ダニエルがウインドブレーカーを脱ぎ、(洗面所のタンクの水を節約するためにとってある)洗面器の水へ申し訳程度に両手をつっこむ前に、もう全員が席について、母親はマグロのキャセロール料理をとりわけはじめていた。オーレリアは意地のわるそうな表情で薄ぎりのパンの皿をまわした。セシリアはくすくす笑っている。

「待っててくれなくてもよかったのに。帰りは遅くなるって言ったじゃないか」

「七時十五分というのは、夕食としてそんなにおかしな時間じゃないわよ」ミリーは言った。彼のためというより、双子に気をつかっている。「ニューヨークなんかじゃね、九時前でもなにも食べないってこともあるのよ。十時になることもあるわ」

「へええ」セシリアが皮肉な調子で言った。

「楽しかったかね?」父親がたずねた。このごろでは、この程度のことでも彼がたずねるのは珍しかった。ダニエルが自分のプライバシーにうるさくなっていたからだ。

ダニエルはマグロとヌードルをいっぱいにほおばった山に軽く指をやった。キャセロールには火が通りすぎていたし、ヌードルはかさついてなかなか喉を通らない。「すばらしかったよ」やっと話しだした。「あそこのピアノ、信じられないだろうな。卓球台くらいあるんだ」

「それだけなの、お昼からずっといたのに?」セシリアが訊いた。「ピアノを弾いたの?」

「ハープシコードもね。電子オルガンも弾いたよ。チェロだってあった。それは弾かないよ。たださわっただけだ」

「馬は見なかったの？」オーレリアがたずねた。そして訴えるようにミリーのほうをふりむいた。

「あそこの馬はとても有名なの」

「ダニエルは馬には興味がないんでしょう」ミリーがそれとなく言った。

「馬は見なかった。でも、グランディソン・ホワイティングには会ったよ」

「そうなの」ミリーが言った。

ダニエルは考えこむような表情でミルク入り紅茶をすすった。

「それで？」セシリアが言った。

「彼は親切にしてくれた？」オーレリアが要点をついた質問をした。

「とても親切だったとは言わないよ。でも好意的だった。もじゃもじゃの赤ひげでね、指輪にはイチゴぐらいのダイヤモンドがついていたよ」ダニエルは人差し指と親指でそのイチゴの大きさを作ってみせた。「小粒のイチゴだ」ちょっとゆずってそうつけ加えた。

「ひげがあるの、わたし知ってたわ」セシリアが言った。「テレビで見たもの」

「兄さん彼となにを話したの？」オーレリアがたずねた。

「ああ、いろんなことを話したさ。たいていは政治のことかな」

ミリーは、フォークをさっと置いて言った。「まあ、ダニエル——あんたには分別なんてこれっぽっちもないの？」

「話は面白かったよ」ダニエルは言い訳するように言った。「あの人も楽しんでたと思う。ともかく、しゃべったのはほとんど向こうだし、例によってボウアもいろいろ口を出してた。ぼくはいつも母さんに言われているとおりにしてたさ――おとなしい聴き手だった」

「政治の話のどこがいけないのか、知りたいもんだ」父親が語気を強めて言った。ダニエルがアイオワ一の金持の娘とつきあうのを珍しい出来事と考えるのはいけないし、特別な扱いは不要だというのが、ミスター・ワインレブのかねてからの意見だった。

「別に」ミリーが言った。「全然かまいませんよ」この件については夫と意見が異なっていたが、言い争う気はなかった。「セシリア、豆も食べなさい」

「豆にはビタミンがあるのよ」オーレリアは知ったかぶりをして言った。彼女は二杯目だった。

「どうやって帰ってきた?」父親がたずねた。

「町に来る小型トラックがあったんだ。家の門の前で停まるんだけど、もしそれが来なければリムジンで送ってくれるはずだった」

「つぎの土曜日もまた出かけるの?」オーレリアがたずねた。

「たぶんね」

「ほどほどにしなさいよ、ダニエル」ミリーが言った。

「ぼくのガールフレンドなんだよ、ママ。彼女がこっちへ来てもいい。ぼくが向こうを訪ねてもいい。簡単な話じゃないか。そうだろう?」

「そんなに簡単なことじゃないわ」

「うちの夕御飯に彼女を呼んだらどう?」オーレリアが提案した。

「ばかなことを言わないの、オーレリア」ミリーが叱った。「あんたたちったら、まるでダニエルがこれまで家を出たことがないみたいだわ。ああ、そうそう、ダニエル、あなたに電話があったのよ」

「わたしが電話に出たの」セシリアが言った。「女の人だったわ」ダニエルの出鼻をくじくようにそう言って、つぎの質問を待った。

「そう？　だれだった？」

「名前は言わなかった。でも、ワイヤマウス婆さんみたいな声だったわ」

「入れ歯の人をからかうもんじゃない」父親がぴしゃりと言った。「いつかおまえもそうなるんだ」

「豆を食べなさい」ミリーが言った。

「焦げてるわ」

「焦げてません。お食べなさい」

「もどしちゃうわ」

「かまわないわ。お食べなさい」

「その人、なんの用だって？　電話の人だけど？」

セシリアはホワイト・ソースでべとべとした茶さじほどの豆の山をうらめしそうに眺めている。

「兄さんがどこにいるのか知りたがってた。外出中だけど、どこに行ってるかわからないと言っておいたわ。教えてやればよかった」

ダニエルは自分のスプーンを伸ばすと、三粒ほど残して豆をすくいあげた。ミリーが口をはさむ間もなく食べてしまった。

セシリアは感謝するように笑顔を向けた。


自分の部屋に降りてから、ウォリーで楽器をいじったのも練習のうちに入れたものかどうか、ハノンの「大ピアニスト」を省略してもいいものかどうか、決めなくてはいけない。結局、あれは練習のうちには入らない、したがって省略できない、そう決めた。

最初の十五曲の練習曲をすましさえすれば、これは一時間で片づくし、つぎの決心は楽だ。化学の宿題はやらない。英文学の授業のためにウィラ・キャザーの小説は読まない。ボウアのくれたペーパーバックを読もう。ペーパーバックというよりはパンフレットか。何度も再生された紙に印刷されていて、よくもまあ破れずに印刷機を通ったものだと思う代物だった。

黒地に表題の白い文字がまばゆい。

「あなたの希望する
個性を
発達させるためには
どのように行動すればよいか」

著者の名前は表紙にも扉にも出ていない。発行元は、オレゴン州ポートランドの知性開発社となっている。

ボウアはこの本を兄のサージャントからもらい、彼もまた大学のルームメートから手に入れた。この本を読んだサージャントは大学を中退して（ちょっとのあいだ）ボクシングを習うべきだと悟ったのだ。ボウアは、髪を短く切らなくてはいけない（また伸びてしまっていた）、毎朝六時に起きてイタリア語の勉強をしなくてはいけないと確信した（本人も周囲も驚いたことにいまだにつづいていた）。ダニエルは、自分がすでに人生の大目的に向けて、ゆっくりと着実に前進することに全力を傾けていると思っていた。が、自分の性格には進歩の余地がないものかどうか、それほど自信がもてなかった。どちらにしても、ボウアはこれを読まなくてはいけないと言ってきかなかった。

ダニエルはもともと読むのが早い。十時にはこの本を読み終えていた。全体として大したものじゃないと思った。これはどちらかと言えば単純な考えの人向きのもので、意欲をかきたてるために自分自身に言いきかせるモットーでいっぱいだ。しかし、なぜボウアがダニエルに読ませたがっているかは理解できる。「知性開発のしくみ／第二の法則」を読ませたいのだ。最初に十二ページ目に出てきて（ボールペンで太いアンダーラインがしてある）、その後全篇にわたって何度もくりかえし書かれている。

「知性開発のしくみ／第二の法則」はこうだ。「なにかを欲しいと思えば、それを手に入れなければならない。もしひたすら望めば、手に入るだろう」

8

「知性開発のしくみ／第二の法則」の教訓にもかかわらず、この暗黙の約束が果たされるまでにはだいぶ時間が必要だった。ボウア自身、自分の純潔がそれをひたすら求める人の手に入るべきなにものかの一つに数えられるとは、にわかに信じがたかった。そして、四月のはじめ、彼女が納得するまでには、ダニエルはこれまでにないほどテクニックの面で悩まされた。それでも、一つ方法が見つかると、ボウアが以前想像したとおり、そしてダニエルも想像したように、二人は恋人になった。

六月になって、ダニエルは厄介な選択に迫られることになった。言うなれば、現実的な問題だった。この学年のあいだずっと、ミセス・ノーバーグの社会科はまちがいなく落第だと思っていた。ところが成績が発表になってみると、奇跡としか思えないB（ボウアと同じ）だった。そこで、にわかに、この夏も自分の農場で働かないかというボブ・ランドグレンからの提案を引き受けられる状態になったのである。週給二百三十ドルで十八週だと四千ドルを越えることになる。週末のエルモアでのどんちゃん騒ぎや、ウォリー訪問をつづけるためのモーターバイクなどの費用を計算に入れても、ほかの方法で稼ぐよりもずっと金になる仕事だ。しかし、それほど金が必要ではないという事実もあった。うぬぼれも手伝って、大学をボストン音楽院一校しか申し込んでいなかったのである。入学できるとは期待していなかったし（それでもどういうわけか自分の望みはすべて叶うものと半ば期待していた）、実際に合格はしなかった。貴君の演奏はどうみても当音楽院の最低基準に達していない、という素っ気ない手紙とともに彼のテープは送りかえされた。

いっぽう、ボウアは申し込んだ八校のうち一つをのぞいてすべてに合格した。したがって、二人の来年の計画としては、まずボウアの選ぶ学校の近くにダニエルが部屋と仕事を見つけることだった。もしつぎの機会にダニエルがボストン音楽院に入れるとすれば、彼女が行くのはハーヴァードがもっとも適当だろう。そのあいだにも彼は発声レッスンをはじめることができる。なんといってもボストンは音楽の町だ。

目前の夏休みには、どうしても落第しそうな社会科のやり直しのためにエイムズヴィルにずっといるつもりだったのである。これでいいことは、いつでも好きな日にボウアに会えることだった。それにボウアの大好きなロンドンの叔母がウォリーに長く滞在する予定になっていた。このミス・ハリエット・マースパンは、ほかには目もくれない、この道一筋の、古い意味での音楽愛好家だった――音楽のためには、あとでどういう結果になろうと、またそれでどんな得があるのかについても、まったく頓着しない人だった。彼女には並みはずれた才能とすぐれた鑑賞眼があるとボウアは思っていた。三人寄ればマースパン・アイオワ合奏団を結成できるだろう。そのためにボウアはすでに歓迎の旗印を縫いあげて音楽室の壁いっぱいに張っていた。

もしダニエルがボブ・ランドグレンの農場に働きに出れば、マースパン・アイオワ合奏団も、寄せ集めの綿布を縫いつけた古いピンクの布きれに過ぎなくなる。しかし、もし彼がエイムズヴィルに残っていたとしても、彼にはなにが成就できるだろうか？　どんなにすぐれた才能の持主であろうと、ダニエルにはミス・マースパンが自分と同類のような気がしない。彼女が音楽に献身していることさえ、考えるたびに彼を落ち着かない気持にさせる。世界中の音楽の都で作られた芸術の水準にくらべて、ダニエルの技量はどうだろうか？　彼女は酷評するだろう、マーシアス（ギリシャ神話でアポロとの笛吹き競争に敗れた森の神）のように下手だと言って。

そうだとしても、いつかは彼も思いきってやらなければいけない。観客であることをやめて、舞台上のコーラスに加わらなければならない。しかし、でもまだ、それはそれで、やはり――さまざまな問題や条件が増えるいっぽうだ。それでも、選択は簡単なはずなのだが、それにしても、やはり。

最終的にイエスかノーかボブ・ランドグレンに返事をしなければならない前の晩、ミリーがコーヒー・ポットとカップ二つを持ってダニエルの部屋にやってきた。彼女は遠回しにさぐりを入れることもせず（コーヒーをついでもくれず）、これからどうするつもりかと単刀直入に切りだした。

「まだわからない」

「もうそろそろ決心しなくちゃいけないんでしょう」

「わかってる。わかってるのはそれだけだよ」

「去年の夏にあんたが稼いだような大金が入るチャンスを見逃がせなんて、わたしは言いやしないよ。あんたの力の二倍の額だもの」

「それ以上だ」ダニエルも認めた。

「それにね、経験ってこともね」

「たしかにそうだよ、いい経験だった」

「同じような仕事がこれからもっとありうるというつもりで言ったのよ、ばかね。生活のためにああいう種類の仕事をしたいというなら、今どき、将来の保障のある唯一の仕事といえるわ」

「うーん。でも、ぼくのやりたいのはそういうのじゃない。いつまでもつづけたくはない」

「そうとは思ってなかったわ。それじゃ、つまりこういうことになるのね――卒直に言わせてもらうと――大きな賭けをするかどうかね」

「賭け？」

「そんなにいちいちわたしに説明させないでよ、ダニー。わたしだってばかじゃないわ。生まれたばかりの世間知らずじゃないのよ」

「母さんがなにを言いたいのか、まだわからないな」

「まったく、あんたとミス・ホワイティングがここでずっとデュエットを演じてるばかりじゃないのはわかってるのよ。あのピアノの音は家中どこにいても聞こえるのよ――だれかが弾いていれば」

「文句を言ってるの？」

「文句言ったって仕方ないでしょ？　ちがうの。ほんとは、あんたたち若い二人が共通の強い関心を持っているというのは、すばらしいと思ってるのよ」彼女はとがめるようににやりとした。「それに、あんたたちがここでなにをしようとわたしの知ったことではないの」

「ありがとう」

「で、これだけは言っておくわ。虎穴に入らずんば虎児を得ず、よ」

「この夏はずっと町にいたほうがいいと思ってるんだね」

「たとえばね、あんたがたがちょっぴり楽しい思いをしたからってとがめだてはしないわ。もし、それがあんたのやりたいことだっていうのなら、エイブだって、そうだと思うわ」

　ダニエルは首を振った。「そんなことじゃないんだ、ママ。つまりね、ぼくはボウアがほんとうに好きだ。でも、二人とも信じてないいんだ……うーん……」

「結婚を？」

「まあ、そうだね」

「そうね、正直言って、あんたの歳にはわたしもそうだった。でも、道路を横切っていれば、だれでもトラックにぶつけられることってあるのよ」

ダニエルは笑いだした。「まったく、ママ。なにもかも逆の見方をしているな。ぼくからすると、ちょっとした楽しみのために、ボブが出そうという金をはねつける余裕があるかどうかが選択の分れ目なんだ」

「お金だって大事な問題よ、たしかに。あの人たちがどんなに親切でも、どんなに思いやりがあっても、お金持というものはあんたの都合できる以上にお金を使わせるようになる。ときどき思うけど、そういう風にしてあの人たちはわたしたちを追っぱらってしまうの。ひどい目に会ったことがあるから言ってるのよ」

「ママ、そんなんじゃないよ。エイムズヴィルじゃそういう金の使い道はない。ウォリーじゃなおさらだ」

「やれやれ。わたしがまちがっていてほしいもんだわ。でもね、あんたが二、三ドルでもどうしても必要になれば、そのときはわたしにもなにかしてあげられるからね」

「それはご親切さま」

ミリーはご機嫌のようだ。「もう一言だけ忠告して、あとは自分で悩みごとに取り組んでもらいましょ。忠告というのはね――あなたたちのどちらかが適当な予防策を講じてると思うけど」

「うん、やってるよ。たいてい」

「いつもじゃなくちゃ。金持相手では、物事は同じように運ばないものよ。もし娘が妊娠したとなれば、彼女は休暇ということでどこかへ出かけて、厄介払いをしてくることができる」

「いやだな、ママ。ぼくがボウアを妊娠させたがってるなんて考えてるんじゃないだろうね。ぼくはそんなばかじゃないよ」

「賢人には一言で十分。でもわたしが出て行ったら、見てごらん。あんたたちに必要な物はそのたんすの左上の引き出しにあるからね。内緒だけど。このごろあまり用がなくなってるの」

「ママ、もうたくさんだよ」

「わたしは、わたしにできることをするの」ミリーはコーヒー・ポットを持ちあげた。「いらない？」ダニエルは首を振った。それから思い直したようにうなずいたが、結局やめにして、いらないと言った。


今まで三度結婚しているけれども、ミス・ハリエット・マースパンは、三十七歳にして独身生活の化身、その神あるいは守護聖徒のようだった。しかし、その風貌は処女殉教者どころか女狩猟家である。背は高く、ごつい顔つきで、歳のわりには早い灰色の髪、鋭い、人を値ぶみするかのような灰色の目をしている。自分の長所をよく知っていて、それをいっそうよく見せるこつを心得ていた。しかし、冷凍食品貯蔵庫のドアから出てくる冷気のように、彼女が発する真底からの冷ややかさはなにものも和らげることはできなかった。ミス・マースパンはそんなことはまったく気にかけず、自分はとても楽しいのだという仮定のもとに行動していた。よく響くというのではないが、銀鈴のような冴えた笑い声、鋭い機知、完璧な音の高さ、根気のよい集中力の持主だった。

ヴィラールに追放ちゅう、ボウアはこの叔母のお気に入りの姪になっていた。ミス・マースパンはスキーはやらなかったけれども、スキー・シーズンに何度かヴィラールを訪れた。ボウアのほうも二度チェルシーにある叔母のフラットで休暇を過ごし、毎晩オペラ・コンサートや個人的な音楽の催しに連れていかれた。ブロムレイ卿夫妻（ブロムレイ卿は高名なテレビのプロデューサーである）の晩餐会の席では、ボウアは作曲家のルシア・ジョンストンと偉大なカストラート（ソプラノとアルトの音域を保つために思春期前に去勢された男性歌手）であるエルネスト・レイのあいだの席にすわった。二人はこの会が終るまで、限りない忍耐と細心の注意と楽しい下心をもって、ミス・マースパンの関心深い話題――音楽の鑑賞――を楽しんだのだった。

それほどはっきりした意見の持主にしては、ミス・マースパンは音楽そのものにはふしぎにやかましくないとボウアは思った。デュパルクの歌一つとってみても、いろいろな解釈を細かく聴きわける耳を持ちながら、歌そのものにはほとんど興味を示さない。フランス語の音声法にのっとって母音と子音をはっきり区別して発音される音の組合わせとしてだけ興味がある。「音楽には」彼女は好んで言っていた。「意味なんてないのよ」それでも、いちばん気に入っていたのはワグナーだった。「ニーベルングの指環」があちこちで上演されるごとに彼女が見聞きした舞台については、まさに知識の宝庫だった。ダニエルはボウア以上に戸惑わされることが多かった。ボウアは父親の同じようなあいまいな物言いでもう慣れていた。年齢のちがいよ、とボウアは言った。一度はその芸術に驚嘆することがあっても、そのうちにそれが当り前のことになってしまう。ちょうど朝になれば太陽が昇り、夕方には沈むのは当り前のことだと思うでしょう、それと同じよ。理屈としてはダニエルにも文句のつけようがなかったが、納得はできなかった。ミス・マースパンはきらいだし、信用もできなかった。それでも彼女のいるあいだ、精いっぱい好印象を与えようと努めていた。彼女の前では、教会に出かけたときと同じような立居振舞をした。ゆっくりと動き、慎重にしゃべり、彼女のおきまりの主義主張と矛盾するような発言はしなかった。たとえば、レイナー・テイラーの音楽などは墓場の塵あくただと心の底から思っていても、けっして口に出さなかった。アメリカの植民地時代のモラヴィア教徒の讃歌についても、同じように敬意を表して逆らわなかった。そして、そのうちにこの讃歌もなかなかいいものだと思うようになった。マースパン・アイオワ合奏団は、ダニエルが真っ当な音楽だと思っているものはなにも取りあげなかった。これには失望と同時に安堵の気持もあった。二年間の（もう二年以上になる！）練習と準備ぐらいでは、輪唱歌曲、短い単純な歌、同音反復の歌より以上のものは彼の手に負えるものではなかったのだ。こういう歌をミス・マースパンは図書館のデータリンクの助けをかりて国中の音楽図書館からかき集めたのだった。

ミス・マースパンが帰国したあとも、ボウアには言わなかったが、ダニエルは自分が恥ずかしかった。ともかく、彼自身の建前をぶちこわすのに自ら手を貸したのである。そのときの自分に対する言い訳なんてくそくらえだ——ミス・マースパンとのおしゃべりはすごくばかばかしくて、彼が黙りくっていたあのミセス・ノーバーグの教室と同じようだ、などという言い訳は。彼のやったことは、どうみても彼女に対するおべっかだった。金についても同じことが言える。あまりつきあいが過ぎるのは、堕落のはじまりなのだ。

ある晩、ダニエルはつくづく自分がいやになって、ひたすら一年前の自分にもどりたいと思った。ボブ・ランドグレンに電話して、以前の仕事をやれるかどうか訊いた。しかしずいぶん前に仕事はふさがっていた。ボブは酔っていた。このところずっとそうだ。ダニエルが時間がないからと言っても電話を切ろうとせず、もっと話したいと言ってきかない。ボブはいろんなあてこすりをぶつけてきた。はじめは、ダニエルが金に困ってるんじゃないかと言い、それから、ボウアのことをあけすけにからかった。野卑な言葉で気さくな雰囲気にしようとしているのだろうが、その冗談は露骨に意地のわるいものになっていった。ダニエルはどう言いかえしていいかわからなかった。両親のベッドの端に腰をかけながら（電話はそこに置いてある）、受話器をにぎった手は汗ばみ、ますますいやな気分になった。気まずい沈黙が二人のあいだに顔をのぞかせ、とうとうダニエルも面白がっているふりはやめにした。

「それじゃな、ダン、また会おうな」やっとボブがこう言った。

「そうだね」

「おれのやらねえようなことはやるなよ」

「ああ、大丈夫だとも」ダニエルは、わざと相手を傷つけるような調子で言った。

「そいつはいったい、どういうつもりだ？」

「たぶん、ぼくの勝手だろうってことさ。冗談だよ。あんたの冗談はみんな笑ってやったんだ。ぼくのときにも笑ってくれなきゃ」

「とびきり面白い冗談とも思えんね」

「じゃ、おあいこだな」

「ばかったれ、ワインレブめ！」

「アル中と結婚した色情狂の女の話、聞いたことあるかい？」

ボブが返事をするのを待たずに電話を切った。

これで確実に二人の友情はおしまいだろう。この程度の友情だったのだ。

ある日、八月も暑さのいちばん厳しいころ、双子の妹たちをガール・スカウト仲間のはじめてのサマー・キャンプに送りだしたあとで、ミリーが宣言した。ミネアポリスに連れていってもらって、一週間たっぷり映画や買物やちょっとした遊びをして過ごしたいというのだ。「もううんざりなの。エイブが出かけて池の波紋をじっと見ているあいだ、借りた小屋のなかで蚊をぴしゃぴしゃ叩いてるなんてね。休暇ってこんなものじゃないわ。前からそう思っていたのよ」また釣り旅行に出かけるつもりでいた父親は、歩み寄るための話しあいをしようともせず承知した。おそらく舞台裏でもう話がついていて、この表向きの全面降伏はダニエルに聞かせるためのものだったのだろう。両親が出かけることになって、これまでも昼食や夕食によくよばれていたダニエルは、二人の留守の一週間、ウォリーに滞在するよう招かれた。

もう今さらなにも戸惑うことはないだろう、とダニエルは思っていた。あそこのさまざまな豪華なものにはもう十分お目にかかって、何度も手を触れ、味わっているから、しょっちゅう見ることになるからといってそれで彼が影響をうけることはあるまい。しかし、ダニエルはやはり戸惑った。それは相当な影響力を持ってたのだ。ボウアのとなりの部屋をあてがわれたが、そこにはミス・マースパンの滞在以来、たいそうな音響システムがまだ備えつけになったままだった。U字形のオルガンも置いてあり、ダニエルは夜昼かまわずいつでも（イアホンを使って）弾くことができた。ベッドに大の字になれば、高い天井と、刳形《くり》にまで届きそうな高い窓が目に入る。この窓からは、うっそうと繁るニレの林（アイオワで残っている最大のニレの密生地だ）とその向こうの景観を望むことができる。ローズウッドとサクラ材の家具にかかったワックスのつや、頭のくらくらするような複雑な模様のじゅうたん（この部屋には三枚あった）、そして沈黙、冷気、願望が限りなく、容易に満たされていく感じだった。こういう物と気持の上で距離をおいて眺めるのは難しく、否応なく欲しくなってくる。しじゅうちやほやされ、あやされ、うっとりとさせられているのだ――石鹸の香りやその滑らかな泡だちに、ベッドの上のシーツに、壁にかかった絵の色彩に。オーガズムのあいだ、じっと目を閉じている彼の頭のなかに湧きでてくる、エナメルのようなつややかな色と同じだ。ローズに近い深みのあるピンク、濃いブルー、ふじ色、うす紫、青磁色、レモン・イエロー。なにやら優雅なものの介添え役を装う、王侯貴族相手の娼婦のような彫刻や金めっきの額ぶちにおさまったこれらの絵は、綾織の麻地を張った壁に、まるでなんでもない果物鉢や絵具の渦でございますというようにさりげなくかかっている。どれもこれもが犯してほしいとそそのかしていた。

どこを見てもセックスだった。彼はなにも考えられなかった。夕食の席でなにかしゃべっていても(聴いていてもと言うべきか)、口にするスープの味は一時間前に愛しあったボウアの味になる。あのときの完璧な歓びの痙攣が食卓の彼を襲い、背すじがこわばり、思考停止状態になる。ダニエルはボウアのほうに目をやった(そしてときにはアリシアにも)。すると彼のイマジネーションは回転をはじめてとめどなく広がり、頭のなかは二人が一体となったあのときのすばらしい、無我の思いで満たされる。自分たち二人だけではなく、全宇宙的な抽象、肉体を超越した至福のリズム、ローソクの焔さえ意のままにゆらぐのだった。

音楽を聴いているときでも同じだった。以前に読んだことがある、ミセス・ボーイズモアティアが貸してくれた参考書かなにかに、あまりレコードを聴きすぎるのもよくないとあった。どんな音楽でもその意味をよく理解するためには、自分で演奏することだ。もしそれができなければ、生の演奏を聴くこと。レコードを聴く習慣は一種の自己欺瞞である。ああ、しかしこれには一言なかるべからず。今週二人が聴いたあの音楽! 二人がわけあったあの歓び! あの指のわななき、あの終止法とカデンツァ、あの吐息と微笑を誘うみごとな転調、そしてひめやかな共鳴はにわかに、明るく輝く鏡に映しだされるように、はっきりと耳に響いたのだ!

これが恋のすべてなのだ、とダニエルにもわかってきた。なぜ人々が恋で大騒ぎをするのかがわかった。恋をすると世界がまわるというのはこのことだ。ほんとうにまわった！　ボウアといっしょにウォリーの塔の上に立ち、緑の地表から昇ってくる太陽を見ていると、原子を燃やしてエネルギーに変えるあのはるか彼方の炉のなかではじまった、ただ一つの作用のなかに自分たちも組みこまれたような気がする。どういう感じなのかと訊かれても説明はできないだろうし、ほんの一瞬しか、この〈愛〉がくりひろげる至高の感覚にしがみついていられないだろう。光の針が彼とボウアの体を貫き、二人の体を二本の糸にして、この夏の豊かな経験を複雑な模様に編みあげていく。それはただ一瞬であり、すぐ去ってしまった。

しかし、二人が交わるたびに、ふたたびその瞬間まで近づけるように思えた。はじめはゆっくりと、そして突然に体じゅうに広がり、高まる壮大さのなかに、その瞬間が目の前に現われる。二人が楽々と高みに昇りつめ、歓びにあふれ、地を離れ、引力と運動の法則から解き放たれるにつれて、この夢心地の気分はふくらんでいく。それは天国だった。天国の鍵を二人は手にしたのだ。どうして二人が二度と訪れないでいられるだろうか？

9

ウォリー滞在の最後の夜遅く、ボウアの部屋から自分の部屋にもどろうとしたとき、ダニエルは廊下で側用人のロバーツにばったり会った。ロバーツは内緒めかした小声で、ミスター・ホワイティングが事務所で話をしたいと言っているとダニエルに伝えた。こちらへどうぞ。ミスター・ホワイティングを訪ねるのにこの服装では、と言ってもむだなようだ。ダニエルはバスローブにスリッパという姿でついていった。はじめて家族の人たちとのお茶によばれたことのある客間に入り、そこから隠し砦に通じる減圧室のようなところを抜けた。密閉されたこの廊下は、モーターがまわり、照明が点滅する、きわめて精巧な仕掛けが施されていた。このフェアリー用のわなを通りながら、果たしてこれがその目的に役立ったことが実際にあるのだろうか、とダニエルは思った。こうしたいろいろな仕掛けによる絶え間のない回転運動のなかに消えてしまったり、どこかのデータバンクの循環小数に捕えられたまま永久に自分の肉体へもどれないでいる、わなにかかった魂がいるのだろうか？　こんな質問をしてみても、肉体を持ってここに入ってきた人間には、なにも答が帰ってこない。

グランディソン・ホワイティングの事務所は、ウォリーのほかのどの部屋とも様子がちがう。目を驚かせるものはなかった。ただ質がいいという以外は、普通のオフィスと変らない事務用家具が置いてある。ガラス戸のはまった本棚、木製の机が二つ、革張りの椅子が数脚。あちこちに書類が散らばっている。ただ一つの照明である回転型ランプが、彼の入ってきたドアのほうに向けられていた（ロバーツはフェアリー用のわなからこっちへはついてこなかった）。その照明が目に入っても、机の向こうにすわっている男がまさかグランディソン・ホワイティングだとは思わなかった。

「こんばんは、ダニエル」まぎれもないホワイティングの声だ。

「ひげを落としたのですね！」

　グランディソン・ホワイティングは微笑した。明るさをおさえた照明のなかで白く光るその歯は、彼の骨格の原型をむきだしにしたように見えた。ひげを落とした顔全体は頭蓋骨さながらだった。

「ちがうよ、ダニエル、これが素顔だ。わしのひげは、サンタと同じでつけひげなんだ。ひとりきりでここにいるときはとっている。ほんとにほっとするよ」

「本物じゃなかったんですか？」

「本物だよ。自分で確かめてごらん。その隅の地球儀のそばにある」

「あのう……」ダニエルはそう言って顔を赤らめた。ばかなまねだとは思いながら、訊かずにはいられなかった。「あのう――なぜなんですか？」

「それがきみのいいところだな、ダニエル――卒直なところがね。かけなさい――こっちがいい、まぶしくないから――わしのひげの話をしてやるかな。きみが興味があればだが」

「もちろんです」バスローブがはだけないように、ダニエルはすすめられた椅子に用心深く腰をおろした。

「わしが若かったころ、きみより少し年上だったが、オックスフォードを卒業してアメリカに帰ろうというときに、幸運にもある本にめぐりあったのだよ。その主人公はつけひげを買ってね、それをつけることで性格を変えるんだ。わしもそのうち性格を変えなきゃならんことがわかっていた。それまで以上に自分を強く押しだすようにならなければ、わしの地位にふさわしい人間にはなれんというわけだ。大学時代はどうしても引っ込み思案になりがちだった。それに、今はもうほとんど忘れたが経済史の勉強をかなりやったいっぽうで、おやじがそのためにわしをオックスフォードに行かせたはずの、基本的な修行はからきしだめだったのだ（おやじもあそこでそれを身につけたのだがね）。言ってみれば、いかにして紳士になるか、だ。

きみは笑ってるね。笑顔はいいもんだ。ここじゃ、たいていの連中は『いいマナー』というものを身につけりゃ紳士になれると思っている。いいマナーというやつは、きみにはわかってると思うがね（とても早く身につけたからな）、ほとんど邪魔ものなんだよ。実際、紳士というのはまったく別のものだよ。紳士になること、それは、欲しいものがあれば、それとなく暴力を匂わせるだけでそれを手に入れることだ。アメリカには、まあ、紳士はいないな――経営者か犯罪者ぐらいだね。経営者というやつは満足に自分を主張しないし、われわれの手伝いはしても自分の自主性や金もうけを放棄することに甘んじている。その代りに連中は、罪を知らない生活という幻影を抱くことができるがね。だが、犯罪者は自己主張が強すぎて、犯罪者仲間かわれわれに殺されることになる。例によって中道がいちばんだ」ホワイティングは、これで終りだというように腕をくんだ。

「すみません、ミスター・ホワイティング、まだよくわからないのですが、どうしてそれをつけると、ええと……」

「つけひげをするとどうして紳士になれるかというんだね？　簡単至極だ。自分の見かけをさも気にしてない振りをしなけりゃならなくなる。ということは、まず誇張した態度が必要になる。ともかく、こういうふさふさした赤ひげの持主のような人間にならなくてはいけなくなるのだ。そういう態度をとると、他人のわしに対する態度がずいぶんちがうのがわかったよ。わしの話を前よりよく聞こうとするし、わしの冗談にももっと大声で笑うんだ。全体として、わしの言うことに敬意を払う」

ダニエルはうなずいた。つまり、グランディソン・ホワイティングは「知性開発のしくみ／第三の法則」を言っているのだった——『いつもあなたのごひいきの映画スターのつもりでいなさい——そうすれば、あなたはスターになれるでしょう』。

「これできみの好奇心は満足したかな？」

ダニエルはあわてた。「そんなつもりじゃなかったんです……つまり……」

「いいんだ、ダニエル」ホワイティングは片手をあげて制した。淡いばら色の半透明体がランプの光できらりと光った。

「むりすることはない。きみが好奇心をもつのは当然さ。もしそうでなけりゃ、こっちもがっかりだろうな。同じように、わしもきみに興味がある。事実、きみをベッドから呼びだしたのは——というよりボウアのベッド、かな——失礼だがわしの好奇心を満足させたいためだ。それにきみの意志が偽りのないものかどうか訊こうと思ってね」

「ぼくの意志ですって？」

「娘とのことだよ。あの子と親密な仲だったじゃないか、まだ半時間とたってないよ。最高にけっこうな、といっていいかな」

「見ていたんですか！」

「お返しなんだよ、いわばね。それともなにかね、ヴィラールに追っぱらわれた事件について、ボボはなにも言ってなかったのかね？」

「聞いてます、でも……それにしても、ミスター・ホワイティング」

「へどもどするなんてきみらしくないぞ。ダニエル」

「するなと言うほうがむりですよ、ミスター・ホワイティング。今言えるのは、くりかえしますが、なぜなんです？　ことの次第については、かなりご存知だと思ってました。ボウアはあなたが認めて下さっている、そういう印象さえ持ってました。ある程度はということですが」

「認めてるんだろうな。どの程度かはこれから決めるところだ。なぜかについては、一人の父親として当然の好奇心を満足させるだけではない（とわしは希望するがね）。きみに不利な証拠をつかめるだろうと思ったのだよ。すっかりビデオテープにとってある」

「すっかりですか？」ダニエルは呆れた。

「全部じゃないかもしれん。でも十分だ」

「十分ってどういうことです？」

「きみを告訴するのにということだ。もしそれが必要になればだが。ボボはまだ未成年だ。きみは法律による強姦罪にふれる」

「ああ、なんてことです。ミスター・ホワイティング、あなたがそんなことを！」

「もちろん、その必要はないと思うよ。一つには、そんなことをすれば、ボボは自分の意志に反して、それとも二人の意志に反してかな、きみと結婚させられる破目になるかもしれん。そういうわけで、うちの弁護士の話だと、その件できみを告訴するわけにはいかんということだ。いや、わしの目的はもっと単純なことだ。きみたちがぐずぐずして時間をむだにする前に、どうしても決着をつけたいと思っている。時間はすごく貴重だから」

「わたしが娘さんと結婚するつもりかどうか、おたずねなんですね？」

「ああ、きみのほうからわしに訊こうとはしないように見えたんでね。それはよくわかる。だれでもわしが主導権をとるのを待つものな。あのひげのせいだろう」

「ボウアには訊いたのですか？」

「わしのにらんだところではな、ダニエル、娘はもう決心しておる。はっきり言っている、かなり正直に」

「ぼくは聞いてません」

「処女をすてるというのは、ほかに意味はない。それ以上説明はいらんものだ」

「ボウアはそう考えているかどうか」

「彼女はそう言っただろうね、きみが訊きさえすれば。多少ともまともな感覚の持ち主ならば、心の問題でかけひきをしてるなんて思われたくないものだ。しかし、われわれの社会には（なにかで読んだことがあるだろうが）、言わなくてもすむことがあるんだよ」

「ぼくもそう思っていたんですよ、ミスター・ホワイティング。今夜までは」

ホワイティングは笑いだした。見なれない、ひげがない顔のせいで、いつものフォルスタッフを思わせる笑い方とはちがっていた。

「決断をせまっていたとしたら、ダニエル、きみたちがしなくてもすむ過ちを犯すのを未然に防ぎたいからだ。ボウアとともにボストンに行くというきみの計画は、きみたちの不幸につながるのはまちがいない。ここだったら、きみたちの境遇のちがいは二人の関係に心地よい刺戟を与えることになるがね。向こうじゃ、とうてい手に負えないだろう。ほんとうだよ――それを通り抜けてきた人間として言ってるんだ――反対意見ではあるが。今はきみたちなりの牧歌的な幻想を抱いているかもしれんが、年に一万ドル以下ではちゃんとした暮らしはできないぞ。適度のつきあいと修道院並みのつましさの両方が必要になる。もちろんボウアは貧乏なんてまったく知らない。しかしきみはちょっぴり経験ずみだ。それでも、貧しさはどうあっても避けなきゃいけないものだとわかるには十分のはずだ」

「また刑務所にもどるつもりはありませんよ、ミスター・ホワイティング。そういう意味でおっしゃるのでしたら」

「そんなことはさせるものかね、ダニエル。それから頼むよ、お互いにもうなじみなんだ、『ミスター・ホワイティング』はやめにしないか？」

「それじゃ『閣下』ではどうですか？　それとも『御前《ごぜん》』ですか？　このほうがグランディソンより堅苦しくないようですが？」

ホワイティングはたじろいでいたものの、面白がることにしたようだ。唐突だったが本心からの笑いらしかった。

「上出来だよ。わしの前でそう言ったやつはなかった。それにまったくそのとおりだ。じゃあ、『父さん』と呼んではどうかね？　さて、本題にもどるか」

「ぼくたちのボストン行きがそんなに大変なことなのか、まだよくわからないんです。なぜそうなるのか、もっと簡単にわかる方法はないんですか？」

「大変なんじゃない、ただばかげているのだよ。うまくいかないだろうからだ。ボウアはうまくやろうと努力するだろう。そして一年間もむだにすることになる、その間に大学で出会うはずの人たちにも会えなくなる（みんな、そのために大学に行くんだ。勉強なら一人のほうがよっぽどできる）。なおいけないことには、あの子の名前にとりかえしのつかない傷がつくかもしれない。残念だが、こうした計画には、だれもがわしらと同じような開けた態度でいるわけじゃない」

「ぼくと結婚することで彼女の評判はもっと落ちる、そうは考えないのですね？」

「もしそう考えたとしても、このわしがとり乱してそんなことを口の端にのせるものかね？　きみは頭がよくて、快活で、野心家で、それに――恋に悩むティーンエージャーだということを差引いても――分別のある人間だ。わしの目から見ても理想的な義理の息子だ。ボボはおそらく別の面からきみを見てるだろうが、おおむね、彼女の選択は賢明で思慮深いものだったと思っているよ」

「『境遇のちがい』についてはどうなんです？　結婚となればいちばん考慮しなくてはいけない問題じゃないですか？」

「いや、きみはわしらと対等になるから大丈夫だ。義理の息子が裕福じゃないってことがあってたまるものかね。この結婚はもちろんうまくいかんかもしれんよ。だがね、どんな結婚にも危険はつきものだ。それでもうまくいくという勝算は、ボストンで観測気球を上げる場合よりはずっと高いと思っている。結婚は、ためしに爪先をつっこんでみるというわけにはいかん。思いきって飛びこまなくちゃ。どう思うかね？」

「どう思うかですって？　ただ面食らっています」

ホワイティングは、机の上にあった銀製のシガレット・ケースを開いて、すすめるようにダニエルのほうへ向けた。

「けっこうです。タバコは吸いません」

「わしもやらん。だがこれはマリファナだ。いつもそうだがね、これを一服やると意思決定の経過がとても面白いものになるよ、たいていの場合はね」それを裏づけるように、ケースから一本とりだして火をつけ、吸いこんでまだ息をつめたまま、ダニエルにさしだした。

ダニエルはそれがマリファナだとまだ信じきれずに、首を振って断わった。

ホワイティングは肩をすくめ、ふうっと息を吐きだすと、革椅子にもたれこんだ。

「快楽について話そうか、ダニエル。若い連中にはわからんことだが」

もう一ふかししてからそのままじっとしていたが、またタバコ（グランディソン・ホワイティングがすすめるとマリファナとは思えない）をすすめた。今度はダニエルもうけとった。

ダニエルが麻薬をやったのはこれまでに三度だけだ——一度はボブ・ランドグレンの農場でスピリット・レークから来た作業員たちといっしょに、そしてボウアと二度。いけないことだと思っているからでも、楽しくないからでもなく、マリファナが手に入らないからでもない。こわかった、それだけだ。捕まって、またスピリット・レークに送りこまれるのがこわかった。

「快楽こそ」自分用にもう一本火をつけながら、グランディソン・ホワイティングは言った。「大いなる善だ。説明もいらなければ、弁解もいらない。それこそが——また廃らずにつづいている理由だ。すべての快楽を手に入れるために、自分の生活を設計しなければいけない。時間ができたから楽しむんだというのではだめだ。だれだって使える時間には限りがある——きみの年齢だと、大事なやつをいくつか選んでやってみるんだな。適度にね。なんといってもセックスだな。セックスは（否応なく訪れる神秘的な恍惚状態のあとは）つねに尽きることなく、少しも飽きることがない。しかし、精神の正常さを保ち、健康を考慮し、生涯の目的をしっかりと手放さないでいるかぎり、麻薬にも触れておく価値があると思うよ。どう見てもきみには向いていないと思えるのに、音楽家になろうと努力していることから推測すると、きみは翔びたいのだね」

「ぼくは……ええと……」

ダニエルが否定しようとするのを、ホワイティングはタバコを持っている手で払いのけた。煙はランプの光のなかでかすかに曲線のある三角形を作った。

「わし自身は翔ばないよ。やってみたことはあるが、その才能がなかったし、その面での努力に辛抱できなかった。しかし、アイオワでも翔んでいる友人が大勢いる。そのうちの一人はもどってこなかったがね、どんな楽しみにも犠牲はつきものだ。わしがこの話をするのは、きみが翔ぶことを一生の目的にしてるのがわかるからだ。きみの置かれている状況では、野心的で勇気のいることだと思うね。しかし、きみもいろいろわかってきてるはずだが、もっと大きな目的があるものだよ」

「あなたの目的というのはなんなんですか、ミスター・レーク・ホワイティング？　うかがってもいいですか」

「力と呼んでもいいんじゃないかな。スピリット・レークで経験するような、荒っぽい意味での力ではないし、暴力的な圧力でもない――ずっと大きな（できれば、もっとすばらしい）意味での力だ。どう説明したらいいかな？　わしだけが持つことを許された、他に類のないものだ。きみに話したことがあるかどうか、わし自身の神秘的な体験がある。話が回り道になるのをがまんできるかな？」

「劇的なご経験であればけっこうですよ」ダニエルは答えた。丁々発止の気のきいたやりとりが口をついて出てくるような気がした。これはすごく効くマリファナだ。

「三十八のときだった。ロンドンに着いたばかりで、とうとう来たという興奮がまだ醒めないときだ。じゅうたんの競り市に出かけるつもりだったのをやめて、午後商業地区《シティ》の方角へ東に向かってぶらぶら歩きながら、レン（十七世紀イギリスの建築家）の建てた教会を観てまわった。雷に打たれたというのはこのときのことじゃない。それはホテルの部屋に入ろうとしたときのことだ。鍵を鍵穴にさしこんでまわした。すると挺子の機械的な動きのなかに、全太陽系の運行を感じたような気がした。地球は自転し、軌道にのっている。太陽や月によってその力は海洋に影響を及ぼし、陸地にも及んでいる。〝ような気がした〟と言ったがそう思っただけじゃない。わしは感じたのだ、神様も感じたにちがいない。その瞬間までわしは神を信じてはいなかったが、それからというもの神を疑ったことはない」

「その力が錠のなかで鍵をまわしているというんですね？」酔ったように、うっとりとしてダニエルはたずねた。

「一人の行動の結果が全世界に広がっていくのを感じるのだよ。階下に絵がある――気がついてるかもしれないが、ベンジャミン・ヘイドンの『セントヘレナで物思いに沈むナポレオン』だ。ナポレオンは崖の上に立って、ぎらぎら輝く夕日に向かっている。彼の影が背後に映っている。大きな影法師だ。海鳥が二羽、彼の目の前の空間を旋回している。それだけだ。なのに、あの絵はすべてをわしに語っているのだ」考えこむように口をつぐんで、また話しだした。「それは幻影だろう。すべての快楽はつまるところ幻影だし、すべてのビジョンもそうだ。だが強力な幻影だ。それをきみにすすめているんだ」

「ありがとうございます」ダニエルは言った。

グランディソンはいぶかしそうに眉をあげた。

ダニエルは説明するかのように微笑した。「ありがとうございます。いつまでも恥ずかしがっている理由はまったくありません。ありがたいと思います――お受けします。ボウアがいいと言えばですが」

「これで決まった」ホワイティングは手をさしだした。

「もし」ダニエルはその手を握りながらも用心深く言い添えるのを忘れなかった。「なにも付帯条件なしということであればです」

「それは約束できないな。しかし、原則について同意ができていれば、契約は話しあいできまるもんだ。さて、ボボを呼ぼうか？」

「そうですね。ただ起きぬけだとちょっと機嫌がわるいでしょうけど」

「ああ、眠ってたかどうかかな。ここにきみに来てもらってから、ロバーツがボボを秘書のオフィスに連れていった。そこで、例の閉式回路テレビでわたしたら二人の話をすっかり見ることができたはずだよ」肩ごしにふりかえると隠しカメラを示してみせた（そのあいだずっとカメラはダニエルをとらえていたにちがいない）。「神様による裁判は終ったよ、ボボ。こっちに来ないか？」

　ダニエルはホワイティングに話したことを思いかえしてみて、有罪になりそうなものは一切ないと思った。

「気にしないでほしいが」ホワイティングはダニエルをふりかえって言葉をついだ。

「気にするですって？　気にするのはボウアのほうです。ぼくは免疫ができています。スピリット・レークで暮らしましたからね。あそこでも壁に耳ありでした。まさか、わが家のぼくの部屋に盗聴装置をしかけてないでしょうね？」

「いや。うちの安全警備システムは、そうしろと言っているがな」

「もし、しかけてあったとしても、そうはおっしゃらないでしょうが」

「むろんだ」ホワイティングは微笑した。根までむきだしの歯がのぞいた。「でも、ほんとうにしかけていないよ」

　姿を見せたボウアは、ダニエルが予想したとおり、父親の干渉に（少なくともそのやり方に）かんしゃくを起こしていたが、決まったばかりの今後のことをあれこれ検討するのはうれしいようだった。計画をたてるのは彼女の得意の領域だ。グラスのなかのシャンパンの泡がまだ消えないうちから、日取りのことを考えはじめて、ボトルが空になる前に、もう十月三十一日と決まった。二人とも万聖節前夜《ハロウィン》が大好きだった。だから、いたるところにかぼちゃの提灯がさがり、新郎新婦は黒とオレンジ色の服を着て、ウエディング・ケーキは彼女の好きなオレンジ・ケーキ、そんなハロウィン・ウエディングになるはずだ。さらに、招待客はそのあとで（グランディソンのおごりで）キツネ狩りに参加できる。ウォリーで本格的な狩猟が催されるのは久しぶりのことだし、なにはともあれアリシアが快活さをとりもどすいい機会になるのはたしかだ。

「それで、式のあとは？」グランディソン・ホワイティングは、二本目のシャンパンのコルクを抜きながらたずねた。

「式のあとは、ハネムーンでどこでもダニエルが行きたいところに連れてってくれるわ。すてきでしょう、どこでもっていうのは？」

「それから？」コルクをいじりながらグランディソンがなおもたずねる。

「それから、適当な間をおいて、どんどん子供を作って家族をふやすのよ。こんなに早くからだと、ワインレブ二世がぞろぞろできるわね。でも、質問は、わたしたちがなにをするかということなの？」

　コルクが音を立てて抜けた。ホワイティングは三人のグラスに注いだ。

「ふと思いついたのだがね、つぎの学年がはじまるまでちょっと間があるのじゃないかな」

「というのは、お父さん、わたしたちこれからも学業をつづけるということね」

「ああ、二人とも学位をとらなくてはな。言うまでもないことだ。ハーヴァードに決めたことだし――賢明だったな――ダニエルも大丈夫だと思う。その点ではきみたちの計画を変える必要はない。ただ延期すればいいんだ」

「ダニエルがハーヴァードへ行きたいのかどうか、もうたずねたの？」

「ダニエル、ハーヴァードに行きたいかな？」

「行かざるをえないでしょうね。ほんとうに行きたかったのはボストン音楽院だけど、先方から断わってきました」

「全然だめだったのか?」

「ええ、でも、だからといって大してこたえませんけど。ただ、ぼくがまだ〝未熟〟だってことなんです」

「そうだな、わしの義妹の意見も同じだったよ。勉強した期間の短いわりには、それときみに生得の音楽の才があるとも思えないことを考えあわせると、かなり成果があがっている、そう言ってたよ」

「まいったな」

「きみの話が全然出なかったと思ってたのかね?」

「いいえ。でも、かなり手痛いご意見ですよ。別の人にも言われたことがありますが、ほとんど同じようなことですからね、ますますまいります。その人も……その点くわしいので」

「おおむね、ハリエットはきみを高く買っていた。だが、音楽を職業にするには向いていないという考えだ。どう見てもその道で成功するとはね」

「わたしにはそんなこと言ってなかったわ」ボウアは不服そうに言った。

「それはそうだ、おまえからダニエルに伝わるのはわかってるからな。不必要にダニエルの気持を傷つけるつもりはなかったのだよ」

「じゃ、なぜ今になって話すの、お父さん?」

「計画をたてなおすよう説得するためだ。誤解しないでくれよ、ダニエル。きみに音楽をあきらめさせようというのじゃない。きみにはやめられないと思っている。きみの情熱だものな、おそらくいちばん大事な情熱だろう。でも、音楽に打ちこむために、プロの音楽家になる必要はない。ミス・マースパンを見てごらん。彼女がお手本として物足らんというのなら、ムソルグスキーのことを考えてみなさい。彼は役人だったんだよ。それから、チャールズ・アイヴズ、彼は保険会社の役員だった。十九世紀の音楽は、今でも最高の音楽だが、見識のある大勢のアマチュア音楽愛好家を楽しませるために書かれたものだ」

「ミスター・ホワイティング、あとはおっしゃらなくてもけっこうです。同じことは自分でも何度も言いきかせているんです。どうしてもボストン音楽院でなければと言ってるわけではありません。音楽学校に入らなきゃいけないことでもない。個人教授を受けたいのですよ、だれかいい先生から……」

「そうだろうな」

「ぼくがほかにやるべきことは、あなたがすっかりお膳立てをされてるらしいですね。お考えを卒直に言ってもらえませんか、そうすれば、ぼくがどう思うかお話ししますが？」

「もっともだ。ごく近い将来のことからはじめると、ウォリーで働いてもらいたい。給料は、そうだな、年四万ドルで、前金で四半期ごとに支払う。それで暮らしには十分なはずだ。きみは金が入るとすぐに、それを使うんだ。獲得したものを見せびらかす、そう期待されるだろうからな。それが少なければ感謝の気持が欠けていることになるのだ。きみは当分エイムズヴィルのヒーローになるんだ」

「わたしたちの写真がどの新聞にも載るわ」ボウアが口をはさんだ。「結婚式もたぶんテレビのニュースに出るわね」

「当然だ」ホワイティングもうなずいた。「こういう宣伝の機会を見逃す手はない。ダニエルはホレイショー・アルジャーの再来というわけだ」

「もう少しくわしく教えてください」ダニエルは苦笑いしながら言った。「その途方もない給料をいただくために、ぼくはなにをすればいいのですか」

「きみにはそれだけの仕事ができる。だいたいはきみがロバート・ランドグレンのところでやってたのと同じ仕事だ。季節労働者の管理だよ」

「それはカール・ミューラーの仕事ですよ」

「カール・ミューラーはお払い箱になる、これもきみの勝利を示す一面だ。きみが復讐など気にしていないといいが」

「そんなことはありません」

「でも、わたしは気がかりよ、お父さん。理屈で議論しようとは思わないけど、カールの仕事をとりあげれば、ダニエルといっしょに仕事をする人たちが憤慨しないかしら？」

「どっちにしろ連中はダニエルのことをけしからんと思うだろうよ。が、連中にもわかると思うが（おそらくもう知ってるだろう）、カールを首にするのにはちゃんとした理由がある。カールは扱っている雇用斡旋所から、かなり計画的にリベートをとりたてているんだ。前任者もやっていたことだし、あの仕事の余得の一種だと思われているらしい。だがな、ダニエル、きみはその誘惑にはのらんでほしい。カールの給料の倍はとることなんだしな」

「ご承知でしょうが」ダニエルはできるだけさりげない調子で言った。「カールは仕事といっしょに彼の徴兵免除区分も失うことになるんですよ」

「それはカールの問題だろう？　同じ理由から、きみは彼の免除資格も引き継ぐことになる。そこでだね、そのP-W容器を腹からとりだしてはどうかな。ハーヴァードの保安ネットワークはおそらくわしの家のより数段きびしいのじゃないかね。教室に出るたびに警笛を鳴らしたくはなかろう」

「それはもう喜んでとってもらいます。仕事についたらすぐにでも。いつ届け出ればいいですか？」

「明日だ。ドラマには迅速さが必要だ。立ちあがるのが急なほど、きみの勝利はより確実なものになる」

「ミスター・ホワイティング――」

「まだ〝お父さん〟とは呼ばんのか？」

「お父さん」しかしその言葉は口の裏にはりついたようだった。首を振って言いなおした。「お父さん。まだぼくにわからないのはその理由なんです。なぜぼくにこういうことをしてくださるんですか？」

「どうしても避けられないとわかったことには逆らわないようにしている。これがいつまでもうまくやっていける秘訣だ。それに、わしはきみが気に入っている、だから、いやなものでもかなり美味そうに見えるのさ。だが結局、決めたのはわしではない。ボボが決めたことだ。適切な決定だと思ってるよ」そうだなと言うように娘とうなずきあった。「古い家系にはときどき新しい血を注ぎこむことが必要だ。ほかに訊きたいことは？」

「ええと、あります、一つだけ」

「なんだね？」

「いいえ、おたずねしないほうがいいようです。すみません」

グランディソン・ホワイティングは、強いて訊こうとはせず、話はこれからの予定にもどっていったが、（実行されないはずだから）ここで述べておく必要はない。

ダニエルがやめにした質問は、なぜホワイティングは自分のひげをたくわえなかったのかということだった。長い目で見ればそのほうがずっと楽だっただろう。それに、なにかの拍子でつけひげがとれる心配もないはずだ。しかし答はたぶん決まっている。ひげをのばそうとしたことはあったけれども、自分の気に入るような生え方はしなかった、と。訊くのも礼を欠くことになるかもしれないと思えたのだった。

ダニエルは（その夜たてられたたくさんの計画のほかに）、自分もひげを生やそうと決心した。もともと毛深いほうで、毛の質も剛《こわ》い。だが、それも結婚式のあとのことだ。

ダニエルは思った。これがずっと以前にユニティまでの道をペダルを踏みながら予見した、自分の運命なのだろうか。ウォリーに出かけるたびに、あのとき自転車を停めて啓示を受けた同じ場所を通る。あの幻影はもうほとんど思い出せないが、なにかすごいことが自分を待ちうけているという大まかな印象だけは残っていた。今日のことは、たしかにすばらしい。しかし、あのとき見えたものが予言した祝福すべき事柄ではない（と彼は結論を出した）。あのことはまだずっと先のこと、ほかのさまざまな幸福の強い光にさえぎられてまだ見えないのだ、と。

10

ダニエルにとっては皮肉でもあり、いささかみじめな感じがしたのは、はじめての飛翔が飛行機だったことだ。自分自身の体から生えた翼によらずには翔ばない、そう誓ったのは、まだそれほど昔のことではない、理想に燃えた若いさかりだった。今の自分の姿を見てみよう――座席にしばりつけられ、郵便切手のような形をした窓に鼻を押しつけ、四百ポンドの超過手荷物といっしょに乗りこみ、飛翔実績はなし。りっぱな口をきき、大きな野心を抱きながら、彼は一度もやってみなかった――やってみようとさえしなかった――一度グランディソン・ホワイティングが叱りつけてからは。州の外から飛翔装置をこっそり持ってくるつもりだと言ったのはダニエルの失敗だった。アイオワでも翔んでいる友人を知っているというホワイティングの話を真にうけたのもいけなかった。まったくのでたらめだった。といって、それは大したことではない。ただ、その大事な日をしばらく先にのばすだけだ。しかし、たとえ自分が翔ばなくとも時間は飛び去っていくものだ、とダニエルはわかっていた。

しかし、待つのはもう過去のこと、あとわずかな時間を残すだけだ。ダニエルとボウアは旅立ちの途中だった。まずニューヨークへ、そこでジェット機に乗り換えてローマへ。そのあとはアテネからカイロ、テヘランへ。そしてセイシェルで冬の肌を焼く。デモインから直行せずにケネディ空港で乗

郵便はがき

料金受取人払

板橋北局承認

713

差出有効期間
平成23年7月
25日まで
（切手不要）

1748790

板橋北郵便局
私書箱第32号

国書刊行会 行

フリガナ ご氏名		年齢	歳
		性別	男・女
フリガナ ご住所	〒　　　　TEL.		
e-mail アドレス			
ご職業		ご購読の新聞・雑誌等	

◆小社からの刊行案内送付を　□希望する　□希望しない

愛読者カード

❖お買い上げの書籍タイトル：

❖お求めの動機
1. 新聞・雑誌等の広告を見て（掲載紙誌名：　　　　　　　　　　）
2. 書評を読んで（掲載紙誌名：　　　　　　　　　　）
3. 書店で実物を見て（書店名：　　　　　　　　　　）
4. 人にすすめられて　5. ダイレクトメールを読んで　6. ホームページを見て
7. その他（　　　　　　　　　　）

❖興味のある分野　○を付けて下さい（いくつでも可）
1. 文芸　2. ミステリ・ホラー　3. オカルト・占い　4. 芸術・映画
5. 歴史　6. 国文学　7. 語学　8. その他（　　　　　　　　）

❖本書についてのご感想（内容・造本等）、小社刊行物についてのご希望、編集部へのご意見、その他。

＊購入申込欄＊

書名、冊数を明記の上、このはがきでお申し込み下さい。
代金引換便にてお送りいたします。（送料無料）

書名：　　　　　　　　　　冊数：　　　冊

❖最新の刊行案内等は、小社ホームページをご覧ください。ポイントがたまる「オンライン・ブックショップ」もご利用いただけます。　http://www.kokusho.co.jp

＊ご記入いただいた個人情報は、ご注文いただいた書籍の配送、お支払い確認等のご連絡および小社の刊行案内等をお送りするために利用し、その目的以外での利用はいたしません。

り換えた表向きの理由は、そのほうが経済的だからだ。座席券の購入もふくめて、なにもかもニューヨークのほうが安いのである。ダニエルはあらゆる贅沢をしていながら、けちんぼうというもっぱらの評判だった。デモインでは、その日一日洋服屋をつぎつぎとまわっては値段にびっくりして逃げだしたこともある。彼はもう〝成金〟なのだからそんなことには超然としているはず、同じ二つの品物に値段のちがいがあっても目じゃないはずだと思われていることは、ダニエルにしても理屈では承知していた。請求書が来ても明細はチェックしない、釣銭など数えない、旧友が申し込んだ借金の額など、いや、そんな事実さえ覚えていないのが当然だと思われている。しかし金の匂いというものはまともな人間も変えてしまうのか、その匂いをかぎつけ、かぎまわる様子には驚きもし、失望もさせられた。ダニエルは、そういう人間には憤りを感ぜずにはいられなかった。金というものを、少なくとも「友好的な」つきあい上のもの以上に費やされる金を、シャワーの水と同じ程度にしか考えないような貴族的な態度は、彼の性格としては受け入れられないものだった。彼の体が血液型のちがう輸血を受けつけないのと同じだ。

しかし、経済的だからというのは、ハネムーンをニューヨーク経由で予約するための口実だった。ほんとうの理由は、飛行機を乗り換える十二時間のあいだに二人でやることにあった。これはボウアには秘密だった。もっともまるっきりの秘密でもない。ボウアはわかりきったヒントがいくらもあるのに、一週間もわからないふりをしている。たしかに彼女は知っている。それでも、さもびっくりしたふりをして見せたいばかりに口にしないだけなのだ（プレゼントの包みを開ける手ぎわのよさではボウアにかなう者はいないだろう）。やはり、国立第一飛翔基地に行くのかも？　やっとだね、まあ、ほんとうに。いよいよだわ！

離陸後、スチュワーデスたちは酸素マスクを手にパントマイムを演じてから、飲物を配ってまわり、たいていは愛想よく言葉をかけていく。雲が飛び去り、碁盤の目のような農地やくねくねと曲がる川、排水管のようなハイウェイが見える。想像していたのとくらべて、がっかりした。だがともかく、これは本番じゃない。

　国立第一飛翔基地こそ本番だった。国立飛翔基地は飛翔の初心者が翔ぶのを手助けする専門機関である。「必要なのは」パンフレットにはこう書いてあった。「歌に対するあなたの真情だけなのです。わたしたちはただそのための環境をご用意します――そして、翔ぶのはあなたしだいです」

　ダニエルは結婚式と披露宴のあいだもずっと飲みつづけていたが、酔った様子は表に出さなかった（彼は自信があった）。ボウアにも見せなかった。機内でもずっと飲んでいた。葉巻に火をつけたが、スチュワーデスがすぐに消しにきた。きまりがわるいのと、なにかにつっかかりたい気分のせいで、さっきボウアとやりあった議論をはじめた――というよりも、再開した。国会議員のチャールズ叔父のことだった。叔父は結婚祝として純銀製品を十二客ぶん贈ってくれた。空港へ向かう車のなかでも、ボウアはそのことについて甘え声でしきりにしゃべりつづけていた。とうとうかっとなったダニエルは、チャールズ・ホワイティング――それと兄のグランディソン――について、自分が考えているところをぶちまけたのだった。ダニエルの考えとはこうである――チャールズが近々スキャンダルに近い事件に巻き込まれそうなのを知ったグランディソンは、チャールズと家名のことを考えてこの結婚をとりきめた。いつも卒直な意見を載せる東海岸の新聞にもそう書かれていた。スキャンダルは、（チャールズが委員長をしている）財務委員会分科会お抱えの弁護士に関わるものだった。事実の詳細については公になる前に政府が規制してしまったため、なにが問題になったかは正確に知ることができなかった。どういうわけかアメリカ自由人権協会に関係があった。チャールズがかなり行き過ぎた発言をして喧伝されたことのある団体である。その弁護士は行方をくらまし、チャールズ叔父は記者連中に終始ノーコメントでやりすごしていた。最初に〈スター・トリビューン〉にそれとなく記事が出てから、この結婚がいわばスキャンダルと均衡をとるための手段として整えられたことが、ダニエルにもわかってきた——結婚式はまたとないPRである。それがボウアには理解できなかった。グランディソン・ホワイティングはその件について話しあうことを頭からはねつけていたから、二人にしても新聞紙上から拾える程度のことしか知りようがなかった。式をあと数日に控えて、ダニエルの疑いが根強いのを知ったグランディソンは激しい怒りを見せ、ボウアがどうにか二人の気持をなだめたのだった。ダニエルは謝罪はしたものの、疑いは消えたわけではない。こうした紛糾から、ホワイティング家のリムジン内での喧嘩ははじまった（運転手の耳に入れたくないとボウアが懸命になったのが、かえって喧嘩をややこしくした）。ケネディ空港に向かう機内でも、この問題がまた二人の喧嘩の種になった。父親についてちょっとでも疑いを持たれることにボウアはがまんできないのだから、これは永久に喧嘩の種となるだろう。彼女はどのような脆弁を弄してでも父親をかばおうとして、声もかん高くなった。ほかの乗客たちはとがめるように二人のほうを見た。ダニエルはあきらめようとせず、ボウアに叔父の弁解もさせるよう追いこんだ。そして、ますます辛辣な皮肉を浴びせかけて応酬した（母親から覚えた戦術だ。彼女のは痛烈だった）。ボウアが泣きだして、やっと休戦となった。

飛行機はクリーブランドに着陸し、ふたたび飛び立った。スチュワーデスがまた飲物を持ってきた。言い争いはどうにかやめたものの、ダニエルはとても惨めだった。挫折。憤慨。彼の怒りは、たまま起こったいいことを、すべて等しくわるいなにかに変えてしまった。だまされ、堕落させられ、裏切られた思いだった。この九週間かかっていた魔法はあとかたもなく消えていた。友人たちに対する態度も今となってはにがにがしい——連中も同じ推測をして、この結婚を前とはちがう、色あせたものとして見ていることがわかるからだ。

それでも、ある意味ではボウアが正しいのではないだろうか？　ダニエルに対する父親の扱いがまったく心からのものではなかったとしても、少なくとも半ばは本心からだったかもしれない。それに、グランディソン・ホワイティングの隠れた動機がなんであろうと、結果はこのとおりのハッピイ・エンドだ。ボウアが提案したように、ほかのことは頭からすっかり払いのけ、くつろいだ気分になって、これから果てしなくつづく豪華な祝宴らしきもののはじまりを楽しむほうがいい。

それにそもそも、国立第一飛翔基地に着いて穏やかな気分でなければ困りものだ。

なにか別のことを考えてみようと、ダニエルは機内の雑誌でアメリカの一流作家が書いた鱒釣りの話を読んだ。読み終えて、なるほど鱒釣りは楽しい娯楽だと納得した。セイシェルには鱒がいるだろうか？　たぶんいないだろう。

ニューヨークでなによりもすばらしいのは、人の目につかないでいられることだと、とダニエルは五分間いただけでそう思った。だれも他人のことなど気をつけて見ていない。もっとも、気をつけていなかったのはダニエルのほうで、もう少しのところで機内持込み用のスーツケースを持っていかれそうになり、ボウアがつかんで危ないところを難を免れた。かつての故郷への忠誠心に似た気持も消え失せた（ボウアに何度も指摘されたように、ダニエルは生まれからすればニューヨーカーだ）。

空港から国立第一飛翔基地まではタクシーでなんと四十分もかかった（パンフレットには「ケネディ空港からちょうど十分」とあったのだが）。ベン及びビバリー・ボソラ夫妻として登録するのにさらに十五分（パンフレットに、ニューヨークの法律では詐欺行為が関与しないかぎり変名を用いることは犯罪とみなされない、とあった）。それから二十四階にある続き部屋に通された。部屋は三つで、普通のホテル並みの部屋（ダブルベッドにキッチネット、ウォリーに匹敵する最高の音響システム）

と小さなスタジオが二つ。係員から装置の使い方を知っているかと訊かれて、ダニエルは深呼吸してから知らないと答えた。実演つきの説明にまた五分かかった。額に粘着剤を少し塗ってから、その上にワイヤが接続してあるヘッド・バンドをきちんと装着する。つづいて、ダニエルなら歯医者の椅子だと悪態をつきそうな物体のなかでリラックスする。そして歌う。ダニエルが係員にチップを十ドル渡し、やっと二人きりになった。

「あと十一時間ある」ダニエルが言った。「十時間かな、飛行機に乗り遅れたくなければね。いまここで、自分の力で翔ぼうというときに飛行機の話もばかみたいだけど。いやあ、緊張するなあ」

ボウアが首をうしろに反らせて、辛子色のじゅうたんの上で体を一回くるりとまわすと、オレンジ色のウエディング・ドレスが大きく波打った。「わたしもそうなの」彼女は静かに言った。「でも最高の気分よ」

「とりあえずベッドに行こうか？　そのほうが具合がいいこともあるって聞いてるけど。気を落ち着けさせるのにはね」

「あとにしたほうがいいと思う。そう言うと、とてもあつかましいと思われるかもしれないけどね。ほんとうにうまくいきそうな感じなの。どうしてだかわからないけど」

「ぼくだってそうだよ。でも、うまくいかないこともあるんだ。やってみなけりゃわからないものさ。一回目で成功するのは約三十パーセントだって言うよ」

「そうね。今夜でだめなら、また別のときにね」

「でも、もし今日うまくいけば、すごいな！」ダニエルはにやりとした。

「すごいわね」ボウアもうなずいた。

二人はキスをして、それぞれの音響スタジオに入った。ダニエルは係員の助言どおり、接続する前に一度歌ってみた。マーラーの「わたしはこの世に忘れられ」を選んだ。一年前にはじめてこのレコードを聞いたときに、これこそはじめての飛翔に使う歌だと思った。その短い三つのスタンザは、離陸用指示マニュアルのようだったし、その音楽は……こういう音楽にはなんの説明もいらない。完璧だった。

ダニエルはカセットに録音してきた伴奏に合わせて力のかぎり歌った。そして第二のスタンザの終り——「まことに、我は死にたれば」——まできたとき、自分が宙に浮かんだと思った。しかし、浮かんではいなかった。二度目は、歌い進んで——「世の争いに敗れ、完全なる静寂の王土に眠る」——音楽が彼の心を肉体から駆りだしたと感じた。

しかし、歌が終っても、彼はまだそこにいた。ピンクのクッションがついた椅子の上に、糊のきいたシャツと黒のタキシードのなかに、彼のがっしりとした肉体のなかにいた。

もう一度歌った。しかし、さっきほどの確信もなかったし、結果もうまくいかなかった。うろたえてはいけない。パンフレットによると、脱出速度に達するという点からみてもっとも効果的な歌は、いちばん評価の高い歌や大好きな歌というわけではない。マーラーの歌でうまくいかなかったのは、苦心して彼自身の音域に移調したものの、技術的に問題があったのだろう。専門家たちの一致した意見では、自分の能力以上の音楽に取り組んでもむだだということだった。

つぎに彼が選んだ献歌は「ぼくはピナフォア号の船長だ」だった。あらんかぎりの信仰と精力を注ぎこんで歌った。彼がスピリット・レークを出所する前夜に見た夢で覚えていた歌い方で、まるで讃美歌を歌うようだった。しかし、ばかげた感じがするのはどうしようもなく、だれか聞いている人がいたらどう思うかと気になった。気にすることはない、スタジオは防音装置が施されているんだ。こういうことで落ちつかないようでは、当然彼の得点はまた申し分ない零点だ。

ダニエルは「冬の旅」から好きな曲を二曲歌った。これを歌うといつも心からのわびしい厭世感にとらわれる。しかし二曲目の半ばで突然歌うのをやめた。こういう感じ方ではやってみるのもむだだ。それは感情というよりもむしろ肉体的な感覚だった。巨大な手が彼の胸ぐらをつかみ、締めつけているようだ。心臓や肺にたえず圧力が加わり、舌には金属の味がした。

辛子色のじゅうたんの上に降りて、激しく腕立て伏せを息がきれるまでつづけた。いくぶんよくなった。ほどなく、一杯やろうと寝室に行った。

ボウアのスタジオのドアの上で、赤い灯が輝いていた——彼女は翔んでいるのだ。

それを見てダニエルは彼女のために喜んだ。つぎに、うらやましくなった。考えてみれば、逆のことが起こらなくてよかった。スタジオに入って彼女の姿を見たいと思ったが、それでは自分の敗北を認めるような気がした。自分がやりたかった——そしてできなかった——ことをやりとげた人を眺めるなんて。

アイスボックスに入っている酒はシャンパンが三本だけだった。一日中シャンパンを飲みつづけたので、もう飽き飽きしていたが、電話でルーム・サービスにビールを注文する気にもなれず、シャンパンを一本、できるだけ急いで空けた。

ダニエルはドアの上の灯をずっと眺めていた。一回目で翔べたのだろうか、どんな歌を使ったのだろう、今彼女はどこにいるのだろう。市内のどこかにいるにちがいない。国立第一飛翔基地のスタジオはどれも外界との直接の出入りができるのだから。とうとうがまんしきれなくなって、スタジオに入って彼女を見た。というよりも、彼女が残していった体を見た。

彼女の腕は肘かけからずり落ちて、オレンジ色のクレープデシンの薄いドレスの上にだらりとさがっていた。持ちあげてみると、とてもぐにゃぐにゃしている。ダニエルはそれを柔らかい肘かけの上にもどした。

目は開いているが、ポカンとしている。半開きの唇からは唾液のしずくが垂れていた。その目を閉じてやり、つばを拭きとってやった。生きている人間の体よりも冷たい。まるで死んでいるみたいだ。

ダニエルは自分の部屋にもどって、もう一度やってみた。根気強く、すべてを二度ずつやってみた。エルガーとアイヴスの歌を歌った。マーラーほど堂々とした歌ではないが、どちらもダニエル自身の言葉で歌った。これは考慮すべき点だ。バッハのカンタータからアリアを、ヴェルディのオペラからはコーラス部分を歌った。これまで聞いたことのない歌（スタジオには楽譜と伴奏用のカセットがそろっている）や、何年も前にラジオで聞き覚えた古いラブソングを歌った。三時間も歌うと、もう声にはなにも残らず、しゃがれて、喉の奥が痛いだけだった。

表の部屋にもどったが、ボウアのドアの上にはまだ灯がついていた。

ベッドに入って、暗闇に輝いている憎々しげな赤い眼をにらんだ。ダニエルはしばらく泣いて、ぐっとこらえた。自分があとに残っているのを知っていながら（たしかに知っているはずだ）、こんなふうにして翔んでいってしまうなんて信じられない。なんといっても、今夜は初夜じゃないか。二人のハネムーンじゃないか。父親について言ったことにまだ怒っているのだろうか？　それとも、翔べるようになると、ほかのことはどうでもよくなるのか？

しかし、最悪なのは、彼女がいなくなったことではない。自分がここにいることだ。しかもおそらく永久に。

ダニエルはまた泣きはじめた。涙が静かにとめどなくしたたり落ちる。今度は涙の流れるにまかせた。あなたの感情を内に押さえつけてはいけません、というパンフレットの忠告を思い出したからだ。とうとう涙も涸れ、シャンパンも空になって、彼はようやく眠りについた。

予定していた飛行機がローマへ向けて発ってから一時間後、ダニエルは目を覚ました。スタジオのドアの上で灯はまだ赤くともっていた。

以前車の運転を習っているときのこと、ボブ・ランドグレンの小型トラックをバックさせて、舗装されていない道路から外れて後輪が溝にはまり、なかなか引きあげられないことがあった。トラックの荷台には種子の袋がいっぱい積んである。応援を頼みに行くこともできなかった。というのも、ボブの隣人で盗みを働かない人間はほとんどいないからだ。ダニエルはバッテリーが切れるまで警笛を鳴らし、ランプを点滅させた——が、まったくむだだった。とうとう辛抱しきれなくなって、もうどうともなれと考えることにした。ボブがダニエルを見つけたのは午前二時、彼はまったく冷静で落ちつきはらっていた。

ダニエルは今度もそう考えることにした。もしボウアを待たねばならないのなら待とうじゃないか。待つのは得意なんだ。

受付に電話をして、もう一日この部屋を借りたいと伝えて、朝食を注文した。それからテレビのスイッチを入れると、昔のカウボーイ映画が映っていた。ありがたいと思って映画のストーリーに気持を集中させた。ヒロインが主人公に自分の両親は《魔の山》での大虐殺で殺されたと語っていた。よくある話でもあるし、説明のつかない出来事のようにも思えた。朝食が届いた。絞首刑を宣告された男の最後の食事にちょうどいいたっぷりした朝食だ。四つ目のフライド・エッグを平らげてから、これは二人分だとようやく気づいた。満腹だったので、屋上に出かけて温水プールで一人きりで泳いだ。水のなかで無重力宙返りをゆっくりとやってみる。翔ぶまねだ。部屋にもどっても、ボウアのスタジオの灯はまだ点いたままだった。彼女は昨夜ダニエルがそこを出ていったときそのままに、リクライニング・シートで体を伸ばしていた。もし彼女がこの部屋にいてダニエルを見ているなら、忠実な妻になろうと決心して、自分の体に（そして夫のもとに）もどってくるかもしれない、と半ば期待しながら、彼は身をかがめてボウアの額にキスをした。そしてうっかりして彼女の腕に体をぶつけて肘かけから外してしまった。腕は肩からあやつり人形の手のようにだらりと下がった。ダニエルはそのままにして表の部屋にもどった。彼のいない数分間に、だれかがベッドを整え、食事の盆を下げていた。

まだ奇妙に冴えた、ゆったりとした気分で、ダニエルはロビーの売店で買えるカセットのカタログに目を通した（途方もない値段だが、どうなとなれ、だ）。いささか行き当りばったりにハイドンの「四季」を電話で注文した。

最初はテキストどおりあわただしくドイツ語と英語を往復しながら歌った。しかし、より集中力が必要でダニエルにはとてもむりだった。彼は同化を求めず、ただのんびりと楽しみたかった。歌いながらその歌を聴いていた。カーテンを引き、明りを消した。音楽に聴き入って何度もぼーっとなった。そのうち、部屋の暗がりのなかに、色がぽつぽつと見えはじめた。音楽のくっきりとしたパターンに反響するように、さっと現われては消える光のアラベスク模様。それは母親が失踪する前、ニューヨークに住んでいるころにやったことがあるなにかだった。ダニエルはよくベッドに寝ころがって、となりの部屋のラジオを聴いていた。すると天井が映画の黒いスクリーンのようになり、そこには彼の心が作りだした映画が映った。きれいな半抽象的な光の明滅、そしてとつぜん空間いっぱいに大写しとなる。それにくらべると、今のちゃちな音や光は味気ない薄いお茶のようだ。

最初から、ダニエルにとって音楽は視覚芸術だったようだ。むしろ空間芸術と言ったほうが近いだろう。同時に踊りに向いているはずだ（実を言うと、彼は歌っているときよりも踊っているほうが楽しいのではないか？　そして踊りのほうがうまいのではないか？）。それとも指揮に向いているかもしれない。音楽の広がりの中心にいて、彼の指揮棒の動きで音楽が生みだされる。ダニエルが翔べないのもこれで説明がつくかもしれない――つまり、根本的に音楽は彼とは異質のものであり、一字一句を自分の知っている言葉に翻訳しなければならない外国語であることがわかっていないのだ。でも、彼にとって音楽がこれほど大事だと思えるときに、それがどうしたというのだろう？　今だって、こんなときに！

《春》も《夏》も過ぎ去り、低音部は今《秋》と狩りを歌っていた。ダニエルはしだいに盛りあがる音楽の勢いで体の外に持ちあげられた。やがて、ハイドンの曲では類のない残忍さとともに、狩りがはじまった。角笛の音が響いた。二重合唱がそれに答えた。ファンファーレがいっぱいに広がり、そして……風景が作られた。たしかに、角笛のラッパ口から流れでて、にぎやかにざわめく調子は風景そのものだった。木々の茂る丘がいくつも広がり、狩人たちが風のように軽やかに駆けぬける。狩人たちの「ほうほう！」と叫ぶ声は土地を所有する誇りの表われであり、広々とした平原に縦横に刻む人間のしるし、所有することの喜びとエクスタシーそのものだった。ダニエルはこれまで狩猟の魅力を理解できなかった。と言っても、ウォリーで催される規模のものしか知らなかったのだが。金持連中のやるべきことの一つで、連中が銀器や陶器やカットグラスを使うのと同じぐらいに考えていた。一匹のキツネを殺すのに、どんな興趣があるというのか。しかし、今彼にもわかったのは、狩人たちにとってキツネというのはただの口実で、自分たちの荘園を駆けまわり、あらゆる境界を気にせずに塀や生垣を飛び越すための言い訳にすぎないということだった。彼らが馬にまたがり、「ほうほう！」と叫ぶことができるかぎり、その土地は自分のものなのだから。

それは文句なくすばらしい――音楽のようにそして理念のようにすばらしい。こう卒直に言われるのを耳にすれば、グランディソン・ホワイティングは喜んだだろう。しかし、当然のことだが、キツネは狩猟についてまた別の見方をする。ダニエルはこの義父がときおり見せる表情から、自分こそがキツネなのだとわかっていた。彼、ダニエル・ワインレブはキツネだ。そしてダニエルはわかっていた。あらゆるキツネにとって、狩猟とはある一語につきる。恐怖である。

一度投獄されると、ふたたび完全にそこから抜けでることができない。刑務所は人のなかに入りこみ、その心の内に塀をめぐらす。一度狩りがはじまると、キツネが穴に逃げこむまで、猟犬がキツネを引き裂き、猟犬係がそれを高くかかげるまで、世の統治者や持てる者たちがキツネのような者にはなんのあわれみの心を持たぬという痛ましい証拠をかかげるまで、終ることはない。

このときでさえ、こういう恐怖にとらわれていてさえも、それは説明のつく恐怖であり、いわれのないものではないだけに事態はちがったなりゆきを見せたかもしれなかった。午後になって（ボウアはまだもどってこない）、テレビのニュースの三番目に、ローマへ向かった飛行機が大西洋上で爆発を起こし、乗客（全員行方不明）のなかに、グランディソン・ホワイティングの娘とその花婿がいることが報じられたのである。結婚式場で二人がキスをしている写真が映しだされた。タキシード姿のダニエルはカメラに背を向けていた。

爆発は正体不明のテロリストの犯行と言われた。ＡＣＬＵ（アメリカ自由人権協会）と名指しこそされなかったが、その含みが感じられた。

そんなばかな、とダニエルは思った。

第三部

11

　三十歳というのは、もしその歳にふさわしいものをなにひとつ持っていない者にとってはいやな誕生日だ。この歳になれば、それまで使ってきた言い訳もかなりすり減ってきている。三十歳で失敗すれば、このあとの一生も失敗だということになりかねない、ダニエルにもそれはわかっている。しかし最悪なのは、失敗したからといって困惑することではない。困惑も程度によってはかえって薬になるかもしれない。最悪なのは、石綿が水を吸いこむように、失敗がその人の体の細胞のなかに滲みこんでいく、その入りこみ方だ。つぎにどんな大災害が待ちうけているか、いつも恐怖のにおいをかぎながら生きるようになる――歯槽膿漏、立ち退き通告、その他なんにでもだ。それはまるで人間の宿命の実証人として、うじのわいた死体に向かいあってつながれているようなものだ。映画のなかでそういう状態の人を見たことがある。それとも本だったか。いずれにしても、その朝、三十歳の誕生日の朝にダニエルが見た自分の将来は、同じくらいけがらわしいという点ではよくない知らせのように思えた。ただちがうのは、彼がつながれているのは自分自身の体であることだった。

　ダニエルはやりたいと思っていたことをなにもやっていない。彼は翔ぼうと試みて失敗した。彼は音楽家でもなんでもない。彼の勉強は茶番劇で終った。彼は文無しだ。そして、これらの事態はどれも容易に変るとは思われない。どういう帳簿のつけ方をしてみても、落伍者と評価されなくてはなるまい。ダニエルは自分の気分や冷静さの度合いによって、ときに陽気に、あるいは不機嫌にそれを受けとめていた。たしかに、自分が仲間と呼んでいる連中のなかにいて、自分はそうではないと認めたりすれば、礼を失することになったかもしれない。連中も落伍者だからだ。なるほど、どん底に落ちてしまった奴はまだ少ないし、なかには、自分の夢が叶えられなかったといっても、まったくの文無しとはいえない、いわば名誉落伍者も一人か二人いた。ダニエルは以前からこの場所に来てはいたが、夏のあいだだけ、それも一回に一週間を越えることはない。したがって、たぶんお芝居以上のものではない——これから迎える最悪の状態に備える舞台稽古といったところだろう。しかし、さしあたって路上で寝とまりするには彼は容貌がよすぎた。もっとも自分からそれを選べば別だが。

たしかに、感謝すべきものを数えてみろと言われれば、今朝のように青白い顔色はしていても、容貌はその第一に挙げるべきものだろう。点々と傷のついたバスルームの鏡にその顔が映っている。(借り物のかみそりと、薄くなった黄色い洗濯石鹸の泡で）彼はひげの形をかりかりととのえていた。これまで何度もきわどいときに彼を救ったこの顔、さずかったことがこのうえない幸運だとしか思えない、気弱で親しげな顔。自分が落伍者であるという意識をこれっぽっちも現さない顔。もはやダニエル・ワインレブ、輝かしい将来のあるダンではなく、ベン・ボソラ、どんづまりのベンだった。

国立第一飛翔基地で登録に使った名前が、そのあとも彼の名前になった。〝ボソラ〟は彼の寝室となったチッカソー街の地下室を借りていた一家の名前を拝借した。ベンのほうは、ただ旧約聖書に出てくるというだけで特別な理由はない。ベン・ボソラ、間抜け、やり手、くそったれ野郎。ああ、悪態はごまんとある。しかし、どれをとってみても当ってるとわかっていたし、ほんとうはそれほど悪くはないぞと思ってもいた。鏡に映る顔は気に入っていた。鏡をのぞくたびに、変らないのがふしぎでもあり、まんざらでもない、と喜んでもいた。

だれかがバスルームのドアを叩いたので、ぎくっとした。五分前までこのアパートにいたのはダニエルひとりだったのだ。

「ジャック、あんたなの？」女の声だ。

「いや、ベンだ」

「だれ？」

「ベン・ボソラ。と言ってもきみは知らないと思うけど。きみはだれ？」

「ジャックの女房よ」

「そうか。トイレを使うの？」

「そうじゃないの。入ってる人がいたのでだれかなと思っただけよ。コーヒーはどう？　いま、自分のを入れてるとこだけど」

「いただくよ。なんでも」

洗面台で顔を洗うと、ジャックの（それとも彼の女房のだろうか？）コロンを下あごの剃りあとにはたいた。

「やあ！」ダニエルは、バスルームから晴れやかな笑顔で出てきた。その真っ白に輝く門歯を見ると奥歯が虫くっているなんてわかりはしないが、もう三本も臼歯が抜けていた。父親がこんな歯を見たら、ずいぶんがっかりするだろう。

ジャックの女房はうなずくと、白いフォーマイカ板の食卓にデミタス・カップのコーヒーを置いた。背の低いずんぐりした女性で、リューマチにかかった赤い手、目やにだらけの赤い目をしていた。古いタオルを継ぎあわせたムームーを着ていて、まだら模様の長い袖はその気の毒な手を必死にかくそうとしているように見える。ブロンドの太いお下げ髪が一本、ブラシで高くなであげた髪から下がって、背中でしっぽのように揺れていた。

「ジャックが結婚してたなんて知らなかったな」ダニエルは信じられないといった目つきでそう言った。

「あら、実際は結婚してないのよ。法律の上では、むろん、夫と妻だけど」彼女は自嘲するように鼻をならした。笑うというより、くしゃみのようだ。

「でもいっしょには暮らしてないのよ。ただそういう取り決めだけ」

「ふうん」ダニエルはなまぬるいコーヒーをすすった。ゆうべのぶんの温めなおしだ。

「彼ね、午前中仕事に出かけてるあいだ、ここを使わせてくれるの。おかえしに洗濯をやってあげてるわ、ほかにもなにかとね」

「そう」

「わたし、マイアミから来たのよ。だからほんとうにこうでもしなくちゃ居住資格がとれないの。それに、もうほかの土地じゃ、生活しろったってできないと思うわ。ニューヨークってところはね、とても……」言葉につまって、タオル地の袖をひらひらさせた。

「説明はしなくていいよ」

「説明したいのよ。ともかく、こんなふうにノックもしないで入ってきて、わたしのことをなんだろうって思ってるはずよ」

「言っとくけれど、ぼくも一時滞在者《テンプ》なんだ」

「あんたも？　そうは思わなかった。だって、土地っ子に見えるわよ」

「ほんとうはそう。でも一時滞在者でもある。説明すると長くなるけど」

「名前、なんでしたっけ？」

「ベン」

「ベン、ね――いい名前だわ。わたしはマーセラ。いやな名前。あんた、なにをしなきゃいけないか知ってるわね、ベン。結婚しなきゃだめなの。それほど費用はかからないわ。あんたのような人なら大丈夫よ」

「ふうん」

「ごめんなさい、わたしには関係ないことね。でも長い目で見れば、それだけの値打はある。結婚のことよ。もっともわたしにとっては、この点じゃ、実際それほどちがいはないんだけど。まだ宿泊所に住んでるの。みんなは居住用ホテルなんて呼んでるけど。来られるかぎりここに来ることにしてるの、ひとりの時間が欲しくて。でも、もう仕事も登録ずみなの。ウエイトレス。だから、二、三年のうちにわたし自身の権利として居住者の資格ができれば、離婚して、自分のアパートを探せる。資格さえあれば、アパートはまだまだあるのよ。相部屋ってことになるでしょうけど。でも、宿泊所よりはずっとましでしょ。宿泊所は大きらい。あんたは？」

「ぼくはどうにか行かずにすんでいる」

「ほんと？　それはすごいわ。秘密を知りたいわね」

ダニエルは気まずそうな笑みをうかべて、どろのようなコーヒーのカップを置いて立ちあがった。

「それじゃ、マーセラ、ぼくの秘密を当てなくちゃ。もう出かける時間だから」

「そのかっこうで？」

ダニエルはゴム製のサンダルに運動用のショートパンツという姿だった。

「このかっこうで来たんだもの」

「あんた、やりたくないの？」マーセラが訊いた。「卒直に言うけど」

「わるいけど、けっこう」

「いいのよ。あんたがうんと言うとは思わなかったもの」彼女は力なく言った。「でも、それが秘密じゃなくって？――あんたがうまくやっている秘密は」

「たしかにそうだよ、マーセラ。当ってる」

それ以上言い争っても仕方がなかった。なにしろマーセラは傷ついたのだから。誘って断わられるほど切ないことはない。だから、ダニエルはハツカネズミのようにおとなしく、さよならと言って出かけた。


歩道に出ると、風の強い、どんよりと曇った日で、四月末にしてはひどく寒い。シャツ無しで歩きまわるには寒すぎる。当然彼の身なりは人目についたが、たいていの人は愉快そうに、あるいはしょうがないなという目で見ていた。いつもそうだが、そういう注意を引くことがあるとダニエルは楽しくなる。十二丁目まで来ると、窓敷居の上のペンキの看板でかすかに本屋だとわかる店に入っていき、朝の用を足した。個室にしばらく腰を下ろし、金属の間仕切りに書かれた落書を読みながら、自分でも考えてみた。五行戯詩のはじめの四行はとんとんとできたが、終りの句で詰まってしまい、結局は空白にしてほかの連中に挑戦することにした。

昔々　風来坊が抱えた悩ましい品
コック野郎のくせにピエールなんて名
そいつが股間に居すわって

くる日もくる日もまぐわって

やがて（このつづき、書けるものなら書いてみな）！

心のなかでミューズの女神に会釈をすると、アラブ人のように左の手で尻を拭い、指のにおいをかいだ。

五年前、まだ自信の余燼がくすぶっていたころ、ダニエルは詩に情熱を傾けたことがある。〝情熱〟といっては強すぎる言葉になるかもしれないが、ともかく、きちんとした、意欲的な熱心さだった。そのころ彼の声楽コーチ兼ライヒ派セラピストだったレナータ・サンプルは、もしいつまでも翔べないとすれば、翔ぶための最上の方法は、思いきって難物に正面から取り組むこと、そして自分自身の歌を作ることだというごく一般的な理論の持主だった。結局のところ、感動的な歌というのは、感じる人の心に忠実な歌ではないだろうか？ ダニエルは歌詞を無視しがちで、そんなとき歌は不幸な結果に終っていた（どちらかと言うと、音楽に気を散らされないように、外国語のまま歌うようにしていた）。ダニエルはまったくの新天地を開拓しなければならなかった。やがて、これまでの音楽そのものよりも受けいれやすく手をつけやすいものだとわかってきた。はじめのころ、彼の歌詞は調子がよすぎたり、甘ったるいものだったが、すぐにこつを飲みこみ、ちょっとしたミュージカルなども作ったりするようになった。それにしても、あのサンプルの理論にはどこかおかしい点があるにちがいない。というのも、ダニエルの作った歌――少なくともその最高の出来のものだが――は、彼を翔ばせてくれなかったのに、ほかの歌い手には大いに効き目があったのである。いつもなかなかうまくいかなかったサンプル博士もその一人だった。もし彼の歌に欠点がないとすれば、欠点はダニエル自身にあるにちがいない。ダニエルの魂という木のなかにあるこぶは、どんなにエネルギーを費やしても取り除くことができないのだった。それでほっとした気持のまま、彼は挑戦するのをやめてしまった。最後にもう一つだけ歌を書いた。叙情詩のミューズ《エラト》への惜別の辞だ。しかし、飛翔装置でそれを試そうとはしなかった。ひとりきりでいて、自然に歌いたくなったとき以外（めったにないが）、まったく歌わなくなった。そして詩作の経歴の名残は、今日のトイレの件でわかるように、五行戯詩を作る習慣だけとなった。

実のところ、すべての美術や文学に対するえらそうな放棄宣言にもかかわらず、ダニエルは自分の落書を誇りに思っていた。なかには、覚えられて、他人の手で市内中の公衆便所に書きうつされているものもある。こうして不朽のものとなった落書を見つけるたびに、セントラル・パークで自分の胸像を見つけたような、タイムズ紙上に自分の名前を見つけたような気分になる——西洋文明というバンパーに、小さいけれども彼らしいへこみをつけた証拠であった。

十一丁目を七番街へ半ば行ったあたりで、ダニエルのアンテナは、停止そして偵察せよという信号を受けた。二、三軒先、道の向こう側に黒人のティーンエージャーの女の子が三人、さりげない風を装って、小さなアパートの少し引っ込んだ戸口に立っていた。厄介だ。しかしダニエルはかなり長いあいだニューヨークにいて、自分のレーダーは無視しないほうがいいとわかっていた。向きを変えていつものとおり、クリストファー通りをジムのほうへ歩いていった。ともかくこっちが近道だ。

シェリダン・スクエアで、ダッジ・エム・ドーナッツ・ショップに立ち寄って、いつものまずいドーナッツとミルクの朝食をただで食べさせてもらった。そのかわりに、カウンターの店員には、ダニエルが受持の夜にジムを使わせてやっていた。ラリー（その店員）は、店の主人や客、排水管の具合などについてぐちを並べていたが、ダニエルが店を出る間際になってやっと、その前日にダニエルに電話があったことを思い出した。このドーナッツ・ショップの電話を伝言サービス用に使わなくなってからもう一年になるのに、どういうことだろう。ラリーは先方の電話番号を伝えた。五八〇―八九六〇、内線十二番、ミスター・オーマンド。金になる話かもしれないが、見当がつかない。

ドーナッツ・ショップを出て七番街を渡った、シティ銀行支店の二階にあるアドニス・ジムがダニエルの定住所といっていい。ときどき仕事を手伝ったり、週に三晩戸締りを引き受けるかわりに、いつでもロッカー・ルームに泊めてもらえた（ひどく寒い夜はサウナのときもある）。寝袋と着替え一そろいを突っこんだ網かごがあり、バスルームの棚には、自分の名前――ベニー――を書いたカップが置いてある。ほかに二人の一時滞在者《テンプ》が、棚にカップ、ロッカーに寝袋を置いていて、三人全員が同時に泊ったりすると、密室に閉じこめられた感じがする。だが幸いにも同じ晩に三人もかちあうことはめったにない。たいてい、ほかにもっと楽に過ごす機会に恵まれるからだ。ダニエルも不定期だが、ほどよい間をおいて、だれかしらにアパートの留守番を頼まれた。ジムで顔見知りの人間と一晩過ごすこともよくある。昨夜はジャック・レヴィンと一緒だった。週に一、二度は外で食事をしていた。しかし、そういうよけいな楽しみに金を使う気にならない夜もあり、そんな晩はジムが頼りになるのだった。

アドニスで練習する人たちには、大別して二種類の人間がいる。一つはショー・ビジネス関係――俳優、ダンサー、歌手。もう一つは警官だ。もう一種類あるといえばちょっと異論があるかもしれない。前の二つの人種より数も多く、まじめに出席している――失業者である。しかし、そのほとんどが失業中のショー・ビジネス関係の人間か、失業中の警官だ。ニューヨーク市内には職業が二つしか残っていない、というのがジムでよく出るジョークだった。たった三つと言っても同じかもしれない。

実際のところ、ニューヨークは崩壊しつつある東部沿岸都市のなかで、かなりましな状態だった。この五十年をかけて、かなりの割合の厄介な人間を出て行かせるようにうまく事を運んできた。厄介者のうち力のある連中を促して、彼らが住み、忌み嫌っているスラムを荒廃させたためである。ブロンクスとブルックリンの大半はいまや瓦礫の街だ。一度建物が焼け落ちれば、そのあとに新しい建物が立つことはなかった。市街地が縮小されるにしたがって、これまであった軽工業は株式取引所を追って南西部に移り、残っているのは、芸術、マスメディア、高級品業者である（この三者は逆説的に言えば繁栄しているわけだ）。生活保護の登録でもしないかぎり（それとも、俳優、歌手、あるいは警官にでもならないかぎり）絶望的な状態といっていい。生活保護を受けるのも、そう簡単ではない。市当局は、徐々にではあるが確実にその条件を厳しくしているからだ。合法的な居住者にしかその資格はなく、そうなるには相応の収入がある職についていて、五年間税金を納めているか（あるいは）市内の高校の卒業生であることを証明しなくてはならない。後者の条件にしても難しいことが一つや二つはある。現在の高等学校は単に定時制の刑務所の役割をするだけでなく、生徒たちはプログラミングや英文法などの基本的技能の習得が要求されている。このようにしてニューヨークはその（表向きの）人口を二百五十万にまで減らした。それ以外は（あと二百五十万だろうか？　当局はわかっていても公表しない）一時滞在者《テンプ》であり、ダニエルのように、できることはなんでもやって生活していた——教会の地下の宿泊所とか、使用されなくなった市内の事務所や倉庫とか、（それでも多少手持ちの金のある人間は）連邦政府の補助のある、暖房、水道、電気といった設備が整った「ホテル」に暮らしていた。ダニエルもニューヨークにきて最初の五年間は、金のことを第一に心配するような暮らしではなかったので（ボウアが運よくその手荷物のなかに、質入れすれば一生は暮らせそうな宝石類を持っていたからだ——すっかり質に入れてしまうまではそう思っていた）そういうホテルに住んでいた。夜に働いて昼は寝ている一時滞在者《テンプ》の一人と個室をわけあっていた。ブロードウェイと西七十八丁目の角にあるシェルドニアン・ホテルだ。そこに暮らしているあいだはとてもいやなところだと思っていたが、ずいぶん年月が経った今から思えば、《黄金時代》と映るのだった。

ダニエルがジムに着いたのはわりあい早かった。マネージャーのネッド・コリンズは新しい客の日課を一生懸命に手伝っていた。客はダニエルと同年輩だがかなり衰えが目立つ感じだ。ネッドは、おどしたり、説教したり、がらりと調子を変えておだてたりしている。彼ならば一流の精神療法医になるだろう——事実そうだったのだが。士気阻喪しているやつをむち打って鍛えたり、尻を蹴とばしてその沈滞気分から抜けださせることにかけては彼の右に出る者はない。ネッドと、そしてネッドのかもしだす精神的に安らぐ雰囲気が、ダニエルがアドニスをすみかにしている大きな理由だった。

廊下と階段を掃除してから、ダニエルは自分の日課にとりかかった。傾斜台上で腹筋運動を百回やり、そのあとはスピードを大きく落とした——ゆっくりとした感じ《ムード》というかやり方《モード》で、なにも考えずに力をこめてやった。クレーンがいちばん機嫌よく動いているときも、こういう気分ではないだろうか。ネッドが新入りの客をどなりつけている。風が窓をかたかた鳴らしている。ラジオはその数少ないレパートリーからおつむのいかれた連中のための音楽を流し、無害な、楽天的なニュースを伝えている。一生懸命のダニエルはまったく気にしていない。ニュースはまるで通りの雑音のように、レストランの外をぶらぶらしている人の顔のように漂っている——街の活気ある暮らしを伝えて、それなりにわるいことではないが、どれもが同じようで、漠然としている。

一時間半後、ダニエルは一休みして、昼食に出かけるネッドと仕事を交替した。ジムのフロアでだれも見ていないのを確かめて、引き出しから鍵束をとりだすとロッカー・ルームに行き、公衆電話のコイン・ボックスを開けた。そこから二十五セント貨を取って、ラリーの教えてくれた電話番号をまわした。

女性が出た。「テアトロ・メタスタージオです。ご用件は？」

この名前を耳にするなり、彼の非常ベルはいっせいに鳴りだしたが、落ち着いて答えた。「ええ、内線十二番のミスター・オーマンドにお電話をするようにと伝言があったものですから」

「こちら内線十二番、わたしがオーマンドですが」

「あっ」ダニエルはびっくりしたが、少しもつっかえずにすらすらと話すことができた。「ベン・ボソラです。伝言サービスから、あなたにお電話するように言われたもので」

「ああ、そうですよ。この劇場に空席が一つあってね、きみも知っているわたしの友人の話で、きみなら適任じゃないかというんでね」

きっと悪ふざけにちがいない。メタスタージオ劇場といえば、フェニーチェ座よりも、ロンドンのパルナス座よりも、ベルカント復活については由緒ある大黒柱であり、中枢となる栄光の場である。従って、多くの純正主義者からは、世界一のオペラ・ハウスと目されていた。テアトロ・メタスタージオで歌うことを請われるなどは、天国から正式の招待状がくるようなものだ。

「ぼくがですか？」ダニエルはたずねた。

「今のところは、むろん、その質問には答えられないがね、ベン。しかし、きみがここにきてくれて、顔を見せてくれれば……」

「わかりました」

「例の友人が、きみはまさに磨けば光る荒けずりのダイヤモンドだと請けあっていた。このとおりに言ってたよ。考えなきゃいかんのは、どの程度荒けずりなのか、どういう磨き方が必要なのかだが」

「いつ伺えばいいですか？」

「今すぐというのはむりかな？」

「ええと、そうですね。もう少しあとのほうが都合がいいです」

「わたしは五時までここにいる。テアトロの場所は知ってるね？」

「もちろんです」

「切符売場の男に、オーマンドに会いたいと言えばいい。案内してくれるはずだ。それじゃな」

「それでは」ダニエルは言った。

「あのー」と言いかけると、発信音が聞こえた。「ブーッ、ブーッ、ブーッ」

メタスタージオだなんて！

実を言って、彼はそれほどうまくない。コーラスの一員なら別だが。たぶんそうにちがいない。でも、それにしたって。

メタスタージオとは！

ミスター・オーマンドは、ダニエルの顔がどうとか、見たいとか言っていた。そこにきっとなにか曰くがあるはずだ。そこでダニエルのやるべきなのは最高の状態を見せることだ——ちょっとやそっとの最高じゃなくて、ともかく豪勢な最高といかなくっちゃ。（ああ神様、）これは面接試験だ！　となると、どうしてもクロード・ダーキンをつかまえなくては。彼のクローゼットには、ダニエルがデモインでハネムーン用の買物騒動のときに買ったもので、一着だけ残った背広が預けてあるのだ。なにもかもごっそりとシェルドニアン・ホテルの部屋から盗まれた夜、ちょうど着ていたから助かった背広だ。アドニスで鍛えたおかげで今では肩幅がきつくなっている。そもそも仕立てが地味なせいか、どうしても古めかしい感じは拭えない。しかし、これ一着しかないのだから、これで間に合わせなければならない。

ダニエルはコイン・ボックスからまた二十五セント貨を取り、クロード・ダーキンに電話をかけた。留守番電話だった。すると、クロードは外出中か、それとも人と口をきく気分じゃないということだ。クロードは周期的に手ひどいふさぎの虫にとりつかれて、何週間も音信不通になることがある。ダニエルは留守番電話に向かって緊急事態を説明した。そのあと、ネッドが昼食からもどると、ロッカーに入れてあったジーンズとタートルネックを着て、クロードの住んでいるウォール街に小走りで向かった。最悪の場合は、この姿でオーマンドに会いに行かねばならないだろう。

ウォール街全体が警備の厳しい地域だったが、ダニエルはウィリアム通りの検問所で訪問者として登録してもらい、急いで通り抜けることができた。しかし、ダニエルが着いたとき、クロードは不在だった。それとも、だれにも会いたくないのかもしれない。ダニエルは装飾用の池を囲むコンクリートのふちに腰をおろして待った。彼は待ち上手《ウエイト》だった。事実、彼は切符を手に入れる行列で待つ人《ウェイター》として生計を立てていた。座席券が発売される当日の朝早く（ときには一日か二日前に）切符売り場に出かけて、自分で並ぶことのできない人や並びたくない人たちのために切符を買うのだった。ジムで働くと雨露をしのぐ屋根となり、こうして待つと食料品になる。行列に値する出し物のある九月から五月までだけのことだが。夏には、ほかの生き残る手段を見つけなければならない。

クロード・ダーキンはダニエルにとって上客の一人だった。慎重に書くと、友人でもあった。二人は、ダニエルがまだ意気盛んなころ、マンハッタン愛好家《アマチュア》連盟（ＭＬＡ）で講習を受けていたときに出会った。ＭＬＡは音楽学校というより紹介業だった。自分と好みや熱意や能力が同じレベルの音楽家たちと知りあうために通うところだった。クロードは、断続的だが数年間通っていて、カタログに載っている講座はほとんど受けていた。二人が出会ったとき、クロードは四十歳の独身で、そして、その能力にむらはあったが、フェアリーだった。若いころはかなり頻繁に翔んでいたが、それも大変な努力が必要だった。今は頑張っても、年に二、三回翔ぶのがせいぜいだ。訊くのははばかられたが、なぜクロードはずっと翔びつづけていないのか、ダニエルにはいつもそれがふしぎだった。ボウアのように（ボウアはそのつもりらしい）。そしてダニエルも、もし飛翔速度に達しさえしたらそうしたいと思っていた。（これもおそらく）ダニエルには無理らしい。残念ながら。

ダニエルは待ちつづけた。その間ずっとメタスタージオのことを空想していた。その仕事にはありつけないかもしれないのだから、むだだとは知りながら。気温がだんだんと上昇しているようだ。池の真ん中では噴水がとまったり、ごぼごぼと音を立てたりしている。はぐれたプードルが吠えながらぐるぐるまわっていたが、結局飼主に見つかった。警官が身分証明書を見せろと言ってきた――すぐそのあとでダニエルに気づいた。ジムに来ている警官だった。

ドアマンにブザーを押すように頼んで三度目、やっとなかに入れた。クロードはずっと家にいた――眠っていたのである。いつもより憂鬱そうだ。ダニエルのご機嫌な様子にはお構いなく、自分の憂鬱さをかくそうともしない。ダニエルはオーマンドの電話の件を手短に話した。クロードは感心したふうを見せようとしたが、まだ半分眠っていた。

クロードに風呂をすすめられて最初は断わったが、二回目で入った。ダニエルが湯につかり、体をこすっているあいだ、クロードはじゅうたんの上で夢見心地のまま、今見たばかりの夢の話をして聞かせた。ローマのさまざまな教会のまわりを、その内部を、その上空を翔ぶ話だった。夢のなかの教会の話なので、クロードはうんざりするほどこと細かに説明できた。カトリック教徒でなくなり、現役の建築家でもなくなってもう久しいのに、教会はまだ彼にとってかけがえのないものだった。ルネッサンス期イタリアの教会建築について、クロードはあらゆることに通じている。ニューヨーク大学で講座まで持っていたが、父親が俗世の大きな建物を残して死んだため、その家賃で現在の自由で不機嫌な生活を送れるようになった。いつでも、なににするというあてもなく、興味を持ったものをひろっては骨董品屋の小物のように取っておいた。彼が変ることなく夢中になっているのは、自分のアパートの装飾で、二、三か月ごとに、最近手に入れた品物に合わせて変えてしまうのだった。どの部屋の壁も果てしなくつづく食器棚で、気の毒にも破壊された古きヨーロッパのガラクタが展示してある――イオニア建築の柱頭、象牙の小さな聖母像、クルミ材の大きな聖母像、化粧しっくい細工の細部、刳《くり》形の見本、大小さまざまな彫像のかけら、ピューター製の食器、銀食器、刀剣、店先の金文字。すべてが特別あつらえの棚に雑然と積まれていた。クロードのためにガラクタ一つ、どの宝石一つとってみても、買った店や発掘した遺跡にまつわる話があった。クロードのために弁じれば、彼の収集品はほとんど自分で捜しだしたものである。彼が翔ぶときにいつも行く土地は、フランスかイタリアの被爆地だった。略奪に夢中になったカササギのように肉体から離脱して瓦礫の上を翔びまわるのだ。そしてウォール街のねぐらに帰ってから、アメリカ人収集家向けに品物をあさるのを専門とする仲介人たちに指示を与える。概して、金は言うまでもなく、飛翔時間の大きなむだづかいのようにダニエルには思えた。ある年のクリスマスに、プレゼントとしてクロードに贈った本（ごみ箱で見つけた十九世紀イタリアの案内記）の見返しに、五行戯詩の気のきいた（そうあってほしいが）形で伝えたことさえある。みかげ石の墓石に彫られ、上にはクロードの名前と生年月日がある。舞台装置でよく見かける形だ。

昔々　フェアリーのクロード　空を飛んで
年がら年中　神さま詣で
　そして神さまご不在のたび
　はるかローマへ探索の旅

サンタ・マリア教会のファサードまで

自分が見た夢の話をし、その夢のなかの不吉な前兆について心配しながら、クロードはダニエルの服装について太鼓判を押した。ただそのネクタイはいけない、自分のと取りかえろと言った。大きな水滴が透明なグリーンのガラスにしたたり落ちるという去年の最新デザインだった。そしてダニエルの頬にキスをすると、尻を一発軽く叩き、エレベーターまで送って、幸運を祈ると言ってくれた。

気の毒なクロード。彼はひどく悲しげだった。

「元気を出せよ」ドアが閉まる直前にダニエルは励ました。「そいつはいい夢だよ」するとクロードは、うなずいて、微笑するかのように唇を曲げてみせた。


ダニエルはミスター・オーマンドのオフィスの待合室で半時間ばかり待っていた。メタスタージオのスターたちの多色刷石版画がたくさん飾ってあって、生糸織の壁地がほとんど見えないほどだった。スターは全員かつらをつけ、各自の当り役の衣裳で着飾っている。どれも愛とかキスといった情感たっぷりの言葉が書き添えられていた。曰く、「カリッシモ・ジョニー」、「われらが親愛なる指揮者」、「いとしきサンボ」、「美しきファティ」、そして（スターの光度がしだいに落ちて）「親愛なるミスター・オーマンド」。

親愛なるミスター・オーマンドご本人は、えらくふとった、そして職業柄とても快活な、しゃれた身なりの実業家だった。フォルスタッフをも思わせる、肌を濃く染めた似非黒人《フォウニー》だった。まるで濃い紫かと思うような暗褐色だ。似非黒人《フォウニー》（フランス語のフォ・ノワール＝にせの黒人から来ている）は、ほとんど東部だけの現象である。アイオワやファーム・ベルト諸州では、皮膚を黒く染めたり、《ジャマイカ・リリー》のような強い日焼け薬を使っている白人は、見つかれば重い罰金刑だ。そうひんぱんに実施される法律でもなく、おそらくそんなに破られることもないだろう。黒人が政治的にも社会的にも多数派になりはじめた都市でだけ似非黒人《フォウニー》たちは多くなっていた。ほとんどは、体のどこか目立つ個所を染め残して（ミスター・オーマンドの場合には右手の小指）、自分の黒人性《ネグリチュード》が選択したもので、生まれつきのものではないことの証拠にしていた。なかには、皮膚を染めたり髪を縮らせたりするばかりか、美容整形までやるのがいる。ミスター・オーマンドのいささか上向きかげんの鼻が生来のものでないとしても、そのモデル選びはひかえめにしたのだろう、れっきとしたキング・コング並になるにはまだまだ余裕があった。もし皮膚を本来の蒼白さにもどしてみても、彼の正体はわからないだろう。ということは、彼は完全とはいかないまでも、忠実な、まったくの、元にもどりようのない似非黒人《フォウニー》なのである。握手をし、指に残ったピンク色を見て、ダニエルはとても平静ではいられなかった。ダニエルはまだどこかアイオワ人なのである。どうしようもなかった——彼は似非黒人《フォウニー》を認めていなかった。

「きみがベン・ボソラだね！」

「オーマンドさんですね」

　ミスター・オーマンドはダニエルの手を放さずに自分の両手に包みこんだ。「わたしの情報屋の話は誇張じゃなかったな。きみこそ完璧なガニュメデス（ギリシャ神話のトロイの美少年。ゼウスに仕えた）だ」彼の声は現実とも夢ともつかぬ、たっぷりとしたはずむようなコントラルト（テナーとソプラノの中間、女声の最低音域）だった。ひょっとすると、この男は似非黒人《フォウニー》であるばかりか、カストラートなのではないか？　それともベルカントのファンが心酔する歌手の真似をするように、裏声を装っているだけなのだろうか？

　しかし、彼が風変りであろうと、いやらしかろうと、ダニエルはそれで面食らった様子を見せるわけにはいかない。気力を振りしぼって答えた。いつもより、だいぶ気張った豊かな声になっただろう。

「ガニュメデスというのは当ってませんよ、オーマンドさん。ぼくの覚えている話だと、ガニュメデスは、ぼくの半分ぐらいの歳ですよ」

「それじゃきみは二十五かね？　そうは思えなかった。ともかく、すわらないか。甘い物はどうかね？」ピンクの指が見える手を振って、机の上のキャンディ・ボールを示した。低いソファに体を沈めると、ビニールのクッションがきしむような音をたてた。片方の肘をつきながら寄りかかって、オーマンドは抜け目なく、と同時に傍観しているようにも見える強い関心をしめしながら、ダニエルを見つめた。「きみのことを話してくれないかな——きみの希望とか、夢とか、ひそかな悩みとか、くすぶっている情熱とか——なにもかも！　いやいや、こういうことは想像に任せるのがいちばんだな。きみのその暗い目に宿っている思い出だけを読ませてもらおうか」

　ダニエルは硬くなってすわっていた。両肩は骨董品まがいの細長い椅子の背もたれに触れるだけで、寄りかかってはいなかった。そして、調べてくださいと言うように目を上げた。ほかの人たちが歯医者に行って経験するのはこんな気分だろう、とダニエルは思った。

「悲劇を経験しとるな。わかるよ。そして傷心だな。しかし、きみはそれを笑顔で切りぬけた。きみはいつもすぐ元気をとりもどす。当ってるかね？」

「図星です、オーマンドさん」ダニエルは笑顔で答えた。

「わたしも傷心を味わったことがあるよ、ねえきみ《カロミオ》。いつかその話をしてあげよう。しかし、この劇場では言い習わしがあってね——大事なことをまず最初に、ということだ。きみの訊きたいことが当然仕事についてだとわかっているのに、わたしの意味のないおしゃべりできみを悩ますことはない」

　ダニエルはうなずいた。

「いちばんよくないことから話そう。給料は少ないよ。たぶんわかってるだろうがね」

「ぼくは自分をためすチャンスが欲しいだけなんです、オーマンドさん」

「ただ、チップがある。ここの連中にとって、これはとるに足らんことじゃない。けっしてな。結局はきみしだいってことだ。そよ風に吹かれて、惰性でのらくらと過ごすことだってできる。しかし、ちょっと頑張って大金を作ることだってできるのだよ。今のわたしを見ても信じないだろうがね、三十年前、ここがマジェスチック座だったときにはじめたのだ——きみが今はじめようとしてるように、普通の座席案内係からな」

「座席案内係ですか?」ダニエルは失望をかくそうとしなかった。

「おや、なんだと思ってたんだい?」

「どんな仕事かおっしゃらなかったもので。見当をつけてたのは……」

「ああ、そうか。そうか、そうか。それはすまなかった。それじゃ、きみは歌手なのか?」

ダニエルはうなずいた。

「例の友達は、ひどく不親切ないたずらをしてくれたわけだ。きみにも、わたしにも。ここの劇場でも、わたしはそっちの方面には関わってないんだ——まったくね。ほんとうにすまない」

ミスター・オーマンドはソファから身を起こして、クッションがまたため息をついた。そして彼は待合室に通ずるドアのそばに立った。彼の気遣いは心からのものだろうか、それともうわべだけだろうか? お互いに誤解していたのだろうか? それとも気晴らしのためにダニエルにいいかげんなことを言って引きずりまわしたのだろうか? 文字どおり追いたてられるようにドアを開けられて、そんな細かいことをはっきりさせる余裕はなかった。決心しなくてはいけない。ダニエルは決心した。

「なにもあなたが謝ることはありません、オーマンドさん。ぼくのほうもですがね。もし、まだその仕事をさせてもらえるなら」

「だが、きみの経歴に邪魔になっては……」

ダニエルは大げさに笑った。「そのことはご心配なく。経歴の邪魔にはなりません。だって経歴なんてないのですから。もう何年もまともに勉強してません。わかってなきゃいけなかったのです。たとえコーラスの補充でも、ぼくにメタスタージオからお呼びがかかるなんて考えたりして。そんなにうまくないんですよ。簡単なことです」

「きみねえ」ミスター・オーマンドはダニエルの膝にそっと手を置いて言った。「きみはすばらしい、い、い。魅惑的だ。もしまともな世界だったら、あいにくまともじゃないが、この北半球にはきみを喜んで迎えないオペラハウスなんてないんじゃないか。きみ、あきらめることはないよ！」

「オーマンドさん。ぼくはつまらない歌手ですよ」

ミスター・オーマンドはため息をついて、その手をのけた。

「でも、すばらしい案内係にはなれると思います。どうでしょう？」

「きみは……恥ずかしいとは思わないのだね？」

「もしそれで金が手に入るなら喜んでやります。あなたの制作される舞台を見る機会のあるのも、もちろんありがたいですし」

「そうだな、きみが好きなら、それも役に立つ。残念ながら耳ができてない子が多くてね。特殊な感覚だからな。ところで、メタスタージオはおなじみかね？」

「レコードは聴いてます。しかし生の演奏会は行ったことはありません。切符一枚三十ドルでは、ぼくらには手がだせないですからね」

「それは、それは」

「ほかになにか問題がありますか?」

「それじゃな、ベン、いいかね……」ミスター・オーマンドは片手を唇にあてて品よく咳をした。「ここでは案内係が守らねばならん服務規定がある。かなり厳しい規定だ」

「はあ」

二人ともしばらく黙って立っていた。ミスター・オーマンドは机の向こう側に立って、事務的な態度で両手をうしろに組み、ワイン樽のような腹を突きだしている。

「とおっしゃると」ダニエルは慎重にたずねた。「ぼくも……ええと——顔を黒くしなくてはいけないということですか?」

ミスター・オーマンドは軽快に笑いだして、陽気な黒人楽団《ミンストレル》ショーのしぐさで両手をあげた。「やれやれ! そんなきついことじゃない。もっとも連中の勝手気ままを許すつもりはないがね。といってもだれもその意志に反するようなことは求めるわけにはいかんのだ(なかなかいい考えだとわたしが思ってるのは否定できないが)。ここでは制服を着てもらう。だいたい地味な部類に入る服だが、かなり、どう言ったらいいかな、粋《いき》っていうのかな? 目立つというほうが合っているかもしれん」

ジムのショート・パンツ姿で街を歩きまわっているダニエルは、別にかまいませんと答えた。

「それから、すまんが、あごひげはだめなんだ」

「えっ」

「惜しくはないか? きみのはたっぷりしてるし、言わせてもらえば目立つからな。だが、メタスタージオは本格的なことで知られててね。オペラをできるだけ初演時と同じようにして上演している。ルイ十五世時代には、お仕着せを着た召使いはあごひげを生やしてはいなかったんだよ。慰めになるかどうか知らんが、口ひげなら、たとええらそうな大きなやつでも前例があるかもしれないよ。しかし、あごひげの例はない。アイーメ《さてさて》！ スペインの友だち流に言えばな」

「アイーメ《さてさて》」ダニエルも心からそう思った。唇をかんで足許を見つめた。このひげとはもう十二年のなじみだ。鼻と同じように彼の顔に欠くことのできないものになっている。さらに、そのおかげで、心安んじていられる。濃い黒髪のマスクのかげのダニエルを見破られたことが一度だけあった。しかし、そのときも幸い実害はなかった。大した危険などない、それは認めてもいいが、危険が絶対にないと否定はできない。

「失礼だが、ベン。そのひげは、なにか欠陥をかくすためかな？ あごが貧弱だとか、傷痕があるとか？ きみにその犠牲を払わせて、そのあげく、やとわないなんてことはしたくないんでね」

「いえ」笑いだしそうになったのを抑えてダニエルは答えた。「ぼくは《オペラ座の怪人》じゃありません」

「ぜひともこの仕事をやってくれるよう願ってるよ。ウィットのある人間が好きだからね」

「考えてみたいと思います。オーマンドさん」

「むろんだよ。どう決めるにしろ、明日の朝には返事を聞かせてほしいな。ところで、今夜の上演を観て、なにを期待されているのか、だいたいのことを知りたいと思うなら、劇場用のボックス席にきみの席を作ってもいいよ。今夜のぶんは空いてるはずだ。今、『デモフォンテ』（ケルビーニ作）を上演中だ」

「批評を読みました。もちろん観たいです」

「わかった。出るときに切符売場のレオにそう言いなさい。きみの名前の封筒があるから。ああ、帰る前にもう一つ訊きたいのだがね、ベン。きみは銃器の扱いの知識があると推測してるのだが、どうかね？ 装塡して、狙いをつける、ぐらいで十分だが」

「ええ、知ってますよ——それにしても妙なことを推測されるんですね」

「きみのアクセントだよ。はっきり発音に出ているわけじゃないが、わたしは耳のいいほうでね。きみのrや母音には中西部の訛りが少し残っている。舞台裏のオーボエのようだ。もう一つ推測させてもらえれば、自衛術をなにかやったようだね?」

「ふつうの体育プログラムでやっただけです。ともかく、座席案内係が必要なんでしょう、ボディガードじゃなくて」

「ああ、だれかを撃ってくれなんて言われることはめったにないよ。この劇場ではまだそこまでいってない(いや、大きな口はたたかないことにしよう)。ただ、どこかのくそったれ野郎に追い立てをくわせないですむ週はないいんじゃないかな。オペラにはまだ情熱をかきたてる力があるからね。それにやとわれた〝さくら〟連中もいる。おそらく今夜、そいつらを見る機会があるだろう。連中は力づくで追いださなきゃならん。ジェフリー・ブレードブリッジが、この主題役を初めてやってるんだ。これまでこの役はレイしかやってない。二人の熱烈なファンで劇場が埋まるのはまちがいない」

「喧嘩でも?」

「ないように願いたいよ。たいていは、ただお互いに金切り声をあげてるだけだ。それだけでも迷惑なことだがね。お客のほとんどが音楽を聴きに来てるっていうのに」ミスター・オーマンドはもう一度手をさしだした。「つまらんおしゃべりはこの辺で。仕事があるんでね。バイバイ! 今夜の上演を楽しんでほしい。そして明日、返事を待ってるよ」

「では明日」帰りをうながされて、ダニエルは約束した。

《デモフォンテ》第一幕のカーテンがおりると、ダニエルは律儀に拍手をした。熱狂している聴衆のなかでただ一人、しらけた気分でいた。彼らをここまで狂喜させるのはいったいなんなのか、ダニエルには理解できなかった。音楽的にはととのっているが、感銘をうけない。芸術を装った、単なる考古学だ。この大騒ぎの大半に責任のあるブレードブリッジの歌い方は、歌をすっかり自分のものにしているとも思えず、すばらしくうまいというわけでもない。そのステージ・マナーは、丁重で、あきれるほど退屈だ。とくに技巧を要する装飾音に注意をむけようとするときにも、おきまりの大見得のジェスチュア（いつも同じもの）で変化をつけるだけだ。宝石をつけた、丸っこい両手をさしだして首をうしろに反らせる（それも、そびえたつようなかつらが外れないように気をつけながら）、そして、血も凍るような顫動音や、長く大きく引きのばした旋転《ルーラード》を散発させるのだが、そういうときの彼は不自然さの権化となる。音楽そのものも、メタスタージオ（十八世紀イタリアの歌劇台本作者）の同じ歌詞に四人の作曲家が曲をつけた模造作品《パスティッシュ》だが、全体として単調そのもの、歌い手たちが勝手につけた長々とした装飾音のせいで、かえって聞くにたえないほど貧しいものになっていた。ドラマや歌詞については忘れたほうがいい。全体のぶざまな効果――背景、衣裳、演出――には反撥を感じるほど締まりがない。ただ、それほどの金とエネルギーと声援を動員したということ自体が一種のポイントと言える。

　ダニエルは、ずいぶん昔、今とはまるで反対でまだ将来のあった子供のころ、ミセス・ボーイズモアティアの家の居間で、モーツァルトの弦楽四重奏を聴いていたあのときと同じような戸惑いを覚えていた。ちがいはあった――彼を戸惑わせているものの価値をともかく信じていこうとしていた謙虚さを、今のダニエルは失っていた。やっと場内の照明がついたとき、二幕目にはもうもどらないことに決めた。たぶん、もう二度とメタスタージオで観る機会はないだろう、それでもかまわない（と、腹を決めていた）。まったくの人気とりにすぎないと決めつけてしまったものをこれ以上観つづけるには、あまりにも自分の意見を高く買いすぎていた。

　それでも、一旦ロビーに出てみると、メタスタージオの常連のあいだをまわってみる機会は捨てかねた。客たちは（昔のヴェニスのように、ぜひ必要とされている半仮面姿《ドミー》にもかかわらず）メトロポリタン歌劇場や州立劇場の幕間で見かけるような華やかな集まりではまったくなかった。そこではたしかに似非黒人《フォウニー》がもっといるはずだ。名声の高いカストラートには黒人が多い。ちょうどベルカント全盛時代に、カラブリア州人やネオポリタン人という極貧の層が多かったのと同じだ。黒人が公衆の前で大事にされるところでは、リングにしろ、舞台にしろ、そこには必ず身近に崇拝者である似非黒人《フォウニー》がいる。しかし、この手合いは異常なほど用心深い。男ならば、ダニエルのように地味でいささか流行遅れのビジネススーツを着たがるし、女はたいてい修道女なみの質素なドレスを着る。本物の黒人のなかには、かなり質のいい発光物質を身につけ、羽根やレース飾りを仮面につけて華やかさを添えている者もいたが、全体の空気として、お互いにまったく口をきかない。ひょっとすると、いやおそらく、下のメタスタージオのカジノでは空気が違うのだろうが、そこには鍵を持った会員しか入れない。

ダニエルは人造大理石の柱にもたれて、そんなパレードを眺めていた。二度目にもう出ようと決心したとき、突然、今朝出会った女が親しげに近寄ってきた。ジャック・レヴィンの表向きの妻だ。彼女は大声で呼びかけた——「ベン！　ベン・ボソラ！　まあ、なんと思いがけないこと」どうしてもこの女の名前を思い出せない。彼女は仮面をとった。

「ミセス・レヴィン」ダニエルはつぶやいた。「こんばんは」

「マーセラよ」女はそう言うと、『デモフォンテ』を前にして個人的なことなどどうでもいいとばかりにしゃべる。「なんてうつくしいんでしょう……ほんとうにすばらしいわ……夢のようで、最高の……」

「信じられないほどだ」それくらいのことは言ってもいいと、ダニエルも相槌を打つ。

「ブレードブリッジこそつぎのわれらが偉大なる歌手だわ」マーセラは予言するかのように熱っぽい調子で言った。「まぎれもない本物のソプラノよ。エルネストがそれほど大したものじゃないと言ってるわけじゃないのよ。彼の悪口なんか口が裂けても言うもんですか。でもね、彼も年をとったわ、あの高音ももう出ないし——それは否定できない」彼女はひどく憂鬱そうに、長いブロンドのお下げ髪を揺らしながら首を振った。

「彼はいくつなんだい？」

「五十？　五十五かな？　ともかく絶頂期は過ぎてる。でも今でもあんなすごい芸術家なのよ。〈プリマドンナ〉としては彼にかなう人はいないもの。すてきじゃない、こんなに早くまた会えるなんて？　あんたがファンだなんて、ジャックは言ってなかったね。彼が帰ってきてすぐあんたのことをすっかり話してもらったのよ」

「ぼくはきみのような本物のファンじゃないんだ。その熱はだれが計っても上からせいぜい六番目か七番目だね」

彼女のうつろな、ばかにしたような笑い声は、ダニエルの今の言葉と同じようにわざとらしかった。マーセラは、タオル地のムームーを脱いで茶色のビロードに着がえても、いっしょにいるところを人に見られたくないタイプの人間だ。まあ、それはかまわない。メタスタージオには二度と来る気はないのだから。そこでさっきのわざとらしい謙虚な態度を償おうと、ダニエルは必要以上に感じよく振舞おうとした。

「ここへはよく来るの？」

「週に一度。夜、非番のときにね。家族席のいちばんうしろを予約してあるのよ」

「そいつは運がいい」

「そうなの。この前のシーズンのはじめに、また値上げになったのよ。だから正直言って予約の更新ができるとは思わなかった。でも、ジャックは天使ね、そのお金を貸してくれたわ。あんたの席はどこ?」

「うん、ボックス席だ」

「ボックス席ね」マーセラはうやうやしく復唱した。「だれかお連れがあるの?」

「とんでもない! ボックス席にひとりきりだよ」

彼女は疑わしそうに額にしわを寄せた。かくす理由は別にないし、話の種にもなるので、ダニエルはオーマンドの電話のこと、お互いあてはずれだった昼間の面接のことを話した。マーセラは、まるでキリスト降誕やシンデレラの話をはじめて聞く子供のように彼の話に耳を傾けた。仮面のすきまから見えるその大きな目がこぼれ落ちない涙でうるんできた。話が終ったところで、開幕の最初のベルが鳴った。

「ぼくといっしょにボックス席に来ないか?」ダニエルはふと寛大な気持になってそう言った(どっちみち彼には一銭もかからない)。

マーセラはお下げをゆすった。「そう言ってくれるのはうれしいわ。でもだめよ」

「どうしてかな」

「案内係がいるじゃないの」

「ほかの人の席にすわりでもしないかぎり、連中にはわかりゃしないよ」

彼女は、階段を昇っていく人の列を気がかりな様子で眺め、つづいてダニエルを見やり、また階段に目をやった。

「ボックスには席が四つある」ダニエルは強くすすめた。「ぼくはそのうちの一つを使えるんだ」

「まだはじめもしないうちに仕事を棒にふらせたなんて責任を感じたくないわ」

「そんなことでゴタゴタ言うような連中のところで働きたいと思わないよ」この仕事を引き受けるつもりはなかったから、えらそうなことを言うのもわけはない。

「あら、ベン——そんなこと言わないものよ！　ここで——メタスタージオで——働くなんてチャンスはだれにでもあるわけじゃないわ。上演するものはみんな観られるし、それに毎晩なのよ！」涙がとうとう飽和点に達して仮面の下をしたたり落ちた。気色がよくなかったのだろう、マーセラは仮面を押しあげると、ドレスの袖から丸めたハンカチをとりだして汚れた頬を軽く叩いた。

二度目のベルが鳴った。ロビーにはほとんど人影がない。

「いっしょに来たほうがいいよ」ダニエルが促した。

マーセラはうなずいて、ボックス席のドアまでついていった。立ちどまって最後にもう一度だけ涙を拭いた。ハンカチをしまいこむと、ダニエルに向かって大きく、にっこりしてみせた。

「ごめんなさい。急にどうしたのかしら。ただね、この劇場《テアトロ》はわたしの全存在の中心なの。このばかげた都市に住んで、くだらない仕事をつづけているのもこのためなのよ。それなのに、あんたはまったく頓着なしで……うまく言えないわ。混乱しちゃって」

「そんなつもりで言ったわけじゃないよ」

「もちろん、そうでしょう。わたしってもともとばかなのよ。ここがそのボックスなの？　目をつけられないうちに入ったほうがいいわ」

ダニエルはドアを開けるとうしろにさがり、マーセラを先に通した。小さな控え室の半ばまで歩いて、彼女は立ちどまった。同時に客席の照明が暗くなり、観客は指揮者がオーケストラ・ボックスに入るのを拍手で迎えた。

「ベン」マーセラがささやいた。「だれかいるわよ」

「わかってる。でもあわてることはない。彼女のとなりにすわれよ。いかにもそこが自分の席だというふりでさ。彼女だってきみと同じようにもぐりこんでるんだよ。たぶんね。ともかく文句など言いやしないさ」

マーセラは言われたとおりにした。その女性は気にもとめないようだ。ダニエルはマーセラのうしろにすわった。

弦楽器がアドラストとテイマンテの二重唱のための心をゆさぶるような序奏に入ったとき、例の侵入者はオペラグラスをおろして、肩ごしにダニエルをふりかえってじっと見つめた。彼女がだれだかわかる前から、そのゆるやかな背骨のねじれを眺めただけで、ダニエルはもう不吉なものを感じていたのだった。

ダニエルが立ちあがろうとすると、その女は彼の袖をつかみ、オペラグラスを下に置こうともせずに、すばやく彼の仮面をむしりとった。

「わかってたわ。そのひげがあっても――仮面をつけていても――わたしにはわかったのよ！」

マーセラはこのドラマの傍観者なのに、はっきりと聞こえるほど泣きはじめた。

ミス・マースパンはダニエルから手を放して、手短にマーセラを片づけた。「静かにおしよ！」彼女が強く言うと、マーセラはおとなしくなった。

「あんたとはね」（ダニエルに）「あとで話しましょう。でも今は、お願いだから静かにして。音楽に集中するのよ」

ダニエルはミス・マースパンの命令にしたがうように首を垂れた。ミス・マースパンはそのタカのような凝視を優しいアドラストと無慈悲なテイマンテに向けたまま、第二幕のあいだ、ふりむきもしなかった。彼女には、もうすっかりダニエルを捕えたと自信があったのである。

タクシーのカーテンを引いて、穴ぼこだらけの道を蛇行しながら、ダニエルはある計画を立てようとしていた。考えられる唯一の解決方法、彼の打ちのめされた現状を回復し、グランディソン・ホワイティングに自分の居場所を知らせないでおく方法は、ミス・マースパンを殺すことだけだ。しかし、これではほんとうの解決にはならない。もし、かりにそれを実行しようという気になったとしても、自分が殺されるのが落ちだ。ミス・マースパンは（タクシーの運転手に、クイーンズを通っても安全だと言って）彼女が許可証のあるピストルを持っていること、その使用について訓練を受けていることを伝えていた。ダニエルのおしのび旅行のもろい基盤が容赦なく突きくずされていくのが、ごまかしと言い逃れの十二年間がこの女の気まぐれで一瞬のうちに抹消されるのが目に見えたが、こうして車でいっしょに出かけるほかはなかった。彼女はボウアが生きているのを自分の目で確かめるまでは、どんな説明にも耳をかそうとはしないだろう。

「質問してもいいですか？」ダニエルは思いきって言った。

「いいわ、ダニエル。どうぞ訊いてちょうだい」

「あなたはぼくを探してたんですか？　そうでないとすると、わからない……」

「出会ったのは偶然よ。あんたの向かい側の、一段上のボックスにいたの。友達の来るのを待つあいだ、オペラグラスで人混みを注意して見てたわ。こういう晩にはだれか知ってる顔に会うものよ。あんたは慣れてるでしょうけど、わたしにはすぐにあんただと見分けられなかった。当然よね、わたしの知ってるあんたはひげを生やしてなかったし、仮面もつけてもいないもの。それにあんたは死んだものと思っていた。幕間にロビーで見かけて、柱のかげであの女との会話を聞こうとしたわ。あんただった、あんただったのよ。わたしの姪は生きていると言ったわね。正直言って、こういうことを秘密にしておこうという動機がわからない。でもあんたの動機はどうでもいい。姪のことが気にかかるわ、幸福かどうか」

「これから行くところはきれいではありません」ダニエルは注意した。「でも彼女をちゃんと生かしています」

ミス・マースパンは返事をしなかった。

ダニエルはカーテンをあけてどこまで来たか確かめた。これまで来たことのあるクイーンズのありふれた風景だった——広い、車の往来の少ないハイウェイ、その片側には分解された乗用車やひっくりかえったトラックが並んでいる。なかには人が住んでいるらしいものもある。道路からずっと離れたところに一戸建の住宅群の影が黒く見える。ハイウェイの向こうにまだ滅びずに広いクイーンズの地区が残っているとは嘘のようだ。ダニエルはカーテンを閉じた。タクシーが路上のなにかを避けて急カーブした。

今なら逃げだせると思った。逃げて、あの廃墟で暮らして、自分も破滅するのだ。だがそれでは、ボウアを父親の手に引き渡すことになる。それはどうあってもできない。そうなってはいけない。あらゆる辛酸をなめ、十二年のあいだ毎日の侮辱に耐えて、ボウアの生命の維持(幸福にとは言いがたいが)に責任を果たしてきたことだけが彼の誇りであり、彼の自尊心を支えてきたのである。ほかの男には家族がいる。ダニエルには妻の遺体がいて(現在法律上はそうなっていた)、彼を支えている。目的は同じだ——おかげで、あらゆる証拠にもかかわらず、彼の敗北が決定的であり、全面的であり、完膚なきものであるとは信じないでいられたのである。

以前は、なぜ自分がこんなことをしているのか、なぜ頑張りつづけなくてはいけないのか、ダニエルはわかっていた。不安がそうさせていたのだ。しかし、そのうちにその不安が理由のないもののように思えてきた。グランディソン・ホワイティングは利己的な人間かもしれないが、狂人ではない。ボウアがダニエルを配偶者に選んだのは誤りだったと判断したかもしれない。ダニエルが死んでくれたらと願ったかもしれない。説得がだめとなれば、そういう手配だってしたかもしれない——しかし、自分の娘を殺しはしなかっただろう。だがこの具体的な不安が薄らぐと、ホワイティングその人、彼の仕事やそのやり口のなにもかもがうとましくなった。それは恐怖にまで高まった。

その反感にはなんら理論的根拠はない。単純な階級意識の一面もあった。ホワイティングは大変な保守主義者であり、マキャベリであり、メッテルニヒだった。かりにそういうくだらない理由よりは筋の通った、(ダニエルも認めざるをえない)説得的な理由があるとすれば、より危険なろくでもないやつということになる。宗教的な面での反感もあった。もっともダニエルとしては自分が宗教と名のつくことに関わりがあるとは考えたくなかった。彼は、まじめで、平凡な、自己弁護意識の強い、無神論者である。友人のクロード・ダーキンによれば、宗教とは中世の大芸術家たちの作品を完全に理解するために、ぜひ学ばねばならないものだという。しかし、昔ダニエルがスピリット・レークで読んだ本は彼に大きな影響を与え、ジャック・ヴァン・ダイク師の愉快な逆説の数々は、彼の心のなかに、あるいは意志に、魂の片隅に入りこんでいた。そこで、理性にもとづくいかなる反駁も届かない暗闇のなかで、一つの考えが育ち、枝を広げていた——グランディソン・ホワイティングは、いかに野蛮で、堕落し、良心のかけらもない存在であろうとも、世界を支配する者であり、そこでは彼らに納めなければならないと、ヴァン・ダイクが書いていた、カエサルたちの一人なのである、と。

つまり、離れていることでグランディソン・ホワイティングは一つの観念的存在に変化したのである——この観念に対しダニエルは彼に与えられたたった一つの方法で抵抗しようと決心した。それが十二年間昏睡状態をつづける娘の体の引き渡しを拒むことだった。

ボウアディシア・ワインレブの遺体（法の目から見ればそのとおりだ）があるはずの第十七病棟は、国立第一飛翔基地別館の地下二階の一隅を占めていた。ロビーの受付でダニエルが入館の署名をし、ミス・マースパンがピストルの検閲をエレベーターの外にいる守衛から不承不承に受けてから、二人は病棟に降りていった。ダニエルはもう顔なじみなので案内はつかなかった。音が響く長いトンネルを歩いてゆく。幅の広い、弓形をした低い天井にまばらにとりつけられたネオンの明りが、ときに強く、ときにぼんやりと光っている。両側には恐ろしいほど正確な間隔を置いてぎっしりと並ぶ墓碑と、肉体を脱けだして飛翔したまま帰ってこない人たちの生気のない、息の通うだけの体があった。この一つの病棟にいる数百人のうち、肉体上の生命をとりもどすのは、ほんのわずかだけなのだろう。しかし、その抜け殻は、年老い、しなびていきながら、ついに致命的な器官が機能を果たさなくなるか、会計課が生命維持装置を取りはずすよう指示を出すか、どちらかの事態が生ずるまで、細々と生き長らえているのだった。

二人はボウアの吊り床の前で足をとめた。チューブ状の枠から吊りさげられている、ゴム製の三角巾のようなものだ。

「この名前は……」ミス・マースパンは、ベッドの脚についているカルテを読もうと身をかがめながら訊いた。この病棟の光景に、いつもの彼女のようなきっぱりした態度は消えていた。「ボソラだって？　なにかのまちがいよ」

「ぼくたちがここに来たとき、この名前で登録したんです」

ミス・マースパンは目を閉じ、手袋をはめた手をそっとあてた。この女はあまり好きではないが、ダニエルもいささか同情を禁じえない気分だった。この干からびた蛹《さなぎ》を、彼女がよく知り愛していた姪だと認めるのは、愛が天性であるはずの彼女には辛いことにちがいない。すすけたくもりガラスの電球の色をしたボウアの肌は、突きでた骨のあいだにぴんと張られて今にも破れそうだ。丸みを帯びたところはあとかたもなく、唇さえ薄くなっている。くぼんだ頬に感じられる温かさも、トンネルの湿った空気から移ったもので、彼女自身の温かさではない。生きていることを示すものは、半透明のチューブを通って、単調でゆっくりと循環する動脈と静脈ににじみでる血漿だけだった。

ミス・マースパンは肩をいからせ、いっそう体を近づけた。彼女の薄いグレーの絹のスカートがボウアのとなりの吊り床にひっかかった。かがんでそれをはずし、片膝をついたまま、ボウアのうつろな顔をじっとのぞきこんでいる。立ちあがって首を振った。「とてもキスなんてできないわ」

「もしキスをしても、彼女にはわからないでしょう」

ミス・マースパンは吊り床から体を引いて、中央の通路に立って辺りを不安そうに見まわした。しかし、見わたすかぎり、同じ眺めだった。えんえんと増えていく遺体の列。目をしばたたきながら、ネオンの明りを見上げた。

「この子をここに置いて何年になるの？」

「この病棟は五年です。上の階だと、たぶんもっと明るいんでしょうが、金もかかります。ここがせいぜいぼくの限度です」

「ひどいところだわ」

「ボウアはここにはいないんですよ、ミス・マースパン。彼女の体だけなんです。彼女が帰ろうと思ったとき、もし帰りたいと思えば、ここにもどるでしょう。でも、もし彼女が望んでいないとすれば、ベッドわきの花瓶となんのちがいもないと思いませんか？」

しかし、ミス・マースパンは彼の話を聞いていなかった。「見て、そこよ！　見える？　蛾よ」

「虫はなんの害もありませんよ」ダニエルは憤りを抑えることができずに言った。「人間はシロアリを食ってるんですからね、いつも。シロアリをつぶす工場で働いていたことがあるんです」

ミス・マースパンは冷ややかにダニエルを見つめた。そして熟練した運動選手のように、ゆっくりと力いっぱいに、手袋をはめたままの手の甲でダニエルの顔を打った。その手が飛んでくるのが見えていたので、驚きはしなかったが、思わず涙のでるほどの一撃だった。

反響が消えてから、ダニエルは怒った様子も見せず、誇らしげにきっぱりと言った。「ぼくはずっと彼女を生かしてきたんです、ミス・マースパン。考えてもみてください。大金持のミスター・グランディソン・ホワイティングじゃないんですよ。文無しのぼくがです――ぼくが彼女を生かしているんです」

「ごめんなさい、ダニエル。あんたが……やってくれたことには感謝しているわ」彼女は髪が乱れてないかと手をあてた。ダニエルもあてつけのように同じしぐさをした。「でも、どうしてあんたのそばに、家に置いとかないのかしら。たぶん、そのほうが安上がりでしょうに……こんな陰気な部屋よりも」

「ぼくは一時滞在者《テンプ》なんです。家がないんです。ホテルに部屋をとっていたときだって、彼女をひとりにしておくのは安全じゃなかった。部屋に忍びこむやつがいれば、ボウアのような状態の人間にどんなことが起こるか――」

「そうね、もちろんだわ。それは思いつかなかった」

彼女はキッド革の手袋のなかで指を曲げ、心に入りこむ頼りなさに挑むように、いったん曲げた指をぐっと反りかえるほど伸ばした。ここに来たときにはなにかをするつもりだったが、自分に引き受けられることは一切ない。

「グランディソンは、きっとこのことを知らないんでしょう？　あんたたちが生きてることだって知らないんだから」

「ええ。それに彼には知られたくないんです、ぜったいに」

「どうしてなの？　聞かせてくれないかしら」

「それはぼく自身の問題ですから」

ミス・マースパンはちょっと考えてから言った。「お見事ね」彼女はついに決心してダニエルをまごつかせた。

「というと、賛成してくれるんですね？　彼には話しませんね？」

「取引をするには早すぎるんじゃないかしら」彼女は冷たく答えた。「知りたいことがまだうんとあるのよ。でもね、それであんたの気持が楽になるなら話すけど、グランディソンとわたしとの親しいつながりはもうなくなってるの。わたしの姉、ボウアの母になるわけだけど、彼女が一年前にとうとう自殺してしまった」

「お気の毒です」

「意味ないわ。あんたは姉を知らない。もしかりに知ってたとすれば、あんたはきっと軽蔑したわね。あまり取柄のない、分別のないばかなヒステリーだった。でもわたしの姉だったのよ。グランディソン・ホワイティングが姉をだめにしたの」

「放っておけばボウアだってそうなったでしょう」ダニエルは、あまり感傷的にならずに、自信にみちた平静な口調で言った。

ミス・マースパンは微笑した。「まあそれはどうかしらね。子供たちのなかでもあの子はいちばん利口だし、彼も望みをかけてた。彼女が死んだとき——そう彼は信じているけれど、彼の悲嘆は本物だったわ。あんたやわたしの悲しみと同じようにね」

「おそらくそうでしょう。でも、ぼくには彼の気持なんて、くそくらえですよ」

ミス・マースパンはじろりとダニエルを見た。こういう状況でも、こんな言葉使いは気にいらないらしい。

「もう出ましょう」

「いいわ。でも、その前にこれだけ言わせて、まだはっきりしているうちに。大事なことよ。タクシーでここへ来るときから考えてたのだけれど、ボウアディシアは……どう思っているのか……ここに、つまり、あんたのところにもどってきたいのか、それとも父親のところなのか」

「ここです。ぼくのところですよ」

「わたしにもそうとしか思えない」

「それじゃ、あの人には話しませんね！」

「条件が一つあるわ。わたしがボウアをここから連れだすのを認めること。もしあの子がもどってくるとしても、この光景が魅力的だとは思えない。むしろあの子の気が変るかもしれない」

「これまでの調査結果が出ています。ある程度時間が経つと、肉体がどこにあるかはまったく関係なくなるんです。もどってくる割合は、ここでも、ほかの場所でも同じです」

「そうかもしれない。でも、わたしは調査結果なんて信じない。わたしが手助けをしたいというのに異論はないでしょうね？」

「どういう形で援助して下さるかによると思います」

「なにも、あんたたちに気前よくお金をあげようっていうんじゃないの。そんなに金持じゃないもの。

でもわたしにはコネがたくさんある。これはいい財産よ。ボウアも安全で、あんたにも居心地のいい家を見つけられるはず。アリシアに今夜にでも話をするわ。いっしょにオペラに来てたし、わたしがこそこそなにをやっていたか聞くまでは起きてるでしょうからね。明日の朝、あんたに連絡できるところはないの？」

ダニエルはすぐには返事ができなかった。行きずりの相手やベッドのなかをのぞいては、彼が人を信用しなくなって久しい。それにミス・マースパンは信用したいと思う相手ではなかった。しかし、彼は信じた！　とうとう人生の転機がわずか一日のうちに訪れたことに驚きながら、彼女にアドニスの電話番号を教え、しかも、市内に帰って、彼女が友人のアパートにもどる前に、彼はジムの入口で車を降ろしてもらったのだった。

ひとりサウナで横になり、ロッカー・ルームで疲れ知らずに励んでいるロレンゾの声を耳にしながら、ダニエルは寝つかれなかった。自分も仲間に入って鎮静剤がわりに重い気分をふっとばしてやろうかとも思った。いつもだったらそうするのに、今夜はちがっていた。今夜は連中といっしょにいても、なにかそぐわない、うしろめたい気がする。かすかな望みながら、出口を見つけた今、自分がどれほどアドニスを忘れたがっていたかに気づいたのだった。もがきあがくことをやめて、ただ流れに身を任せて漂うようになってからは、楽しい時間を過ごしていなかったというわけではない。セックスは金がなくとも味わえるぜいたくだ。セックス万歳だ。しかし今夜、ダニエルは決心した。いや思い出したのかもしれない。ちょっと努力をすればもっとうまくいくのだ、と。

まず、メタスタージオの仕事をひきうけよう。さっきあきらめようとした理由は、自分の身許を見破られる恐怖だけだった。しかし、ミス・マースパンは、ひげがあっても彼だとわかったではないか。

すると、この話の教訓は、もっと危険を冒すべし、ということではないか。ガスも別れぎわにそんな忠告をしなかっただろうか？　なにか似たようなことを。

眠りに落ちる寸前に、今日は自分の誕生日だったと思い出した。「ハッピー・バースデイ、ディア・ダニエル」枕がわりの巻きタオルにささやいた。「ハッピー・バースデイ・ツー・ユー」

ダニエルは夢を見た。

だが、夜中に身震いしながら目覚めたとき、どんな夢かほとんど忘れていた。しかし、飛翔の夢だったことは覚えていた。はじめて翔んだ。くわしいことはわからない——それがどこだったか、高さはどのくらいか、どんな気分だったか。ただ外国であることはたしかだ。そこには、古い、今にも倒れそうな回教寺院があった。寺院の中庭には噴水がある。噴水のまわりには、寺院内に入っていった参拝者たちが脱いだ、先のとがった靴が何列にも並んでいた。

この中庭ですばらしいのは、三つの水盤からできている噴水だ。上の二つの水盤は、下の水盤からほとばしる、たっぷりとした白い水の噴流によって支えられていた。一番上の水盤からは、最後の、もっとも激しい水流が、目に見えぬ高さまで吹き上げられていた。太陽にそのしぶきがかかるまで上がっていた。

それで終りだった。どう解釈していいのかダニエルにはわからなかった。中庭の噴水とそのまわりに並ぶ古い靴。なんの前兆なのだろう？

12

ダニエルが今度いっしょに暮らすことになったミセス・アリシア・シッフは、友人のハリエット・マースパンの尊敬と賞讃を惜しまない評によれば、「わたしが知っている人のなかでいちばん天才に近い人」となる。彼女はひどい猫背だったが、それも彼女の性格の一部のようにごく当り前になっているようだ。その斜視——何年も机に向かって楽譜を写してきたせいだ——の場合と同じく、高いところに生えている松が強い風を受けてその形を作られるように、いつの間にかそうなったと言われてもそのまま信じられる気がするのである。その容姿は全体として、ダニエルがこれまで知りあった人間のなかでもいちばん貧弱だった。そしてこういうことには慣れだけではなかなかなじめるものではない——しわくちゃで、かさかさな手の皮膚、傷んだルーベンスの絵のように、ピンク、レモン、オリーヴ色がまだらになっている顔、あちこちに白髪がかたまって見えるでこぼこの頭。ときどき思いついたように、薄汚れた赤いかつらをかぶる。ダニエルに外界との接触をやらせるようになってからは外出が少なくなっているが、出かけるとき以外は下品で気違いじみた浮浪者のような身なりをしている。アパートには脱ぎ捨てたままの大小さまざまな衣類の山ができていた——ブルージーンズ、バスローブ、ワンピース、セーター、ストッキング、ブラウス、スカーフ、下着——夜昼かまわず好きなときに脱いだり着たりする。これというきまりも動機もないらしい。まったく神経質な習慣だ。

　ダニエルがまず気になったのは、このアパートのがらくたを掘りおこして整理させられるのではないかということだった。衣類だけじゃない。その山のあいだに幾重にも埋もれているものがある。クリスマスの朝に捨てられた包み紙・箱・本・紙などの残骸、陶器、空缶、パズル、おもちゃ、元通りにそろわないゲームの数取りなど。それから、ほとんどはいちばん上の棚にあるが、人形のコレクション。それぞれ名前と性格を与えられている。しかし、ミセス・シッフはダニエルに寝室係のメイドの仕事をする必要はないと約束した。むしろ、物はそのまま放っておいてくれたほうがありがたいと言った。「もともとあるべき場所に」と。

　彼女のかわりに買物をしたり、手紙や楽譜を届けたり、しょうが色をしたスパニエルの老犬インキュバス（〝夢魔〟の意）を朝晩散歩させたりするのがダニエルの仕事だった。飼主同様、この犬も一風変っていた。知らない人間にはとても興味を示す（ほかの犬にはまったく興味がない）が、それに相手が応えてくれるのはいやがる。靴やなにかを気ままにかぎまわっているのを放っておいてくれる人間のほうがいいのだ。なでてやったりするのは論外で、この犬に話しかけようとしたりしようものなら、いらいらしだして、できるだけ早く逃げようと機をうかがっている。気むずかしいわけでもないし、じゃれないわけでもない。まったく鈍いわけでもなかった。自分なりの習慣をきちんと守りたいだけなのだ。ダニエルがついでに買物もするとき以外は、そのコースは変らなかった。まっすぐ西へリンカーン・センターまで行き、噴水を二周し（その朝あるいは夕方までの糞をダニエルがすくいとって下水溝に捨ててから）、公園の角をまわってすぐの西六十五丁目の家に帰る。おきまりの習慣ながら、ミセス・シッフは気がかりなのをさり気なさそうに装って、アパートの廊下でうろうろしながら待っている。彼女はけっしてインキュバスに偉そうな態度をとらず、（自分から望んで）魔法によって犬に姿を変えた、おませな子供であるという想定で話しかけた。ダニエルも同じような扱いだった。

こんな仕事や、用心棒としての役割の代償として、ダニエルはアパートの数多い部屋のなかでいちばん広い部屋を使わせてもらっていた。ほかの部屋は、このアパートの前身である居住用ホテルの名残りでどれも小部屋だった。ミセス・シッフが二十年前にこの建物を引き継いだときに、石膏板の間仕切りをわざわざ取りこわそうとはせず、彼女らしい思いつきで、この迷宮に屏風や書棚をつけ加えた(すべて彼女の手作りだ)。はじめのうち、ダニエルはアパートでただ一人、人間の住み処らしい広い部屋を占有していることに居心地のわるい思いさえした。そして、彼女がダニエルの部屋に来たがらないことから、ミセス・シッフは自分のくつろげる、ごみごみした場所のほうがほんとうに気に入っているのだとわかってからも、感謝の気持は変らなかった。広い部屋だし、壁のペンキは塗りなおしてあったので、床を砂で磨き、ワックスをかけるととてもよくなった。

ミセス・シッフは逆に人をまねくのが好きだった。彼女のその日の仕事が終り、ダニエルがメタスタージオから帰ってインキュバスを連れて噴水を二周してもどると、彼女の部屋で、中国産の緑茶のポットとクッキーの袋を目の前に置いておしゃべりをするのが、まもなく二人の習慣になった(ダニエルはミセス・シッフが甘い物以外の物を食べるのを見たことがなかった)。時折、二人でレコードを聴いたりしたが(彼女はたくさんのレコードを持っていたけれども、どれも傷だらけだった)、それはあくまで中休みとしてだった。ダニエルもこれまで話し上手をずいぶん知っていたが、だれも彼女とはくらべものにならない。いつでも彼女の想像がひらめくと、アイデアは形となり、広がって、そして体系化される。彼女が口にするとなんでも啓発的なことに思えた。ただの気まぐれのこともあるものの、しばしば真剣で、強烈ですらある。そうかと思うと、急に言いまわしを変えて、話が新しい方向にそれることもある。そのほとんどは、いわゆる「巧みな会話」としては、人魚の魔法やまがい物の金のように底の浅いものだったが、彼女の考え方のなかには思いもよらぬ風刺的なものがある。ことに彼女の最大の関心事であるオペラから来る発想には、それがあった。

彼女のお説の例を挙げよう。ヴィクトリア朝時代は、強力で組織的な抑圧の時代だった。歴史の舞台でふたたび演じられることのないほど大がかりで、アウシュビッツも及ばぬほどだった。ワーテルローの戦いから第二次大戦まで、ヨーロッパ全体が一つの巨大な警察国家だった。新進の若い世代の悪徳資本家や貴族を仕込み、啓発して、バイロン流のヒーローに仕立てるのは、ロマン主義芸術の役目、ことにオペラの役割である。つまり、その富と特権を大衆から守るためには、知力すぐれ、大胆で、しかも残虐でなければならない。なぜこういう考えを抱くようになったかは、ヴェルディの『群盗』を聴いたからだ。シラーの戯曲をもとにしたもので、周囲の状況から心ならずも無法者の首領となり、ついにはその信念にしたがって、婚約者を殺してしまう理想主義者の若者の話である。ダニエルはくだらない話だと思ったが、彼の頑固さにいらだったミセス・シッフはシラーの本をとりだし、『群盗』を朗読し、翌晩はそのオペラを彼に聴かせた。ダニエルは一理あることを認めた。

「ほら言ったとおりでしょう。おっしゃい――わたしの言ったとおり、だって」

「わかりました、あなたのおっしゃるとおりです」

「わたしが正しいだけじゃないのよ、ダニエル。シラーの書いた見習いマフィアは、あの時代から今に至るまでのすべての英雄的な犯罪者にあてはまるのよ。カウボーイやギャング、理由なき反抗者全部にね。みんな変装した実業家よ。その変装さえしないギャングだっているのよ。父がそうだったから、わかるの」

「お父さんはギャングだったのですか?」

「あの当時ニューヨークでも名うての暴力団よ。わたしも金持のお嬢さん、その女相続人だったというわけ」

「それでなにがあったんですか？」

「父はもっと大きな魚にくわれてしまったのよ。ここみたいないわゆる居住用ホテルをいくつも持っていたの。ところが政府はその仲介人を排除すると決めたのよ。ちょうど、父も名士になったと思ったときだった」

ミセス・シックは別に恨んでいる様子もなく話した。それどころか、彼女がなにかで悩んでいる姿を見たことがない。自分の住んでいる地獄（と彼女は言う）をできるだけ明確に理解し、つぎに来るだろうと思われる恐怖を受け入れて満足しているように思える。すべての生活はなんらかの有害な展示品が並んだ博物館でもあるかのように——そこには拷問の道具と殉教者の遺骨が、宝石をちりばめた聖餐杯や美しい衣服をまとった無慈悲な子供の肖像画ととなりあわせに並んでいる。

彼女自身が無情な人間というわけではない。むしろ希望を持たないと言ったほうがいい。世界は彼女を失望させた。そして彼女は、まだオオカミにもキツネにもどうにか見つからないでいる、居心地のいい穴を作ったのである。ここで仕事と瞑想にふけり、だれにも入りこめないプライバシーを守って暮らし、めったに外出はしない。ごくたまに、オペラを観たり、お気に入りのレストランで音楽家仲間と語らい、デザートがつぎつぎと運ばれる食事を楽しむ。長いあいだ、いわゆる隠者の悪習に身を委ねているのだ——風呂に入らない、食事を作らない、皿を洗わない。昼間より夜を好み、夜ふかしをする。太陽光線も新鮮な空気もその部屋に入らないから悪臭がした。そのなかでいちばん強いのがインキュバスのにおいだ。彼女はたえず独り言を言っていた。というよりは、インキュバスや人形たちに語りかけては、彼らのために、長くてとりとめのない奇妙なお話を作っていた。バニー・ハニバニーと妹のハニー・ハニバニーという双子のハニバニーの物語で、苦しいことや争いごとは一切でてこない。彼女はインキュバスといっしょに寝ているのではないかと、ダニエルはあやしんだことがある。でも、それがどうだというのだ？　彼女が汚いから、変り者だからといって迷惑した人がいるだろうか？　健全な精神的生活というものがあれば、ミセス・シッフはその道の達人の一人だ。ダニエルは脱帽だった。

頭のあがらないのは彼女も同じだった。世間から離れて暮らしている人にありがちだが、彼女も、滑稽でもあり当然でもある素朴な自負心に悩まされていた。彼女はたしかにそれを気にしていて、ついそのことをダニエルと話しあう結果となる。ダニエルはたちまち懺悔聴問司祭の位に昇格させられたのだった。

「わたしの問題はね」ダニエルが引っ越してきてからひと月たったある夜、彼女は打ち明けた。「知能が活潑すぎるということなの。でもそれが救いでもあったのよ。子供のころ、家名を再興させる計画の一部として、父親が追いたてるようにしてわたしを学校に行かせたけど、どこもわたしを置いてくれなかった。問題はわたしが自分の教育を真剣に考えたことだった。それ自体はどうってことないんだけれど、わたしってどうしてもすぐ熱中してしまうのが困りものなの。問題児というレッテルをはられて、そういう扱いを受けたわ。わたしは憤慨した。それですぐにすすんで問題児になろうと決めたのよ。そして、どうすれば先生たちがばかに見えるかがわかった。まったく、学校なんて大きらいだった！　わたしがいつも夢想していたのは、名士として昔にもどり、卒業式で演説することだった。あの人たち全員を公然と非難する演説をね。わたしにはまったく似合わない話。あんたは学校は好きだったの？」

「まああでした、刑務所にぶちこまれるまでは。うまくいってたし、仲間もぼくが好きだったらしい。その年頃じゃ、ほかに選択肢がありますかね？」

「死ぬほど退屈じゃなかったの？」

「ときどきはね。今だってそうですよ、人間ですから」

「そんなものだとしたら、わたしは自殺したいわ。ほんとよ」

「というと、退屈じゃないというんですね？」

「退屈しなくてすむようになってからはね。退屈なんて信じない。それは怠惰を婉曲に言っただけよ。なにもしないでいて、退屈だとこぼすの。ハリエットがそうね。これにはいやになってしまう。自分自身の生活に積極的な関心をもつというのは、はしたなさを暴露するものだと彼女は思ってるのよ。でも、気の毒に、それは彼女がわるいんじゃない、そうよね？」

　この質問はダニエルというよりインキュバスに向けられた感じだった。インキュバスは主人のしわくちゃのシーツの上で寝ていた。うとうとしていたのに、この質問に気づいたように首を持ちあげて身構えた。

「ちがうわね」ミセス・シッフは自分で質問に答えて、話をつづけた。「そういうふうに彼女は育てられたのよ。だれだって小枝のうちに曲げられてはどうしようもないもの」

　質問の答が出たので、インキュバスは首を枕にもどした。

　ミセス・シッフは、メタスタージオのオペラをすっかり諳《そら》んじていた。そして上演ごとにこまごまと彼に質問するのだった。だれが歌ったか、うまかったか下手だったか、舞台上の微妙な仕事がうまくいったかどうか。彼女がよく知っているのは、よく観ているからではなく、多くの場合、彼女自身で書いているからだった。表向きには、メタスタージオの主任筆耕者《コピイスト》に過ぎないけれども、原作が原形をとどめず跡形もないことが周知の場合には、プログラムに小さく名前が載る――《編曲及び改作＝A・シッフ》と。そういう場合も印税はまったく入らない。芸術を愛し、そのさらなる栄光のために仕事をする、そう彼女は言ってはいるが、それは半分だけの真実だとダニエルは思っている。彼女だってほかの人々同様に金のために働いているのだ。受けとる報酬がたとえ少額でも仕事はひんぱんに来るし、それにここの家賃の上がりを加えれば、ドッグフード、本、珍しいレコード、それに家にいるより楽しいからと出かける《リェト・フィノ》や《ラ・ディドーネイ》から毎月届く請求書など、どうしても必要な楽しみをまかなうには十分だった。

　彼女の生活のそうした面は、ダニエルも最初の数か月、まったく知らないでいたが、ミスター・オーマンドがふと口にするヒントや、アパートのごみの山から見つかる黄ばんだ新聞の切り抜きから、少しずつ判明したのだった。ミセス・シッフはベルカント唱法愛好家の世界ではかなり名を知られた存在であり、現代最高のカストラート、エルネスト・レイと恋に落ちて駆け落ちし、結婚した。この結婚はやがて解消されたが、レイはそのあとも彼女なりにずっと忠実だった。彼は、彼女を自宅に訪ねることを許されている唯一の友人だった。したがってダニエルは当代随一の歌手と広く見られている男（その時代も終りに近づいていたが）と、会えば会釈をする程度の知りあいになった。

　舞台を離れると、偉大なるエルネストもプリマドンナにはとても見えなかった——ほっそりとした小男で、すべすべした蒼白い顔は、目を大きく開けた驚きの表情のまま凍りついてしまったように見える。（噂では）あまりに何度も顔面整形手術を施した結果だという。彼はほかのカストラートとはちがって白人で（ナポリ生まれ）、内気で（他人の前では、平板な、地声より一オクターブ低い、鼻にかかった一本調子の声を装っていた）、罪の意識に悩み（日曜ごとにミサに出席）、さっぱりカストラートらしくなかった。彼は『ノルマ』（ベルニーニの歌劇）を五回レコードに吹き込んだが、吹き込むたびに前回よりよくなっていた。彼の第一回目のレコーディングについて、その舞台を聴くことのできた世代のある評論家は、レイの『ノルマ』はローザ・ポンセル（一九二〇年〜三〇年代のメトロポリタン・オペラのスター）のよりすぐれていると言っていた。

　ミセス・シッフは、二人が駆け落ちしたころと同じように今もレイを愛していた。そして、レイは（彼女も、そしてほかのだれもが言うように）その愛情を痛ましくも当然のことと考えていた。彼女はレイに媚びた。レイがそれを鵜呑みにした。彼女はレイを喜ばせようと曲芸団一座のように働いた。レイは彼女の努力を黙って見ていながら、自分ではなにもしなかった。しかし、だからといって彼は思慮のない鈍い男というわけでもない。歌の解釈や一般的な美的効果に関するすべての点で、ミセス・シッフはレイの指南役となり、彼の意志にしたがおうとしない指揮者や録音技師たちを相手に彼のスポークスマンの役目を果たした。レイの即興的な歌と思われているフィオリトゥーラの楽章をすべて考案し、さほど出来ばえをそこなわずに、せまくなっていく彼の音域内でおさまるようにたえず手を入れていたのも彼女である。レイの契約をチェックしたり、新聞発表記事を書くことまでした――というより、彼のお抱えのエージェントであるアーウィン・タウバーが書いた味もそっけもないたわごとを書きなおしたと言ったほうがいい。こういうサービスに対して、彼女はなんの報酬も受けず、ちょっとした礼の言葉もかけてもらわなかった。といって、そんな冷たいあしらいに平気でいたわけでもなかった。ダニエルにぐちをこぼすことで、ほろ苦い満足を覚えているようだった。ダニエルなら、同情のこもった憤りでそれに応えてくれると見込まれたのだ。

「でも、なぜがまんしてるんですか？」とうとうダニエルは訊いた。「彼がそんな男で、これからも変りようがないとわかっているのに？」

「答ははっきりしてるわ。そうしなきゃいけないから」

「それじゃ答にならない。なんでそうしなきゃいけないの？」

「エルネストは大芸術家だからよ」

「大芸術家だろうとなんだろうと、だれにもあなたをひどい目にあわせる権利はない」

「そう、でもそれがまちがってるのよ、ダニエル。そういうことを言うのはね、あんたには偉大な芸術の本質がわかってないということなのよ」

これは、ダニエルの痛いところをまともに突いた。ミセス・シッフにはわかってるのだ。この件はこれで幕だった。

ミセス・シッフのほうは、すぐにダニエルのすべてを知った。彼の人生のごたごたのすべてを知った。ボウアを彼の部屋に置く以上、黙っているのもむだだし、黙っていられるものでもなかった。ともかく、十二年も変名で暮らしたあとでは、なにもかも洗いざらい話すことにはあらがえない魅力があった。今の話のように彼女がロー・ブローで彼に一発くらわしたときなど、秘密の暴露に卑怯なつけこみ方をされた気がしたが、そういうときでさえ、胸にこたえる彼女の一撃に無慈悲なところはまったくなかった。自分の皮膚がとても厚いものだから、ほかの人のもそうだと思っているのである。なによりも、聴聞尼僧としての彼女は、レナータ・サンプルのことをこてんぱんに叩いた。レナータはそのライヒ派の専門語だらけの話をし、週に一度、心の奥底をさぐりながら、ダニエルのエゴをあまりに用心深く扱っていた。その処方がダニエルに効かなかったとしても大して驚くにはあたらない、と。

要するに、ダニエルはふたたび家族の一員になったのだった。外から見れば彼らは奇妙な家族だ――元気のいい、背中の曲がった老女、甘やかされた年寄りのコッカー・スパニエル、時間のきちんとした仕事を持つ去勢された男（レイはいっしょに住んではいないが、舞台が終るとやってくるというのは、毎日オフィスに出勤する普通の家父長家族と同様ずっとつづいていることだし、傍目にもすぐわかる）、そしてダニエル本人。離れていて奇妙であるよりは、いっしょにいて奇妙なほうがいい。

ダニエルはこうした安らぎの港をようやく見つけてうれしかった。そして、望みうるかぎり血族的で運命的な状態でありたい、なにごとも変らぬようにと願った。

しかし、すでにこのころラジオでは報じていたのである——異常な寒気がつづいて、ミネソタとダコタでは、作物に広範な被害が及び、ファーム・ベルト諸州全般にわたり、小麦は害虫に襲われていた。この害虫は、試験所で生産され、テロリストによって伝播されたものだと取り沙汰されていたが、名乗りをあげる集団はなかった。商品市場はすでに混乱をきたし、新任の農務省長官は、秋には厳しい食料配給制の実施は必至だと発言していた。しかし、食品価格はさしあたって安定していた。すでにほとんどの人には手の届かぬほど価格は高騰していたのだから、それも無理はないことだ。春から夏にかけて、デトロイトやフィラデルフィアなどのトラブル多発地点では、食糧暴動が起きていた。新聞の見出しでいつもその想像力を刺戟されるミセス・シッフは、乾燥したドッグフードの買いだめをはじめた。四年前、同じような危機に見舞われたとき、ペット食品はまっ先に棚から姿を消したのである。彼女はかぎられた自分の配給分をけずってインキュバスに食べさせなければならなかったのである。クローゼットはたちまちインキュバスお気に入りの銘柄《ペット・ブリケット》の十ポンド入り袋でいっぱいになった。自分たちのことは心配していなかった——お役所がどうにかしてくれるだろう、と。

13

九月に新しいシーズンを迎えてメタスタージオ劇場が再開したとき、ダニエルは卑屈なまでに感謝しながら仕事にもどった。住む家のあるおかげで去年よりはずっとましだが、それでもつらい夏だった。劇場が六月のはじめに休みに入ってからずっと仕事をしていないので、たくわえもあと数ドルしか残っていなかった。それでもボウアの生命を保っておくのに必要な経費を負担してくれているミス・マースパンには頼るまいと決めていた。それに物乞いをするのもどうかと思った。もしその姿を見られて、ミスターー・オーマンドに噂が伝わったら、仕事は確実に首だろう。といっても、ほかに収入源もなかったので、ダニエルはこれまで絶対にやるまいと誓っていたことをしてしまった――ボウアが国立第一飛翔基地に長期滞在した費用をまかなう乏しい利子を生みだした、その元金に手をつけたのだ。その金はボウアの宝石類を売って作ったもので、これまではダニエルは自分のために使うことをせずにすんだのである。しかし今はボウアにも以前よりいい便宜がはかられているし、それを借金と考えればダニエルも気持の辻褄を合わせることができる。仕事をはじめれば、そのぶんを口座にもどせばいい。

いざ仕事にもどってみると、そううまくはいかなかった。気前よく使う楽しみを再発見したからだった。また新聞配達区域を持ったようなものだ。ポケットには小銭があり、財布には札があり、ニューヨークじゅうが彼を誘惑した。服もきちんとしたものを買った。ミスター・オーマンドは、使用人たちが浮浪児のような姿で出勤するのは困ると言っていたから、これはどのみち必要だった。十ドル床屋にも通いはじめた。これも同じように礼儀にかなったことだ。アドニスの手伝いをしなくなったので、ここも通常の会費を払わなければならない。そのため銀行口座から三百五十ドルが天引きされた。しかし、配当は投資とまったく不釣合だった。彼が仕事にもどったとき、ミスター・オーマンドは彼を二階正面席《ドレス・サークル》に配置したからだ。そこでのチップは、以前の天井桟敷《バルコニー》のときの何倍も多かった(それでも特別席にはまだ及ばないが)。

　ミスター・オーマンドの説明にあったように、チップは氷山の一角に過ぎなかった。ほんとうの報酬は求愛の形で、覚えきれぬほどの特典とともにやってきた――食事、パーティ、ロングアイランドでの週末、運や野心や強気の要求しだいではもっと高価で快適なものになる。はじめダニエルはそういった誘惑をうけつけなかった。もし言うことをきけば、世間はどういう目で見るだろうかという思いが先に立ったのである。この気持は十二年もこの大都会に住んでいてもまだ拭いきれないでいた。ミスター・オーマンドも、軽々しく彼を人目に立つ場所に追いやろうとはしなかった。しかし、ダニエルもしだいに自分のやっていることが、世間一般と変りがあるかどうか疑問になりだした。新しいシーズンが日を重ねていくなかで、退屈な全員演奏《アンサンブル》の合間にボックス席予約客と一杯つきあったり、ちょっとおしゃべりをするといった程度の誘いまでしぶっていたので、ミスター・オーマンドはきちっと話しあっておく必要があると思い、ダニエルを自分のオフィスに呼んだ。

「さて、こういう風にとってほしくはないんだがね、好い子ちゃん《ミニヨン》――」ミニョンとかミニャールは、お気に入りの相手に彼が使っている愛称だ。「――わたしがいやらしい売春周旋屋だとはね。セックスの楽しみを振ったからって、テアトロをやめろと言われた子はいないんだよ。そのことはパトロン連中もみなわかってる。しかし、きみのように素っ気なくて、そんな北極並みの冷たさじゃ困るんだ」

「カーシャルトン老人が文句を言ったんですか？」ダニエルは悲しみに沈んだ声でたずねた。

「ミスター・カーシャルトンは非常に親切で、優しい紳士だ。話をしてほしい、そう言ってる。他意はない。歳も歳だし、ふとってるし――」ミスター・オーマンドは同情するようにため息をついた。

「――むりな期待はできんとご承知だ。それに、実のところあの人は文句など言ってない。きみの仲間の一人だ――だれだと言うわけにはいかんが――わたしにご注進に及んだのはね」

「なんてやつだ」

そう言ってから、ダニエルは気がついたように言葉を添えた。「今のはあなたのことじゃありません。だれだか知らない仲間に対してです。それにしても――なんてやつだ……」

「言いたいことはわかるよ、もちろん。だがね、きみもその程度のやきもちは覚悟しなくてはいかん。きみにはもともと有利な点がある上に、いわゆる上客がついている。そうなれば、きみの仲間のなかには――まったく不当なことはわかってるよ――きみが遠慮したり、ぐずぐずしてるのは、自分たちがすぐ言いなりになるのをとがめていると、そう感じるやつもいるわけだ」

「オーマンドさん、ぼくにはこの仕事が必要なんです。この仕事が気に入ってます。とやかく文句を言うつもりはありません。どうすればいいんですか？」

「ただ親しくすればいいんだ。ボックス席に来いという客がいれば、そのとおりにするんだね。犯される心配はないよ。きみはしっかりした青年だ。だれかがカジノで一丁どうだと誘ったら、一丁張るんだ。あれは健全な仕事だ。それに、きみの番号が当るかもしれんぞ！　ショーのあとで食事に誘われたときには、きみの都合さえよければ、せめて一思案してみろ。それで楽しめそうなら頼みをきいてやって、イエスと言うんだな。こんなことを言うのはわたしの役じゃないが――それに、そんなことを認めてはいないとわたしが言ったところで世の中が変るわけじゃなし――一つ手を打っておけば、うまくいくことだってあるもんだよ」

「手を打つですって？　すみません、もう少しくわしく聞かせてください」

「おやおや、田舎者だな！　もちろん、レストランに手を打つのだよ。たとえば《ラングーマン・ノワール》の食事は高いが、メニューの値段は動かせないものだなんて思わないだろう？」

「店がリベートを出すというのですか？」

「それよりも習慣の形でお返しをすることが多い。きみがだれかを夕食に案内すると、つぎはだれかの昼食に招待される」

「初耳です」

「きみがあらゆる誘惑に超然としているわけじゃないのであれば、仲間も親しみを持つようになるさ。だがね、ミニョン、きみの尻を切り売りしろなんて言ってるとは思わないでくれ。売り物はきみの笑顔だ」

ダニエルはほほえんだ。

ミスター・オーマンドは指を一本立てて、なにか思い出したというしぐさをした。メモ用紙に名前と住所を書いて威勢よく破りとると、ダニエルに渡した。

「〝ドクター・リヴェラ〟ってだれです？」

「優秀で、それでいてべらぼうに高くはない歯医者だ。きみのその臼歯を手入れしてもらいなさい。いま金がないというなら、ドクター・リヴェラはほかのなにかで埋め合わせをするように計らってくれる。この人は芸術に関係のあることにはなんでも熱心でね。さあ、気をつけろよ。もうすぐ幕間だ」

歯の手入れには結局千ドル近くかかった。これまで借りた分の総額より多い額を銀行から引きだした。それでも、自分の歯がもとの無傷の状態に復活したのはすばらしいことに思えたので気にならなかった。むしろ食物をかみしめる喜びのためなら、口座の残額を使いはたしてもいい気分だった。

そしてすばらしい食事！　ミスター・オーマンドの忠告をまじめに考え、ダニエルはすぐにしかるべきレストランの常連になっていた。《リェト・フィノ》、《ラングーマン・ノワール》《エヴィヴァ・エル・コルテーロ》、《ラ・ディドーネイ・アバンドナータ》。そしてこういう店の豪華な食事は、当然のようにその顔を利かせて金を払わなかった。ただ恋愛遊戯にふければいいことで、ともかく彼にはわけのないことだった。

社交の幅が広がって、当然ながら、家でミセス・シッフと過ごす夜は少なくなった。それでも、二人は個人的なつきあいと同じように、人前で互いに顔をあわせる機会がよくあった。ミセス・シッフは《ラ・ディドーネイ》や《リェト・フィノ》の常連だったからである。彼女のテーブル（ということは、たいていエルネスト・レイのテーブルなのだが）で姿を見られるのはかなり名誉なことらしく、そういうことに心を留めるパトロンたち（そもそも、そういうことに心を留めるのでなければだれも店に行かない）のあいだでダニエルの株は上がった。また一方で、案内係の更衣室でダニエルは――というよりベン・ボソラは――ただの案内係の一員から一足とびに時のスターとなっていた。

ダニエルがこれほど成功するにあたってだれよりも役立ったのは、少し前にミスター・オーマンドに告げ口をした人物だった。リー・ラパチーニはメタスタージオにミスター・オーマンドと同じくらい長く勤めていた。二人が並んでいるのを見ても、だれも信用しないだろう。リーの典雅な顔立ちと体つきは、ギリシャの大理石と同様いつまでも老いを知らないように見える。しかし、白くはなかった。この点ではダニエルの上司と同じで似非黒人《フォウニー》だったからだ。しかし、自ら好んでそうしたのではなく、最近の彼の後援者であり、名の売れているジェフリー・ブレードブリッジの気まぐれを満足させるためだった。さらに彼の意を迎えて、リーは仲間うちで狂気帯と呼ばれるものを身につけていた（鋳込みで成型したプラスチック製のそのベルトのふくらみは、制服の白いタイツの上からもよくわかった）。ブレードブリッジが代価を払ったものを他人がただで楽しむことのないためにというわけだ。このカストラートがどういうことを楽しみ、いくら支払っているかについては、むろんいろいろ取り沙汰されているけれども、内緒の話になっている。

リーの〝動ける拘束状態〟はたくさんの悲喜劇を生みだした。なにしろトイレに行くのさえ、合鍵を預かっているミスター・オーマンドの厄介にならなければならないのだ。毎晩話題になったり、からかわれたり、装具をとりはずさずに用を足せる手はないものかとおふざけで試されたりした。だが、どうやっても無理だった。更衣室の桂冠詩人であるダニエルはこの状況を讃える五行戯詩を作った。

茶色で若い案内人リー
鍵付きの服で身体を縛り
　腸が爆発　大惨事
　あるいはそのまま　ソーセージ
もし鍵を失くせば　悲惨なばかり

これに対して、リーの反応としては表面上、関心を寄せられることにひたすら感謝しているようだった。いや、実際、心からそう思っていたのだろう。リーに強制された退職は、他の退職者と同様の効果を及ぼしはじめていた――まわりの人々はあまり興味を持たなくなる。ただし、冗談の種にされていれば、当面は注目の的でいられる。

これは友情を育てるにはもろい土台だったが、やがてリーとダニエルのあいだには共通点のあることがしだいにわかってきた。リーは音楽を愛していた。そして音楽への愛はダニエルと同じで報われないものだったが、いつまでもくすぶりつづけていた。ずっと発声練習をやり、教会の聖歌隊で毎日曜の朝に歌っている。毎晩、オペラの出し物がなんであれ、キャストがだれであれ、メタスタージオに通い、その結果、『オルフェウスとエウリディーケ』も『ノルマ』もそれぞれ二百回以上観たと豪語している。どちらもここのレパートリーのうちもっとも人気を博しているオペラだ。リーは聴いたものすべてが生き生きと心に焼きつくものらしく、ダニエルは面喰ってしまう。ダニエルときたら、そのときはどんなに感動しても片方の耳からもう一方の耳へ素通り、時間がたちすぎてからの検死のように、時間の経過とともに原形をとどめなくなる。それにくらべると、リーはまぎれもないテープレコーダーだった。

そのうちに判明したのは、二人とも音楽そのものを愛しているだけでなく、翔びたいという欲望も抱いていることだった。リーにとって、ダニエルと同様、これは阻まれつづけてきた欲求で（それゆえに）避けたほうが賢明な話題だった。実際、メタスタージオで働く人間や常連客のなかに翔ぶことについて多くを語れる者はいなかった。ステージで絶頂を極めたカストラートは、セックス同様に飛翔能力もほとんどないと思われていた。翔ぶことはできるけれども翔びたいとは思わないのだ、歌そのものが十分にすばらしいじゃないかと言う者もいた。しかし、これは面子を保つための言い草だというのが通説だった。彼らが翔ばないのは、翔べないからだ。その結果（聴衆にとって）幸せなことに、ほかの大歌手たちのように、この道で栄達を極めてエーテルのごとく消えてしまわない。その衰えかかったエネルギーをロマン派の音楽に注いでいるメトロポリタン劇場とくらべると、メタスタージオは比較にならぬほどすばらしい歌を提供している。そして、もしその舞台がまったく同じようにイマジネーションをかきたてることもなく、『カルメン』や『ばらの騎士』のような自分が味わっているかのようなスリルを提供できなかったとしても、きちんと（ダニエルですら理解できるようになった）代償となるものがある。昔、ナポリの聴衆は叫んだ、「ナイフ万歳《エヴィーヴァ・イル・コルテーロ》！」と――そのナイフのひと振りによって、かくもすばらしい声が生まれたのだった。

　ダニエルは、自分のかつての渇望はもういやされたと思っていた。現実的で、成熟したあきらめの境地に達したと思った。人生は、彼の至高の楽しみや究極の目的を際限なく否定しつづけてきた。それでも生きる価値はある。しかし、今リーと語りあって、なぜ自分たちが仲間はずれなのかなど、どうしようもないことをくよくよ考えていると、あのなじみ深い苦悩がよみがえってくるような気がした。殉教にもひとしい、あの無限につづく激しい自己憐憫。

　もちろん、今のダニエルは、実技はともかく飛翔の理論についてはすっかり通じていたので、リーの独りよがりの思いちがいの数々を気づかせるたびに、いわば衒学的な満足を覚えた。たとえば、リーはこう信じていた。歌い手の精神を肉体から解放する基本的な引き金は感情である。したがって歌に十分に愛情をこめるだけで飛翔できる、と。しかしダニエルは大家の言葉を引用して、感情は引き金の半分にすぎない、あとの半分は超感情的なものだと説明してやった。音楽にのって自我を超越し、感情を超越した境地に至らなければならない。ただし、その形や大きさを見失わぬようにすることが必要だ。リーは、言葉はあまり関係なく、音楽が至上だと信じていた（これはベルカント信条の第一条でもある）。〈音楽こそ至高《プリモ・ラ・ムジカ》〉。この証拠として、リーは一、二度実際の飛翔に使われたことのある、おそろしくばかげた歌詞の例を挙げた。しかし、この点についてもダニエルは正確な典拠を示すことができた。飛翔もしくは飛翔のための肉体からの解放は、脳の両半球が完全な平衡状態となり、それを持ちこたえられた瞬間に起こる。脳はもともと霊界の神秘を解する存在で、意味に関する感覚と言語による伝達知覚に分割される。歌の場合でいうと、言葉と音楽である。これが、しばしば試みられながら、他の音楽家ではなく歌手だけが自らの芸術のなかにこの微妙なバランスを探しあて、心のひだにひそむ神秘的なバランスをそのままに映しだすことができる理由だ。自分の芸術的天分によって、ほかの道をとってそこに至ることがあるのは言うまでもない。どんな芸術でも、芸術家はすべて超越的感覚のこつを習得しなければならない。そしてひとたび一つの分野でそれを習得できれば、技術によってはほかへの応用も可能である。しかし、翔ぶための唯一の方法は、足の爪先まで自分が理解し、表現できる歌を歌うことだ。

ダニエルとリーは理論ばかりをうんぬんしていたわけではなかった。リーは、使いこなせないとはいえ、《グランディッヒ一三〇〇アムフィオン型》飛翔装置の持ち主であることを誇りにしていた。手に入る飛翔装置のなかでも最上級のもので、もっとも高価である。試しに使わせてもらえたのはダニエルがはじめてだった。それはウエスト・エンドにあるジェフリー・ブレードブリッジのペントハウス式アパートの一室、がらんとした白い礼拝堂の真ん中に置いてあった。ブレードブリッジがいない午後、二人は天国への扉をたたいて、入れてもらえるように頼み込むのだ。腕をはばたいて翔ぼうとさえした。とにかく、アリアやうんざりするほどの歌をつぎつぎに歌いつづけ、けっして弱音をはかず、なんの成果もないままにがんばりつづけた。

ときどきブレードブリッジが早く帰宅することがあり、そのときには彼も発声コーチとして加わって、助言を与えたり、そのすばらしいお手本を聴かせようとまでした。ダニエルには、大変きれいなバリトンだが今やっているどの歌にも軽すぎる、ベルカントにうってつけだと言った。まったく意地が悪い。たぶんダニエルとリーとのあいだに、狂気帯が邪魔になるようなことがあると勘繰ったのだろう。ダニエルは、理屈の上ではなんだってありうることだし、男はみんななんらかの形で片意地なところがあるものだという分別のある意見の持主だったが、この場合ブレードブリッジの意見は事実無根だった。彼はただリーを眺め、すっかり摘みとられてしまう原木の上のキノコのような、その褐色の顔の真ん中にあるピンク色の鼻先を見ていた。

十二月に入ってクリスマスの少し前、リーはズボンの線を台なしにする、あの狂気帯のふくらみが見えない姿で、メタスタージオにやってきた。ブレードブリッジとのロマンスは終り、ダニエルとの友情は（偶然とは言えないものの）かなり深まっていた。

人生は、公平に言って、努力と熱望と、そして多少の敗北ばかりではない。事実、飛翔装置と仲よくなるための、あのいらいらする集まりがなければ、ダニエルはこれまでになく幸せだった。以前にも幸せなときがあったとしても、それはずいぶん昔のことで、どういう感じだったか思い出せなかった。いまや正式に登録した仕事につき、公共図書館から本を借りることができるし、ミセス・シッフの厖大な蔵書も自由に読むことができた。夢の実現なんてほとんど余分な贅沢に思えた。本を読み、レコードを聴き、ときにはぶらぶらと無為の時間を過ごす。社交上の忙しさは週に二晩か三晩の割合。ジムでの練習も同じようにきちんとやっている。

夜ごとの誘惑から離れて暮らすうちに、ダニエルは自分の性欲が減退しているのに気づいた。とはいえ、彼の暮らしは厳密な意味での禁欲的生活とはまだ程遠いものだった。どうしても人との付きあいがしたくなれば、ダウンタウンの古巣を訪ねることにして、メタスタージオでは、愛想はいいが近づきにくいという評判を保っていた。その結果、オペラの後援者連中の関心もはっきりと遠のいていった。彼らは、ダニエルが引いた限界線を越える代償をまったく当然のように期待していたのである。一月に実施された配給制度とともに、容姿のいい男の子たちも買手市場に立たされるようになった。ダニエルの生活はよりおだやかなものとなり、彼は満足だった。

ふしぎなことに（これまでは厄介ごと、あるいは少なくとも憂鬱の原因となるのではと心配していたのに）、ダニエルはボウアと暮らして彼女の面倒を見るのが気に入っていた。毎朝、実行するきまった運動がある。彼女の手足を動かし、最低限に機能する状態に保つのである。バルサ材のように軽い彼女の腕を、きまった手旗信号のように動かしながら、ミセス・シッフがインキュバスを相手にするように半ば意識的、半ば真剣な調子でボウアへ話しかけるのだった。

ダニエルは彼女が聞いているとでも思っているのか？　考えられないことではなかった。地上からまったく姿を消したというのでもないかぎり、彼女はいつかもどってきて、放ったらかしにしていた自分の車がどうなっているのか——もう一度乗りまわせるものか——見にくるというのも理にかなっている。もし彼女がもどってくれば、ダニエルに関心を持ち、しばらく彼の言葉に耳をかすと考えてもおかしくはないだろう。だが二人は厳密には夫婦ではなかったし、それゆえに、窮地の彼を見殺しにしていると嘆くのも筋の通らぬ話だと、ダニエルにはわかっている。ボウアを愛していると思っていたのに、ただ恋に恋していただけだった。ダニエルは、生命の通わぬ彼女の軽い手足を巧みに動かしながら、彼女に語りかける。でもほんとうにそうなのだろうか？　十二年、いや十三年前の気持を正確に思い出すのはむずかしい。二人がいっしょにいた二、三か月間の天候とか、前世の生活を思い出せというのと同じだ。

部屋の隅に横たわり、近づいても聞きとれぬほど静かな息づかいをしているこのやせこけた人間に、自分が一種の愛着を覚えているというのは奇妙な感じだった。彼女は自分といっしょにいるのに、一日中いつなんどきでも善意の守護天使のように自分を見守り、自分を裁いていると思うのも奇妙なことだった。

14

シーズン通しで座席を予約しているマーセラは、火曜日ごとにメタスタージオ劇場へ通っていた。ダニエルが座席案内係になったのを知ってからは、幕間に彼の姿を探したり、(二階正面席の係に変ってからは) 劇場がはねたあとに四十四丁目あたりをうろうろしながら待ち伏せていた。「ちょっとおしゃべりしない」彼女の目当ては歌手のゴシップだった。どんなつまらない噂の切れっぱしでも、重大な秘密を伝授してもらうように、うやうやしく聞いていた。ダニエルは彼女をばかにしていたが、それでもこの高僧の役割もわるくないと思ったので、彼女が神とあがめる英雄たちのくだらない噂や、とっておきのニュースを聞かせてやっていた。そのうちに、ずっと空いているのがわかっている席にマーセラをこっそり案内してやった。こういう扱いが仲間たちに気づかれずにすむわけがない。仲間たちは、あまり魅力のあるとも思えないマーセラにダニエルが参っている、そう思いたがった。ダニエルは冗談につきあって、歌劇の台詞をかなり誇張して彼女を賞讃してみせた。こうして仲間から冷やかされながらも、マーセラとの友情のおかげで案内係の仲間内で信頼を得られることはわかっていた。連中には最低でも一人、多いのになると何人もの友人がいて、彼らにお追従を言われ、うらやましがられるのが自尊心の源になっているのだ。ダニエルにマーセラのような友人がいることは、いつももっともらしい態度をしていても、ダニエルだってそういうありふれた付きあいと無縁ではないことを示している。それに、こういう関係は、単に分不相応な尊敬という見せかけの栄光のおかげをこうむるだけにとどまらなかった。マーセラは、ダニエルにどうしても感謝の気持を表わしたいと高蛋白性の補助栄養剤の五ポンド缶を持ってきた。レジの店員と話をつけてあるデリカテッセンで〝万引〟してきたものだった。なんという助けあいの世界！

ある晩、ダニエルがリー・ラパチーニと共謀して、彼女を一階前方の上等席にもぐりこませて、サロ作『地中海のアキレス』の最後の二幕（実際はこの譜面は最初から終りまでミセス・シッフの創作で、彼女の最高傑作の一つだ）を観せてやったあと、マーセラはいつもよりせかせかしながら四十丁目と八番街の角でダニエルに声をかけた。制服をはおっただけで、その形のいい尻もこごえそうなダニエルは、これから《ラ・ディドーネイ》に夕食に行くので今晩はだめだと説明した（常連で、なにを言われてもめげそうにない、忠実なミスター・カーシャルトンといっしょだった）。

マーセラは、一分でいいからと言いながら、大型の厚手のハンドバッグに手をつっこんで、大きな赤いリボンをかけたファニー・ファーマー製のチョコレートの箱をとりだした。

「マーセラ、こんなことしちゃだめだよ」

「あら、これはあんたにあげるんじゃないのよ、ベン」彼女は申し訳なさそうに言った。「エルネスト・レイに感謝祭のプレゼントよ」

「それならどうして彼に渡さないの？　明日の晩に出演するよ」

「でも、その時間、わたしは勤務中なの。それに、ともかくわたしにはできないわ、ほんとうにだめなのよ。あの人の気にさわれば、たぶん受けとってもらえないだろうし、もし受けとってくれても、わたしが背を向けたとたんに捨ててしまうわ。そんな話を聞いたことがあるのよ」

「それは毒が入ってるかもしれないからだよ。それか、得体のしれないものだとか。ときどきあるそうだよ」

マーセラの目が涙で光りはじめた。「わたしがジェフリー・ブレードブリッジのことを一言か二言ほめたからって、彼の追っかけの一人だなんて思わないでしょうね？」

「ぼくはそう思わないよ。そもそも、レイはきみを見ても、どこのだれだかまったくわからないよ」

マーセラは涙をふいて、大してがっかりしていないというように微笑した。「それなのよ——」彼女は言った。「——もし彼が知っている人からの贈り物だったら、そんなにむげに断わられることはないわ。あんたが自分の知ってる人からのチョコレートだと言ってくれればいいの。そうすれば信用するから。あんなにみごとな演技をたっぷり楽しませてもらったお礼の気持よ。そうしてもらえるかしら？」

ダニエルは肩をすくめた。「いいよ」

ここで引き受けようと思わなければ、やがて起こるような厄介ごとはなくてすんだのだ。マーセラが言っていたように、彼女の姿が見えなくなったらすぐチョコレートの箱を捨ててしまうか、思いきって自分で食べてしまえばよかった。ところが、ダニエルはマーセラとの約束どおりにその晩チョコレートをレイに渡してしまった。レイも彼のエージェントのアーウィン・タウバーと《ラ・ディドーネイ》で食事をしていた。ダニエルが事情を説明すると、レイはただうなずいて贈り物を受けとった。贈り主によろしく伝えてくれなどとは言わない。ダニエルはエスカルゴとミスター・カーシャルトンの語るバーモントの荒野の話にもどって、それ以上チョコレートのことは考えなかった。

つぎの晩、舞台係がダニエルにレイ自筆のメモを手渡した。レイは「ノルマ」を歌っている最中だった。メモにはこう書いてあった。「きみのお友達にチョコレートと優しい手紙のお礼を伝えてくれ。

この女性はとてもチャーミングらしい。恥ずかしがらずに直接わたしのところへ来ればいいのに。かならず仲良くなれるよ！」マーセラはチョコレートの箱に手紙をしのばせていたのだ。ダニエルはむっとした。でもレイの反応は心がこもっていたし、まあかまわないじゃないか？

ダニエルはいっさいを忘れた――だから、彼に対するレイの態度が変ったこともこの件と結びつけて考えなかった。最初はごく普通の礼儀の域を出なかった。レイがミセス・シッフを訪ねてきたときにダニエルを見かけて、その名前を思い出す程度――正式に紹介されてから七か月後のことだ。一度《リェト・フィノ》で、ほかのグループと来ていたダニエルが、ミセス・シッフのテーブルに残ってコーヒーを飲んでいたことがある。泣き上戸のレイはベン・ボソラの生活の話を聞きたいと言い出してきかない。悲しくて、ほんとうにありそうもない物語を、その悲しくてありそうもない真実を知っているミセス・シッフの前で話すのは気はずかしかった。クリスマス、レイはダニエルにセーターをプレゼントした。ファンの一人からもらったけれど、体に合わないからと言いながら。練習時間に、レイが自分の伴奏者になってくれるかとダニエルにたずねたとき（ミセス・シッフはお茶を入れていて手をやけどしていたのだ）、ダニエルは、自分に音楽の才能があるせいだと思って承知した。そして、ダニエルの長々とした手ぎわのよくない演奏をレイがほめたときでさえ、自分の行儀のよさのおかげだと思ったのである。ダニエルは裏表のある人間ではなく、わざとわからぬふりをしているわけでもない。彼はいまだに、世間というのは自分の羊飼いで、自分に緑の牧草地を与え、飢えを満たしてくれる存在だと思っているのだった。

二月になり、レイはダニエルを《エヴィヴァ・イル・コルテーロ》の夕食に誘った。その誘い方がいかにもやさしげな口調だったので、ダニエルにもようやくレイの意図がはっきりとわかった。ダニエルはいいえ、遠慮しておきますと答えた。レイは猫なで声で理由を言えと迫った。ダニエルにはほんとうの理由しか思いつかなかった——レイはスターたちが当然の権利と心得ているらしい無条件降伏を求めている、それを拒否すれば、ダニエルは当然レイのブラック・リストに載って報復をうけるだろう。ダニエルの仕事は危なくなるだろうし、同様にミセス・シッフとの関わりもそれまでだ。結局、ダニエルは説明するのをひかえて、出かけるのを承知した。「でも一回きりですよ」

　食事のあいだじゅう、レイは自分のことばかり話していた——自分の役柄、自分に対する批評、敵に勝つ喜び。ダニエルはこの人物の抱いている虚栄心と、飽くことのない賞讃への渇望をはじめて目のあたりにした。それは相当な見物《みもの》でもあり、死ぬほど退屈でもあった。食事が終って、レイは単刀直入にダニエルを愛していると打ち明けた。これまでの二時間にわたる自己顕示の独演会から考えると、それはばかげた、筋と関係のない発言に思えて、ダニエルはもう少しで笑いだすところだった。笑えばよかったのかもしれない。レイはダニエルのこの礼儀上からのためらいを、はにかみと受けとったようだった。

「さあ、さあ」レイは上機嫌のまま文句を言った。「もうもったいぶるのはよそうよ」

「だれがもったいぶってるんです？」

「素直になるんだよ、わたしの愛しい人《イドロ・ミオ》。だってあの手紙があるじゃないか——ないとは言えまい——ぼくはあれをずっと持ってることにするよ——」レイは指輪をいくつもはめた手をスーツの胸ポケットからのぞいているハンカチにあてた。「——ここ、ぼくのハートのそばに」

「ミスター・レイ、その手紙はぼくのじゃない。どんなことが書いてあるか見当もつきません」

　レイは媚びるようなまなざしでダニエルを見やり、スーツの内ポケットを探って、おりたたんだぼろぼろの紙をとりだし、ダニエルのコーヒーカップの横に置いた。「それなら、どういう内容か読んでみたいだろう」

ダニエルはためらった。

「それとも空で覚えてるかい？」

「読みますよ、読みます」

マーセラの手紙は、香水のにおいのする、ふちに花模様のついた便箋に女学生のような筆跡で書かれていた。カリグラフィーのつもりか、いくつか丁寧な飾り書きの個所もあった。その文章は、どれをとっても同じように大仰だった。「もっとも親愛なるエルネスト様へ」ではじまる。「あなたを愛しています！　それ以上なにが申せましょう？　あなたとわたしのように、あまりにもかけ離れた二人のあいだでは、恋はありえないと存じております。わたしはごく普通の器量のよくない女です。それに、たとえ夢のなかのわたしのように、現実でも美しかったとしても、大して事情に変りがあるとは思えません。わたしたちのあいだには、それでも深い溝があることでしょう。愛を打ち明けてもむだだというのに、なぜわたしはお手紙をさしあげるのでしょうか？　音楽というあなたの貴重な贈り物にお礼を申しあげるためです！　神様のようなあなたのお声は、わたしの生活に、この上なく大事な、この上なく崇高な時間を与えてくれます。わたしは音楽のために生きております。そして、あなたの音楽にかなう音楽がほかにあるものでしょうか？　わたしは、あなたを、愛しています――いつものささやかな三つの言葉にもどって参ります。それほどに、わたしは……あなたを……愛しているのです」最後に「はるかなる崇拝者」と署名されていた。

「このめそめそした手紙をぼくが書いたと思うのですか？」読み終えて、ダニエルはたずねた。

「わたしの目を見つめて、それでも、ちがうと言えるかね？」

「もちろんちがいます！　ぼくは書いてなんかない！　これはマーセラ・レヴィンが書いたものです。自分で言っているように、ごく普通の器量のよくない女で、オペラ歌手に特別な感情を持ってるんです」

「ごく普通の器量のよくない女、か」レイは意味ありげな微笑を浮かべた。

「真実ですよ」

「ああ、わかるよ。それはぼくにとっても真実だ。ぼくの『ノルマ』の真実だ。しかし、きみのような青年がそんな判じ物をはっきりと理解できるなんて珍しいね。きみには芸術家の素質があるのかもしれん」

「ああ、お願いです、なんだってぼくが――」ダニエルは、とりかえしのつかない軽蔑の言葉を口にしそうになって、あわてて口をつぐんだ。正気の男が去勢された男にラブレターを書くものか、そう言い張ったところで、レイがそういう関心を当り前のことと思っている以上、なんの役にもたたないだろう。

「それで?」レイは手紙をたたむと彼のハートの横にもどした。

「いいですか、その手紙を書いた女をあなたに引きあわせたらどうします? それで納得してもらえますか?」

「興味はあるね、たしかに」

「彼女は火曜日の座席を予約してます。あなたは来週の火曜に歌う予定ですね?」

「エウリディーケをやるよん」レイはとろけるような口調で言った。

「それでは、もしよろしければ幕間に彼女のところへ案内しますよ」

「だがね、前もって彼女に言っておいたらだめだよ!」

「お約束します。もしぼくがそう言えば、彼女はおじけづいてやってこないでしょうからね」

「それじゃ、火曜だね。そのあと、またここに来ないか、軽くなにか食べにさ」

「いいですよ、三人でですね」

「三人そろえばだね、ねえきみ《カーロ》」

「待っててください。そのとき、わかりますよ」

　火曜日になり、レイは幕間にメタスタージオ劇場の下のロビーへ姿を見せた。すでにエウリディーケの衣裳をつけていた。チュールをまとったその姿は間近で見ても、照明の助けをかりなくとも、月の光に輝く空気の精そのものだった――もっとも自然に住む空気の精というより、宮廷に住むこの空気の精は、模造宝石で身を飾り、さながら小さなシャンデリアといったところで、顔にはたっぷりの白粉、かつらにも髪粉をごっそり振りかけている。警察の非常線のようにその前に広がった人混みを、彼は女王のように堂々と割っていった。オレンジジュース売り場にいたダニエルを呼んで、二人で大階段を特別席まで登っていった。そして（人々の驚くなかを）さほど広くない階段を天井桟敷《バルコニー》まで上がった。そこには、ダニエルの思ったとおり、熱心なファンのグループの片隅にマーセラがいた。ダニエルとレイが近寄ってくるのを見て、マーセラは肩を張り、首をうしろに引くようにして、体を固くした。

　二人はマーセラの前で立ちどまった。マーセラのグループは、彼女とその訪問者を中心にとり囲むように立っていた。

「マーセラ」その場の空気を和らげるように、ダニエルが声をかけた。「エルネスト・レイを紹介するよ。エルネスト、マーセラ・レヴィンです」

　マーセラは頭を軽く下げて挨拶した。

　レイは、模造ダイヤの光るそのほっそりとした手をさしだした。自分の手をとても気にしているマーセラは、うしろにさがって、しっかり握ったこぶしを茶色いベルベットのドレスのひだにかくした。

「ダニエルの話だとね、お嬢さん、先頃わたしが受けとった手紙にお礼を申しあげなければいけないのは、あなただそうですね」まるで彼の叙唱《レシタティヴ》に伴奏をつけるかのようにピアノの音が聞こえてくるようだ。それほどに、彼の話しぶりはまろやかだった。

「すみません、もう一度おっしゃってくださいませんか?」マーセラはやっとそう口に出した。

「ダニエルの話ですと、先頃わたしが受けとった手紙にお礼を申しあげなければならないのは、あなただそうですが」彼のせりふ回しにはどことといって変ったところはなく、その堂々たる抑揚からは、感謝の言葉なのか、とがめだてのつもりか区別はつけにくかっただろう。

「手紙ですって? なんのことでしょうか」

「この魅力的な青年にわたしあての手紙をことづけましたか、それともことづけませんでしたかな、チョコレートの箱に入れて」

「いいえ」マーセラは激しく首を振った。「まったく覚えがありません」

「どうしてかと言いますとね」レイは周囲の人々に語りかけるように、「もしあれがあなたの手紙だとすると……」

長いブロンドのお下げが否定するように激しく揺れた。

「……わたしが言いたいのは、なんと親切な、温かい、すばらしい手紙だったかということです。そして、お礼を言いたかったのですよ……直接お目にかかって。しかし、あなたは、あれを頼まなかったとおっしゃる!」

「そうです! そうですよ、その案内係がたぶん……ほかの人ととりちがえているんです」

「でしょうね、そうにちがいありません。それでは、お目にかかれてうれしかったですよ」

マーセラは木の切り株でも相手にするように、そっけなく会釈した。

「第二幕を楽しんで下さい」

見物していた人たちから、ほっとしたようなつぶやきがもれた。

「それでは皆さん、失礼します。わたしも出番ですから！　ベン、このいたずら者め、十一時に会おう」そう言うなり、レイはチュールを大きく波うたせてぐるりと向きを変え、堂々と階段を降りていった。


ダニエルは制服からおんぼろのセーターとジーンズに着がえていた。大エルネストと同伴でもなければ《エヴィヴァ・イル・コルテーロ》に入れてもらえる姿ではない。そして、いやがらせのように、ウェイターに向かって腹は減っていない、ミネラル・ウォーターを一杯だけほしいと言った。

「もっと自分の体には気をつけなくちゃいけないな、ねえきみ《カーロ》」まだウェイターがうしろでうろうろしている間に、レイが力説した。

「彼女が書いたとわかったでしょう」ダニエルは激しい怒りを小声にこめて、ここまでくる途中の会話を再開した。

「ほんとうはそうでないことがわかったよ」

「彼女はあなたがこわかった。だから否定したのですよ」

「ああ、でもね、あの女の目をぼくはじっと見てたんだ。目はつねに真実を語るものだよ。嘘発見器並みだ」

「ぼくの目を見てください。ぼくが嘘をついているかどうか」

「もう何週間も見てきたよ――いつも嘘をついてるね」

ダニエルはひかえめに唇をふるわせた。

二人は無言のままますわっていた。ウェイターがワインとミネラル・ウォーターを運んでくるまで、ダニエルは相手をにらみつけるようにしていたし、レイはさも満足そうにそれを楽しんでいた。レイはワインの味をみて、うなずいた。

ウェイターが話の聞こえないところまで離れると、ダニエルはたずねた。「どうしてなんです？あなたの考えているようにぼくがあの手紙を書いたのなら、なぜぼくはそれを否定する必要があるんですか？」

「ゼルリーナ曰く、『求めて、しかも求めず』だ。彼女は望んでもいたし、同時に望んでもいなかった。だれかはこうも言っていたな、『愛すれどわれは戦《おのの》く』。わたしにはそれがわかるよ。きみの友人の、哀れなお手本があるからね。ブレードブリッジの恋人だよ。今だってきみのそのためらいには同情するな」

「ミスター・レイ、ぼくはためらってなんかいない。ぼくはことわっているのです」

「お好きなように。しかし、逆らうのが長引くほど、降伏時には条件が厳しくなるよ。籠城とはそういうものだ」

「もう失礼していいですか？」

「出るのはわたしといっしょだ。人前で笑いものにされるつもりはないんでね。わたしが誘ったときにはいっしょに食事をする、そのときはいつものように機嫌よくして見せるんだな」みせしめのように、レイはダニエルのグラスにあふれるほどワインを注いだ。ワインはテーブルクロスの上にあふれた。「つまり」低いコントラルトで話をつづけた。「もしそうしなければ、きみには仕事もアパートもなくなるようにしてやるってことだ」

ダニエルはグラスをあげて乾杯をしようとして、ワインをこぼした。「乾杯、エルネスト!」

レイは自分のグラスをダニエルのグラスと合わせた。「乾杯だ、ベン。それともう一つだけ――きみが自分の時間をどう過ごそうとかまわないがね、人前でジェフリー・ブレードブリッジといっしょのところを見かけた、なんてことは耳にしたくないな。二人きりでも、グループでもだ」

「彼になんの関係があるんです?」

「わたしの気持としていやなんだ」

ウェイターが新しいテーブルクロスを持ってきた。こぼれたワインでしみになったテーブルクロスの上に手際よく広げる。ダニエルの食欲がもどったからとレイがウェイターに伝えると、メニューがさしだされた。それには目もくれず、ダニエルはこの店でいちばん高いオードブルとアントレを注文した。

レイは楽しそうだった。タバコに火をつけると、自分の演技について話しはじめた。

15

三月は裁きの月だった。この冬の災害は、ある週末だけでいっきょに社会という布の腐った糸をずたずたに裂いてしまった。社会構造は、あいつぐ衝撃に押しひしがれた——電力不足、食糧の欠乏、ブリザード、洪水、これまで以上に大胆不敵なテロ活動など。このなだれのような災害を阻止するために駆りだされていた国家警備隊もいっせいに離脱した。狂ったような都市難民は大挙してゲットーから脱出して、農業休閑中の田舎に群がったあげく、モスクワ退却のナポレオン軍の運命を味わうことになった。それはイリノイでの出来事だったが、どの州でも似たりよったりの悲惨な話が聞かれた。そのあとしばらくは、人々もその経過を追うことをやめ、またしばらくたつと今度は知りたくともニュースが追えなくなっていた。マスコミが最新の災害状況を報道しなくなったのである。押し寄せる災害のほうも、それほど注目して増長させなければ、わがもの顔に振舞うことをやめるのではないかと望みをかけたのだった。

いっぽう、災害が生き方そのもののようなニューヨークでは、いつもとほぼ変らぬ生活がつづいていた。メタスタージオ劇場は終演を一時間くりあげて、観客が十二時半の夜間外出禁止時間の前に帰宅できるようにした。ベルカント界に合わせて営業していたレストランはつぎつぎと閉店した。ただ

《エヴィヴァ》だけは、値段を二倍にし、量を半分に減らして店をつづけていた。町全体が、いらいらした興奮状態と、騒がしさと、暗い偏執病的なムードにつつまれていた。無料の食料配給の列に並んでいても、自分の前の人間がつぎにぷっつり切れる糸になるかもしれない。そして――ピューン！――その場で自分が撃たれるかもしれない。それとも、そんなこととは無縁に恋にうつつを抜かすことになるかもしれない。先になにが起こるかまったくわからない。おおむね、人々は家のなかにいて、おだやかな川の流れにまかせて過ごしていけることをつねに感謝していた。家庭は救命ボートであり、人生は夢にすぎない。

といったところがダニエルの世界観だった。ミセス・シッフもほとんど同じ考えだ。ただ、彼女のストイックなほどの冷静さも、インキュバスを心配するあまり少し様子が変ってきていた。クローゼットにはためこんだペット・ブリケットの袋があったけれども、インキュバスは辛い目に会っていた。その年のはじめに、インキュバスは耳の伝染病にかかった。その後悪化しつづけて、今では頭のどこをさわられてもがまんできないほどになり、平衡感覚もあやしくなっていた。家のなかに閉じこめられているのがいやなのか、それともまったく自由がきかなくなったのか、バスルームに置いてある箱を使おうともせず、アパート中ところかまわず大小便をするようになっていた。これまでも病気のスパニエルのにおいは部屋全体に漂っていたが、このごろでは脱ぎすてられた衣類の山のなかで糞が発酵したり、ごみための層を通してたまった小便がしみこんだりして、その悪臭はさすがのミセス・シッフもどうにかしなければならない状態になっていた――というか、だれにもがまんできなかった。そしてとうとう、レイが最後通牒をつきつけた――ミセス・シッフがアパート内を清掃して、床板までこすって洗わなければ、レイは彼女を訪ねるのはやめると言うのだった。ミセス・シッフも背に腹はかえられなかった。彼女とダニエルとで二日かけて掃除をした。衣類が大きな袋で二つ分もクリーニングに出され、その四倍の衣類がごみ箱行きとなった。この大掃除のあいだにいろんなもの発掘されたが、なかでも特筆すべきは、彼女が八年前に書いた『オルムス王アクスル』の台本用の楽譜がそっくり見つかったことだ。この楽譜は風を通してからメタスタージオに送られ、翌年の上演用に採用が決まった。この楽譜の発見料として、彼女はその報酬の四分の一をダニエルに渡した。残りは例のクリーニング代にあてられた。まだたれこめている暗雲のなかに見出した一筋の光明だった。

社会の混乱がついに個人の生活に侵入して深刻な事態を引きおこしはじめた。国立第一飛翔基地の薬剤師がダニエルに、今後この基地の別館では、ボウアの生命維持のための液体栄養物を供給できないと通告したのだ。法律上死んだことになっているボウアには、配給券は発行されない。ダニエルが必死に抗議すると、ヤミ医薬品を扱う業者の所在を訊きだすことができた。ブルックリン・ハイツに住むその中年の失業薬剤師は、ダニエルが訪ねたとき、その種の不正取引はもう廃業したと言い張った。ヤミ市場のおきまりの挨拶だ。それが必要だと実証できるまでダニエルは二日待たされた。ようやく、十か十一ぐらいの少年がアパートを訪ねてきたが、ダニエルは劇場に出勤して留守だった。ミセス・シッフはその少年をダニエルの部屋に案内した。そこでは、ボウアが果てしない魔法にかけられたように眠っている。必要性が証明され、ダニエルは二週間分こっきりの栄養物を、国立第一飛翔基地の現行価格よりも恐ろしく高い値段で買うことになった。配給制がしかれているかぎり、この値段もさらに上がる見込みだと注意を受けた。

大西洋横断電話回線もこの危機で最初に被害をうけたものの一つだった。政府の承認をうけなければ、もう電報一本打てなかった。郵便だけがミス・マースパンにＳＯＳを送る手段だった。速達便も、二日で着くのか、それとも一か月かかるかわからない。ひょっとするとまったく届かないかもしれない。ダニエルは四通の手紙を別々の郵便局から出した。四通とも同じ朝、チェルシーのミス・マースパンのフラットに届いた。ダニエルが自分のふところを暖めるために窮迫状態をでっちあげたのではないかと、かりに疑っていたとしてもミス・マースパンは黙っていた。彼女は銀行為替をダニエルが頼んだ金額の倍の一日五百ドルに増やした。そして、世間の衰退と崩壊の現状について書きつづった感傷的な手紙を送ってきた。食料不足は、もうロンドンだけの問題ではなくなっている。数年前から、市内の公園や花壇は野菜栽培に切りかえられ、田舎では数世紀も逆もどりして牧草地は耕地となった。ロンドンの泣きどころは水道だった。テムズ川は水位が低く、水質も飲料水として処理するにはあまりに汚れている。ミス・マースパンは便箋二枚にわたって一日二パイントの水で暮らす切迫した事情を書いていた。「それだって飲もうとはしません」と彼女は書いている。「たとえ料理用には使っても。酒倉にためておくだけの才覚とお金のあったわたしたちがみんな夜も昼も酔っぱらっています。アルアルコール中毒になるなんて、考えもよらなかったけど、なかなかいいものですね。朝食にまずボジョレーからはじめて、午後はいつものクラレット、とどめは夜のブランデー。ルシアもわたしも、最近は遠出をしなくなり、サウス・バンクへもめったに出かけません。公共の交通機関がないからです。でも教会ではずっと音楽を聴かせてくれています。演奏するほうも聴くほうも酔っぱらっているけれど、それなりの面白さがないわけじゃなし、音楽的にもむしろその場にふさわしいものですよ。モンテヴェルディのマドリガルだって、ワインでぼおっとしている頭にはぴりっとくるし、マーラーなどは……なにも言うことなしね。大物の国会議員も含めてみんな同じ意見ですが、これはまさしくこの世の終りじゃないかって。ニューヨークも同じじゃないでしょうか。アリシアによろしく。再発見の『アクスル』の初日にはどうにかして行くつもりです。最悪の事態は、これまでもそうだけど、まだ一年は先だと思いますから。わたしの大事なボウアディシアの面倒をみてくれてありがとう。草々」

ハリー・モルザーはアドニスでもっとも真剣なボディビルダーの一人だ。最近では半世紀前の全盛期に崇拝の的だった英雄らしい体つきの男はもう見られない。とはいうものの、ハリーは、今の基準には合格だった――胸囲四十八インチ、二頭筋十六½インチ。全身で足りないところは体の部分ごとにきたえあげた。こういう体格を保つことがハリーの生活のすべてだった。第十二分署区内をパトロールしていないときには、ミケランジェロ型のプロポーションに磨きをかけようとジムに通っている。彼の収入は飢えた筋肉のためにすべて消える。節約のため、ジムの近くの小さなスタジオ式アパートの一室で二人の独身警官と住んでいる。ハリーはこの二人を軽蔑しながらも、まあまあ仲良くやっていた――もっとも彼はだれに対してもそうなのだろう。マネージャーのネッド・コリンズの意見では、ハリーは聖人みたいな人間だということだし、ダニエルもほぼ同じ意見だった。もし、心の純粋さがなにか一つのことを求めつづけることであるならば、ハリー・モルザーは、アイヴォリー・スノーと同じくまさにその境地なのだろう。

配給制は、ハリーにはひどくこたえた。配給局も個人の体の相違を考慮しているとは思うが、ハリーの筋肉は普通の男の三、四倍ある。警官用の補助クーポンはあっても、ヤミ物資の厄介にならずに百九十五ポンドの体を保つ方法はない。当然、彼はそうしていた。それでもヤミ物資でさえ彼の必要とするだけの粉末プロテインはまかなえなかった。そういう濃縮物は、真っ先に買い占め屋が手をつけていたのだ。ハリーはプロテインにつづく蛋白源として乾燥大豆にきりかえた。そして、そのせいでよく屁をひるようになり不評をかった。しかし、三月にはその大豆もヤミ値が高騰して、ハリーには手が出なくなった。筋肉は落ち、同時に大豆の澱粉のせいで贅肉がつきはじめた。

ハリーはこの避けられない状況にけっして屈しようとはしなかった。彼はいつもジムに来ていた

——部屋の壁いっぱいに張られた鏡を気むずかしい顔でのぞき、心中おだやかならぬ思いでバーベルをにらみつける。窓ぎわに並ぶ器具のあいだに立って、広場の車の往来をみつめていたかと思うと、傾斜つきの腹筋台の上でひっきりなしに体をひねる。しかし、意志の力だけではいかんともしがたかった。その絶え間ない努力にもかかわらず、ハリーの肉体は彼に別れを告げていた。きちんと蛋白質の補給をしなければ、激しい練習だけでは、体の組織が自滅を早めるだけだった。ネッド・コリンズは、ハリーのスケジュールを短かくさせようとしたが、ハリーはとうてい納得しなかった。絶好調だったときの日課をそのまま守りつづけた。

これまでもハリーはとくに社交性がある人間ではなかった。ダニエルのような男にとって、ジムは社交クラブの役割も果たす。ハリーにとってのジムは宗教であり、彼は教会でおしゃべりをするタイプではなかった。それでも、ハリーとその信仰を同じくしながら、それほどの熱意に欠ける男たちからは好かれもし、尊敬されてもいた。今は、その好かれていたぶんだけ同情をかい——そして敬遠されている。まるでハリーの苦しみが伝染すると思われているかのごとく、彼の練習しているコーナーはだんだん人が減っていく。いずれにせよ、最近ではジムに来る人数は減っていた。だれも余分のエネルギーがないのだ。そしてだれもハリーのそばにいたがらなかった。

どうしようもないことに、ハリーの身になにが起こっているのかをわかろうとする思いやりや想像力がない連中がいるのだった。そして、四月のある午後のこと、ハリーをがけっぷちから突き落としたのはその内の一人だった。ハリーはこのところ自分の力以上のバーベルを使ってベンチプレスをやっていた。二度目のセットの最後の反復をやっているとき、左腕が曲がりはじめた。どうにかまっすぐ伸ばして、肘に力をぐいといれた。顔は真っ赤で猛々しい表情だ。張りつめた首筋は、彼のくいしばった歯を頂点とする三角形を形づくっている。バーベルが不安になるほどゆれた。ダニエルと話をしていたネッドが机からすっと立ちあがると、ハリーのところに飛ぶようにかけていった。そのときだった、例の大ばか者が、平行棒の上から叫んだ。「いいぞ、ヘラクレス、もう一回反復だ！」

バーベルが支柱のあいだに音を立てて落ち、ハリーは悲鳴をあげて飛びあがった。ハリーの腕が砕けたのかとダニエルは思った。が、彼の肺からもれた叫びは痛みからではなく、怒りの雄叫びだった。何か月も、何年もこらえてきた怒りが一瞬のうちに噴きだしたのである。ハリーはベンチにころがっている八十ポンドのバーベルをさっと引き寄せると、彼を苦しめた男に向かって投げつけた。それは的をはずれ、広いガラスを粉砕してしっくいの壁をぶち抜き、そのうしろの更衣室に突っこんだ。

「ハリー！」ネッドは懇願したが、ハリーは自制心を失い、聞く耳をもたず荒れ狂った。一つ、また一つ、つぎつぎに破壊する恍惚のなか、ラックにかかっているいちばん重いバーベルでジムじゅうの鏡をこわしていった。二十ポンドの円盤をソフトドリンクの販売機に向かって飛ばした。鉄製ダンベルのラックを床にひっくりかえした。まるでビルに爆弾でも落ちたみたいだった。そのあいだ、だれも彼をとめようとしなかった。

最後の鏡とそのうしろの壁がこわれてしまうと、ハリーはシェリダン・スクエアを見下ろす三つの窓のほうに向きなおった。どれもまだ無事だ。ダンベルを手にして、彼はその窓の一つに歩み寄る。そして、歩道や大通りに集まった群衆を眺めている。

「ハリー。お願いだ」ネッドは静かに声をかけた。

「くそくらえ」ハリーは沈んだ、疲れきった声で言った。窓のそばを離れると更衣室に入り、うしろ手にドアを閉めた。ダニエルにはしっくい壁の裂け目から、ハリーが自分のロッカーまで行くのが見えた。彼はしばらく錠をいじって辛抱づよく数字を合わせていた。ロッカーが開くと、警官用のリボルバーを皮ケースからとりだして、流し台の上にただ一つ残った鏡の前に立ち、自然ときまったポーズをとると、ピストルの銃口を自分のこめかみにあてた。そして、脳みそを吹き飛ばした。

アドニスが、そのあと再開することはなかった。


食糧が国民全体の問題になっていた。マスコミはたえずなだめるような発表をたれ流していたが、それによると、今後何か月間か行きわたるだけの十分な食料があるということだった。問題はその流通方法だった。緊急事態ということで市内のスーパーマーケットと食料雑貨店が配給局の管理下におかれていたが、ヤミ価格は非常に高騰して、ひとかかえの食品（あるいはポケット一杯でも）を持って配給センターを出るところを見られれば、それこそ命とりになりかねない。五、六人の男の護衛がついていても襲われるかもしれないのだ。警察はというと、おもに公園や駐車場といったヤミ市が多く開かれる場所に力を入れていた。こうして備えていても、毎週のようにこんな場末の利権のとりでにも人々がさらなる暴徒となって襲いかかった。三月末になると、物理的な形でのヤミ市場は姿を消していた――ただ目に見えない、階層で結びついた個人間のネットワークがあるだけだった。経済体制は末端の構成要素にまで簡素化されていたのである――一人一人が武装陣営だった。

クローゼットに蓄えたペット・ブリケットのおかげで、ダニエルとミセス・シッフは、とことんまでの窮乏に落ちこむことはなかった。ダニエルは、たまにまずまず腕のいいコックぶりを見せて、パン・プディングみたいなものをでっちあげた。ブリケットを砕き、高蛋白粉末と人工甘味料を加えて作る。ミセス・シッフはいつも食べていたのよりも断然おいしい、と言ってくれた。またダニエルはこの建物の住人とグループを結成して、最寄りの配給センターへ出かけていた。ブロードウェイにある、以前のレッド・オウル・スーパーマーケットだ。ほかのことも、大方うまくやってのけた。

暖かくなると、エルネスト・レイの援助を仰がなくともどうにかこの危機を切りぬけられそうに思えてきた。いよいよ最悪の事態がくれば（たとえば、ミス・マースパンがその寄付の額があまりにかさむのにうんざりすれば）援助を仰ぐしかなかっただろう。ボウアの体と暮らすことで、ダニエルは義務感をしっかり植えつけられ、うかうかしていられないことを自覚した。彼女を生かしておくためになら、なんでもするつもりだった――それも自分の得た金で。レイは、結局はどんなことを要求するだろうか？　これまでダニエルになにも要求しないでいる。意図的なものか、単に興味がないのか？　ダニエルがいやになるほど悩んでいる問題だった。ひとり自分の部屋に横たわりながら、重苦しい思いで、眠りもせず、これから起こりうることについてずっと考えていた。なかにはかなりぞっとするものもあるが、幸いにも彼の想像はどれも現実にはならずにすみそうだった。

インキュバスが危篤状態であることがはっきりしてきた。しかし、犬にも飼主もその事実に直面する覚悟はまだできていなかった。散歩に連れていってもらいたいそぶりで、廊下をぶらぶら歩いたり、くんくん鼻をならしたり、玄関のドアをひっかいたりしている。とはいえ角の街灯のところまで行く元気があったとしても、その希望を叶えてやるのはとんでもないことだった。近頃は、表に犬が一匹いようものなら、たちまち生きたままの食肉と見なされて大騒ぎになる。

ミセス・シッフはこの死にかけた犬にかかりっきりだし、インキュバスは彼女の気持にすっかりつけこんでいた。ひっきりなしに不平をもらし、食物をねだってはそれを食べようとしない。ミセス・シッフが本を読んだり物を書いたりしているとそれを邪魔するし、自分以外のだれとも話をさせない。たとえ彼女がインキュバスと密談しているように見せかけてダニエルと話をしたりして、この禁令をうまく破ろうとしても、インキュバスはすぐにそれをかぎとった。そして彼女を罰するために、アパートの一番暗い場所へよろよろと歩いていって、がっくりと倒れこんでしまう。しばらくすると、インキュバスのすねた様子に辛抱できなくなったミセス・シッフが彼のそばに行って、やさしくなでながら謝るのである。

ジムが閉鎖になってまだ間もないある晩のこと、インキュバスはミセス・シッフの部屋にやってきて、ベッドに上げてほしいとせがんだ。これはインキュバスに対する新しい禁令で、これまでは彼もちゃんと守っていた。自分の失禁やそのあとのアパートの全面修理について、インキュバスも排便のたびに思い出してはほとんど人間並みに気がとがめているらしい。

ダニエルが部屋の前を通りかかると、インキュバスがベッドに入っていた。叱りつけようとしたら、犬も飼主も、彼に申し訳なさそうな顔をしてみせるので、それ以上叱る気もしなくなった。ダニエルは部屋に入って、ベッド脇の肘つき椅子へ腰をおろした。インキュバスは尻尾をシーツからほんの一インチほど持ちあげたが、すぐに落とした。ダニエルはその腰のあたりを軽く叩いてやった。くんくん鼻を鳴らしはじめた。話をせがんでいるのだ。

「話を聞かせてほしいらしいよ」ダニエルが言った。

ミセス・シッフはうんざりしたようにうなずいた。彼女は自分の気持が乗らないのに何度も話をさせられて、これ以上自分の空想話をくりかえすのがほとほといやになっていたのだ。わたしのシェヘラザード・コンプレックスよ、と彼女は言っていた。でも、話す物語を中途ではしょろうとしてもむだだった。きまった筋からはずれると、インキュバスにはそれがわかるのである。そして、それた話の筋を本来の道筋にもどすまで、鼻を鳴らしては彼女を悩ませる。結局は彼女も心をあらためて、従順な羊よろしくおとなしくしたがうのだった。

「これからはじまるのは」ミセス・シッフはこれまでも何度もやったように、話しはじめた。「兄のバニー・ハニバニーと妹のハニー・ハニバニーがベツレヘムで過ごした美しいクリスマスのお話よ。最初のクリスマスのことでした。ある晩、もうお休みの時間になってバニー・ハニバニーがやっと床に入ろうとしたときです。いつものようにとても忙しい一日でした。妹のハニー・ハニバニーが跳びはねながらふたりの居心地のいい小さな穴に入ってきました。こぶだらけのカシの木の根にある穴です。彼女は兄さんに言いました――『バニー！　バニー！　出ていらっしゃいよ、お空を見てよ！』妹がこんなにはしゃいだ姿をバニーはあまり知りませんでした。それで、眠かったけれども、（とっても眠かったけれども）――」

こんな暗示にかかっちゃいけない、とインキュバスはわかっていた。彼はすっかり目が覚めて、お話に夢中だったのだ。

「――彼は、ぴょんぴょんと跳びはねながら、ふたりのすてきな小さな木の家から出てみました。そして彼の見上げた空に輝いていたのは、なんだったでしょう？」

インキュバスはダニエルのほうを見た。

「なにを見たんですか？」ダニエルがたずねた。

「星を見たのよ！　そして妹のハニー・ハニバニーに言いました。『なんときれいな、とてもすばらしい星なんだろう！　あの星についていこうよ』そしてふたりは星のあとを追いました。牛がおとなしく眠っている牧場をいくつも越えて、広いハイウェイを過ぎて、湖をわたっていきました。冬なので、湖は氷でおおわれていましたから。そして、とうとうユダヤのベツレヘムに着きました。もうそのときは旅ですっかり疲れて、ただただベッドにもぐりこみたいと思いました。それで、町でいちばん大きなホテル、ベツレヘム・ホテルに行ったのです。でも宿直の人はとても失礼で、政府のやっている国勢調査のために空部屋はないと言いました。たとえ部屋があっても、ウサギなんかをこのホテルに泊めるわけにはいかない、とも言いました。かわいそうなハニー・ハニバニーは泣きたくなりました。でも自分のために兄さんを困らせたくないと思って、しっかりしていようと決めました。そこで、その長い、毛の生えた耳をぴくぴくと元気に動かして、バニーをふりかえるとこう言いました。『こんなへんな古くさいホテルに泊まることはないわ。かいば桶を探してそこで休みましょうよ。それにかいば桶のほうが楽しいもの！』ふたりはかいば桶を探しに出かけましたが、まったく問題はありませんでした。だってベツレヘム・ホテルのすぐ裏にご機嫌な小さなかいば桶があったのですもの。そして、雄牛やロバや雌牛にヒツジもおりました……そのほかにもなにかがありました……！　あまりにすばらしく、柔らかくて、温かで、大事そうなもので、ウサちゃんは自分たちの目を疑いました」

「かいば桶にはなにがあったのですか？」ダニエルがたずねた。

「ふたりは赤ちゃんのイエス様を見たのです！」

「まさか」

「いいえ、いらしたのですよ、小さなイエス様が。マリアとヨセフもそばにひざまずいていました。大勢の羊飼いも、天使も賢者たちもひざまずいて、イエス様に贈り物をさしだしていました。かわいそうなバニー・ハニバニーとハニー・ハニバニーはとても悲しくなりました。赤ちゃんのイエス様になにも贈り物を持っていませんでしたから。それで話をはしょりますと――」

インキュバスは警戒するように顔を上げた。

「――この二匹のウサちゃんは夜の闇に飛びだして、北極まで行きました。そこに着くまでには、ずいぶん跳ばなければなりません。でもふたりともひとことも文句は言いません。そして北極に着くと、なにを見つけたと思います？」

「なにを見つけたのですか？」

「サンタの仕事場を見つけました。夕方もまだ早かったので、サンタもまだそこにいましたし、サンタ夫人もいました。小さな妖精たちも何百万となくそこにいて、サンタがおもちゃを作るのを手伝っていました。それを運ぶトナカイもいましたけれど、トナカイの名前を全部言うことはしませんよ」

「どうして?」

「くたびれたし、頭も痛いから」

インキュバスはくんくん鼻を鳴らしはじめた。

「コメット、キューピッド、ドナーにブリッツェン。それから、ダッシャーとプランサー……それから……なんだっけ?」

「ルドルフ?」

「鼻ぴかのね、もちろん。どうしてルドルフを忘れたのかしら? さて赤々とした火の前にみんながすわって、小さな足を暖めながら、サンタ夫人のおいしいキャロット・ケーキをごちそうになってから、ハニバニーたちはなぜ北極に来たのか話しました。サンタに赤ちゃんのイエス様のことを話し、クリスマスの贈り物をさしあげたいと思っているのになにもないのだと言いました。『だからわたしたちが望んでいるのは』ハニー・ハニバニーが言いました。『イエス様にあげる物なんです』サンタクロースは当然感動しましたし、夫人は顔をそむけて涙をふきました。うれし涙ですよ、わかりますね」

「まだほかにあるの?」ダニエルがたずねた。

インキュバスは落ちつかなく首を動かした。

「そうね」ミセス・シッフはわざと両手を膝の上で組みながら言った。「サンタはハニバニー兄妹に、もし贈り物を大きな袋につめてそりに載せるのを手伝ってくれたら、もちろんふたりともイエス様に贈り物をさしあげることができるよ、と言いました」

「それで袋に入れた贈り物はなんなの？」ダニエルはたずねた。

「木のこぶで作ったラッパや変てこな太鼓、人形に、フリスビーに、甘い錠剤と熱を計るまねごと遊びの小さな体温計のお医者さんセット。そう、それと百個ぐらいすてきなものがありました。ゲームにキャンディ、没薬に乳香、オペラのレコードとサー・ウォルター・スコット全集と」

インキュバスは満足そうに首を伸ばした。

「その贈り物の袋をそりに積むと、ウサちゃんたちを自分のうしろに乗せてやって、むちを鳴らしました。そして――」

「いつからサンタはむちを使ってるの？」

「いつからか覚えてないけど、サンタはむちを持ってたの。でもほとんど使う必要はなかったのよ。トナカイは、どこを翔べばいいか、本能的にわかるの。それで――トナカイたちはまっすぐにベツレヘムにあるかいば桶があるところまで本能的に、軽やかに、翔んでいきました。そこでは、イエス様やマリア様、ヨセフ、羊飼い、天使、賢者たち、それから心を入れかえたあのホテルの宿直までがサンタやハニバニーたちを待っていました。そして、みんなはあの美しい星に照らされて明るくなった空にサンタたちの姿をみつけると、いっせいに万歳をしました。『万歳！　ハニバニー万歳！　万歳！　万歳！　万歳！』」

「それでお話はおしまいなの？」

「これでおしまいよ」

「気がついてるんですか、ミセス・シッフ？」

「なんなの？」

「インキュバスがあなたのベッドでおしっこをしましたよ。シーツを見ればわかります」

ミセス・シッフはため息をついて、インキュバスをひじで軽く突いた。インキュバスは死んでいた。

16

時事解説者たちのあいだでおよそ意見が一致しているのは、彼らの多くが安易に楽観的な表現をするのを避けていたものの、夜明けは近い、峠を越した、生活は順調に進むだろうということだった。大胆な言葉を使う連中は革命があったと語り、それほど楽天家ではない人たちは和解の時期だと語った。五月、六月は例年のように気候がよくなっていた。この見通しの明るい時代のさきがけとなるものはなにか、だれにもはっきりとはわからない。ましてや、暗黒の力が完全に撤退しつつあるのか、ただ一息入れているだけなのかなど。しかし、国中がその長い崩壊の悪夢から目覚めたとき、新聞の見出しや人々のあいだから、多くの問題は姿を消していた。

ダニエルから見てもっとも目を見張るような変化は、(アイオワではまだだが) ファーム・ベルト諸州のなかの四つの州で、翔ぶことが非合法でなくなったことだった。さらに政府は、匿名による秘密販売の扇情的な小説『恐怖の物語』の訴追をとりさげた。十九年前、単独でアラスカのパイプラインを爆破したと称する男の告白の書で、この事件及びその犯罪を現在は反省していると言いながら、結局それを美化した描写に終始していた。出版社にその著者の正体の公表を求めるのをやめた当局は、過去のことを水に流したことになる。その結果、今では数百万の人々が安くなった (店頭) 価格でこの本を買うことができるようになった。ダニエルもその一人だった。

和解のもう一つの軸に沿って、ジャック・ヴァン・ダイク師が、最近のアンダーゴッド信者の少数派でありその興隆を計ろうとするピューリタン復興連盟（ＰＲＬ）を支持する最初の大物リベラリストとしてニュースに再登場した。タイム誌は、黒のステットソン帽、堅い白いカラー、赤いレーヨンの蝶ネクタイ、勲章を飾りつけたデニムのジャケットという楽しくなるほど時代錯誤的なＰＲＬの制服を着たヴァン・ダイクとグッドマン・ハリファックスの写真を表紙にした。二人がアーリントン墓地で国旗に忠誠を誓っている姿だった。それはダニエルの考える、新しい時代の夜明けではなかったが、それでも、ハリファックスは飛翔の合法化を支持していたし、たしかに彼の実績として数えられるべきものだ。どんな複雑な事情があり、ヴァン・ダイク派であってもその原動力は彼に帰せられるものとタイム誌は考えていた。

ダニエルはこうした情勢にはもっと大きな、積極的な関心を払っていたはずだったが、悲しいことに彼の気力はこの一般的な上昇傾向についていけなくなっていた。というのも、最悪の事態が生じていたのである。ミス・マースパンが決定的な形で援助を打ち切った。彼女は死んだのだ。ロンドンで今なお発生しつづけている、さまざまなはやり病《やまい》の犠牲者の一人だった。ダニエルは彼女の取引銀行からのテレックスでその死を知らされた。銀行は、毎月の小切手の送付が突然に途切れることでご迷惑をおかけするのをおわびするが、故人がその遺言状のなかにそのような支払の継続の条項を設けていなかったのでそうせざるをえないのだと言ってきた。

と同時に、ダニエルの進路に制限が加わった。新しい時代の流れが配給局にまで及んで、ボウアのような窮状を考えなおすようになるまでは、彼女を国立第一飛翔基地の陰気な病棟にもどすのはむりだろう。いずれにせよ、彼女を二、三か月以上あの別館に預けておけるだけの金はなかった。こうするほかはないと自分に言いきかせて、彼はエルネスト・レイを訪ねた。

ダニエルの降伏に対して示された条件は寛大なものではなかった。肌をチーク材のような濃い褐色に染めること、ただし両頬を大きく丸く自然の色に残すこと。それは（レイの説明によれば）ダニエルが頬を赤らめればそれとわかるようにするためだった。黒々とした髪の色は染める必要はないが、ちりちりに縮らせ、けばだたせて、流行に合わせて装飾的に刈りこむこと。求められればいつでもレイといっしょに出かけること。そのときはメタスタージオ劇場の制服か、同じように派手でけばけばしい服装で。ドアを開ける、ページをめくる、靴を磨くなど、レイへの服従を示すようなちょっとしたサービスをすること。さらにレイが指示するいかなる性行為にも積極的に骨身を惜しまず応じること。ただし、（ダニエルが獲得した唯一の譲歩条件だが）その行為が合法的であり、ダニエルが無理なくできる範囲に限る。それ以外の性行為はダニエルには禁じられ、そのために狂気帯を着用しなければならない。人前でも二人だけのときでも、ダニエルは後援者たるレイに夢中であるふりをすること、そして、なぜそういう行動をするかと訊かれた場合は愛する人のすすめにしたがったのだと答えること。そのかわりに、レイはこれらの奉仕をダニエルに求めるごとにその後の一年間、ボウアが生き延びるための面倒をみる。

この契約の内容については、ミセス・シッフとミスター・オーマンド立会いのもと《エヴィヴァ・イル・コルテーロ》の夕食会で誓約をおこなった。二人とも幸先のいい祝事だと思っているようだった。ミスター・オーマンドにいたっては、まるで花嫁の父よろしく、気勢をあげたり、涙を流したりをくりかえした。その夜、ダニエルを自分のかかりつけの美容師の手に委ね、ダニエルが変身するための監督にあたった。そして、これははじめてダニエルに目を留め、彼こそ自分の魂の弟だと思ったそのときから待ち望んでいたことだと語った。ミセス・シッフのお祝いの言葉は彼ほど大げさではなかった。明らかにダニエルの肉体改造を安っぽくてくだらないと思って見ていた。それでも、この二人の関係はエルネストの精神的安定に役立ち、その結果、彼の芸術を高めることになるとして認めていたのだった。

　ダニエルはこれほどの屈辱を味わったことがなかった。ただいっときの恥ずかしさなら経験がある。おろかなふるまいをして後悔したこともある。しかし、スピリット・レークでの試練の日々にも、ニューヨークへ来てからの長い一時滞在者《テンプ》生活でも、こんなに深い、いつまでもつづく恥辱は感じたことがなかった。以前のように心のなかの自由な聖域に逃げこもうとしても、屈辱はどうしようもなかった。もはや自分の潔白や正当性を信ずることができない。世間から裁きを受けるのは当然と思った――あざけり、冷笑、嫌悪のまなざし、どれも当然の報いだ。メタスタージオ劇場のあの制服を着ても彼の自尊心は傷つかなかった――むしろ気分がいいときには、若さと美貌でもって仕えるプリンスに張りあうようなルネッサンス絵画の小姓気どりで、正々堂々と着ていたものだ。しかし、売春の制服は、それほど大胆に、優雅には着こなせなかった――それはダニエルの魂を締めつけ、くすぐり、むずむずさせ、火を注ぎ、すり減らした。

　ダニエルは自分に言いきかせようとした。自分自身は大事なところでは変っていない、首に枷《かせ》をはめられているかもしれないが、精神は自由だ。バーバラ・スタイナーや、（名前は覚えていないが）エルモアで初体験の相手をしてくれた売春婦や、ニューヨークに来てから相手の自由な時間に遊んだ男娼や売春婦といった大勢の玄人《くろうと》たちのことを思い浮かべた。だが、そんな比較をしても気安めにはならない。ダニエルが自分を責めるほどに連中をそれほど厳しく責めなかったのは、彼らが淫売であるというだけで道をはずれた存在だったからだ。いかなる長所があろうと――機知、想像力、寛容さ、豊かさ——ダニエルからすれば、連中は敬意を払うに価しない存在だった。今の自分のように。彼らは——いやダニエルか？——言わなかっただろうか、結局のところ愛なんて偽りだと。いや、むしろ技術であると。愛は、彼が信じていたように魂を試す場所ではないし、とにかく神聖な儀式でもなんでもない、と。

セックスが魂と肉体の交歓の場でないとすると、人が互いの上に立とうとする手段がもう一つつけ加わったに過ぎない。それはこの世のもの、世俗的なものだ。そうなると世俗的でないもので、あとに残るのはなんだろうか？　カエサルのものでないのはなんだろうか？　翔ぶこと、おそらくそうだろう。ただ優雅さの面からダニエルはいつも拒絶されているようだ。となると（理屈からすれば）死だった。この点では以前スピリット・レークで失敗しているから、自殺する勇気があるとは思えない。しかしそのことを知らないミセス・シッフに、ほのめかすことでとても気晴らしになることを知った。彼女に激しい怒りをぶちまけない夜はなかった。そして、ついにミセス・シッフの堪忍袋の緒が切れ、ダニエルを叱り飛ばした。

「それじゃ、あんたは死にたいっていうのね——それでぶつぶつ言ってるのね？」全面降伏から二週間目のある晩、ダニエルがそうとう酔ってだらしない姿で帰宅すると、ミセス・シッフが詰問した。「そんなくだらない、うんざりするたわごとを言って！　この世も終りみたいにあたり散らすなんてまったく驚かせるわね。あんたには似合わないよ。エルネストの前ではこんなことはないように願いたいわね。彼にわるいじゃないの」

「いつもエルネストのことばかり考えてやがって！　ぼくのことはどうなのさ？」

「ああ、いつも考えてるよ。当然でしょう、毎日鼻をつきあわせてるんだから。でも、エルネストのことは心配なの、それはほんとうよ。あんたのことは心配ないわ。能力があるし、しっかりしてるもの」

「ぼくがひとりでは小便もできない骨盤拘束服をつけてここにすわってるから、そう言えるんだね？」

「鍵がほしいの？　それだけのことなの！」

「ああ、よしてくださいよ、ミセス・シッフ。あんたはわざと誤解したふりをしている」

「なにか口にできないような、いやなことでも彼がしたと言うの？」

「あいつはなにもしやしないよ！」

「ばからしい」

「ばからしいのは、そっちだ」

「あんたが悩んでいるのは、恥ずかしいからじゃない。不安なのよ。それとも、ちょっと失望したんじゃないの？」

「ぼくに関するかぎり、レイはぼくが九十五になるまで縛りつけておけるんだ。文句なんか言ってない」

「でもね、ダニエル――文句を言ってるように見えるわ。エルネストはこれからも今のままで満足していけるのじゃないかしら。わたしたちの結婚は、実際にははじめからだめだった」

「それじゃ、なぜ結婚したんです？」

「ハンサムだったから。うっとりするような若い人を自分のものにするのはいいことよ。もちろん、若いころだって、わたしがうっとりするような娘だったとは言えないけれどね。そのころ父は名の売れたギャングだったし、そうなると世間的なお墨付きがあったのよ。あんたの場合、エルネストはブレードブリッジを出し抜きたかったのだと思う。あの男を気にしてるもの――全然必要ないと思うんだけど。でも、エルネストが意見を気にしている人たちのあいだではね、あんたを獲得したのはちょっとしたものなのよ。少なくともあんたは、彼が買って改造したロールスロイスってところね」

「そんなことはわかってる。でもね、レイが話すのは、ぼくをどんなに愛してるかってことだけだ。自分の情熱のことばかり。オペラのセリフのなかで暮らしてるみたいだ」

「わたしなら願ってもないことだけどね。彼を少しも誘ってあげないのは了見がせまいと思う」

「ぼくがいい娼婦じゃないって言うんだね」

「自分の良心に訊けばいいでしょう、ダニエル」

「どういうことをしたらいい？」

「まずは関心をもつこと。エルネストは歌手なのよ。歌手はね、なによりも歌を聴いてもらいたいと思うものなの。彼のリハーサルに行ってもいいか、彼のマスター・クラスで歌を傍聴してもいいかと訊いてごらんよ。彼の歌をほめなさい。心の内を吐きだすのよ、彼に出した手紙の言葉どおりにするのね」

「とんでもない、ミセス・シッフ——あの手紙はぼくが書いたんじゃない！」

「じゃ、なおのこと残念ね。もしあんたがあの手紙を書いたのだったら、すぐにも歌が歌えたかもしれないのに。今もそうだけど、これからも無理だわ」

「そのことはなにも言わないでください。もうわかってますから」

「おやおや、また泣きごとみたいだよ。罪のない仔羊の哀れっぽい声。あんたがなれるかもしれない歌手になれないのは絶対的な運命の力のせいじゃない。あんたがそうしてるんだよ」

「もうよしてくれ。もう寝ます。鍵を持ってますか？　小便がしたいんです」

ミセス・シッフは着ていた服のあちこちのポケットを探してから、その日脱ぎ捨てた服を探した。

インキュバスが死んだので、ミセス・シッフの部屋はだんだん以前のような散らかし放題の状態にもどりつつあった。鍵は仕事台の上にあった。彼女はダニエルについてバスルームまで行き、狂気帯をはずしてやってから、彼がトイレに入っているあいだ、入口に立っていた。自慰しないよう見張っているのだ。非常に忠実な看守である。

「あんたの問題はね、ダニエル」彼がほっと息をつくと、ミセス・シッフは話をつづけた。「精神的な野心はあるのに、信仰がないことよ」しばらくたって、考えが変ったらしい。「ちがうわね、それはむしろわたしの問題のようだわ。あんたの問題は、あんたがファウストのような魂の持主だということよ。たやすく翔べる人のにくらべるとだいぶ大きな魂なのよ。大きさが質の目安だって言えるかしらね？」

こんな話しあいをはじめるのじゃなかったとダニエルは後悔した。彼が欲しいのは、すがりついて泣くための肩であって、彼の不適格性について新たな洞察を加えてもらうことではない。ダニエルは小便をすませ、明りを消して、眠りたかった。

「いつでも目いっぱいにやればいいってわけじゃないわ。そこがドイツ音楽のいけないところね。進展、熱望、性急さ、そればかり。最高の芸術は、この瞬間にもちゃんとあるものよ。今ここにね。偉大な歌手は、鳥がさえずるように歌うの。さえずるには大きな魂はいらない、ただのどさえあればいい」

「たぶんおっしゃるとおりでしょう。ひとりにしてくれませんか？」

「わたしはまちがってない。エルネストもそうよ。ダニエル、あんたが彼に不当な扱いをしやしないかと、それが気になるの。エルネストの魂はダイヤモンドぐらいの大きさしかないけど、それで完全なものなのよ。あんたにとっては夢でしかないことを、あの人はやれる」

「彼の歌は美しい。それはたしかです。でも、彼もぼくと同じで翔べやしません」

「翔べるのよ。翔ぼうとしないだけ」

「そんなばかな。カストラートが翔べないことくらいだれでも知ってます。連中の睾丸と羽根は同じナイフで同時に切り落とされたんです」

「エルネストの魂があちこち飛びまわっているときに、何日も彼の世話をしたことがあるわ。わたしのために彼がそういうふりをしたのだと思うのは勝手よ。でもわたしにはわかるもの。そろそろお尻を拭いて、わたしを仕事にもどしてほしいわね」

インキュバスが死んでから、ミセス・シッフは新しいオペラを書くので大変いそがしい。これは彼女自身の作品になる予定だった。彼女は進行中の仕事の話をしようとしなかったが、仕事に直接関係のないことにはなんでもいらいらした。その結果、わけのわからないことを言ったり、怒りっぽくなったりで、どっちにしてもその相手は骨が折れる。

ダニエルはこの機会を利用して、また鍵をかけられる前に洗面台で体を洗った。このところしょっちゅう風呂に入る。もしミセス・シッフが許してくれればもっと入っただろう。

「さっきあんたの言ったことだけどね」ダニエルが体を拭いていると、ミセス・シッフが言った。「その恥ずかしいと思うことも、すぐ楽しむようになるわ。ロシアの小説でよくあるじゃないの」

バスルームの鏡のなかで、ダニエルの顔が赤くなるのがわかった。

ダニエルの赤面はまるでチューリップのようだ。春になるとチューリップがいっぱいに花を開くが、日を追うにつれて、その数は少なくなる。しばらくのあいだ、ダニエルは他人に見られるだけでも激しい羞恥心に見舞われたが、ほかのことに気をとられて自分が注目されているのを忘れていることもあった。ごく自然に注目されることがしだいに少なくなった。ダニエルは世間が目をぎょろつかせ、うしろ指をさしたり、ののしるようなときの防御手段として、ちょっとした武器を考えていた。「きみだってそうだ！」と先制攻撃をかけたり（皮肉な目でちらりと見るだけで敵意を示す本物の黒人にはよく効いた）、極端におどけて見せたりするのだ。バンジョーをつま弾く真似をしたり、ミンストレル・ショーの曲を狂ったようにメドレーで歌いまくる（追いはぎを働こうとする者さえおびえさせる手だった）。なんのかのと言いながらも、ダニエルは似非黒人《フォウニー》たちがいろんな性的倒錯者と共有している秘密を理解するようになった——人々は彼を恐れているのだ。自分たちの前を跳ねまわり、通りすがりに相手かまわずに自分たちのひそかな欲望を告げている、自分自身のおろかなイド（本能的エネルギーの源泉）をおそるおそるのぞき見る思いで。おまえたちなんてぼくのひそかな欲望の相手じゃない。たぶんだれも望みやしないんだ。そうわからせることができたらと、ダニエルは考えた。そう覚えておけば、人々をむかむかさせるのさえ楽しむことができた——当然ながら、ある種の人たちはとくに。要するに、ミセス・シッフが予言したとおり、ダニエルは自分の恥辱を味わい楽しむすべを学びはじめていた。それがいけないことだろうか？　もしなにかやらなければならないことがあり、それを楽しむ方法があるのなら楽しまないのは愚かだろう。

ダニエルは、後援者のレイに対しても前より従順な態度で接していた。服従を強いられているという事実をかくすほど弱気になったわけではないが、たとえぎこちなくとも、演ずると約束した役は演じようと努めた。人前だけのことで、二人きりのときにはけっしてしないが、レイが愛撫したり、抱きしめたり、ほかにも好色な様子を装おうとするときには、思わず体のすくむような気持がしてもじっとこらえた。やがて、この行為にはなんとはなしの残酷さが感じられてダニエルはレイの配慮にこたえはじめた——ただし、これは二人だけのときのことで、他人の前ではやらない。レイのことを「おじさま」、「大事な人」、「ハスの花」、そのほかイタリアやフランスの歌詞から拝借した愛情をこめた呼びかけをする。レイのために「自分がいちばんすばらしく見えるように」という名目で、高価な、趣味のわるい衣服に金を浪費した。ミスター・オーマンドの美容師のつけもずいぶんたまった。ダニエルは媚を売り、気どったポーズをとり、おしゃれをした。彼は妻になったのである。

こうした忌まわしい行為がどれも心に残らないらしい。おそらく、レイは去勢された男として、ダニエルの行きすぎた行為も、人間の性的衝動が当然のように表われているものと受けとったようだ。ダニエル自身もどこまでがおふざけなのか、どこまでがやむをえない欲望の発散なのか、わからなくなっていた。禁欲生活が彼を悩ましはじめていた。思春期以来はじめて夢精した。ありとあらゆる種類の夢をいやというほど見た。ある日の午後、安っぽいことこの上ない二本立てのポルノ映画を観にこっそりと出かけた——ふらりと思いつきで入ったのではなく、ちゃんとした予定の行動である。彼が観たポルノ映画はどれも、ばかげている、くだらないという印象だった。いちばんましな映画でさえ、彼自身の頭に浮かぶ空想にも及ばないし、もちろん感動的なものではない。それでは、暗いなかで彼はなにをしていたのだろうか？　ぼやけた巨大な性器の映像をじっと見ながら、説明しがたい当惑を覚えながら？　頭が変になったのか？

彼が見る夢もほとんど同じ問題をかかえていた。レナータ・サンプルの診療をうけているころは、彼の見た夢はグレードBかそれ以下だった——彼の日常生活のデータをつなぎあわせれば、コンピューターでも作れるような、短い、単純な、真っ正直な夢だった。もうそんなものではなかった。このごろ見る夢のなかでいちばん生き生きとした夢、そして彼の精神の健康状態を示すようないちばん恐ろしい夢は、昔の友人で裏切り者のユージーン・ミューラーの夢だった。その夢のはじめの部分では、ダニエルはミセス・シッフと《ラ・ディドーネイ》で食事をしていた。それから彼は表通りに出た。男娼が彼の背後に近づいて、さりげなく、犯されたいかとたずねた。その声には奇妙に聞き覚えがあるものの、知りあいの声ではないようだ。彼の過去からの声、ニューヨーク以前、スピリット・レーク以前に聞いた声。「ユージーン?」そう思ってふりかえってその顔を見るなり、たちまち恋に落ちた。ユージーンは、ジーン・ケリーよろしく両腕を広げて微笑した。「そのままでいいよ! バスルームからもどって――」彼はタップダンスを踊って片膝をついた。「――ただ抱かれるばかり!」

ユージーンは、すぐにヨーロッパへ新婚旅行に出かけようと言った。ダニエルとボウアが死んだあの飛行機事故を起こしたのは自分だと説明した。ダニエルは泣きだした。幸せすぎるからだ(とダニエルは説明した)。二人は愛をかわした。ユージーンは乱暴とは言えないまでも、ひどく独断的に振舞った。ダニエルは手にけがをした。その異様な痛みに混乱を覚えた。ユージーンにもうやめようと懇願したが、ユージーンはそのままつづけた。爪がダニエルの手足にくいこんだ。羽根をつけるためだ(とユージーンは説明した)。

それからダニエルは椅子の上に立ち、ユージーンは部屋の向こう端にある椅子に腰かけて、ダニエルが翔ぶための応援をした。ダニエルは両腕をあげるのさえこわかった。血が羽根の上をしたたった。翔ぶのはとてもむりだと思えた。ダニエルはかわりに歌いはじめた。かつて自分で作った「飛翔」という歌だった。

歌いだしたとたんに目が覚めた。それが夢にすぎなかったとはとても信じられなかったし、夢であってほしくなかった。恐ろしかった、でも現実であってほしかった。もう一度ユージーンと愛しあいたい。歌いたい。翔びたい。しかし、ダニエルは自分の部屋にいた。半ば開いたカーテンのあいだから月光がさしこんで、シーツを一枚かけただけのボウアの影が浮きでた。ダニエルのペニスは勃起し、亀頭が狂気帯の硬いプラスチックに押しつけられて痛かった。彼は泣きだし、泣きやまないまま、よろよろと部屋のなかを歩き、鉛筆と紙を取りにいった。堅木の床の上で、月の光をたよりに、覚えているかぎりの夢の話を書いた。
何時間ものあいだ、ダニエルは書いたものを読みかえしては、どういう意味かと考えていた。結局、いつの日にか、彼も歌うことができるということか？　翔ぶことができる？　それとも、この狂気帯はその名前にふさわしいというだけなのか？

それがどういう意味であったにしろ、つぎの日は一日じゅう、これまでになく気分がよかった。夏もその盛り、明るい雲が飛ぶように去っていく。セントラル・パークを歩きながら、なにもかもが楽しかった。日の光が映える木々の葉、樹皮のひだ、巨大な岩肌からにじみでる赤褐色の鉄のしみ、急降下してくる凧、折りたたみ式の乳母車を押している女、公園の南端をぐるりと馬蹄形にとり囲む高層アパート群の壮大さ。本人は知ってか知らずかそろってセクシーな人々が、ゆっくりと散歩しながら、合図を送り、寝ないかと誘惑している。公園は広々としたダンス・フロアだ。腰を動かし、讃美のまなざしを交わし、手足を揺らし、お相手を探す。ダニエルはこのひそかな無礼講に加わる十分な下地があるのに、どうしたわけか目もくれずに傍観者の立場を守っていた。もちろん、彼がそうしたいと思えば、だれか幸運な人間に、今でも唇や舌、歯による歓びを与えてやることができたが、彼はそこまでの愛他主義者ではなかった。厳密な意味でのシーソーのような対等のオーガズムによる交歓は得られなくとも、ある種の代償があると信じてはいた。そして、ダニエルは愛とは無縁の気ままな散歩を、小道の導くままにつづけた——池をまわり、小さな荒れ地をつぎつぎと通り抜け、大道芸人が演じる即興のショーの前を過ぎ、青銅色の悲しげなビジネスマンの列を通り過ぎながら、すべてに見とれていた。この夢の国をただ眺めて、消えていこうとする夢をふたたび捕えようとした。（椅子の上ではあったが）ちょうど飛翔寸前の落ち着いたあの気分をもう一度。どういう意味だったのだろう？　あれはどういう意味なのか？

　すると、ダニエルが池までの階段を大またにかけ降りていったとき、思いがけなく、一つの彫像がその質問に答えてくれた。天使と言ったほうがいいだろう――池の中央にある背の高い噴水のてっぺんで、羽根を広げて立っている天使である。この天使が解釈してくれたのは昨夜の夢ではなく、彼が三十歳になった誕生日の夜、アドニスのサウナで見た夢、回教寺院の中庭にある噴水の夢だった。あのときはとても奇異に思えたが、今この池のほとりに立って、風にまき散らされるほんものの噴水の滴にその身を濡らしていると、すべてが氷解した。

　噴水は芸術の噴水だったのである。歌の噴水。歌唱の噴水。一刻一刻よみがえる過程の噴水。ちょうどこの噴水の噴きあげる水が、いつも同じほっそりとした、鮮やかな空間を制しているように、芸術にははじめもなければ終りもなく、そして一瞬一瞬をさまざまな消息をへながら新たに生きている。ミセス・シッフは音楽についてこう言っていた。芸術はさえずりであるべきだ。この瞬間、そしてこの瞬間、つねにこの瞬間に生きようとすること、そしてそう望むばかりでなく、激しく求めることですらなく、大いにそれを楽しむことだ――果てしない、切れ目のない歌の陶酔を。それがベルカントのすべてであり、飛翔への道なのである。


　その夜の十時を少しまわったころ、ダニエルは最近手に入れたばかりのアラビア風の服を着こんで、東五十五丁目のレイの家の戸口に現われた。お手製のパン・プディングの入ったボールを抱えている。ドアマンはいつものように、敵意に似た、とがめるような目で彼を眺めていたが、ダニエルはインスピレーションの風に駆られたように「楽しい調べを吹こう」の数小節を口笛で吹き鳴らしながらエレベーターにさっそうと乗りこんだ。

レイは、こんなに遅い、予告なしの訪問に驚いていた。すでに日中のくすんだ色の厚手の服装から夜向きの派手めなものに着がえていた。みごとな刺繍が入った玉虫織の日本の着物だ。

ダニエルは、まだ温かいボールをさしだした。「さあ、ぼくの天使《アモリーノ》、プディングを作ってきたよ」

「やあ、ありがとう」レイは両手でプディングを受けとると、持ちあげて香りをかいだ。「きみがそんな家庭的な人間だとは知らなかったな」

「いつもはそうじゃないよ。でも、ミセス・シッフはぼくのパン・プディングを大いにご推薦だ。ぼくが考えた調理法なんだ。それにとても低カロリー。ぼくはお手軽パイと言ってる」

「こっちへ来ていっしょに食べないか？」

「クリームはある？」

「見てみよう。でもどうかな。このごろは、どこでクリームを買うのかね？」

ダニエルはフード付きのマントから、栓をした水差しに入ったクリームをとりだした。「ヤミでだよ」

「なんでも気がきくな、わたしの天使《モナンジュ》さん」

容姿を気にしているレイは、キッチンで自分用にプディングを少しスプーンですくい、ダニエルにはたっぷりとよそった。

暖炉の上には、セミラミーデに扮したレイのフォーヴィズム風パステル画がかかっている。その前に腰をおろすと、ダニエルはレイに頼みがあると言った。

「話の内容によるな。これはうまいプディングだ」

「気に入ってくれてよかった。ぼくのために歌ってもらえないかな？」

「どんな歌？」

「なんでもいい」

「頼みってそんなことかい？」

ダニエルはうなずいた。「急にどうしてもあんたの歌を聞きたくなったんだ。夏はテアトロも閉まってるし……レコードもすばらしいよ。でもちがうんだ」

レイはピアノの上の楽譜をパラパラとめくった。ダニエルにシューベルトの「我いかに愛するか」の楽譜を渡して、伴奏が弾けるかとたずねた。

「できるだけやってみるよ」

二人は何度か最初の小節をくりかえし、レイは納得できるテンポまで声楽部分をハミングした。それから歌いはじめた。装飾音や補助音なしに、シューベルトの旋律に百年ののちメタスタージオがつけた歌詞で歌った。

Vedi quanto t'adoro ancora, ingrato!
Con un tuo sguardo solo
Mi togli ogni difesa e mi disarmi.
Ed hai cor di tradirmi ? E puoi lasciarmi?

その歌声の美しさに思わず弾く指も戸惑いがちだったが、ダニエルにわかってきたのは、レイは歌っているというよりも、文字どおりの真実を述べているということだった。このアリアを聴くのははじめてなのに、イタリア語も、ごく自然に、聖霊の語るような明確さで、その豊かでなめらかな、重々しい母音のひとつひとつが翻訳されていくように思えた。『ごらん！　恩知らずの人よ、まだどんなにきみを崇敬していることか！　きみのまなざしでわたしの守りは砕け、わたしのすべてをさらす。冷酷にもその愛にそむくと言われるのか？　そしてわたしをすてると？』

　レイはここまで来て、急に歌いやめた。ダニエルの伴奏もレイのすばらしい歌についていけなくなった。二人は最初からやりなおした。今度はシューベルトの楽譜をベースにトレモロをつけた。わずかずつ高まって、「わたしをすてると？」で最高潮に達する。そして、「ああ、すてないで、けっして」で、まるで音楽という顔からベールが落ちたようにその高まった音色は消えた。レイ（というより、その役のデイドー）が哀願した瞬間にすてられたのをほのめかすように、澄んだ少し空ろな声で歌った。胸の張りさけるような、雄々しく、そしてあくまで優美な、悲しみと夕暮を凝縮させた一連の真珠の首飾り。

「どうだった？」冒頭のスタンザの最後のくりかえしを終えると、レイがたずねた。

「すごかった！　ほかに言いようがあるかな？」

「とくに『すてると？』というくだりだ。これにはアリシアが異論を唱えた」

「死神に顔をぴしゃりとやられたようだったよ」

「おや、きみは批評家になるといいよ、いとしい人《ベル・イドル・ミオ》」

「そいつは大いにありがとう」

「本気で言ってるんだよ」

「疑ってるわけじゃない」

「そうなれるようにお膳立てしてやれるかもしれんよ」

　ダニエルは蓋をした鍵盤においた褐色の手を見下ろして、自虐的な高笑いを短かく吐いた。

「なりたくないのか？」レイはまるでその気持がわからないというようにたずねた。

「エルネスト――たとえ自分ではやれないとしたって、音楽を批評する気はないよ」

「それじゃ、歌手になるのをあきらめたわけじゃないのか？」

「自分の望みをあきらめてしまう人間なんているかな？　あんたは？」

「答えられない質問のようだね」レイは寝椅子に足を運んで腰をおろすと、両手をクッションの上に大きく広げた。「ぼくの望みはみんな実現したものな」

いつもだったら、ダニエルもそんないい気な様子には激しい怒りを示したところだが、さっきの歌のおかげで彼の感じ方はやわらいでいた。代わりに、もの哀しい思いを味わいながら、レイの内に秘められた天使のような心と、傷ついた野獣のような外見と大きなギャップに驚いていた。ダニエルは、レイと親しげだがなれなれしくない程度の距離をおいて腰をおろし、レイの腕に頭をのせるようにもたれた。目を閉じて、あの「すてると？」の抑揚、展開やニュアンスを正確に思い出そうとした。

「それじゃね、単刀直入に訊きたいのだが」レイは考え深げに言った。「きみは歌手になりたいのか？」

「ああ、もちろんだよ。あんたへの手紙にもそう書いただろう？」

「あれは自分の手紙じゃないって、ずっと言ってたじゃないか」

ダニエルは肩をすくめた。「否定するのはやめにしたんだ」目はまだ閉じたままだったが、クッションがずれたのでレイがそばに寄ってきたのがわかった。指先がダニエルの頰の丸い蒼白い部分をなぞった。

「いいかな――」レイは口ごもった。

「たぶんね」

「――キスしてくれないか？」

ダニエルは、唇がレイの唇に触れるまで、ほんの少し首をかしげた。

「女にキスするようにだよ」とレイは静かな声でせがんだ。

「ああ、それよりもうまくやるよ」ダニエルは請けあった。「かわいがってやる」

レイはちょっと疑うようにため息をついた。

「ともかく」ダニエルは自分でも少しトレモロをきかせるように言った。「できるだけやってみるよ。それでいいだろう？」

レイは頬にキスをした。「そしたら、ぼくは――」もう一方の頬にキスをする。「――きみに歌を教える。ともかく――」

ダニエルが目を開けると、レイは苦しげな表情に涙をちょっぴり浮かべながら目を閉じた。

「――できるだけやってみるよ」


ダニエルが空になったプディングのボールを持ってロビーを出ようとすると、ドアマンがつぶやいた、なにか人を軽蔑するような言葉が耳に入った。勝利感に酔っていて、なにを言われても気にならない気分でいたダニエルはふりかえってたずねた。「失礼？　聞きとれなかったんだが」

「こう言ったんだよ」ドアマンは殺意たっぷりにくりかえした。「似非黒人《フォウニー》、くそったれの淫売、ってね」

ダニエルはちょっと考えてみた。ちぢれた毛に櫛を入れながら、ロビーの鏡の前で考えた。「うん、そうかもしれない」ダニエルは分別ありげにそう結論を出した（そして櫛をしまって、ボールをまた持ちあげた）。「だけどね、優秀な淫売だ。おふくろのようにさ。でも言っとくがね、楽じゃないんだよ」

ドアマンに目くばせすると、このおいぼれがなにか言いかえす前にドアを押して出ていった。

ダニエルが言った意味はドアマンには通じなかったとみえて、ダニエルの姿が見えなくなると、縁とリボンのついた帽子をきっちりとかぶりなおして、さっきの言葉を頑固にくりかえすのだった。

「似非黒人《フォウニー》のくそったれ淫売め」

17

午後の四時にはじまった会だったが、有力者は六時を過ぎるまでだれ一人来ていなかった。表向きは仲間内の親睦会だった。主催者であるニューヨーク大司教のロックフェラー枢機卿はグループからグループへと満遍なく歩きまわっていた。それぞれの客がだれなのか、どうして招かれているのかを枢機卿がよく知っていたのには全員が驚いていた。カーニバルでやっている心霊術のように、だれかが補聴器を通して助言を与えているのにちがいないとダニエルは思ったが、たぶんそれを言えば難癖をつけることになるのだろう。キスをするための指輪を枢機卿がダニエルにさしだしたとき、彼はダニエルのことをモザンビークから来た宣教師だと思いこんでいた。ダニエルは、それに反駁しようともせずに、モザンビークはなにもかもすばらしいけれど、宣教師団は基金を大いに必要としていると言った。枢機卿は、自分の秘書のモンセニョル・デュバリに話しなさいと穏やかに返事をされた。

モンセニョル・デュバリはやり手で、ダニエルがレイの仲間で、枢機卿の内輪の集まりで余興を手伝うことになっているのをよく知っていた。できるだけダニエルをほかの嫌われ者と組むようにさせたが、うまくいかない。クリーブランドから来ている黒人のカルメル会尼僧は、モンセニョルが背を向けたとたんに、ダニエルに冷たくあたった。そのあとダニエルは、本物のモザンビークの宣教師であるフリン神父と引きあわされた。神父は、ダニエルを紹介されるなどモンセニョル・デュバリの企んだ侮辱だと思ったが、面と向かってはなにも言わなかった。共通の話題がほしかったダニエルは、さっき枢機卿が勘ちがいをした話をした。フリン神父は烈火のごとく怒りだし、我を忘れたかのように、ソドム司政区全体、つまりニューヨークに対する非難の言葉を浴びせかけた。この男をそこまで怒らせたと責められてはたまらないと、ダニエルはなだめたり、すかしたりしたがうまくいかなかった。とうとう高飛車に出て、そんな態度はこれからの神父の仕事のためにならない、と警告した。これが効いたらしい。二人は穏やかに別れた。

これ以上モンセニョル・デュバリの介添えはごめんこうむりたいと、ダニエルは建物のなかの立入り自由の部屋をぶらぶら歩きまわった。白熱した玉突き《スヌーカゲーム》を観戦していると、邪魔になるからと丁重に追い払われた。本棚にぎっしり詰まった本の背文字をガラス戸越しにじっくり眺めた。オレンジジュースは二杯目、ウエイターがウォッカを入れましょうかと言うのを断わった。ここまで落ちついた気分でこられたのだ。よけいなことはしたくなかった。

冷静さが必要だった。今夜ダニエルは初舞台を踏むのだ。丸一年レイについて学び、はじめて人前で歌うのである。すぐにも聴衆を動員できそうな人たちと根回しをして、面倒なことのない形のデビューのほうがいいとダニエルは言ったのだが、ミセス・シッフの言うには、これはレイのはっきりした方針なのだということだった――なんでも最高のことからはじめるのが大事なのだ、と。

ニューヨーク全体から見ても、ロックフェラー枢機卿の音楽会の出席者ほどより抜きの聴衆はいないだろう。枢機卿本人もベルカントのファンで、メタスタージオ劇場のボックス席に定期的に姿を見せている。こうした後援ぶりや、基金集めのパンフレットにその名を貸してもらうお返しとして、劇場側でも、全キリスト協会でもとうてい敵わない独唱者《ソリスト》のリストを聖パトリック教会に提供している。

今日のような内輪の世俗的な集まりにも逸材を送りこんでいた。レイはめったにそういう徴用の対象とはならないが、敬虔なカトリック教徒でもあり、ある程度の相互関係が保たれるかぎりは、彼の芸術で枢機卿のサロンに花を添えるにやぶさかではなかった。つまり、来賓として招かれ、聖職者たちの最新の噂話を耳にすることができればということで、これは枢機卿のオペラに寄せる関心と同様、レイはなみなみならぬ関心を寄せているのである。

ダニエルはだれもいない部屋を見つけた。椅子が二脚、テレビのある小部屋だ。腰をおろして酔いと不安を静めようと思った。少なくとも、いらだちと戸惑いを感じているはずだった。しかし、彼がそうしようとする間もなく、ピューリタン復興連盟《PRL》（ロックフェラー枢機卿はこの方面でもかくれもない存在だ）の制服姿の見知らぬ男が入ってきて、ダニエルの黙想は破られた。「やあ」男がステットソン帽をちょっと上げると、黒い額の真ん中に小さな十字型のしみのようなものが見えた。「そっちの椅子にかけてもかまわんかな？」

「どうぞ」

「わたしの名前はシェリー」椅子にくずれるように腰を下ろしながら男は言った。「シェリー・ゲインズ。たとえあんたが似非黒人《フォウニー》でも、最初に目に入ったのがこいつなんて、いやじゃないかな？　ほかの人間なら気にしないんだが、同類から見られると、どうもね」ステットソン帽をテレビの上にひょいと投げた。「偏執狂時代《パラノイア》だからな。ヘスター・プリンが、ブラウスに緋文字の刺繍のあるほかの女に出くわしたとするね？　この場合相手に親しみを感じるだろうか？　そうじゃない、だろうな」

「ヘスター・プリンってだれです？」

「おやおや」シェリー・ゲインズはそう言って、椅子のわきの床に三分の一ほどビールが残っているジョッキを見つけて、一息に飲み干した。「乾杯」デニムのジャケットの袖口で口を拭いながら、ゲインズは言った。

「乾杯」ダニエルもそれに応えてオレンジジュースを空けた。そしてシェリーに微笑を投げかけた。なにか見下したくなるような親しみを彼には覚えたのだ。彼は習慣にとらわれずに自分流にやっていく人間らしい。丸顔で、これといって特徴のない、どんな人間の鋳型にでもはまりそうな柔和なタイプだ。似非黒人《フォウニー》としてはあまり似合わないタイプの人間だし、（ダニエルの見たところ）ＰＲＬ向きでもない。それなのにこんなに必死だ。どういう気持かはかりかねた。

「きみはクリスチャンだね？」シェリーは彼なりの考えを追うようにたずねた。

「まあね」

「すぐにわかるよ。もちろん、われわれのような苦しい境遇にいる人間には、あまり選択の余地はない。ここにはだれかといっしょに？　失礼でなければ」

　ダニエルはうなずいた。

「ＲＣかね？」

「すみませんが？」

「失礼。わたしは――」目をくるくると動かし、片手で腹を押さえて、小さなげっぷをした。「――四時から飲みつづけでね。あとの半時間ほどは、アフリカのどこやらから来た宣教師と話してたんだが、あいつはまったく気違いだ。いいかい、わたしはあの土地で異教徒にまじって仕事をしているわが黒人同盟諸君には大いにあこがれを持っているんだ。でも、どうだろうね、われわれにはわれわれのやり方があったっていいだろう？　もう一つ質問があったっけ。ＲＣはローマン・カトリックの意味だ。ほんとうに知らなかった？」

「ええ」

「それから、ヘスター・プリンは『緋文字』のヒロインだよ」

「知らなかった」

「今夜だれが来てるかあててごらん」シェリーは話題を変えた。

「だれです？」

「謎のミスターX。『恐怖の物語』を書いた人物だ。あれは読んだかい？」

「少しだけど」

「親愛なるデュバリーが教えてくれたんだ。他人の罪悪についてはなんでも知っていて、その点頼りになる。でも、あの男はわたしには反抗的に感じられなかった。もし、デュバリーが、ミスターXはきみだと言えば絶対に信じたろうな」

「ぼくが反抗的だから？」

「そうじゃない。きみがとびきり美男子だから」

「黒人に化けてても？」かわいそうなダニエル。いちゃつかずにはいられない。鳥が虫を見つけるように、お世辞をせっせと探す。

「それだからいいんだなあ！」そして、ちょっと間をおいて、なにか言いたそうにじっとダニエルを見つめた。「たしかどこかで会ってると思うんだが？　マーブル共同教会には通ってなかったかい？」

「五番街のヴァン・ダイクの教会ですか？」

「わたしの教会でもある。あのお偉いさんの代理牧師だから」

「いえ、あそこへ行ったことはありません。行こうと思ったことは何度もあるけど。まだ十代のころ、あの人の本にずいぶん影響をうけたんですよ」

「わたしたちはみなそうだよ。きみは聖職についてるの？」

ダニエルは首を振った。

「ばかな質問をしてしまったな。でも、そう思ったのは、そんなものつけてるから……」彼はダニエルの股ぐらにあごをしゃくった。「わたしも禁欲主義者だったことがある。三年半。だけど、わたしのような弱い肉体の持主にはとうてい無理だった。強い人がまったくうらやましい。きみはジングシュピールは観るつもり？」

ダニエルはうなずいた。

「なにをやるのかは知ってるわけだね？」

「エルネスト・レイが来ています。ほかの人間も連れて。彼の子分ですが」

「そうか！　じゃわたしもゆっくりしてなきゃいけないな。今やってるの、もう一杯どう？」

「オレンジジュースですよ。でももう結構です」

「飲まないのか？　むなしい努力をつづける、か」シェリー・ゲインズは椅子から身を起こすと、背を向けて立ち去ろうとしたが、またもどってきて、ダニエルに耳打ちした。「彼が来たよ。ちょうどとなりの部屋に入ったところだ。さあ、どれがミスターXだと思う？」

「水玉模様のネクタイの男ですか？」

「水玉模様？　なんて目がいいんだ！　わたしには、ぼやけた緑色にしか見えない。だけど、そう、あの男だよ」

「ちがいますよ」ダニエルは言った。「ぼくはその話は信じませんね」

シェリー・ゲインズがバーに行ってしまったあと、ダニエルは旧友のクロード・ダーキンに近づいた。クロードはかっぷくのいい牧師と話をしていた。牧師は鋭い目つきで、灰色の髪を短い角刈りにして、大声で楽しそうに笑っている。

「やあ」ダニエルは話しかけた。

クロードはうなずいただけで、話をつづけた。思いもよらない闖入者に目をそらしながら。ダニエルは一歩も引かなかった。牧師が興味をそそられたようにダニエルを見ているので、とうとうクロードももう一度しげしげとダニエルを見なおした。

「こいつはおどろいた」クロードは言った。「ベンか！」

ダニエルは片手をさしだした。クロードはためらいながらその手をとった。そして（考えなおしたように）両手で握手をした。

「クロード、ちょっと失礼するよ」牧師はそう言うと、ダニエルに、あいまいな、しかしなんとなく親しげな笑みを送った。ダニエルもできるかぎり親しげな笑みを返した。

「きみだとはわからなかったな」二人きりになるとクロードはぎこちない様子で言った。

「わからないだろうね」

「うん、そうだよ。よかったよ……なんと言ったらいいのかね」

「こっちだって、ここであんたに会えるとは思わなかった」

「ぼくにとっては、この町も今夜でおさらばだよ」

「ぼくのせいじゃないといいけど」

クロードは笑いだした。「ちがうよ、もちろん。でもおどろいたな、きみのそのおめかしには。もう何年会ってないかな？　うちのクローゼットにきみのスーツをとりにきて以来だろう」

「あのときはネクタイを貸してくれてありがとう。ちゃんともどってるようだね」

クロードはなにかこぼしたかのように、自分のネクタイを見下ろした。「電話しようとしたんだよ。連中もきみがどうなったかわからんと言ってた。しばらくしてもう一度かけてみたら、もうあの番号はかからなかった」

「うん、あのドーナツ・ショップはずいぶん前に商売をやめちゃってね。あんたはどうしてたの？それから、どこへ行くんだって？」

「元気でいたよ。ただすっかり変った。アーナーニーに行くんだ。ローマの南だ。明日発つよ」

クロードを眺めながら、あらためて彼を『恐怖の物語』の作者でアラスカのパイプライン爆破の犯人として考えなおしてみた。そんなわけがない。「それで、アーナーニーでなにをするの？」

「大聖堂を建てるんだって？」

「ぼくに訊いてるの？」

「滑稽に思えるもの。自分でも。いまだにね。でもほんとうなんだ。あそこには、ロマネスク様式で最高の大聖堂がある。フレデリックス・バルバロッサが破門されたところだ。それが爆破されたんで、その再建を手伝うんだ。石工の一人としてね。フランシスコ修道士会に入ってるんだよ。最後の誓約はまだだけど。いろんなことがあってね」

「おめでとう」

「前から望んでたことだ。ほとんど当時の工法でやるのさ。ただ石を運びあげたりするときには、ちょっぴりいんちきはするがね。だけど、廃墟のなかでお土産品を探しまわるよりはいいことだろう。そう思わないかい？」

「そう思うよ。そのつもりで言ったんだ──おめでとう」

「それで、ベン──きみはなにをやってるんだ？」

「同じだな、だいたい。以前からやりたかったことをやってる。今夜ずっとここにいれば、わかるよ」

「きみはちっとも変ってないと思うな」

「だれだってそうだよ」

「そう願いたいね。ほんとうにそう願ってるよ」

ベルが鳴った。ダニエルの着がえる時間だ。

「もう行かなくちゃ。一度訊いておきたいことがあるんだけど？　二人きりの話だ」

「もし答えなくても、きみが気をわるくさえしなければね」

「考えてみると、迷ってしまうな。ともかく、たとえ答がイエスでも、きみは十中八九、ノーと言うだろうね」

「そういう質問はよしたほうがいい。残念だな、ほんとに時間がなくて、もっとちゃんとしたさよならを言える集まりだとよかったんだが。ともかく――きみの大聖堂のほう、成功を祈ってるよ」

「ありがとう、クロード。あんたもな」

ダニエルはまた手をさしだしたが、クロードはその一つ上をいった。ダニエルの両肩をつかむと、レジオン・ドヌール勲章でも授与するように、おごそかに、しずしずと、ダニエルの両頰にキスをしたのだ。

その夜はじめて、ダニエルは頰を赤らめた。

ミセス・シッフの忠実な手によって短縮され、装飾音をつけられたカリッシミ作曲のカンタータをレイが歌っているあいだに、ダニエルは自分の衣裳に着がえた。メタスタージオ劇場の衣裳係、ミセス・ギャラミアンの手を借りて、レイの衣裳戸棚にあったタキシードを細心の注意を払って裂き、おんぼろ衣裳に仕立てたものだ。ダニエルは多少神経質にはなっていたが、気にするほどではない。幸いにも演技の前にあがったりしない種類の人間なのだろう。実際は楽しんでいるところもあるのかもしれない。レイのルーランドに注意を集中しようとしたが、華やかな歌いぶりにもかかわらず、その音楽はとうてい聴衆の気持を釘づけにできるようなものではなかった。たしかにカリッシミはもう時代遅れかもしれない。しかし、枢機卿がことのほかお気に入りの作曲家とあれば、レイの選択が妥当だったかどうかは問題外だろう。申し分のない、絢爛たるレイの歌唱力をもってしても、聴衆（どんどん減って、もう五十人かそこいらだ）が、多少そわそわしたり、自分をだましだまし楽しもうとしていることに、カリッシミご本人以外、だれが文句をつけられるだろうか？

レイは歌い終って拍手を浴びた。楽屋でダニエルとちょっと顔を合わせ、すぐに拍手に応えて挨拶に出て、またもどってきた。「これから枢機卿のとなりにすわるからな」ダニエルに声をかけた。「舞台にあがるのはあと二、三分待ってくれ」

ダニエルは腕時計を眺めて、二分間が過ぎるのを待った。ほどなく、へこみをつけたトップ・ハットをかぶり、笑顔で舞台にあがった。両脚と腰がわずかにうずくほかは、舞台負けの徴候は感じなかった。枢機卿は二列目の席にいた。となりには無表情なレイがいる。クロードは最前列、クリーブランドの尼僧のとなりにいた。枢機卿の招待客は、メタスタージオ劇場でダニエルと顔見知りが多かった。そのなかの一人か二人は、食事に誘われたことがある客だ。

ダニエルは両手をあげ、指をいっぱいに広げて、両頬を押さえた。目をくるっとまわした。そして歌いだした。「マミー！」彼は歌った。「ハウ・アイ・ラヴ・ヤ、ハウ・アイ・ラヴ・ヤ！　マイ・ディア・オールド・マミー」できるだけアル・ジョルソンの歌い方を真似して、身ぶりを大げさにした。

選ばれし客をうっとりとさせるために、爆笑をさそうミンストレル・ショーを上品に仕立てなおしたものだ。ふいに歌は終った。そして、拍手を待たず、つぎの曲に移った。ウルフの「スペイン歌曲集」のなかから「さすらいのマリア」。ダニエルは、その苦悩とやや精神分裂的な信仰心を、「マミー」のときと同じ大げさなジェスチャーで表現した。その点ではどちらも、ひどく感傷的な音楽というより、カブキに近かった。

「つぎに歌います曲は」ダニエルはトップ・ハットを脱ぎ、ポケットからウサギの耳を一対とりだしながら大声で披露した。「いささか説明が必要です。しかし、ほんのちょっとです。歌詞はわたし自身が作ったものですが、その背景となりましたアイデアは、この曲の作曲者である女性、アリシア・シッフの発案になるものです。まとめて『ハニバニー・タイム』という小さなミュージカルにしましたが、そのなかからバニー・ハニバニーのオープニング・ナンバーを歌います」ダニエルはウサギの耳をつけた。「歌のなかではハニバニーたちのことをとてもかわいいとしか説明しておりませんが、それ以上のことは皆さんがご存知なくともけっこうかと思います」ダニエルはほほえんだ。「さて、よけいなおしゃべりはやめにいたしまして――」彼はピアニストにうなずいて合図をした。ウサギの耳は、針金の芯の上でふるえ、歌が終るまでふるえつづけた。

おやまあ、こいつはけっこう
ハチさん巣のなかでブンブンと
すごーく甘いハチミツ作り
ウサちゃんたちの好物だ

ダニエルの歌は喜びで光輝き、発声の上でのいろんな障害もゆとりをもってこなしていた。その音楽はとろけるように美しく、歌のチョコレート箱のようだった。歌詞はばかげていたが、心がかき乱されるほど全身全霊をこめて歌っているように聞こえた。それがほんとうに生きてくるのはリフレインのところで、アレルヤとラ、ラ、ラが何度もくりかえされ、くどくまとわりつくようなピアノの音にのって、舞いあがり、急降下し、滑るように飛んでいく。すばらしい音楽だ。それをダニエルはこの場所で、ロックフェラー枢機卿とその客の前で歌っているのだ。歌いながらも、人々の表情が微笑に変っていくのがよくわかった。その反応を心得ながら、同時にむりなく曲にも気を配っていた。

ど・れ・に・しようかな
それでもミツバチ怒りはしない！
好きなあたしを刺しゃしない
あたしのお礼は——歌うこと！

またラ・ラ・ラのローラー・コースターに乗った。一度うまくやってのけたのだ、また今度もうまくいくとわかっていた。おずおずとウサちゃん風に演技を誇張してやってみる。聴衆は——人々の表情はもうそうなっている——聴衆、ダ、ニ、エ、ル、の聴衆は——いま歯を見せて笑い、彼に手なづけられ、彼を愛していた。

突然、ダニエルのなかでスイッチがパチッと入り、光が射した。永遠の栄光を示すまばゆい光。どう説明したらいいかわからないが、この瞬間に（すぐに消え去ったが）もし飛翔装置に接続されていれば、自分は翔んだにちがいない、ダニエルはそう思った。彼にはわかったのだ、翔んでいるのと同じだった——天井まで、シャンデリアのまわりを、屋根の上を、そして広々とした青い海の上を。

ダニエルは最後の一節を、まっしぐらに、茫然とするほどあふれる熱気をこめて歌った。

ラ・ディ・ダ、ラ・ディ・ディこれが生きることなの、そのとおり！巣からハチミツいただくのあたしのハニバニーのこの家で！

三番目のコーラスに入ったとき、ダニエルは何週間もかけたリハーサルではまったく考えていなかったことを即興ではじめた——踊ったのだ。わるびれない、素朴な、ホップやすり足だが、ハニバニーには（彼の考えでは）ぴったりだった。いささか冒険だったが、うまくいくと思った。足さばきに気をとられて、歌のほうがちょっと外れそうになったところが一ヵ所あったが、たとえかなりの失敗をしたとしても、別にどうということはなかっただろう。

ダニエルは歌手になったのだ。だれもそれを否定できなかった。

「ハニバニーの歌はほかにもまだあるのかな？」ダニエルが人間の姿にもどり控室から帰ってくると、ロックフェラー枢機卿はたずねた。

「そうなると思いますよ、閣下。今作っているところです」

「それができあがったら、またきみの魅力を発揮してもらうようお願いせにゃならんな。ああいう魅力と、無邪気さというのかな、これはまったく稀有のものだからね。きみと、きみのすばらしい先生、お二人とも賞讃に価しますな」

　ダニエルは小声で礼を述べ、レイはこのお賞めの言葉を一座の客に知らせるかのようにひざまずき、枢機卿の指輪にキスをした。枢機卿はレイを連れてとなりの部屋に移り、ダニエルはそこに残って、形のない花束であるさまざまな賞讃の言葉や、モンセニョル・デュバリからの文字どおりの花束を受けた。かなり傷んだ六本の百合の花だった。クリーブランドの尼僧は先刻の非礼を詫び、これからつくられるハニバニーの歌の楽譜を全部送ってほしい、と修道院の所番地を渡した。メタスタージオの顔なじみ客は、すばらしい歌手になれるよと予言の言葉をくれた。

　成功を喜んでくれる人たちの姿がしだいに消えて、あとは二、三人のおしゃべり仲間だけになったとき、シェリー・ゲインズが前からの知りあいという特権をひけらかすように、両手に飲物を持ってやってきた――自分にはビール、ダニエルにはスクリュー・ドライバーだった――そして「男同士の話」があるからと、誕生したばかりのこのスターをわきに連れていった。

「きみの歌は、どんなにほめてもほめきれんのはもちろんだし、まったく型破りだ。これは同じことかな。ポピュラー音楽ではない。もっともある意味ではポピュラー音楽でもあるが。ベルカントの自在な発声が必要だがベルカントでもない。オペレッタにいちばん近いはずだが、まったくオペレッタらしくない。まったく驚くべきことだ――これは歌について言ってるんで、歌い手のことは言ってないよ。歌い手は――」シェリーは、ダニエルのネオ暗黒街の顔役スタイルに目をやった。「――まったく新しいタイプの狂気の予言者だ」

「ありがとう」

「だが、ほめるのはこのくらいにして、ベン……ベンと呼んでいいかな？」

　ダニエルはうなずいた。

「熱狂の拍手はお終いにしてだな。ベン。提案がある」ダニエルの抗議を封じるように、指を一本立ててこう言った。「仕事の話だ。このプログラムの二つ目の歌から考えると、きみの目標はまったく……なんと言えばいいのか、商業的なショー・ビジネスの面にだけ限っているわけでもないらしい」

「実のところ、目標なんてなにもないんです」

「さあさあ、いいかげんな謙遜はなしだ」

「つまり、ぼくはまだ学生なんです。学生の目標は学ぶことです」

「そうか。じゃ、わたしの提案は学生のきみには興味があるはずだ。マーブル共同教会で歌わないかね？　うちの独唱者の一人としてだが」

「冗談でしょう？」ダニエルはタバコに火をつけながら言った。「それは考えられませんよ」

「おや、枢機卿はもうきみを心の友とされたのではないのかな？　早すぎはしないと思うがね」

「いやまったくそんなことは。それに卿にはまったくそのおつもりはないと思いますね。卿なら、メタスタージオじゅうからお気に入りを選べるわけですよ。ぼくはまだそのレベルには達してない」

「われわれのレベルに達してることはたしかだよ、ベン。いうなれば、ほかのところでも大丈夫ということだ。われわれのところは、特に音楽のほうで傑出しているというわけではない。バッハのカンタータがせいぜいだ。それも年に一度か二度。いっぽうじゃ、合唱会以上のものもやっている。きみの考え方だと、それには経験が必要だと言うだろうが、そんなものはすぐに手に入る。ともかく、今なにかほかの予定はないのかい？　リハーサルは毎週水曜の夕方だ。予算から週百ドルは出せると思う。どうだろう？」

「ぼくの考えですか？　すごくうれしいですが――」

「ミスター・レイが反対するだろう――というのかね？」

「反対するかもしれません。それよりも、報酬のことで文句を言うでしょう」

「ほかには？」

「ぼくの位置はどのあたりですか？　うしろの階廊ですか、それともみんなに見える前面ですか？」

「大丈夫だよ、ベン。今夜のきみを見たら、はずかしがりだとは言わせないよ！　あんなに落ち着いているやつは見たことがない。それもこの聴衆の前でだよ！」

　ダニエルは唇をかんだ。説明のしようがなかった。成功すれば、程度の差はあっても、たちまちこの問題にぶつかるのはわかっていた。レイの指導で着実に上達はしていたが、成功がこんなに早く訪れるとは思っていなかった。成功への望みはむろん人間的すぎる彼の胸の内でずっと弾んでいたが、大事な決心をつかさどる理性の半分では、そういう希望は夢のようなものだと考えていた。そして決定が必要なぎりぎりのときまで、潮の流れにまかせて日をやり過ごしてきたのだった。そしてついに、ここまで来てしまった。

　ちょっとしたきっかけでも、一度世間に知られた人間になると、自分の名前をどれほど長くかくしおおせるものだろうか？　そしてなによりも肝心なことは、これは自分がたえず望んでいたことなのだろうか？

「シェリー」ダニエルは時間をかせいだ。「あなたの申し出はとても感謝しています。これは信じてください。すぐにもお受けすると言いたいんですが、まず相談したい人もいるので。いいでしょうか？」

「『わたしの連絡先はわかりますね。草々』それでおしまいか」シェリーはそっけない返事にがっかりしたように席を立って、音楽室の乱雑に並んだ椅子のあいだを、がたがた言わせながら歩いていった。あとについていく者はなかった。

ダニエルはほかの部屋をまわってクロードを探したが、コンサートが終るとすぐに帰ったらしい。寂しさがダニエルの心に広がった。六本の百合をくずかごにすてた（この花はきっと葬式の一週間のおつとめをすませたものだろう）。早く家に帰って眠りたかった。

しかし、そんなことをしても仕方がない。今はともかくこのなかを練り歩くことが大事だ。そう思って歩きまわったが、彼のなかではパーティは終っていた。

だが、クロードはダニエルを忘れてはいなかった。翌朝、運送屋のトラックが風変りな、そしてとても貴重な荷物を積んで西六十五丁目に現われた。（1）ソニー製飛翔装置、（2）五行戯詩を書いた墓碑、（3）水玉模様のネクタイ。電報のように短い、クロードからの別れの手紙がついていた。フランシスコ修道士会は飛翔を認めていないこと、ハニバニーの成功を祈る、と書かれていた。

運送屋が帰り、この新しい二つの家具を入れて部屋を片づけると、ダニエルは飛翔装置の前にすわりこんで、誘惑のおもむくままにさせてみた。しかし、自分にはまだその準備ができていないことがわかった。また、その準備ができればわかるだろうと思ったので、そのまま無理はしなかった。

それを償うかのように、その夜はじめてほんとうに翔ぶ夢を見た。想像上のアイオワの上空を翔んでいた。大理石の山々とのんびりとした山間のアイオワ、金色に輝く架空の都市やファベルジェイ小麦の目もまばゆいばかりの畑地のアイオワ。目が覚めても、それがただの夢だったとは思いたくなかった。それでも、これほどまぎれもない前兆を見られたのはとてもうれしいことだった。

18

あの夢を見た夜、ロックフェラー枢機卿邸から帰るタクシーのなかで、レイはダニエルの解放をほのめかし、そのあとではっきり解放すると伝えた。ダニエルは驚きの気持を正直に告げながらも、残念だと言ったが、これはまんざら嘘でもなかった。用心して、歓喜の声をあげるのはさすがに控えた。

まったく縁が切れるわけではなかった。ダニエルは今後も大エルネストの下で研鑽をつむことになる。謝礼も即金で払うのではなく、収入の三分の一を今後七年間レイに支払うという慣習的な条件だった。ダニエルはこの内容の契約書に署名をし、ミセス・シッフと、ダニエルのエージェントとして十五パーセントの報酬を受けとることになるアーウィン・タウバーがこれに立ち会った。もしこれが搾取だとしても、将来搾取可能だと見込まれたことだけでもダニエルはうれしかった。彼らはダニエルの将来の一部を自分たちでしっかり摑んでおきたいと望んでいるのだ。ダニエルの将来に対する彼らの信頼のいつわりないあかしとして、これ以上のものがあるだろうか？

しかし、ダニエルの喜びも、はじめて手にした小切手が示す現実で、すぐに薄らぐことになった。マーブル共同教会の報酬は百ドルきっかりだった。連邦、州、市への税金、社会保険料、レイとタウバーの歩合を引くと、ダニエルの手許に残るのは十九ドル十四セントだった。そうこうしながら、秋が訪れてメタスタージオ劇場の仕事に復帰した。ミスター・オーマンドは親切にも、聖歌隊のリハーサルのために水曜日には早退するのを認めてくれた。その上、ダニエルを（リー・ラパチーニと交代で）カジノのルーレット盤の元締の仕事に昇進させた。このポストは、メタスタージオ劇場とミスター・オーマンドへのリベートがあるとしても、実入りのいい仕事だ。

といっても、ダニエルはとかく金にうるさい質《たち》ではなかった。むしろいまだにキリギリス型人種で、先の出来事に備えることができないほうだ。レイとの契約であと一年はボウアの面倒は見てもらえる。そのいっぽうでは、連邦議会は飛翔に関する法律の統一規定を作成していた。その規定によると、ダニエルの抱えているような手に負えない状態、ボウアを生かしておくためにはヤミ市だけを頼りにしなければならない状態に追いこまれなくてすむのは確かだった。つまり、一年先にはダニエルがふたたびボウアを生かしておく重荷を引き受けなければならないが、そのころの情勢はこれまでのように厳しい不公平なものではなくなっているはずだ。節約すれば、また国立第一飛翔基地に彼女を預けることだってできるかもしれない。これがキリギリスが夏のあいだ抱く楽観的な考えだった。

だいたいにおいて、かなり安易な男妾生活を過ごしたせいで、ダニエルは自由について頭を悩ますことはなかった。もっとも自由というのは相対的な言葉だ。実際には、ダニエルの生活は大して変っていないのである。ただ、今ならばその衝動に駆られれば外へ出かけて女と寝ることもできる。しかし、ベルトをはずした直後の三日間の乱行以外は、その欲求が起きても、たいていは以前のように圧倒的でもなく、長つづきもしなかった。かつての永久運動の減少は、性欲をなにかほかのものに昇華させていることと関連があるのかもしれない。しかし、彼は疑問を持っていた。レナータ・サンプルは、昇華というのはフロイト流のばかげたごまかしであって、最高の女と寝れば創造的エネルギーだって最大の力となって発揮されるはずだと主張していた。もしかすると、ダニエルが年をとってきて、消耗しているだけかもしれない。もしかすると、現在の彼の性生活が彼の物質代謝にとっての最適水準を示すもので、以前は度を越していたのかもしれない。どっちにしても、今は幸せだし、なぜ心配する必要があるだろうか？

二か月がかりで皮膚をもとの自然の色に落とそうとしていたとき、自然歴史博物館でのある出来事から、彼はまた考えてしまった。ダニエルはひとりきりで、奇岩や鉱物見本の陳列ケースのあいだを、雲のようにぶらぶらと歩きながら、自然そのものが織りなす曲がりくねった装飾品の目もくらむ輝きに心を遊ばせていた。すると、おぼろげな過去から、ラリーがふっと現われたのだ。今はもうないダッジ・エム・ドーナツ・ショップのカウンターにいた店員だ。ラリーは思わせぶりな様子でハンカチをダニエルの足許に落として、彼が拾いあげるかどうかをじっと見ていた。拾わないと見ると、沈んだハードボイルド調で「わかったよ、サンボ。なんとでも言いな」とつぶやき、なにかの鉱石の入った丸い石のところに移っていった。ダニエルだと気づいている様子はまったくない。あれから時間がたっていた。それも長い年月。一日に二回はラリーに会って、電話の伝言を聞き、たいていはおしゃべりに時間を過ごしたのに。見たところ、ラリーは似非黒人《フォウニー》に対して特別な好みがあるらしい。だが、それにしたって！　恋はそれほど人を盲目にするものなのか？

マーブル共同教会で歌うたびに、はるかおぼろげな過去からやってきただれかに正体を見破られる危険を冒していることはわかっていた。PRLやヴァン・ダイク師との関係で、日曜礼拝に立ち寄る教会グループや会議代表者たちの出入りがたえなかった。訪問者のなかには、エイムズヴィルやその周辺の人間がいて、このように改造される前のダニエル・ワインレブを知っている人も、いつか出てくるはずだ。その恐怖も、結局はこの仕事を引きうける障害にはならなかったが、かつて大いに効き目のあったこの仮面はつけたままのほうがいいだろう。まわりは彼が好んで似非黒人《フォウニー》でいたいのだと勝手に推測するだろうが、それは仕方がない。それなりにいいこともたしかにある。
しかし、せめて自分の印だけでも変えようとダニエルは思った。つぎの機会に美容師のところに行ったとき、小さな後光の形の点を額に白抜きにした。金もかかったが、処置も痛かった。それから、頰の円形は塗りつぶし、縮らした髪はまっすぐに伸ばして前髪を油で固めて巻き毛になるように切り、額の白いアーモンド形がかくれるようにした。新しい仮面はそれほど目立つものではなかったが、変装用としては、以前のよりも効果的だった。ことわざにあるように、もう生みの母親にだってわからないだろう。

一年が過ぎた。多事の年だったと言えよう。歴史も未曾有の事件を迎え、ダニエル自身もこれまでにない心の変革を味わった（使命感、つまり、定められた使命に召されたことを銘記するのが、目や手や背骨ではなく、心だとするならば）。喜ばしい喧騒の一年。あまりに早く過ぎ去った幸せな一年だった。その年のダニエルの仕事をざっと述べると、ミセス・シッフとともに『ハニバニー・タイム』を本格的な二幕物に仕上げ、タウバーはその草稿をプロデューサーたちに見せてまわった（全員がパロディ作品だと思った）。ダニエル自身の歌も新曲あるいは書き直しが七、八曲。ただしこれ以外に、彼の学んだことを書き出せば、厖大なカタログができてしまうだろう。彼の心が見たものは、はかなげな空想の花を咲かせ、成育して枝を張り、一本の木になった。その木自身が、ダニエルがその直観力を思いきり大きく広げるたびに、プラスチックの鉢に植わったグラジオラスの曲線や色のように、大小さまざまな形でさえも言われぬ音楽を響かせる。ダニエルは自分の一生を一行ごとに翻訳したものを与えられたような気がした。これまで雑然としか意識されていなかった古い事柄が整理され、まるでモーツァルトの明快なメロディのように、はっきりとした形をとった。家にひとりでいて、

「ドン・ジョヴァンニ」の高揚した気分にまで登りつめると、たった七つの音符が、アイスキュロスやシェークスピアの作品を一つにしたものよりも、正義、審判、悲劇的運命をより雄弁に語ってくれるように思えた。それはまさにその日の神の出現《エピファニー》であった。ダニエルを生かすのは必ずしも音楽でなくてもよかった。しかし、たいていは芸術作品であり、《自然》の素材ではなかった。ニューヨークには、空と公園で輝くもののほか、それほど人の手が加わっていない《自然》は残っていない。しかし、音楽とともに策略や大声で満ちあふれている。刺戟にはこと欠かなかった。

人は、いつまでこのように物事を順調にやっていけるのだろうか？　ミセス・シッフはその人のミューズの女神と仲良くやっているかぎり、永久に大丈夫だと言っている。しかし、ミューズとは何者、そしてなにを求めるのか？　それはミセス・シッフにも答えられない。

この質問はダニエルにとって重要だった。というのも、いささか迷信めくが、たぶんボウアが自分のミューズではないかと信じはじめていたからだ。ダニエルの覚醒は、彼女をここに連れてきていっしょに暮らすようになったのと時を一にしてはいなかったか？　もっとも、彼女は空っぽの抜け殻だというのに〝暮らす〟というのもおかしなことだが。この三年間ダニエルがいっしょに暮らしたのは、ミセス・シッフであり、レイだった。二人は彼の師である。その負い目の大きさからみて、これでもまだ敬意は十分でないというなら、彼の救い主《マスター》だ。ミューズは別のもの、別の人間だ。

ミューズは、なにはさておき女性である。人がつねに忠誠をつくす女性である。そして、ダニエルは彼なりに、ずっとボウアに忠実だった。これは意義のあることかもしれないし、そうではないかもしれない。まだ掘り起こされない潜在意識の暗がりの下にひそむ真実の根本原理と結びつくかもしれないし、結びつかないかもしれない。喜びの透明な陽光のなかに輝いていないときには、性は無限に神秘的なものであるかもしれない。しかし、ダニエルがボウアを自分のミューズと考える場合、それは言葉どおりのミューズだった。彼はボウアを活動的な存在、慈悲深い鬼火のようなもの、彼の魂に触れ、目に見えない、意識にものぼらない、ほのかな明りで彼の行手を照らしてくれる存在と考えていた。まったく同じようなことが前にもあった。幼かったころ、はるか遠くから母親がダニエルのもとに翔んできて、彼のまわりをはばたきながら、彼にささやき、悲しみに満ちたひそかな愛で彼を見守っていてくれる、と想像したことがある。そのことが、エイムズヴィルではじめて味わった孤独な歳月を支えてくれた力だった。あのとき、ダニエルは誤っていた。母親は彼といっしょにはいなかったし、翔び方も知らなかったのだ。だからといって、今度も彼の考えが誤っていることになるのか？ボウアはフェアリーだ。彼女は自分といっしょにいるかもしれないとダニエルは信じている。信じながら、彼女に話しかけ、彼女に祈り、自分も装置から翔び立てるようにしてくれと彼女に懇願していた。

もう無賃乗車はおしまいだ。まったくむだづかいだと思いながらも、レイは二人のあいだの契約条件を守ってきた。その義理もけりがついてみれば、あとはダニエルしだいだった。ボウアのための経費は、週になんと百六十三ドル、しかも、これはヤミ値ではないから、これより安くなる見込みはなかった。配給制度は撤廃され、ダニエルはボウアの食料を国立第一飛翔基地の薬局で直接に買うことができた。百六十三ドルという額は、新しい連邦政府ガイドラインで定められた、体外での一週間の休暇の基本料金だった。こうした手段によって、政府はフェアリーたちが自分たちの車を道路脇に永久に乗りすてるのを阻止しようとしているのである。筋からいって、ダニエルは国会が提出したこの新しい統一規定に賛意を表すべきだ——少なくともこの点についてだけでも。悲しいかな、このようにすばらしいことの到来が、まさにその運動のために多くのパレードに参加し、多くの集会で歌ったダニエルにとっての、新たな嘆きの種になろうとはだれが想像しただろうか？　しかし、それは現実となり、ダニエルと同じ苦境に立たされた両親や配偶者（それに孫娘まで）からの悲痛な、激しい抗議の声が新聞にも寄せられていた。しかし、この法律はまったくの合意にもとづくものであることから、実を言って改正される見込みはあまりない。

百六十三ドルは支出できるぎりぎりの額で、残るのはごくわずか、ダニエル自身が必要なものをやっとまかなえるだけだった。苦しかった、残酷そのものだった。長年かかってはじめていい収入を得るようになったというのに、なんの保証もなく、楽な暮らしもできず、なんの楽しみもないなんて。もうたくさんだった。ダニエルは（ボウアが聞いているものと仮定して）かなりはっきりした言葉でボウアに伝えた。もうきみから放免されたい。いつまでもぼくがこうやっていると期待するなんて公平じゃない。十五年だよ！　きみの父親に電話をする、とおどかした。そしてその最終期限まできめた。このおどしが功を奏さなかったところを見ると、ボウアは聞いていなかったか、彼のおどしを真に受けなかったか、もうどうでもよかったのか、そのどれかなのだろう。ダニエルは賭け金をつりあげて、彼女の植物人間としての生命を維持しているチューブをへそからはずす、とおどかした。しかし、これは心にもないおどしにすぎなかった。ボウアを殺す、だって？　彼女は、神のみぞ知る、彼の首のまわりを飛びまわるアホウドリ、彼女はたえまない死の警告だ（そのベッドの足許に、クロード・ダーキンから届いた墓碑を添えてから、いっそうそれらしくなった）。だが、彼女はダニエルの妻なのだ。彼のミューズかもしれないのだ。彼女に対する責任を怠れば、トラブルを招くだけだろう。

自分のミューズについての考え方は別として、ダニエルはだいたいにおいて迷信家ではなかった。その彼が急にキリスト教徒になろうとしている。もっとも、ジャック・ヴァン・ダイク師の説教で述べられているような現代的な意味合いでのことだが。ヴァン・ダイクによれば、キリスト教徒はすべて、ばかげているが高度に発達しているおとぎ話に対する、みずからの不信感を棚上げにすることでキリスト教徒になる。もともとなにかを装うことになじんでいるダニエルにとって、それは少しも難しくはなかった。最近の彼の生活はごっこ遊びのようなものだ。彼は黒人のふりをしている。丸一年、去勢された男と熱烈な恋仲であるふりをしてきた。時折、ダニエルとミセス・シッフは、何時間もつづけてハニバニーになったふりをする。だったらキリスト教徒のふりをしたっていいではないか？（ことに、それで週に百ドルが名目上は手に入るなら。それ以上いいことに、肉体的にも社会的にも彼の声や彼の芸術に適した活動のできる機会が得られるとなれば。これはまさにマーブル共同教会のやっていることだった）。それによってだれかを幸福にし、自分も傷つくことがないとすれば、彼も救われるではないか？　たいていの牧師や司祭がやっていることではないか？　彼は、気分のわるいときに、元気かねとたずねられて、気分がわるいと答えられるタイプの人間ではなかった。元気だよ、と言ってほほえむほうだ。そして、同じことを他人にも期待する。これはまさに文明であり、彼の知るかぎりでは、キリスト教はそういう原則から生まれるべくして生まれたものである。礼儀正しくあるための、これまでに発見されたもっともまわりくどくて効果的な方法だった。

旧弊な無神論者であるミセス・シッフは、ダニエルが称するような改心を認めなかった。二人はこの話題をとりあげて大いに議論を楽しんだ。彼女が言うには、（たとえば）キリスト教の説くいわゆる死者の復活を信じていると言ってはばからないのは、知的な自尊心が欠けていることを示すものだ。それも、そんなばかげたことでも、ほんとうに信じている人間が言うのならかまわない。それはいいことですらある。それによって、その人たちの合理性の限界を公正に知らせることになるからだ。しかし、ダニエルの場合には、それは見せかけの純粋さ、素朴さだけなのだ。ダニエルは純粋なもの、素朴なものなどありはしない、まして自分はそんなこととは無縁だと答えた。

かつて、ミセス・シッフは音楽史上のある事実について頑固に自説を主張したことがあった（シューマンはバイオリン・コンチェルトを作曲したことがあるか？）。ダニエルは彼女と賭けをして、まちがっていたら、彼の都合のいい日曜日に、マーブル共同教会にいっしょに出かけることになった。彼女のまちがいだった。ダニエルは、魂の不滅についてヴァン・ダイクが説教をする予定の日曜日を選んだ。その日ダニエルは、バッハの「悲劇」を歌うことになっていた。結果は、ヴァン・ダイクの説教も最上の出来ということではなかったし、聖歌隊（なんとダニエルも含めて）も自分たちの実力以上のものを手がけてしまった。ミセス・シッフは同情はしながらも平静だった。

「もちろん」彼女は認めてくれた。「こういうふうに無料でコンサートを開いてくれるという点では、教会に感謝しなくてはね。でもね、困っている人たちのための無料食堂って感じがちょっとしない？お説教のあとほんの少し音楽を聴くために、すわってなきゃならないものね」

「でも、それは問題じゃないよ」ダニエルは少し立腹気味で言い張った。〝汝が家を与えたまえ〟で失敗したことで機嫌がわるかった。「みんなが教会に行くのは音楽のためじゃないですよ。そこに集まる人たちとともにいるためです。物理的にその場にいること、それが大事なことなんです」

「そこには一つのコミュニティがあって、自分はその一員だという証明みたいなものだと言うの？コンサートだって同じような役割を果たすのよ。そっちのほうが上かもしれないわよ、幕間に話ができるもの。それに音楽だって、こう言っては申し訳ないけど、もう少しうまいだろうしね」

「いやだな、それはわかってますよ。でも、ぼくの歌のうまいへたは関係ありません」

「あら、あんたのがいちばんひどかったなんて言ってませんよ。そんなことないわ。あんたにはちょっと無理なところも、なかなかうまくやれるようになってるじゃない。でも、なにが重要なの、ダニエル。ひとことで言えば、希望ということ」

「ひとことで言って」

「ふうん、じゃ、もう少し説明して」

「カンタータのテーマとはなにか？　死ですよ。死がぼくたちすべてを待ちうけているのは事実だし、それを避けられないというのも事実、避けられないってことはぼくたちみんなが知っています」

「あんたのヴァン・ダイク先生はちがうことを言ってるわ」

「そこにいたあなたもそうだ。それが重要なんです。だれもが疑問を抱いている。だれもが絶望している。教会にいて人々に囲まれているとき、そのなかには、なにも信じない人もいると考えたほうがいい。そして、ぼくたちがそこにいることで、そういう人たちが信ずるように手助けをしているんです」

「でも集まってる人たちが、全員わたしたちと同じことを考えていたらどうなるの？　教会に来る人たちはだれ一人だまされているわけではなく、ただ、同じようにだまされていない人たちにとっての精神的支柱になるってことなの？」

「それは程度問題ですよ。ぼくだって、あなたの言うように、かなりだまされている。あなただって、教会ではひっかからないけど、音楽を聴いているあいだはだまされているわけだ。それに、自分で作曲してるときなんてとくにそうだ。ハニー・ハニバニーの歌とバッハの『来れ、甘き死の時よ、わが魂は獅子の口より出ずる蜜によりて生かされたれば』と、結局、どこがちがうのかな？」

「バッハの曲のほうが、はかり知れないほど偉大な音楽だというのが大きなちがいよ。もう一つのちがいは、ハニバニーの哲学について、わたしはまったくおふざけ半分に書いてることね」

「でも、おふざけ半分というわけでもないよ、それにバッハの曲だって、まったくそうじゃないとも言えないんじゃないですかね、なにかはっきりしないところもあるもの」

「でもね、バッハは、わが〝救い主〟生きたまえりと言ってるわ。『われは知る《イッヒ・ヴァイス》』彼は言った、『わが《ダス・》救い主の生きたまえるを《マイン・エルローザ・レープト》』。わたしの救い主はいないのよ」

「それはあなたの考えだ」

「あんたはどうなの、ダニエル・ワインレブ？」

「だいたいあなたと同じだと思いますよ。でも、ぼくはなにか別のことを歌うんだ」


クリスマスの前夜、そしてダニエルが『ハニバニー・タイム』のオフ・ブロードウェイのプレミア・ショーに出演する二日前の晩だった。夢が実現したかに見えた。しかし、ダニエルは幸福だと思えなかった。このやるせない気分の原因であるボウアに、それがなぜだか説明するのはむずかしかった。小さな簡易ベッドに寄りかかっているボウアは、ミセス・ギャラミアンの衣裳部屋から持ってきた光輪と羽根をつけている。第一幕の幻想バレエに使うクリスマスの天使のコスチュームで、先週最後のリハーサルが終ったのですててあったものだ。さて、問題と言っても簡単なことだった。ダニエルは文無しになったのである。彼のこれからの見通しはこの上なく明るいのに、収入はこれまでになく少なかった。二か月前にメタスタージオ劇場をやめなくてはならなかったし、まさかの場合にと蓄えてあったわずかな金も底をついていた。これは彼にとっては計算外の非常時だった——成功という非常時だった。レイもタウバーも彼らの分けまえを完全に受けとることを頑として譲らない。ダニエルは計算してみた。『ハニバニー・タイム』がたとえ失敗に終らないとしても、そこからのダニエルの手取り分は月におよそ三百ドルの赤字になる。もし失敗すればもっと大変なことになる。ハニバニーを上演するにあたって、あらゆる権利を譲渡する契約になっているからだ。アーウィン・タウバーの説明によると、それがショービジネスというものだ。しかし、それを屍《しかばね》に説明しようとするなんて。「ボウア」ダニエルはナイロンの羽根にさわりながら呼びかけた。それから先はどう話していいかわからない。彼女に話しかけること自体、信仰を認めることだった。だが彼はもう、ボウアが生きていて彼の言葉を聞き、時機を待っているのだと信じる気にはなれないでいた。もし彼女が生きているとすれば、もどってこないなんて残酷だ。この抜け殻を、この使いすて容器を置き去りにして、この世を永久に去ったとすれば、ダニエルがこの抜け殻の面倒を見るのを中止したってなんの害もないはずだ。「ボウア、あと十五年はあきらめないよ。それに、ぼくの尻を切り売りするようなことは二度としないつもりだ。フレデイ・カーシャルトンに借金を申し込むこともできるけど、そのつもりはない。シェリー・ゲインズにもね。まあ、彼にはそんな余裕はないだろうし。ぼくの考えてるのは、きみのお父さんに電話をすることだ。まちがっていると言われれば、その罪を認めるより仕方ない。いいかい?」

光輪が光った。

「そのあとで、きみがもどってきたけりゃ、お父さんのところにもどらなくちゃいけない。もしかすると、きみはそれを待ってたのかもしれないね。そうなのかい?」

ボウアの左鼻孔にさしこんであるチューブに触れないように気をつけながら、体をかがめて、法律では死んだことになっているボウアの唇にキスをした。立ちあがって、玄関に向かい、ミセス・シッフの仕事場へ降りた。そこには電話がある。

数十年たっても、ダニエルはまだウォリーの電話番号を忘れていなかった。

三回目のベルが鳴って交換手が出た。グランディソン・ホワイティングにつないでくれ、とダニエルは言った。交換手は彼の名前をたずねた。個人的な用件だ、とだけ答えた。ミスター・ホワイティングの秘書におつなぎします、と交換手は言った。

そして、別の声が「ミス・ワインレブですが」と言った。

ダニエルは驚いて言葉につまった。

「もしもし?」

「もしもし」彼はくりかえした。交換手を相手にしたときの太く低い声を忘れてしまっていた。「ミス・ワインレブ?」

どっちのミス・ワインレブだろう? 彼の秘書とは!

「あいにくですが、ただいまミスター・ホワイティングは電話口に出られません。わたしは秘書ですが、おことづけいたしましょうか?」

ダニエルはとなりの部屋で電話が鳴っているのが聞こえた。電話じゃないかもしれない。ドアのベルにちがいない。どっちにしてもミセス・シッフが出てくれるだろう。

「どちらのミス・ワインレブですか?」ダニエルは慎重にたずねた。「セシリア・ワインレブですか?」

「オーレリアです」むっとした様子だ。「どなたさまですか?」

「ミスター・ホワイティングに個人的な話があります。彼の娘さんのことです」

しばらく沈黙が流れた。「どちらの娘さんですか?」彼女が探りを入れているらしいので、ダニエルはいらだってきた。

そのとき、ミセス・シッフが仕事場に飛びこんできた。片手に、ボウアの頭にあった光輪を持っていた。それを見ただけで彼女がなにを言おうとしているかがわかった。受話器を置いた。

あれはドアのベルじゃなかった。

「ボウアだ」ダニエルは言った。「もどってきたんだ」

ミセス・シッフがうなずく。

ボウアは生きていた。

ミセス・シッフは光輪を机の上に置いた。それはぐらぐらとゆれていた。ダニエルの両手は震えた。

「彼女に会いにいったほうがいいよ、ダニエル。お医者様にはわたしが電話をするから」

19

チェリー・レーン劇場で幕を明けてから一週間後、『ハニバニー・タイム』は、メタスタージオ劇場の向かいにあるセント・ジェームズ劇場に移った。ダニエルはスターだった。彼の名前、ダニエル・ワインレブという本名が、劇場正面の大ひさしの上に、点滅する明りで書きつづられた。糖蜜のように黒いその顔は、市内のいたるところに貼りだされたポスターで見られるようになった。彼の歌は一日じゅうラジオで流れた。彼は有名人で、金持だ。タイム誌は、その表紙に、ウサギの耳をつけたダニエルを使った。三十六ポイントの文字と虹色と虹の形でデザインされた見出しは物々しくこう問いかけていた。**ベルカント——それだけのことなのか？** なかを見ると、特別記事として、ミセス・シッフがダニエルの人生の物語みたいなものを語っていた。

いずれにせよ、身から出た錆だった。ダニエルがウォリーにかけた電話はホワイティングの保安システムによって自動的に録音され、追跡されていたのだ。ダニエルの妹の提案で、この電話の声紋は、昔ダニエルがボウアと作ったテープのものと照合された。

警察がミセス・シッフのアパートの玄関に現れたのは『ハニバニー・タイム』の幕が上がるちょうどそのときだった。それを見こしたようにミセス・シッフが居合わせて彼らを出迎えた。ボウアは、十五年間の昏睡状態で受けた影響から回復するため、すでに診療所に移されていたあとだったので、この最初の襲撃は肩すかしに終った。診療所の名前はダニエルしか知らないと信じこまされた警官たちは、チェリー・レーンに急いだ。ともかく秘密はばれたとみたミセス・シッフは、手の内にあるものを金に換えようと決心した。アーウィン・タウバーの手をかりて、〈タイム〉の編集長にわたりをつけ、ダニエルが「ハニバニー天国へ行く」の最後のリフレインを歌い終える前に、取引をしたのである。彼女の書いた四千語からなる『ダニエル・ワインレブのロマンス』の出版独占権を与えるというものだ。今後『ハニバニー・タイム』がヒットをするのを見越しての行動だった。

ダニエルはひどく腹を立てたが、また内心喜んでもいた。それでも体裁上、金のために彼の信用を裏切ったとして、ミセス・シッフには怒っている態度をとることにした。ウォリーにかけた電話が追跡されたとなれば、ダニエルが神格化されるのも間もなくだ。たぶん、ミセス・シッフがアーウィンを通じて説明しようとしたようにもう時間の問題だろう。ミセス・シッフの面目をほどこしておくと、彼女が書いたこの三年間の物語は、どんなマスコミが書いたものより、実に巧みな美談にしたてられていた。ミセス・シッフの筆によるダニエルとレイとの関係は、お互いに尊敬する気持と、ともに人間の声の栄光を目指す献身にもとづくものだった。彼女の物語は主として、ダニエルが妻に捧げる不滅の愛、さまざまな逆境との戦い（彼の考案したパン・プディングの作り方まで書いてある）、埋もれていた才能の発見、それから、（これはたしかに揶揄したものだが）彼のキリスト教に対する信仰心などを強調して書かれていた。どれもまるっきり事実ではないことは述べていなかったが、全面的に真実だとはまず言えないものだった。それに——彼女のストーリーテラーとしての腕は大したものだ——一度だけリー・ラパチーニや二、三の旧友たちから真実が漏れかかったものの、そちらのほうはあまり話題にならなかった。マスコミは一旦自分たちで作りあげたヒーローを失いたがらないものだ。ダニエルはそういうヒーローになったのである。

ボウアはこうした騒ぎから離れて、ベティ・ベイリー記念病院の厳しい警備に守られていた。そこは国立第一飛翔基地のウエストチェスター版で最高級の施設だった。彼女の注文で、ダニエルと病院のスタッフ以外は彼女の部屋に入れなかった。ダニエルは借りたリムジンで日に一度やってくる。門が開くのをリムジンが待つあいだに報道陣がとり囲み、カメラや質問を浴びせかける。ダニエルは防弾ガラス越しに彼らにほほえみかけ、カメラマンの希望に応えた。その質問は――こんなに長いあいだボウアはどこにいたのか？　なぜもどってきたのか？　これからの彼女の計画は？――ダニエルも皆と同じでなにもわからなかった。というのも、二人はまだ話をしていなかったのだ。ボウアはたいてい眠っているか、眠っているふりをしていた。ダニエルはベッドのかたわらに腰をおろして、切り花の首をつぎつぎとつみながら、彼女が今にも動きださないかと待っていた。ボウアが自分の手許に来て三年間、帰ってこいと何度言っただろう。もう一度それをくりかえそうとは思わなかったし、今さらやってみても大して効果があるとは思えない。帰ってきたボウアは、彼の記憶にあるボウアとは似ても似つかなかった。この歳月ずっと横たわっていたときと同じ、やせこけた、うつろな目をした物体だった。部屋の向こう端にいて、じっと身動きもせず、薪たばのように、愛することも叶わない。どうしようもないほど年老いて、憔悴しているように見える。黒い髪にも灰色の筋がいくつも光っている。笑顔も見せない。両手はなんの関心もないかのように両脇に伸ばしたまま。まるで自分の手ではなく、重くて扱いづらいシーツかなにかのようだ。訪ねて来ている二週間のあいだに、一度だけ目をあけてダニエルを見た。しかし、見ていることに彼が気づいたとわかると、また目を閉じた。

それでも、ダニエル以外の客を病室に入れないようにとスタッフに注文をつけたというのだから、彼女が話をできるのはわかっていた。ただ、彼に対するこのささやかな区別も、彼の心の慰めにはならなかった。報道陣以外にだれも入室許可を求めた者はいない、と病院の理事のリッカー博士から聞かされたからだ。ボウアの奇跡的なよみがえりが世間の関心をひいたとたんに、彼女の父親はなにも言わなくなった。世の他人にとっては、ダニエルとボウアは世紀のラブストーリーの主人公かもしれないが、グランディソン・ホワイティングにとっては嫌悪の的だったのである。彼は寛容な人間ではない、ダニエルはそう思った。

いっぽう、ダニエルの人気は勝利の凱旋車、成功のジャガーノート（インドの神像）をのせた山車《だし》のごとく前進をつづけていた。彼の歌のうち五曲がヒット・チャートの上位にある。もっとも人気のある「飛翔」と「歌は終ることなし」は、ヒットするずっと昔、彼がアドニスのサウナのなかで作った歌だった。筋から言えば、あのときがはじまりだったかもしれない。あるいはそれ以前からはじまっていたのかもしれない。おそらく、すべては、あの春の日にB郡道で足をとめ、未知の栄光について恍惚となるような啓示をうけたあの瞬間にもどっていくのかもしれない。プラザの自分の部屋で、壁に四本の鋲でしっかり留めた〈タイム〉の表紙を見上げながら、あれは本物だったのか、あの日雲の向こうに見えたものはあらかじめ運命づけられた姿だったのかと思いをめぐらせた――動物の耳をつけた黒い顔と、その上にかかるばかげた質問の虹。彼は当然のことながら、もっと精神的な輝かしい栄光を目指したかった。しかし、これが自分の意志とはかかわりなく運命の指が書いたものならば、授けられた――何度も授けられた――恵みに感謝しなければ、礼儀知らずというものだろう。

梯子のつぎの段、つぎに転がりこんできたおいしい仕事は、ABC放送の一時間半番組の出演だった。プログラムの三分の一は『ハニバニー・タイム』からの数曲、つづく三分の一はベルカントから選曲し偉大なるエルネストを迎えてのデュエット、ダニエルはいわばダチョウの羽根の扇同様の役回りだ。そして、「オールド・ブラック・ジョー」や「サンタ・ルチア」など、ミセス・ボーイズモアティアの教室で教わった彼の好きな歌をメドレーで歌ったあと、『ゴールド・ディガース84年』から採った「ビジネスマンのマーチ」を（ジャクソン・フロレンタインのゲスト出演で）歌い、おきまりの「飛翔」で終りにする予定だ。ラストはコーラスの全員が宙高く運びあげられることになっている。寛大ぶりを見せるかと思えば抜け目のないアーウィン・タウバーは、取り分を世間並みの十パーセントに下げてもいいと申し出ていたが、このパッケージ番組を三百五十万ドルで売った。レイはつぎの七年間の歩合をそっくり放棄するかわりに、そのなかから百五十万ドルを即金で受けとることになった。

手に触れるものすべてを黄金に変えるミダス王のように、ダニエルの成功は身近の人たちにもさまざまな影響を及ぼした。レイは百五十万ドルを手に入れたほか、中西部地方への巡業の依頼が来た。それどころか、前から予定していた巡業を拡大した。国中が、ダニエルの人気とはまた別に、すべてのミュージカル的なもの、ことにベルカントに対する熱中の只中にあったからである。もともと伝説的人物であったレイが、ダニエルとの関わりから解説者としてさらにその伝説的地位を高め、その報酬もそれを反映していった。ミセス・シッフもこうしたご馳走のお相伴にあずかっていた。「ハニバニー・タイム」から転がりこむ著作権料のほかに、メタスタージオ劇場では前例のないことだったが、『オルムス王アクスル』をこれまでヨメルリ作曲としていたのを彼女のオリジナル作品として上演することを認めた。彼女はさらに『善良な犬の物語』というLPまで出した。マディソン・スクエア・ガーデンでペット・ショーを開催、十人のベスト・ドレッサーのリストにその名が挙げられた。

ダニエルの名声の影響として、おそらくもっとも奇妙だったのは、彼にまつわる神話だけでなく彼のイメージから生まれたファッションだろう。若い崇拝者たちは、単に賞讃するだけでは満足せずに、彼にならって黒く変身したのだ。そういった若者が、数千人、そして数万人と輩出するに至った。自分たちのアイドルそっくりに姿を変え、その数千人、数万人の親たちを茫然とさせたのだった。そのために、彼は大衆の関心を引きつける論議の的となった。どちらの言い分に耳を傾けるかによって意見がわかれた――新しい時代に賞讃されるべきか、それとも嫌悪されるか、現実のハニバニーか、それとも反キリスト者か。百万枚のポスターやレコード・ジャケットのダニエルの顔は、過去とは関わりなく新しい時代が持ちあげた基準だった。こういう騒ぎの渦中にいるダニエル自身は、行列のなかで高く掲げられている像のように心もとない思いだった。その位置からは周囲の大混乱はよく見えても、自分がどこへ運ばれていくのかまったく見当がつかない。しかし、ダニエルはこの途方もない瞬間すべてを愛した。そしてそれがずっとつづけばいいと思っていた。彼は新しいミュージカルのためにノートをとりはじめた。「永遠のハイライト」か「空想にふけって」という題にしたかったが、ある日ノートを読みかえしてみて、どちらもなんの意味もないことと気づいた。彼はなにも言わなくていい。ただスポットライトを浴びて笑っていればよかった。このすばらしいやつ、ダニエル・ワインレブであるふりをしていればよかった。それ以上はだれも求めなかった。

ある二月の午後、陽はさしていたがこごえるように寒い日、ボウアディシアは目を開けて、ため息ともあくびともつかぬ深い息をついた。ダニエルは彼女をあまり見ないようにしていた。彼女を驚かせて、また長い沈黙の沼地にもどってしまうのをおそれていたのだ。ダニエルは指にはめた宝石の切り子面をじっと見つめながら、ボウアの頭のなかにあることが彼の目の前で言葉の形になって現われるのを待っていた。そして、とうとうその言葉が届いた。かぼそく、生彩のない声だった。「いとしいダニエル」手紙の口述をしているようだ。ダニエルは彼女を見やったが、どう答えていいかわからなかった。彼女は顔をそむけなかった。その目は磁器のように、輝いてはいるが深みがない。「お礼を言わなくては……たくさんのお花の」唇は閉じられ、きゅっと締まって微笑を表わした。ほんのわずかの動作、まばたきをするのさえ、ことさら努力が必要のようだ。

「どういたしまして」ダニエルは用心深く返事をした。ふと指にとまった小鳥になにを話しかければいいのだろう？　ためらいがちに少ししゃべってみた。「なにか持ってきてほしいものがあれば、ボウア、その単語だけを言いなよ。退屈しのぎのものでも」

「ええ、なにもなくとも退屈はしないわ。ほんとうにありがとう。ずいぶんよくしてもらって。この体を生かしておいてくれて。まだ変なのよ、まるで――」彼女は首を片方に向けて、つぎにもう片方に向けた。「――とても窮屈な靴みたい。でも、だんだんはきなれてくるわね。だんだんとね。練習するわ。新しい習慣を作るの。今朝はじめて、笑い顔の練習をしたのよ。急にとても大事なことのように思えたのよ。ここでは鏡を持たせたがらないようだけど、どうしてもって言ったの」

「きみの笑顔を見たよ」ダニエルは弱々しく認めた。

「まだほんものじゃないというのね？　でも、すぐにこつを飲みこめるわ。話すのはそれよりずっとむずかしいけど、ずいぶんはっきりしゃべってるでしょう？」

「普通の人と変わらないね。ただ、無理に話そうとすることはないよ。つまり、まだ楽に話せないときにはね。時間はたっぷりあるんだし、それにぼくだってもともと辛抱強い人間だ」

「まったくね。ここの看護婦たちがあなたのことを聖人だって言ってた。三人ともあなたに恋してるわ」

「残念だな。ぼくはもういかれてるのに」そう言ってダニエルはまごついた。「そういう意味じゃないんだ――つまり、全然そういうつもりじゃ……」

「どうしてなの？　体があれば、体でつきあうのがいちばんじゃないの？　なんとなく思い出したみたいだわ」彼女は笑顔を作ろうとしたが、さっきより大して進歩していなかった。「そうね、まだ早すぎるわね。なんでも早く元通りになるのでびっくりしてるのよ。言葉だって、言葉を結びつけて意味を伝えるんだって予想外の早さよ。フェアリーは言葉なしですませるの、たいていはね。でも、それがわたしのもどってきた理由」

「わるいけどよく聞きとれなかった。きみのもどった理由はなんだって？」

「あなたと話をするためよ。あなたも翔ぶことを覚えなくちゃいけないって伝えるためなの。あなたを連れていくためね、つまりは」

ダニエルは傍目にもわかるほどあわてた。

ボウアは福音を伝えるような調子で熱心に話をつづけた。「あなたは翔べるのよ、ダニエル。長いあいだ、ずっと翔べなかったのは知ってる。でも、もう翔べるのよ」

「ボウア、ぼくは努力したんだよ、信じてくれ。ほんとうに何度もだ」

「たしかに――ほんとうに何度もね。それで自分を信じなくなっているのよ。それが邪魔になってるわけ。でも、この体にもどってくる前に、あなたを観察してたの。何日も、数えきれないほど、あなたが歌うのを見た。あなたに必要なものはそこにあったわ。歌の一つにその言葉があった。獅子の口より出ずる蜜。もしあのとき機械を使ってれば何度も翔んだはずよ」

「そう言ってくれるのはありがたいよ。でもそれがきみのもどってきた理由だというのは残念だな。うまくいかないに決まってるもの」

ボウアがまばたきした。右手をあげ、その手を見つめると、顔の筋肉がピクピクと動き、はじめてはっきりとした表情がよぎった。嫌悪を示す表情だった。

「ほかの理由じゃもどってこなかったわ、ダニエル。父と取引するつもりはないの。考えてはみたけれど。あなたがおどしたので、帰ってくるのが早くなったのはたしかね。でも、こんなことは考えてもみなかったし、望みもしなかったわ、こんな……見せ物になるなんて」

「騒ぎが大きくなってすまない。でも、ぼくのせいじゃないよ。もっともぼくもはっきりと反対すりゃよかったんだろうけど。ぼくは楽しんでるよ」

「できることはぜひ楽しむといいわ、わたしも十分に楽しんだわ、十五年以上。そして、これからも」

「ええっ！　もうそのつもりなのかい……体力を回復したら……？」

「もう一度翔ぶってこと？　ええ、もちろんよ――できるだけ早く。ほかにすることがなにかある？父の言い方だと、これは仕事だわ。こっちだとちょっとした楽しみが関の山だけど、向こうは楽しいばかりよ。ここだと、もしわたしの体が滅びたら、わたしもいっしょに滅びなくちゃいけない。向こうにいれば、肉体の死なんて、わたしと関係なくなるの。だから身の安全をはかるのね。燃え落ちている建物から逃げようと思えば、ドアから出て行けばいい。なにもなかでぐずぐずしてなくてもいいじゃない？」

「奥様、すごい説教をしますね」

「わたしのこと笑ってるのね、なぜ？」

ダニエルはふざけて両手をあげた。声の調子につれて自然な反射作用になっていた。「ぼくが？もし笑ってるとしたら、自分のことを笑ってるんだ。きみの言うことはほんとうだ。ぼくがとやかく言うのもおかしいくらいだ」

「とても奇妙に思えるの。あなただけじゃないわ――みんなよ。たいていの人は、やってみようともしない。でも、それも変るでしょうね。あなたはやってみなくちゃだめよ、少なくとも」彼女の声は、力が入ると変な具合に調子はずれになる。「たぶん、この見せ物さわぎが、いい結果になるかもしれないわよ。あなたはみんなの注目の的ですものね。いいお手本になるわ」

　ダニエルは自嘲するように高笑いしたが、すぐにきまりがわるくなった。ボウアはわけを知らない。今日の午後にやったばかりのことを、彼女には話していなかった。

「ごめんよ」しぶしぶと懺悔するようにダニエルは言った。「また自分のことを笑ったんだよ。今日、やっちゃいけないことをしてしまったんだ。もう後悔してるよ」

「それでさっき笑ったの？　そうは思えなかったけど」ボウアは、彼がなにをやったのかは訊かなかった。関心のなさそうな目だった。

　だが、ダニエルはかまわずに告白をはじめた。「いいかい。今日の午後にインタビューがあってね、ぼくは翔べるって言ってしまったんだ。翔ぶのは好きだし、いつも青空にぴゅーっと翔んでいくんだって。それもね、ことこまかに説明してさ」

「そうなの？　でも、そう言ったからって別に問題ないんじゃない。あなたは翔べるのよ」

「でも、ぼくは翔んだことはないんだよ、ボウア。ただの一度もね。せっかくきみの持ってきてくれた福音だけど、どうしてもぼくは翔べないって気がしてるんだ。ただ、今日あんなことをしゃべったからには、このくそいまいましい世間を相手に翔べるふりをしなくちゃな」

「じゃ、なぜそんな話をしたの？」

「このところ、ぼくのエージェントがそうしろってうるさいんだ。ぼくのイメージのためだってさ。世間はぼくにそれを期待しているし、そうなればその人たちの払ったお金に見合うだけのものは与えなくちゃいけないからだ。でも、自分の限界線は引いてあるんだ。コンサートの最中に翔ぶふりはしないつもりだよ。とんでもないことだもの。だれも信じようとはしないだろう」

ボウアは、冷たい透明な池の底から眺めるように彼をみつめた。彼の言葉を信じていなかった。

「そして、ゆくゆくは、ぼくが翔べるってみんなに思ってほしいからなんだ。もし翔べなければ、ぼくはレイと変らないってことになるからね」

「変ねえ。あなたの言ってることはだんだん意味をなさなくなるみたい。もう帰ったほうがよくない……？　あなたはやさしいからなにも訊かなかったけど、わたしは訊かれればなんでも答えるつもりだったわ。そうしなくてはいけないのはわかってるの。でも話が長くなるわ。それに疲れたし。混乱しているの。明日まで延ばしちゃいけないかしら？」

ダニエルは肩をすくめて、ほほえんだ。そして憤りを感じた。「そうだね。いいよ」立ちあがってベッドに一足近づいた。それからどうしようか考えた。

ボウアはまっすぐに彼を見上げて、抑揚のない口調でたずねた。「なんなの、ダニエル？」

「キスをしようかどうか迷ってるんだ。礼儀としてね」

「どっちかというと、してほしくないわ。わたしの体のせいよ。気に入らないの。ある意味じゃ、わたしはまだ完全に生きかえってはいないのよ。また食事をおいしく食べられるようになったら——たぶん、そのときにね」

「もっともだね」ダニエルはドアの裏側にかけてあるコートをとった。「明日またくるよ」

「明日ね」彼女はうなずいた。

ドアを出かかったところで、ボウアがダニエルを呼びとめた。かぼそい声だったので、あたりを見まわすまではダニエルも自分の名を呼ばれたのかどうか気づかなかった。

「やっぱり、ダニエル、キスしてくれない？　わたしは自分の体がきらいだけど、あなたの体はたぶん好きよ」

ダニエルはベッドの彼女の横にすわった。糊のきいたシーツの上にだらりとしたボウアの手をとって、彼の首にかけさせた。自分の腕の重みをかろうじて支えるだけの力しかなく、彼女の指はダニエルの肌にたよりなげにしがみついた。

「いやにならないかい」ダニエルはたずねた。「ぼくが似非黒人《フォウニー》なのを？」

「皮膚の色のこと？　あなたがそんなことするなんておかしいと思うわ。でもみんながやることってどれもおかしいものね。でも、どうしてこんなことしたの？」

「知らないのかい？」

「あなたのこと、ほとんど知らないのよ、ダニエル」

ダニエルは両手をボウアの頭に置いた。もろい、ほんの一握りの、灰色がかった髪。首には緊張感も弾力もない――というより、全身に力がないようだ。ダニエルは二人の唇が触れあうまで首を曲げた。彼女は目を開けてはいたが、焦点が定まらない。彼女の唇にささやきかけるように、ダニエルは唇をほんのわずか動かした。舌で彼女の唇を開かせ、その歯から舌を入れた。彼女の舌をそっと押した。反応はなかった。それでもダニエルは舌を遊ばせながら、彼女の舌に触れつづけていた。彼女の首に手応えが感じられた。ボウアは目を閉じた。その唇をそっと噛んで、ダニエルは体を離した。

「どう？」ダニエルはたずねた。「どんな感じだった？」

「それは……こわかったと言うつもりだったの。でもおもしろいわね。あなたがけもののように見えた。なにか肉でできてるみたい」

「だから、肉体関係って言うんだと思うよ」ボウアの頭を枕にもどし、両腕を体のわきに置いてやった。彼女を見ながら、ふと頭に浮かんだ言葉を危うく口に出しそうになった――骨つぼ。

「ほんとう？　そんなふうに覚えてはいなかったわ。でも、〝肉体〟っていうのはそういうことね？　いつもそう見えるのね？　あなたにとって？」

「たいていもっと手応えがあるもんだよ。それなりの結果を望むなら、けものは二匹いなくちゃいけない」

ボウアは笑いだした。しゃがれ声だし、ずっと笑いつづける力はなかったが、ほんものの笑いだった。

「わたし、笑ったわ」一息ついてそう言った。「それに、とても……」両手をあげて指をぴたりと合わせた。「……すごく楽になった！」

「自分の体のしくみがよくわかったんだね」

「あら、体が楽になっただけじゃないのよ。どうしたって、それがいちばん大事なことでしょうけど。とても心配してたのよ。なんの感覚もないんじゃないかと思って。肉体的な感覚じゃない。感覚がなければ二度と歌えないと思ったわ。でも笑えるんだったら……わかるでしょう？」

「うん、きみが笑えるようになってうれしいよ。ぼくのキスが効いたのじゃないかな。まったくおとぎ話みたいだ。だいたいそんなもんだよ」

ボウアは腹の上で両手を重ねた。「もう疲れはとれたわ。向こうでのわたしの生活を話すわね、もしかまわなければ」

「そうなれば、明日まで待たずにまた出かけられるというのかい？」

ボウアはほほえんだ。かすかだがほんものの微笑だった。さっき練習していたような形だけのものじゃない。「あら、それはまだ何か月も先よ。こんな状態で、どうして歌えるの？　数か月というのはここでは長いのね？　向こうではそうじゃない。時間なんて問題外よ」

「十五年間が一瞬で過ぎていく?」

「十三年はそのとおりだった。これから説明するところよ」

「ごめん、話してくれよ。途中で口をはさまないから」ダニエルはコートをフックにかけて、椅子をベッドに近づけて腰をおろした。

「わたしはわなにかかったの。わたしが体を離れて最初の晩よ、とても……うれしかった」ボウアは熱のこもった独特な調子で、殉教者のような平静さで話しはじめた。現在の肉体にさまたげられている瞬間は、よみがえったあの午後の炎のなかに消えた。「ホテルから翔び立って空に昇っていったの。見おろした市内はまるで、ゆっくりと重々しく打ち上げられてくる壮麗な花火のようだった。雲が多くて星の見えない夜だった。だから、街がたちまちその星にかわったのね。動かない星、動いている星。じっと見ていると、ますますはっきりしてきて、とても大きな、整然としたものになった。どの光も自分を主張して、暗闇から自分を一生懸命引き離そうとしているみたい……そしてわたしにキスしようとしている。でも、あなたのキスとはちがうのよ、ダニエル。説明できそうにない。無限の美しさだったわ」彼女は微笑して、両手で十二インチほどの大きさを示してみせた。「これよりも大きいの」

「それで、きみはそこを離れようなんて思わなかったんだな。わざわざホテルにもどってぼくの傷ついた魂を慰めるなんてね。まったく、よくわかるよ」

「しぶしぶだけど、もどったのよ。あなたはまだ歌ってた。あなたが翔べないだろうというのはわたしにはわかったわ。少しもそんな兆しがなかったもの。今のあなたなら大丈夫よ。でもあのときはそうじゃなかった」

「気休めでもうれしいよ。でも、その先を話してくれよ。きみは星のきらめく夜にもどった。それから？」

「ホテルは空港から近かった。発着する飛行機の姿は奇妙な魅力があったわ。サーカスで踊ってる象のようにね。その音はマーラーの曲みたいだった、ばらばらに砕いて、一様にならしたような。いや、い、い、いになるくらい魅惑的だった。その魅力の底には、また別の種類の魅力がひそんでいる、と思った。なにしろあの晩、わたしはデモインにもどる飛行機についていったんですもの ね。それも、わたしたちがこっちへ来るときに乗った同じ飛行機だったの。デモインに着けば、ウォリーを探すのはわけなかった。朝にはウォリーにいたわ。わたしが帰らないので、あなたがすごく怒ってるのはわかってた。ローマ行の飛行機に乗りそこなったのも知ってた」

「幸運にもね」

「どっちも気にならなかったけれど。父に会いに行こうと決めたの。父のほんとうの姿を見にね。それはわたしの執念みたいなものだったし、わたしのそういうところは全然変ってなかったんだわ」

「それできみは裸のお父さんを見たというんだね？」

「わたしの見たいのは、精神的な意味の裸よ」

「わかってるよ、ボウア」

「だめだったわ、わたしには見えなかった。結婚式の翌朝、目を覚まして、朝食をすませて、牧場のことでアリシアと話をしている父を見たわ。そのあとで父はオフィスに入っていった。それについていこうとしたんだけど、だめなの。廊下のフェアリー用のわなにかかってしまって」

「あそこにあるのは知ってたはずだよ」

「それがわたしの邪魔をするなんて思いもよらなかった。わたしのやれることに限界があるなんて。とめられない巨大な波になったような気分だったの。やりたいことがあれば、なんでもできると思ってた。翔ぶことだってそうよ。わなを見たとき、というより、聞いたとき、最初に感じたのは、はるか向こうで音叉でかなでるセイレンの歌のような音なの。なんの危険も感じなかった……それを聞いて、それこそ、わたしの求めるもの、わたしの魂が渇望しているものだと思った。あれを作ったのはだれだか知らないけれども、ともかく翔んだことのある人、翔ぶことのこの上なく甘美な感覚を知っていて、それを拡大して引きだす方法を知ってる人ね。あの機械はとても魅力的だわ」

「乾燥機のようにぐるぐるまわってる、小さなロータリー・エンジンだろう？」

「そうよ、普通の機械の魅力なら抵抗するのは楽よ。キャンディをけっこうですって断わるのと同じですもの。でも、これはなんにも関係ないのよ、ひょっとすると太陽系そのものと関わりはあるかもしれないけど。回転運動のなかにまた回転運動がある、その組み合わせのなかにまた組み合わせがあって、無限に小さくなっていくの。フェアリーはそのあいだを動き、そのあいだを流れていくのよ。いわば数学的なよろこび、『わかった！《ユーレカ》』というのがずっと展開していく、あれよね。一ピッチごとに前のより一オクターブずつ調子が上がっていく」

「テレビよりよさそうだな」

「テレビみたいなところもあるの。筋がだんだん面白くなっていくドラマのようなところがあってね。コントラクトブリッジをやってるみたいだし、弦楽四重奏みたいでもあるし。限界ぎりぎりだけど、けっして落第することのない試験みたい」

「すばらしい休暇だったみたいだね」

「人生でいちばん幸福な十三年だったわ」

「それからどうなったの？」

「そのテレビのスイッチが切られたのよ。あの瞬間にあわてたこと、今でも覚えてるわ。機械がピタッと止まって、わたしはどこにいるのか、なにをやったのか気がついたというわけ。もちろん、わたしひとりじゃないわ。同じようなのが何百人といて、同じようにぐるぐるまわったり、どさっと落ちたり、踊りまわったりしていた。呪文が解けても、まだちょっとまわっていたけどね、だんだんに思い出してきた。それで、この機械がまた動きだして、あのすばらしい連動のなかに引きずりこんでくれないかと願ったりもした」

「お父さんがスイッチを切ったのか？」

「父が？　ちがうわ。ウォリーで暴動が発生したのよ。あとで被害状況から判断すると、大きな暴動だったらしい。騒動の現場は見てない。どうにかこうにかわなから抜けだしたときには、もう国家警備隊が管理してた。だから、わたしたちの救い主についてはなにも知らないの。暴動の原因も、連中がどうなったかも知らなかった。たぶん、全員殺されたわね」

「ニュースには全然出なかったよ」

「父は世間に知られるのがいやだったのよ」

「いつのこと？」

「おととしの春。まだ木々も芽をふかないころよ」

ダニエルはうなずいた。「そのころは、世の中全般がかなり絶望的な状態だった。そのときだったな――」と、あわてて口をつぐんだ。

「わたしの叔母が死んだ、と言うつもりだったの？　そのことは知ってる。実際に向こうに行ってたんですもの。もちろん、こっちにもいたのよ。あのころは、あなたがわたしの体をずっと生かしておきたいと思っているということも、またそれが可能だともわたしは考えてなかったの。でも探しださなきゃならなかった。あのホテルに行ったわ。屋上に墓地みたいなところがあって、いなくなった人たちの名前が書いてあった。わたしたちはそこに自分の体を探しにいかなければならなかった。わたしがどんな姿になっているかを見て、ただもうそこから遠くへ逃げたいと思ったわね。これもまたわなのような気がした。わたしは……肉にはなりたくはなかった。わたしはまだ生まれたばかりで、未熟だって感じがしていたの。わなはとても魅力的だけど、あのなかでは成長しないのよ。あのとき、二、三週間しか経ってないような気がした。わなを脱出してそのあとエイムズヴィルで過ごしたあいだだけの感じね」

「まだお父さんを追っかけてたのかい？」

「ううん。父は変ってしまっていたわ。もちろん、年をとっていたし、以前より小さくなったみたい。ちがうの、わたしがあそこでうろうろしてたのは、父のせいじゃないの、風景のせいよ。相変らずすばらしかった。空も野原も、わたしの実の両親のような、わたしの生命の源泉のようだったわ。陽光のなかに新芽とともに勢いよく延びる若枝、その一本一本がなにかを語っている気がした。わたしは鳥。わなのなかで、わたしは複雑なしくみから、いっそう複雑なものへとかけまわっていたわ。それがしだいに単純になり、ゆっくりと動くようになったわけ。それでも突然不安におそわれることがあってね。一度ニューヨークに来たのもそのせいだった。そしてこの体を見つけたとき、もっとひどい不安に追いたてられたの。ロンドンに行って、叔母が死んでからはまたそこを逃げだして、つぎはヴィラールへ行ったわ。前に学校に追いやられたところ。そこの山と恋に落ちて、タカのような暮らしを送ったの。あそこには仲間がずいぶんいた。そして、そこには地上よりすばらしい美の力……魅力が……あるってことを仲間から教えられたわ。地上を離れて、雲の上、風のない高みまで昇ると、ものすごく小さな……考えることも、知覚することもない……いわばなにかをしたいという目的のみに縮んでしまうのよ。でもね、とても純粋で、とても……神秘的な……目的なの。そして、ある高みまでくると、有限の存在ではなくなる。なんの区別もない、あなたとあの人たち、ここととあそこ、心と事物のあいだにね」

「じゃあ、そこにはなにがあった？　なにかある？」

「地球を中心にした一種の意識の世界に加わるの。その世界は回転するのよ。あのわなはこれを真似たとも言えるわね」

「それは現実なのか？」

「さあね、そのときは、それだけが現実だと思えたわね。でも、その先にもなにかがあるのよ。わたしが説明しているのは、入口から眺めたままのことなの。わかってはいたけど、わたしはつぎへは進まなかった。もし進んでたら、ここへはもどってないでしょうね。それはたしか。いつもわたしを引きとめるなにかがあったのね。その場の楽しさ。でもそれだけじゃない。ほかの引力もある。地上とその平原の重力、わたしの体の重力。この体のよ」

「いやはや」ダニエルは悲しげに感嘆しながら首を振った。「すまない。ほんとうにすまない」

「あなたがすまながることはないわ。わたしは、自分のやるべきことをしたの、それだけ。それ以上のことをするつもりはない。わたしはちゃんとお別れを言わなかったんだもの。それじゃ」

「ぼくにまたここに来てほしくない？」

「また、心にもない変なことを言っちゃったかしら？　来たいと思ったらまた来てちょうだい。でも、それはわたしのためにじゃないのよ。どう話していいかわかってることは、もう話したもの」

　ダニエルはつとめておどけた表情で彼女の言葉を受けとめた。そして、ふっと頭に浮かんだ質問のばかばかしさに思わずにやりとした。無関係でとるにたらないことだからこそ、彼女の堂々たる裏切りに対する、ささやかな復讐になるだろうと思い、口に出した。「出ていく前に、つまらないことを一つ訊きたいんだ。なんだかわかるかい？」

「あなたの家族のこと？」

「いや。家族のことは〈タイム〉を読んで十分にわかった。父は引退して、かなり呆けた。母はレストランをやっていて、ぼくのことを恩知らずだと言っている。オーレリアは、きみのお父さんのところで働いていて、お父さんと同じように、ぼくのことは口を閉ざしている。もう一人の妹は結婚して、父の歯科医の仕事を継いでいる。ぼくの訊きたいのは、もっとばかばかしいことだ。きみが翔んだ夜、なにを歌ったんだい？　いちばんはじめに歌った歌で翔べたの？　そんなに簡単だった？」

「わたしはね、あなたが話してくれた夢のことを思い出したの。スピリット・レークで見たという夢よ。それで、あの歌を歌ったの。それが最初に浮かんだの」

「『ぼくはピナフォア号の船長だ』。これを歌ったの？」

「それも全部歌い終らないうちよ」

ダニエルは笑いだした。みごとなまでの不公平ではないか。

「ごめんよ、変なことを訊いて。それじゃ……お休み」ダニエルはドアのフックからコートを取った。

「さようなら、ダニエル。あなたは翔ぶわね？」

彼はうなずいて、ドアを閉めた。


ダニエルはむろんそのあと何度も病院を訪れた。ボウアはいつも心からうれしそうに彼を迎えた。ダニエルは、これまでの自分のことを説明しなければと思っていたものの、自分の話がはたしてボウアにほんとうに興味のあることなのかどうか、思い迷っていた。日一日と彼女は体力をつけ、とうとう旅立ちを試みるほど元気になった。その日は立ちあってほしいとダニエルに言った。まるで埠頭での見送りでも頼むような調子だった。ダニエルは穏やかにことわった。彼女は成功すると確信をしていた。そして、実際に、成功した。彼女が自分の体を脱けでて二週間後、彼女の文書による指示にしたがって、医療補助装置はとり払われた。彼女の体はその後二、三日ほど無意識の状態を経過してから機能を停止した。

七月のはじめ、ボウアの灰は低空飛行の機上から、ひそかに、彼女の父親の所有地内の野原に撒かれた。

エピローグ

七面鳥は生焼けだった。しかし、テーブルの上座についているマイケルが、いい具合に焼けてるなとはっきり言ったので、事実とはおかまいなしに全員がこの意見にうなずいた。気の毒なセシリアを責めてはいけないのだ。彼女は正午にエイムズヴィルまで車を走らせて、ミリーとエイブを連れてこなくてはならなかった。おまけに、もう一人の娘といっしょになってこの一族再会をボイコットするとおどしていたミリーを説き伏せて、車に乗せるのに一時間もかかったのだ。セシリアがユニティの村にもどって七面鳥を天火につっこんだときには、もうこの夕食会の失敗はきまったようなものだった。だれかのせいにするとしたら、ダニエルのせいである。七面鳥がちゃんと焼けるまで待っていられなかったのは、彼の開演時間が八時と決まっていたからだった。一族再会など予定表に合わせてやるものではない。

ダニエルはヘンドリックス一家の住むこの家がとても気に入った。カワカマスの剝製も、森の木立を描いた素朴な油絵も、なにもかもそっくりどこかの劇場の舞台に移してヴェルテルの背景に使いたいくらいだ。ごらん、これがほんとうの生活だ！　この家はそう語ってくれるだろう。飲物の下にはコースター、窓台に首をたれるセントポーリア、凝った焼物の小さな彫像、そして赤ん坊は育って、そのほとんどをこわそうとする。

　ごきげんなダニエルは、自分の名前をとった甥にかなりいかれていた。いい伯父さんぶりを発揮して、早くもこの子をちやほやしはじめていた。アルファベットが一文字ずつついた積み木を積み上げてはその子にこわさせ、大人たちをそそのかしては、賢いぞ、うまいぞと拍手を送らせている。すぐにダニーは大人から最大の関心を集めるにはどうすればいいか、この拍手で知った。ダニーはもっと拍手が欲しかった。ダニエルがもっと長い言葉をつづって、より高い塔を作った――TOWER FLOWER, MANIFEST――そしてダニーはその神様のような手の稲妻でそれをつきくずした。大人たちはなおもよろこんで拍手を送る。大人たちがそわそわしだして、お互い話をはじめたと見るや、ダニーは父親のグラスをひっくりかえして、とうとう二階のベッドに連れていかれるのだった。


　この一族再会の場に集まった六人の大人のうち、三人はダニエルの知らない顔だった。だが、セシリアの夫のマイケルは、チッカソー街で近所にいたころのダニエルを覚えていると言った。ダニエルは共通の思い出を掘りおこそうとしてみた。やっと探りあてたのは、ハロウィンのとき、マイケルの両親であるヘンドリックス家の戸口でねだった一切れのアップル・パイの思い出、仮面の口許にあけた穴からそのパイを食べるのが大変だったことだった。実際のところ、そのパイをくれたのは別の家の人だったが、ダニエルがそんなにはっきりと覚えているのは、母親の作るアップル・パイより格段においしかったからだ。でも、ダニエルはそこまでは話さなかった。

　ダニエルの向かい側の席についているのは、マイケルとは年の離れた弟のジェリーと、そのガールフレンド（一週間前までは婚約者《フォウニー》だった）のローズだった。ローズは（ダニエルをのぞけば）エイムズヴィルで最初の本格的な似非黒人である。彼女の肌の色は風呂に入っても落ちない。ＮＢＣのサイレンティアス博士の信奉者で、《神は内に在り》と書いた大きな記章をつけている。周囲の厳しい目を意識して、テーブル越しのローズとダニエルのおしゃべりはすらすらとは運ばなかった。（ミリーは別として）彼の家族がことさら冷淡なわけではない。はじめて会う人間と近づきにならなければいけないときには、控え目にするほうが自然というものだし、つまり、今がちょうどその状態だった。なかでは、エイブがいちばん落ちついているようだ。〈タイム〉が彼のことを呆けていると書いたのはあんまりだ、とダニエルは思った。たしかに少しおかしいと思ったことが一度だけあった。二杯目のウイスキー・サワーを空けてから、用心深い口ぶりでダニーに、刑務所はどうだった、とたずねたときだ。十九年前にも父親が同じことを訊いたが、ダニエルはそのときと同じ、当りさわりのない返事をした。刑務所行きは不名誉なことだから、その話はしたくない。それに対して父親は、今度も同じように、ダニエルとしてはそれがいちばん賢明な態度だろうな、と言った。時がすべてを癒してくれるさ、とも。

ダニエルは詰物料理のお代りをすすめられて、はじめは断わったが、結局しかたなく食べた。彼のところにまた皿が回ってきたところで電話が鳴った。セシリアがキッチンに姿を消し、がっかりした様子でもどってきた。

「タウバーさんからよ」とダニエルに伝えた。「兄さんがここに来てるか確かめてきたの。三十分ぐらいであなたの運転手がこっちに来るって」

「あなたの運転手！」ミリーは不遠慮にくりかえした。「だってさ」

ミリーは――それが癖らしいが――口いっぱいにほおばったまましゃべっている。ダニエルの知っている彼女はそんなことをしなかった。だいたいにおいて下品になったようだ。たぶんレストランを営んでいるせいだろう。

「わたしはね」セシリアは眉をしかめながら言った（母親に口を慎しむようにと注意していたのだ）。「オーレリアからじゃないかと思ったの。せめて電話でもダニエルにあいさつぐらいしたらいいのに」

「そりゃたしかにそのくらいできるだろうよ」ミリーは自分の皿のじゃがいもに胡椒を振りながら言った。「自分の仕事のことを考えなけりゃね」

「オーレリアはおまえのオヤジさんのホワイティングのところで働いているんだ」エイブが口をはさんだ。

「この子は知ってるのよ」ミリーは夫のほうをにらみつけながら言った。

「でも知ってるのはそれだけだよ」ダニエルはとりなすように言った。「どうしてそういうことになったの？」

「とても簡単なことよ」セシリアが答えた。「あの子、あの人におべっかを使ったのよ」

「セシリア！　なんてことを！」

「あら、体のことじゃないのよ、母さん。でもあらゆる手を使ったのはたしか。あなたの結婚式のその日からよ。ボウアディシアからはじめたのよ、馬のことをしゃべりたてたの。ボウアディシアとしては、父親の馬に乗りに来てもいい、って約束しないわけにはいかなくなったのよ」

「オーレリアが馬の話をするのは当り前よ。あの子は馬に夢中だもの。ダニエルだってそれくらい覚えてるでしょう」ミリーは、今ここに来ていない娘を断固として弁護した。オーレリアは頑として自分の主張をゆずらずに、この一族再会を欠席したからだ。

「彼女はね、お金のかかることならなんでも夢中になるのよね、ともかく」セシリアも、やっと話題が見つかったことでほっとしながら話をつづけた。「わたしたち全員がそのつぎに集まったのは、兄さんとボウアの追悼式のときよ。オーレリアの関心はなによりもミス・ホワイティング、あの、今ブラジルにいる人のことを彼女に思い出させることだったの——」

「アリシアはブラジルにいるのか？」ダニエルが訊いた。

セシリアは待ちきれないようにうなずいて話した。「オーレリアがしゃしゃりでて、ボウアディシアの約束のことをアリシアに言ったの。ねえ、あの人たちとしたらほかにどうしたらよかったの？オーレリアは招待されて、お得意の腕を見せたわけ。そして、また招かれたのよ。その夏は週に一回はウォリーに出かけてた」

「あんただって行けたんだよ、その気があれば」ミリーが文句をつける。

セシリアは答える気にもなれない。

「それがきっかけで彼の秘書になったのか？」とダニエル。

「秘書の一人にね」

「セシリアはやきもちを焼いてるのよ」ミリーが説明した。「オーレリアはセシリアの倍くらいの収入があるんだもの。あんた、歯科学校には何年通ったっけね？」

「ずいぶん通ったわ」

「オーレリアはすごくきれいよ」ローズが言った。

「そいつはほんとうだ」エイブは父親らしい余裕を見せて相槌を打った。「だがセシリアだってそうだよ。どこからどこまでもきれいだ。双子だもの、なんといったって」

「それじゃ、乾杯」マイケルはそう言って、空になったワイングラスをさしだした。

ボトルの近くにいたダニエルが義弟のグラスを満たした。

ずよ」

「話題を変えましょうよ?」セシリアが言いだした。「ダニエルには訊きたいことがいろいろあるは

「そのとおりだよ。でも多すぎてね。助け舟をたのむよ」

「それじゃわたしが」ローズが自分のグラスをダニエルにさしだしながら言った。「でも、ユージーン・ミューラーのことはもう聞いてるかしら?」

「いや」ボトルが空だったので、ダニエルはうしろに手を伸ばして、折りたたみ式テーブルのバケットから新しいのをとった。「ユージーンも奇跡のよみがえりってわけかい?」

ローズはうなずいた。「もう何年も前よ。奥さんと二人の息子を連れて、ハーバード・ロー・スクールの学位をお土産にね」

「ほんとうかい」

「次期町長という話もあるのよ。あの人はほんとうの理想主義者ね、そう思うわ」

「もし彼が当選したら」マイケルが言った。「この半世紀以来、エイムズヴィルで初めての民主党町長ということになる」

「信じられないな」ダニエルは言った。「たまげたよ。あいつのために一票投じたいところだね」

「彼とは仲のいい友達だったんでしょう?」ジェリーがたずねた。

ダニエルはうなずいた。

「それから、彼の兄さん」ローズは、ミリーとセシリアの意地のわるい表情にはおかまいなしで話をつづけた。「つまり、いちばん上の兄さんのカールよ——彼も知ってるんでしょ?」

ダニエルは三本目のボトルのコルクを抜いて、ローズのグラスへ一滴もこぼさずにうまく注いだ。

「会ったことはあるよ」

「そう、あの人死んだのよ」ローズは満足そうに言った。「ウィチタで狙撃兵にやられたの」

「ウィチタでなにをやってたんだ？」

「国家警備隊に召集されてたの」

「そうか」

「あなたが知りたがってると思って」

「さあ、これでわかったでしょ」ミリーが言った。「もう満足したと思うけど」

「そいつは気の毒だったな」そう言いながら、ダニエルはテーブルを見まわした。「ほかにお代りのいる人は？」

エイブは自分のグラスを見た。ほとんど残っていなかった。

ミリーがたしなめた。「エイブ」

「もうこのあたりが限度だろうな」

「そうよ」ミリーが言った。「よかったらもっと飲まない、ダニエル。わたしたちよりは飲み慣れてるわよね」

「芸能界だからね、母さん。朝食のときも飲むよ。でも、ぼくも限界だ。二時間後に舞台を控えてるからね」

「一時間半よ、正確には」セシリアが言った。「でも心配いらないわ――わたしがちゃんと時間を見てるから」

セシリアがデザートに自家製のラズベリー・アイスクリームを配ったところで、電話がまた鳴った。抜群のアイスクリームだったので、彼女がテーブルにもどったときには、まだだれも話をはじめようとしていなかった。

「だれから？」マイケルがたずねた。

「また変なやつよ。放っとくのがいちばん」

「あんたのとこもなの？」ミリーが言った。

「ええ、でも別にどうってことないわ」

「ばか野郎って言ったほうがいいわ」ローズが威勢よく言った。「わたしはそうしてる」

「みんなに変な電話がかかってくるのか？」ダニエルがたずねた。

「あら、あなたのせいじゃないわ」ローズはダニエルを安心させるように言った。「わたしが似非《フォウ》黒人《ニー》だからなの」

「そんな真似はやめろといったのに」ジェリーは不機嫌だった。「でも彼女はきこうとしない。いつだってそうだ」

「どんな皮膚の色をしていようが、それは本人の勝手よ」ローズはダニエルの目をきっと見すえた。「ちがうかしら？」

「ダニエルに罪をきせないこと」ミリーがどなった。「あんたは勝手にばかげたことをしたのだから。その色が落ちるまでがまんしなくちゃいけないのよ。ところでどのくらいで落ちるの？」

「六か月ぐらいだ」ダニエルが答えた。

「なんてこった」ジェリーは元の婚約者のほうを向いた。「きみは六週間と言ったね」

「そう、色を落とすつもりはないわ。いいじゃないの。みんな、犯罪者かなにかのように扱うのね。でも犯罪なんかじゃないわ——自分を主張しているのよ！」

「話がついてたじゃないの」セシリアが言った。「ローズの美容院通いは話題にしないって」

「みんなわたしを見ないでよ」ローズが言った。つらそうな様子がありありとわかる。「わたしが言いだしたんじゃないわ」

「きみだよ」ジェリーが言った。「きみにかかってくる電話の話をしたとき、きみが持ちだしたんだ」

ローズは泣きだした。テーブルを離れて居間に入り、（網戸がばたんと鳴って）前庭に出ていった。少したって、ぶつぶつ言い訳をしながら、ジェリーがあとを追った。

「どんな電話がかかってくるんだ？」ダニエルがセシリアに訊いた。

「まったくお話にならないわ」

「いろんなのがあるわよ」ミリーが口をはさんだ。「たいていはね、いやらしいことを大声でわめきちらすのよ。本人をおどすって言うのもあるけどね、それは本気じゃないわね。レストランに火をつけると言ってきたカップルがあったけど、警察に通報してやったわ」

「お母さん！」

「あんたもそうしなくちゃ、セシリア。もしそんなのがかかってきたら」

「ダニエルのせいじゃないわ。気違い連中がほかにすることがないからといって……ああ、わからない」

「ダニエルを責めてるんじゃないよ。訊かれたから答えたまでよ」

「訊きたいことがあるがね、ダニエル」父親が言った。また口喧嘩かと思われるような騒々しさには、少しの関心もないような落ちついた様子だ。「おまえのくれた本だよ。あの、なんといったかな」椅子の下を探している。

「『ヒヨコと卵は一体である』」ダニエルが言った。「父さんがほかの部屋に置いてきたと思ったけど」

「そいつだ。変った題だな？　どういう意味かね？」

「いうなれば〝三位一体説〟の一般的な現代的解釈ですよ。それといろんな異端信仰についてです」

「ああ」

「ぼくが刑務所に入っているときに、ヴァン・ダイクが書いた本を持ってきてくれましたね。これは彼のいちばん新しい本です。かなり面白いですよ。父さんのためにサインしてもらってきましたから」

「それじゃ、読んだら手紙を出そう。喜ぶかな」

「喜ぶにきまってますよ」

「おまえが書いたものだと思っとったよ」

「ちがいますよ。本は一冊も書いてません」

「この子は歌ってるんですよ」ミリーは怒りをかくせないように説明した。エイブの気まぐれに機嫌のわるさが噴出した。「『ラ・ディ・ダ、ラ・ディ・ディ』これが生きること、そのとおり』ってね」

つぎに泣きながらテーブルを立ったのはセシリアだった。立ちあがるとき、食卓にのせきれない料理を置いてあった折りたたみ式テーブルをひっくりかえした。そのなかには生焼けの七面鳥の残骸もあった。


ダニエルはヘンドリックス家の前庭の田園的風景を、物思わしげな、大都市生活者の抱く郷愁に似た思いで眺めていた。なにもかも、遠くて、手の届かぬものに見える——歩道に放ったらかしのおもちゃ、使っていないスプリンクラー、パンジー、キンセンカ、ペチュニア、ヤグルマギクがそれぞれの四角い仕切のなかで咲いているささやかな花壇。

ミリーがダニエルにきつく当るのもむりのないことだ。ずっと音信を断っていたばかりでなく、彼女のいちばん大事な方針を破ってしまったからだ。この前庭やエイムズヴィルの街並のどこにでも見られるような、安定性、永続性、家庭生活、世代から世代へときちんと引きつがれる松明《たいまつ》が大事だったというのに。

グランディソン・ホワイティングも、彼なりに、それによく似たものを追い求めているのだろう。ただ彼の場合、欲しいのは一つの家族ではなく一つの王朝だ。ダニエルのように距離をおいて眺めてみれば五十歩百歩と映る。そのためにはほんとうにああまでしなければいけないのか。たぶんそうなのだろう。

「このつぎはどこに行くんですか?」マイケルがダニエルの心のなかを読みとったかのように訊いた。

「明日はデモイン。それから、オマハ、セント・ルイス、ダラス、その先はわからない。たいていは大都市だ。象徴的な意味から、皮切りはエイムズヴィルにしたんだよ。わかるだろう」

「しかし、うらやましいな。そういう町を見てまわれて」

「じゃあ、おあいこだ。ぼくはここにすわっていて、きみのこの前庭がうらやましかったんだ」

マイケルは前庭を見渡した。雨が少なかったので芝が黄ばんできているのが目につく。八月はいつもこうだ。ベランダに出ている長椅子はこの乾いた気候なのにかび臭かった。彼の車はがらくたの山のようだ。どこを見ても、つぶれたもの、ばらばらに分解したものばかり。

メイソン市のセント・オラフ大学を中退したマイケル・ヘンドリックスは、カントリー・ウエスタンのバンドでリズム・ギターを弾いていた。そして二十五歳の今、安定した仕事と家族のために、その束の間の黄金時代を放棄しなければならなかった(エイムズヴィルで父親の酪農場を管理している)。しかし、古傷はいまだうずき、昔の夢は彼の想像のなかで舟底の魚のようにのたうちまわって、どんなしっかりした将来への見込みよりもしぶとく居残っていた。しかし、自分をよく知っている彼は、突然この有名な義兄が不安定なままにこの魚たちを適当に暴れさせているのを知っても、ダニエルの地方巡業に加わるような形で施しを求めることはしないと妻に約束していた。とはいえ、話がその方向に進まないようにしながらダニエルと話すのは辛かった。

やっと思いついたようにマイケルはたずねた。「奥さんは元気ですか?」

ダニエルは内心ひるんだ。ちょうどこの朝、いつもの言い争いのほかにも、ボウアのことでアーウィン・タウバーと一悶着あったのである。この旅興行が終るまでは、ボウアがまだベティ・ベイリー病院で回復を待っていることにしておきたいとタウバーは主張した。ダニエルは、正直であることは最善の信条であるばかりでなく、宣伝にもなると言って譲らなかった。しかしタウバーは《死》はどんな場合であろうとPRとしてはいい材料ではないと言った。そういうわけで、この世紀のロマンスは、まだまだ世間の関心事でありつづけているのだ。

「ボウアは元気だよ」

「でも、まだ入院中ですか?」

「うん」

「あんなに経ってからもどってくるなんて変な具合だろうな」

「きみだから打ち明けるけどね、マイケル。ぼくはもうそれほど彼女と親密じゃないんだ。話の上では心ときめく恋物語だけど、実際にはちがったものだよ」

「そうだね。人間は十五年のうちにはずいぶん変るはずだ。もっと短くたって変るんだし」

「ボウアは〝人間〟じゃないよ」

「どういう意味?」

「あんなに長いあいだ自分の体から離れていれば、だんだん完全な人間ではなくなるんだよ」

「あなたも翔ぶんでしょう？」

ダニエルは微笑した。「ぼくが完全な人間だって言うのかい？」

マイケルは、どう見てもそうは思えなかった。この義兄には、どこか根本的なところで、自分と同じ人間ではないという気がしてならない、なにかがあるのだ。

B郡道のずっと向こうからエイムズヴィルに向かって、リムジンがダニエルを迎えにくるのが見えた。

その夜エイムズヴィル高校の講堂で上演されるショーでは、背景幕は一つしか使用されない。緑の丘と青空の片側には木の葉をちりばめ、もう一方は明るい色のまばらな植込みで縁どった、なんにでも使える牧歌的な風景だ。まったく平凡で特徴がない。まるでチーズの味がするというだけでその種類もはっきりしないチーズみたいだった。だからこそアメリカらしく、愛国的な感じさえする（とダニエルは考えたかった）。

ダニエルはこの舞台装置がとても好きだった。幕が両手に分かれ、あるいは巻きあげられていき、田園風景のなかでスツールに腰をおろしたダニエルがもう一曲歌おうと待っている、その姿を劇場の照明がとらえる、その瞬間が好きだった。彼は照明が好きだった。また少し明るくなると、もっと明るくなれ、と願う。照明はその疲れを知らぬ凝視で全聴衆の注目を一点に集める。照明が彼の聴衆であり、彼はその照明のために演ずるのだ。だから明りの海の下に泳ぐ一人ひとりの顔を注視しなくてもいい。なによりも、ダニエルは自分の声が好きだった。彼の抱える二十二人編成のオーケストラ、ダニエル・ワインレブ・シンフォネットの演奏とともに盛りあがり、やがて静まっていく、微妙に入り混じった声のなかに、縫うように入っていく自分の声が好きだ。そしてついには、これこそ彼の生命、彼の唯一の生命であってほしいと願っているのだった。もし小さければ、それも魅力の一部だ。

そのようにして、ダニエルは昔好きだった歌を歌った。聴衆は彼をみつめ、その声に耳を傾け、そして理解した。その歌の迫力はだれの心にも理解されるものだった。ずっと顔に笑みを浮かべていた母親も理解した。そのとなりで、ミセス・シッフのトルコ風のマーチに合わせて足で軽く拍子をとっていた父親もはっきりと理解した。すぐうしろの列にいるローズは座席の下にテープレコーダーをしのばせていた（あの一族再会の一部始終も録音していた）が、彼女も理解した。閉じた瞼の裏に映る色つきの光の小さな泡をじっと見ていたジェリーも理解した。もっとも彼が理解したのは、この手のものは自分には向いていないということだった。講堂のずっとうしろの席に、ユージーン・ミューラーの十二歳になる息子が父親の厳しい命令に逆らって来ていた。彼も理解する喜びを味わいながら理解した。彼はきらめきや閃光ではなく、建築家のように、夜の闇のなかに音楽によって作られた大きなアーチ形の空間の幻影を見ていた。堂々として、きちんと数理的間隔をおいた幻影、壮大で確固たる歓喜の幻影だった。ホームルーム一一三番教室以来のダニエルの復讐の女神《ネメシス》、あの《氷山《アイスバーグ》》でさえも理解した。彼女にとっては、高い窓の鉄格子の彼方で、太陽に輝く白雲の光景のように苦痛にみちたものではあったが。彼女は五列目の席に体をこわばらせてすわっていた。歌詞に、とくに不吉で耐えがたいほど悲しい言葉に心を集中させていた。しかし、彼女が理解したのは言葉ではなく、歌だった。

歌い進んで、プログラムの最後の曲目を残すだけになったとき、ダニエルは一休みしながら聴衆に説明した。自分としては賛成しがたいことですが、マネージャーのミスター・アーウィン・タウバーから最後の曲を歌うときに飛翔装置を使うように説得させられました。おそらく翔べないでしょうが、ひょっとしたら翔ぶかもしれない。やってみなければわからないことです。しかし、翔べるかもしれないという気がしているのです。エイムズヴィルに帰ってきて、家族や友人に囲まれているのがとてもすばらしい気分だからです。エイムズヴィルが自分にとってどんな存在なのかをできるだけ説明できたらと思います。しかしまず言えるのは、自分のなかにはニューヨークよりもエイムズヴィルの人間らしいところが多いということだけです。

聴衆は、この忠誠宣言に拍手を送った。

ダニエルが笑顔で両腕をあげると、拍手はやんだ。

ダニエルは礼を言った。

皆さんに翔ぶことのふしぎさと栄光についてわかってもらいたい、とダニエルは言った。これほど壮麗なものはない。これほど崇高なエクスタシーはない、とまで言った。彼は巧みに問いかけた。翔ぶこととは一体なんでしょうか？　どういう意味があるのでしょうか？　それは愛の行為であり、神の幻影です。魂の達しうる至高の法悦です。つまり、天国なのです。しかも、朝に夕に仰ぐ星と同じく現実なのです。そして、翔びたいと願う者はだれでも、歌と引きかえに翔ぶことができるのです。

〝歌は終ることとなし〟、自分の歌のなかでこう書きました。この歌は翔ぶことを学ぶ以前に作ったものですが、これは真実なのです。歌の力によって人が肉体を離れる瞬間に、唇は語ることをやめますが、歌はなおもつづき、人が翔びつづけるかぎり歌もつづくのです。もし今夜、わたしが肉体を離れるとすれば、皆さんにも覚えておいてほしいのです。歌は終ることなしと。

しかし、彼がこれから歌うのはその歌ではなかった。つぎの曲は「飛翔」だった（聴衆は拍手した）。シンフォネットは、ゆったりとした、さざめくような序奏に入った。ダニエルの助手が、仕掛けのある飛翔装置をステージに運んできた。ダニエルはこの物体をひどくきらっていた。葬儀用品のショールームのバーゲン・コーナーから持ってきたような代物だった。アーウィン・タウバー自身が設計したのは、自分とダニエル以外のだれにも、配線に仕掛けをしていることを知られたくないからだ。タウバーはエレクトロニクスにかけては名人かもしれないが、設計者としてはセンスがわるい。

ダニエルは装置につなげられた。ひっくりかえりそうな椅子にすわっているような感じだった。体がぐんにゃりとなったふりをしたときに、うつぶせに倒れないようになっている。

ダニエルは、片手を軽く肘かけにのせた。親指がそのリテン地の下にかくしてあるスイッチに触れた。まだそれを使用する必要はなかった。しかし、たぶん使うようになるだろう。

ダニエルは歌った。「われらは死にゆく！」と。

われらは死にゆく！
翔んでゆく
天井にぶつかり、床に落ち
窓から外へ、浜辺まで

われらは苦しむ！
走りつづける
大海原《おおうなばら》を、あの海へ
茶碗のなかの、嵐へと

われらは種子《たね》をまく！
流れつづける

下水を通って、流れとともに
大口開けてる水門へ

われらは死にゆく!
翔んでゆく
天井にぶつかり、床に落ち
窓から外へ、ドアからなかへと

シンフォネットは奔流のようにダニエルをコーラス部へと引きこんだ。装置にベルトで締めつけられているというのに、みごとに歌いつづけた。

翔んで、走って、流れて、翔ぶのだ
生きてるかぎりはそうなんだ
翔んで、走って、流れて、翔ぶのは
賢い、正しい、すてきなことだ
だまして、嘘ついて、売り買いしたり
測り知れない真実を……測ろうなどとするよりも

ダニエルはコーラス部をくりかえした。最後の行に来たとき、休止のところで、肘かけのなかのスイッチを軽く押した。と同時に目を閉じて歌うのをやめて、シンフォネットだけでしめくくった。

装置のダイヤルは、ダニエルが飛翔中であることを示した。

これこそがミセス・ノーバーグの待ちのぞんでいた瞬間だった。五列目の席から立ちあがると、拳銃の狙いを定めた。前の晩、座席のカバーのなかにかくしておいたのである。入口で検査はなかったから無用の準備だった。

一発目がダニエルの脳に撃ちこまれた。二発目は彼の大動脈を破裂させた。

後日、判決に先だって、なぜダニエル・ワインレブを殺したかと裁判長にたずねられれば、ミセス・ノーバーグは自由企業制度の擁護のためにやったと答えるだろう。そして、右手を胸にあて、国旗に向かい、〝忠誠の誓い〟を暗誦する。「わたしは忠誠を誓います」声をつまらせ、目に涙を浮かべながら。「アメリカ合衆国国旗及びそれが象徴する共和国に対して、すべてに自由と正義の行われ、神《アンダーゴッド》のもとに分かちがたき一つの国に対して」

解説　歌は終ることなし——鬼才ディッシュがのこした総合芸術

若島　正

本書は、トマス・M・ディッシュ（一九四〇-二〇〇八）が『３３４』（一九七二）に次いで出した長篇 *On Wings of Song*（一九七九）の全訳である。

ここでまず、ディッシュの簡単な略歴を紹介しておこう。トマス・マイケル・ディッシュは、一九六二年に《ファンタスティック》誌に掲載された短篇でＳＦ作家としてデビューした。一九六六年、盟友のジョン・スラデックとともにロンドンに渡り、そこでマイケル・ムアコックと出会って、いわゆる「ニュー・ウェーヴ」と接触する。ディッシュは《ニュー・ワールズ》誌に寄稿するかたわら、初期の代表的長篇である『キャンプ・コンセントレーション』（一九六八）を発表して、知的な作家としてのディッシュの評価を定着させた。ＳＦに対して愛憎入り混じった感情を抱いていたディッシュは、活動領域が幅広く、中期の代表的傑作である『３３４』や本書『歌の翼に』の他にも、*The Dreams Our Stuff Is Made Of : How Science Fiction Conquered the World*（一九九八）や *On SF*（二〇〇五）といった激烈なＳＦ批判を含む評論集、さらには詩集や『いさましいちびのトースター』（一九八六）といった児童書を出し、さまざまな新聞雑誌などで文化時評や劇評も書いていた。そして、作中に登場するディッシュ本人が文字どおり「神」になってしまうという物語の長篇 *The Word of*

God（二〇〇八）を遺作にして、二〇〇八年七月四日、独り暮らしをしていたマンハッタンのアパートで自ら命を絶った（拳銃自殺だったという）。享年六十八歳だった。

次に、本書の基本的な書誌データを。この長篇は、〈マガジン・オブ・ファンタジー・アンド・サイエンス・フィクション〉誌の一九七九年二月号から四月号まで、三回連載のかたちでまず掲載された。ハードカヴァー版がセント・マーティンズ・プレスから出たのも同年のことである。ヒューゴ賞およびネビュラ賞の長篇部門にノミネートされて惜しくも受賞は逃したものの、一九八〇年にジョン・W・キャンベル記念賞を受賞している。幸いなことに日本では翻訳がすぐに行われ、サンリオSF文庫から『歌の翼に』というタイトルで出版されたのは一九八〇年のことだった。なお本書は、サンリオSF文庫版に訳者が自ら手を入れた、改訳版である。

この「歌の翼に」という題名は、ロマン派の詩人として知られるハインリッヒ・ハイネの『歌の本』に収められた詩 “Auf Flügeln des Gesanges” から取ったもの。恋人を歌の翼に乗せて、遠くの楽園へと連れていきたいと歌う抒情詩である。さらにこの詩にメロディを付けたのがメンデルスゾーンで、『六つの歌曲』（一八三四）に入っている。「歌の翼に」という言葉を聞けば、おそらく読者が連想するのはそちらのほうだろう。

〈マガジン・オブ・ファンタジー・アンド・サイエンス・フィクション〉1979年2月号

『歌の翼に』が生まれた経緯を、ディッシュは短篇集 *The Man Who Had No Idea*（一九八二）に収めた小品「飛び方」“How to Fly”（一九七七）のまえがきで書いている。それによれば、ディッシュは空を飛ぶ夢をときどき見たという。それも「大型画面総天然色のスペクタクル映画」みたいに豪華な夢だった。自分が得意にしているものについて書く、というのは作家がいつも考えることで、そこからディッシュはこの空を飛ぶ経験についてどうしても書かなければと思い至った。しかし問題は、スーパーマン幻想みたいなつまらない話に陥らずに、どうやって飛ぶ話を書けるかだ。「最後にはダンボみたいなざまになっていることだけはしたくなかった」。というわけで、ディッシュはいわば覚え書きとして、あるいは将来書くべき作品のための借用書として、「飛び方」というわずか一ページほどの小品を書き留める。それは題名が示すとおり、何の人工的な力や機械の助けを借りずに空を飛ぶ、そのマニュアルの形を取った文章だった。

転機が訪れたのは、『イメージ Ways of Seeing――視覚とメディア』（一九七二）の著者として知られる芸術批評家ジョン・バージャーの評論集 *The Moment of Cubism*（一九六九）に出会ったときである。バージャーが言う「キュビズムの瞬間」とは、キュビズムの傑作が輩出した一九〇七年から一四年までの短い期間を指す。その期間は、ヨーロッパにおいて時間と空間の概念が根本的に変化したときであり、今ここ、という現前からの解放が謳われた。その一つの象徴となるのが、当時の飛行熱で、キュビズムの詩人であったサンドラールやアポリネールの詩には、超越のメタファーとして飛行機がしばしば登場する。そしてバージャーは、次のようなアポリネールの詩の一節を引用している。

かんだかい声で語る友の未来の声をすでに僕は聞いている
その友はヨーロッパで君と一緒に歩いているのに
実はけっしてアメリカを離れていないのだ……

この一節を読んだとき、ディッシュの頭の中に、『歌の翼に』のアイデアと、プロットの大半が思い浮かんだという。

ラリー・マキャフリーによるインタビューの中で、ディッシュはそのときに得たアイデアについて次のように説明している。ここでは幽体離脱としての飛行が描かれているが、取り残された肉体はどのような状態に置かれるのか？　そして、「かんだかい声」は詩の文脈では電話器から聞こえてくる声を指すが、そこには性的二重性が読み取れないか？　そう考えたとき、取り残された肉体を見守る男性を主人公に設定するというアイデアが生まれたそうだ。

「飛ぶ」というテーマじたいは、ディッシュがスーパーマンやダンボの例を持ち出していることからもわかるように、ありふれたものである。SFに限っても、ロバート・シルヴァーバーグの『夜の翼』（一九六九）、J・G・バラードの『夢幻会社』（一九七九）、ジョージ・R・R・マーティンとリサ・タトルによる共作の『翼人の掟』（一九八一）など、いくつも挙げることができる。主流小説に目を転じると、映画にもなったウィリアム・ウォートンの*Birdy*（一九七八）の他にも、「飛ぶ」ことが何らかの意味で解放の隠喩になっているような例として、エリカ・ジョングの『飛ぶのが怖い』（一九七三）やケン・キージーの『郭公の巣の上で』（一九六二、原題は*One Flew Over the Cuckoo's Nest*）を思いつく。このように類例の多いテーマを扱って、しかも凡庸にならないようにするためには、相当の才能を必要とするはずだ。それに、空を飛べるという設定にすると、いわば何でもありのファンタジーに陥ってしまう危険がある。

それでは、ディッシュはそうした落とし穴をどのように避けようとしたのか。まず一つには、飛ぶ技術をテクノロジーと結びつけ、それをできるだけリアルに見せようとしたこと。そしてもう一つには、すでに述べたように、飛ぶ力を持った人間を主人公に据えるのではなく、飛ぶことに憧れているのになかなか飛べない人間にその役割を与えたこと。ディッシュはここで、放恣な飛翔というものを自分に禁じている。そうではなく、あくまでも想像力をリアリズムという重力で地面に縛りつけ、充分に負荷を与えながら、そのうえで飛翔できるかどうかを自分の課題としているのだ。

それで思い出すのは、かつてあるところで、イアン・ワトスンが「要するにSFとはスタイルよりもアイデアの探究である」と宣言したら、それを受けてディッシュが「アイデア——よくある誤解」"Ideas : A Popular Misconception"（*On SF* に収録）というエッセイを書いたというエピソードだ。ディッシュにとって、問題はアイデアよりも彼が「詩」と呼ぶもの、すなわち言語芸術なのである。「飛ぶ」というテーマから出発して、それをどれほど厚みを持った作品に昇華させるか。その点にこそ、ディッシュの力量が現れる。

今わたしは、厚みという言葉を使ったが、『歌の翼に』を読んでまず感じることはそれだ。この作品には、たくさんの色を何重にも厚く塗りかさねたような趣きがある。これほど多くの要素を混ぜ合わせながら、しかもそれを一つの形にまとめあげる、そのディッシュの力量につくづく感心してしまうのである。

ここに含まれている、いくつかの要素を指摘しておこう。まず当然ながら、SF小説の要素。ここでディッシュは、前作『334』に次いで、いわゆる近未来SFの設定を借りている。近未来といっても、それは本作執筆時の一九八〇年ごろからさほど隔たっていない、おそらく二十一世紀の初頭と思われる、ごく近い未来であり、つまりは八〇年ごろのアメリカから想像力によって演繹的に導かれた架空のアメリカが描かれている。それを逆に言えば、未来のアメリカの姿は、グロテスクに増幅された形で、現在のアメリカを映し出しているということだ。政治、経済、宗教などを軸にした、未来社会の描き方においても、ディッシュの書き込み方は実に丹念きわまりないものであり、幻想であるはずのアメリカがたしかなリアリティを獲得している。その意味で、『歌の翼に』は近未来SFであると同時に、特徴的なアメリカ小説でもある。それは、中部のアイオワ州に始まり、第三部ではニューヨークに舞台を移すという、物語の舞台設定だけを指しているのではない。結末で、ジョン・レノン暗殺（一九八〇年十二月）を想起させるような事件が起こるが、それはまさしくアメリカという国の特性と言ってもよさそうなほど、アメリカ的な現象なのである。

次に、小説全体の形を見れば、主人公が少年から芸術家へと育っていくという筋書きで、これはいわゆる教養小説あるいは芸術家小説の枠組みを借りていることがわかる。そこには必然的に、自伝的要素が見出せるだろう。ディッシュ自身は、一九四〇年に、アイオワ州のデモインで生まれた（『歌の翼に』の主人公であるダニエル・ワインレブが生まれ育つ場所はエイムズヴィルと名付けられているが、現実には、この地名はオハイオ州にあって、アイオワ州にはない）。そして十三歳のときにミネソタ州のミネアポリスに移り、高校を卒業してからニューヨークに上京して、メトロポリタン・オペラ劇場や書店で働いたり、さまざまな職に就いた。こうしたディッシュの人生体験が、間接的な形ではあっても、ダニエルに分け与えられているのは明らかだ（ついでに言うと、ディッシュの盟友でもあったジョン・スラデックは、アイオワ州生まれであり、英国在住を終えた後の晩年はミネソタ州に戻って暮らした。ディッシュとスラデックを結ぶ共通性として、アメリカ中西部育ちという地方色も見逃せない）。第三部においてダニエルは、自分の生活のため、そしてボウアの肉体を保存するために、なんとしても金を必要としている。そうした設定は、おそらく現代社会における芸術家の置かれた立場についての、ディッシュの苦い自己認識を反映しているように読み取れるのではないか。

『歌の翼に』で顕著な特徴として他に挙げられるのは、ゲイ小説として読める側面を確実に持っていることである。ディッシュ自身は、それまで自分がゲイであることを特に隠そうとはしていなかったという。そして、パートナーであるチャールズ・ネイヤーと共同生活を送っていることは、周知の事実であった（ネイヤーとは、共同生活のみならず、長篇小説を共同執筆したこともある。その長年の連れ合いであったネイヤーが二〇〇五年に亡くなったことが、ディッシュがその三年後に自死した遠因になったという見方が一般的である）。彼の言葉によれば、ゲイ的な傾向が作品の中に現れているのは一九六八年ごろからであり、『３３４』にもその部分がかなりあった。しかし、それがどんな読者の目にもたしかなほど顕在的に現れたのは、この『歌の翼に』が初めてなのである。

しかし、ここで注意しておかねばならないのは、ディッシュが『歌の翼に』でジャンル的なＳＦを書こうとしたのではないというのと同じ意味合いで、ゲイ小説を書こうとしたのではないという点だ。つまり、ディッシュにとって、ジャンルＳＦ的な部分やゲイ小説的な部分は、あくまでも小説を構成する一要素にすぎない。たとえば、主人公が自分の中にあるゲイの嗜好に気づき、そこから性遍歴を始める、といった典型的なゲイ小説の形に本書がなっていないところに留意してほしい。『歌の翼に』では、ゲイというサブテーマはまず「飛ぶ」というテーマとの関わりにおいて配置されている。たとえば、飛ぶ能力を持った人間が「妖精《フェアリー》」という言葉で軽蔑的に呼ばれるのもその一例である。言うまでもなく、「フェアリー」とはしばしばホモセクシュアルの男性を指すときに使う蔑称なのである。また、飛翔を高らかに歌い上げることを最後のぎりぎりまで抑制しているように、ゲイとしての体験の歌い上げもここでは禁じられている。そこにあるのは、貞操帯ならぬ「狂気帯」を付けさせられるという滑稽な成り行きに代表される、恥辱の感覚であり、それだからこそ、第三部の第十六章でダニエルがレイと抱擁する場面は奇妙に感動的なものになる。

さて、最後になるが、『歌の翼に』における音楽、さらにはオペラの役割についてふれておこう。それはすでに見てきたようなサブテーマ群の中でも、飛翔のテーマと肩を並べるほど重要なものであり、そのことは『歌の翼に』という題名を見ただけで明らかだ。

ディッシュは小説家としてだけでなく、詩人、社会評論家などいくつもの顔を持っていた。そのうちの一つに、オペラ批評家がある。彼は新聞にオペラ評を書き、さらにはグレッグ・サンドーが作曲したオペラ『アッシャー家の崩壊』や『フランケンシュタイン』に台本《リブレット》を書いた。ディッシュにとって、オペラはドラマとストーリーテリングの点において、さまざまな芸術形式の中で最適のものである。感情に訴え、想像力に訴えるという点で、オペラほどそこから得られる喜びが大きいものは他にない、とディッシュは言う。

それでは、オペラのどこがそれほどまでにディッシュを惹きつけたのか。それは、言葉と音楽がお互いに補完し、強化しあうという、オペラの総合芸術性である。さらには、オペラが本質的に持つ、強い虚構性である。それはSFについても言えることだ、とディッシュは言う。つまり、総合芸術として、作品を構成する部分がすべて正しく機能したときに、最大のインパクトを与えることができる、それがSFとオペラの共通性なのだと。

そうしたディッシュのオペラ観を考えてみると、『歌の翼に』とオペラとの関係について、導かれる結論はたぶん一つしかない。すなわち、『歌の翼に』は総合芸術としてのオペラを構成モデルに設定した作品なのだ。それはなにも、歌をふんだんに取り入れているという意味だけではない。すでに述べてきたような、政治・経済・宗教に焦点をしぼった近未来SF的要素、ゲイ小説的要素、自伝的要素などなど、すべてをぶちこんで、それを一つの芸術作品にまとめあげているところがそうなのである。そして、ディッシュが理想としたように、『歌の翼に』は読者の想像力をかきたてつつ、エモーショナルにも強いインパクトを与えることに成功している。虚構でありながら、しかも手応えのある現実感を与えることに成功しているのは、要するにディッシュがここで虚構という嘘を通して本当のことを書いているからである。

こうしか終わり[redacted]うすうす予感していた結末にたどりつくとき、わたしたちは高揚感の他にも[redacted]る。悲劇的な運命と引き替えにダニエルがようやく自由を手にして、『歌の翼[redacted]去っていくとき、この小説の強力なグリップに束縛されていた読者は、よう[redacted]て、凄い小説だったなあとためいきをつくことになる。『歌の翼に』こそは、[redacted]の翼を広げ、SFというジャンル・フィクションからも飛び立ってみせた傑作で[redacted]ない。

著者　トマス・M・ディッシュ　Thomas M. Disch
1940年アメリカ・アイオワ州生まれ。建築家を志してクーパーズ・ユニオン…するも挫折、生命保険会社に勤めなが… 62年に短篇 "The … [redacted] …編集… …らびのトースター』… メ化された。SF にとどまらず、ミステリ… 詩集など幅広いジャンルで活躍していたが、2008年自ら命を絶った。

…ようがない、と読者が
複雑な感情を体験す
に』のページから飛び
やくそこから解放され
ディッシュが想像力、
あることに疑いはな

訳者　友枝康子（ともえだ　やすこ）
1933年生まれ。東京女子大学短期大学部卒。翻訳家。訳書にフィリップ・K・ディック『流れよわが涙、と警官は言った』、ジェイムズ・ティプトリー・ジュニア『老いたる霊長類の星への賛歌』（共訳）、ヴォンダ・マッキンタイア『夢の蛇』（以上ハヤカワ文庫 SF）などがある。

本書は、サンリオ SF 文庫版（1980年刊）を改訳の上、再刊したものです。

未来の文学
FUTURE/LITERATURE

歌《うた》の翼《つばさ》に

2009年9月25日初版第1刷発行

著者　トマス・M・ディッシュ
訳者　友枝康子
発行者　佐藤今朝夫
発行所　株式会社国書刊行会
〒174-0056　東京都板橋区志村1-13-15
電話03-5970-7421　ファックス03-5970-7427
http://www.kokusho.co.jp
印刷所　株式会社シナノパブリッシングプレス
製本所　株式会社ブックアート

ISBN978-4-336-05116-5